静山社ペガサス文庫

ハリー・ポッターと不《ふ》死《し》鳥《ちょう》の騎《き》士《し》団《だん》〈5-4〉

J.K.ローリング 作　松岡佑子 訳

ハリー・ポッターと不死鳥《ふしちょう》の騎士団《きしだん》5-4

もくじ

『ハリー・ポッターと不死鳥《ふしちょう》の騎士団《きしだん》5-4』人物紹介《じんぶつしょうかい》

ハリー・ポッター
ホグワーツ魔法魔術学校《まほうまじゅつがっこう》の五年生《ごねんせい》。緑《みどり》の目《め》に黒《くろ》い髪《かみ》、額《ひたい》には稲妻形《いなずまがた》の傷《きず》。幼《おさな》いころに両親《りょうしん》を亡《な》くし、マグル(人間《にんげん》)界《かい》で育《そだ》ったので、十一歳になるまで自分《じぶん》が魔法使《まほうつか》いであることを知《し》らなかった

フレッドとジョージ・ウィーズリー
ロンの兄《あに》で、いたずら好《ず》きの双子《ふたご》。いたずらグッズ専門店《せんもんてん》「ウィーズリー・ウィザード・ウィーズ」を開《ひら》くことを計画中《けいかくちゅう》

モンタギュー
スリザリン・クィディッチチームのキャプテンでマルフォイの仲間《なかま》。フレッドとジョージに「姿《すがた》をくらますキャビネット棚《だな》」に入《い》れられ、次《つぎ》の日《ひ》、五階《かい》のトイレで発見《はっけん》された

シリウス・ブラック(スナッフルズ、またの名《な》をパッドフット)
ハリーの父親《ちちおや》の親友《しんゆう》で、ハリーの名付《なづ》け親《おや》。ブラック家《け》で唯一《ゆいいつ》のグリフィンドール生《せい》だった

クリーチャー
ブラック家《け》の醜《みにく》い屋敷《やしき》しもべ妖精《ようせい》。闇《やみ》の魔術《まじゅつ》に染《そ》まるブラック家《け》を愛《あい》し、シリウスと「穢《けが》れた血《ち》」を毛嫌《けぎら》いしている

死喰《しく》い人《びと》
ヴォルデモート卿《きょう》に従《したが》い、忠誠《ちゅうせい》を誓《ちか》った魔法使《まほうつか》いと魔女《まじょ》の呼《よ》び名《な》

ルシウス・マルフォイ
ドラコの父親《ちちおや》。死喰《しく》い人《びと》

ベラトリックス・レストレンジ
死喰《しく》い人《びと》。シリウスのいとこで、ドラコの母親《ははおや》ナルシッサの姉《あね》

ネビル・ロングボトム
ハリーのクラスメートでＤＡ《ディーエー》メンバー。いつも失敗《しっぱい》ばかりだがＤＡ《ディーエー》の練習《れんしゅう》で腕《うで》を上《あ》げる

シビル・トレローニー
「占《うらな》い学《がく》」の教師《きょうし》。でたらめな予見者《よけんしゃ》だが、先学期《せんがっき》、意識《いしき》を失《うしな》ったまま闇《やみ》の帝王《ていおう》の復活《ふっかつ》を告《つ》げた

ヴォルデモート（例《れい》のあの人《ひと》、トム・リドル）
闇《やみ》の帝王《ていおう》。ハリーにかけた呪《のろ》いがはね返《かえ》り、死《し》のふちをさまよっていたが、ついに復活《ふっかつ》をとげた

To Neil, Jessica and David,
who make my world magical

私の世界に魔法をかけてくれた、
夫のニール、子供たちのジェシカとデイビッドに

Original Title: HARRY POTTER AND THE ORDER OF THE PHOENIX

First published in Great Britain in 2003
by Bloomsbury Publishing Plc, 50 Bedford Square, London WC1B 3DP

Japanese edition first published in 2004

This book is published in Japan by arrangement with the author through The Blair Partnership

第《だい》29章《しょう》　進路指導《しんろしどう》

「だけど、どうしてもう『閉心術《へいしんじゅつ》』の訓練《くんれん》をやらないの？」ハーマイオニーが眉《まゆ》をひそめた。

「言《い》ったじゃないか」ハリーがもごもご言《い》った。「スネイプが、もう基本《きほん》はできてるから、僕《ぼく》ひとりで続《つづ》けられるって考《かんが》えたんだよ」

「じゃあ、もう変《へん》な夢《ゆめ》は見《み》なくなったのね？」ハーマイオニーは疑《うたが》わしげに聞《き》いた。

「まあね」ハリーはハーマイオニーの顔《かお》を見《み》なかった。

「ねえ、夢《ゆめ》を抑《おさ》えられるってあなたが絶対《ぜったい》に確信《かくしん》を持《も》つまでは、スネイプはやめるべきじゃないと思《おも》うわ」

ハーマイオニーが憤慨《ふんがい》した。

「ハリー、もう一度《いちど》スネイプの所《ところ》へ行《い》って、お願《ねが》いするべきだと――」

「いやだ」ハリーは突《つ》っ張《ぱ》った。

「もう言《い》わないでくれ、ハーマイオニー、いいね？」

その日《ひ》は、イースター休暇《きゅうか》の最初《さいしょ》の日《ひ》で、いつもの習慣《しゅうかん》どおり、ハーマイオニーは一日《いちにち》の大部分《だいぶぶん》を費《つい》やして、三人《にん》のための学習予定表《がくしゅうよていひょう》を作《つく》った。ハリーとロンは勝手《かって》にやらせておいた。ハーマイオニーと言《い》い争《あらそ》うよりそのほうが楽《らく》だったし、いずれにせよ計画表《けいかくひょう》は役《やく》に立《た》つかもしれない。

ロンは、試験《しけん》まであと六週間《しゅうかん》しかないと気《き》づいて仰天《ぎょうてん》した。

「どうして今《いま》ごろそれがショックなの？」

ロンの予定表《よていひょう》の一《ひと》こま一《ひと》こまを杖《つえ》で軽《かる》くたたき、学科《がっか》によってちがう色《いろ》で光《ひか》るようにしながら、ハーマイオニーが詰問《きつもん》した。

「どうしてって言《い》われても」ロンが言《い》った。「いろんなことがあったから」

「はい、できたわ」ハーマイオニーがロンに予定表《よていひょう》を渡《わた》した。

「このとおりにやれば、大丈夫《だいじょうぶ》よ」

ロンは憂《ゆう》うつそうに表《ひょう》を見《み》たが、とたんに顔《かお》が輝《かがや》いた。

「毎週《まいしゅう》一回《かい》、夜《よる》を空《あ》けてくれたんだね？」

「それは、クィディッチの練習用《れんしゅうよう》よ」ハーマイオニーが言《い》った。

ロンの顔《かお》から笑《わら》いが消《き》えた。

「意味《いみ》ないよ」ロンが言《い》った。「僕《ぼく》らが今年《ことし》クィディッチ優勝杯《ゆうしょうはい》を取《と》る可能性《かのうせい》は、パパが魔法大《まほうだい》臣《じん》になるのと同《おな》じぐらいさ」

ハーマイオニーは何《なに》も言《い》わなかった。ハリーを見《み》つめていたのだ。クルックシャンクスがハリーの手《て》に前脚《まえあし》をのせて耳《みみ》をかいてくれとせがんでいるのに、ハリーはぼんやりと談話室《だんわしつ》のむかい側《がわ》の壁《かべ》を見《み》つめていた。

「ハリー、どうかしたの？」

「えっ？」ハリーはハッとして答《こた》えた。「何《なん》でもない」

ハリーは『防衛術《ぼうえいじゅつ》の理論《りろん》』の教科書《きょうかしょ》を引《ひ》き寄《よ》せ、索引《さくいん》で何《なに》か探《さが》すふりをした。クルックシャンクスはハリーに見切《みき》りをつけて、ハーマイオニーの椅子《いす》の下《した》にしなやかにもぐり込《こ》んだ。

「さっきチョウを見《み》たわ」

ハーマイオニーはためらいがちに言《い》った。

「あの人《ひと》もとってもみじめな顔《かお》だった……あなたたち、またけんかしたの？」

「えっ――あ、うん、したよ」ハリーはありがたくその口実《こうじつ》に乗《の》った。

「何《なに》が原因《げんいん》？」

「あの裏切《うらぎ》り者《もの》の友達《ともだち》のこと、マリエッタさ」ハリーが言《い》った。

「うん、そりゃ、無理《むり》もないぜ！」ロンは学習予定表《がくしゅうよていひょう》を下《した》に置《お》き、怒《おこ》ったように言《い》った。

「あの子《こ》のせいで……」

ロンがマリエッタ・エッジコムのことでえんえんと毒《どく》づきはじめたのは、ハリーには好都合《こうつごう》だった。ただ、ロンが息《いき》をつく合間《あいま》に、怒《おこ》ったような顔《かお》をしてうなずいたり、「うん」とか「そのとおりだ」とかあいづちを打《う》ったりすればよかったからだ。頭《あたま》の中《なか》では、ますますみじめな気《き》持《も》ちになりながら、「憂《うれ》いの篩《ふるい》」で見《み》たことを反芻《はんすう》していた。

ハリーは、その記憶《きおく》が、自分《じぶん》を内側《うちがわ》からむしばんでいくような気《き》がした。両親《りょうしん》がすばらしい人《ひと》だったと信《しん》じて疑《うたが》わなかったからこそ、スネイプが父親《ちちおや》の性格《せいかく》についてどんなに悪口《わるくち》を言《い》おうと、苦《く》もなくうそだと言《い》いきることができた。ハグリッドもシリウスも、父親《ちちおや》がどんなにすばらしい人《ひと》だったかと、ハリーに言《い》ったではないか？——ああ、そうさ。でも、見《み》ろよ、シリウス自身《じしん》がどんな人間《にんげん》だったか——ハリーの頭《あたま》の中《なか》で、しつこい声《こえ》が言《い》った——同《おな》じワルだったじゃないか——そうだ、マクゴナガル先生《せんせい》が、父《とう》さんとシリウスには手《て》を焼《や》かされたと言《い》っていたのを、一度《いちど》盗《ぬす》み聞《ぎ》きしたことがある。しかし、先生《せんせい》は、二人《ふたり》が双子《ふたご》のウィーズリーの先輩格《せんぱいかく》だという言《い》い方《かた》をした。フレッドやジョージが、おもしろ半分《はんぶん》に誰《だれ》かを逆《さか》さ吊《づ》りにすることなど、ハリーには考《かんが》えられなかった……心《こころ》から嫌《きら》っているやつでなければ……たとえばマルフォイとか、そうされて当然《とうぜん》のやつでなければ……。

ハリーは何《なん》とかして、スネイプがジェームズの手《て》で苦《くる》しめられるのが当然《とうぜん》だという理屈《りくつ》をつけようとした。しかし、リリーが「彼《かれ》があなたに何《なに》をしたというの？」と言《い》ったではないか。それに対《たい》してジェームズは、「むしろ、こいつが存在《そんざい》するって事実《じじつ》そのものがね。わかるかな……」と答《こた》えた。そもそもジェームズは、シリウスがたいくつだと言《い》ったという単純《たんじゅん》な理由《りゆう》で、あんなことを始《はじ》めたのではなかったか？　ルーピンがグリモールド・プレイスで言《い》ったことをハリーは思《おも》い出《だ》した。ダンブルドアが、ルーピンを監督生《かんとくせい》にしたのは、ルーピンならジェームズとシリウスを何《なん》とか抑《おさ》えられると期待《きたい》したからだと……しかし、「憂《うれ》いの篩《ふるい》」では、ルーピンは座《すわ》ったまま、成《な》り行《ゆ》きを見守《みまも》っていただけだ……。

ハリーは、リリーが割《わ》って入《はい》ったことを何度《なんど》も思《おも》い出《だ》していた。母《かあ》さんはきちんとした人《ひと》だった。しかし、リリーがジェームズをどなりつけたときの表情《ひょうじょう》を思《おも》い出《だ》すと、ほかの何《なに》よりも心《こころ》がかき乱《みだ》された。リリーははっきりとジェームズを嫌《きら》っていた。どうして結局結婚《けっきょくけっこん》することになったのか、ハリーはとにかく理解《りかい》できなかった。一、二度《ど》、ハリーはジェームズが無理《むり》やり結《けっ》婚《こん》に持《も》ち込《こ》んだのではないかとさえ思《おも》った……。

ほぼ五年間《ねんかん》、父親《ちちおや》を思《おも》う気持《きも》ちが、ハリーにとってはなぐさめと励《はげ》ましの源《みなもと》になっていた。誰《だれ》かにジェームズに似《に》ていると言《い》われるたびに、ハリーは内心《ないしん》、誇《ほこ》りに輝《かがや》いた。ところが今《いま》は……父親《ちちおや》を思《おも》うと寒々《さむざむ》とみじめな気持《きも》ちになった。

イースター休暇中《きゅうかちゅう》に、風《かぜ》はさわやかになり、だんだん明《あか》るく、暖《あたた》かくなってきた。しかし、ハリーは、ほかの五年生《ねんせい》や七年生《ねんせい》と同《おな》じに屋内《おくない》に閉《と》じ込《こ》められ、勉強《べんきょう》ばかりで、図書室《としょしつ》との間《あいだ》を重《おも》い足取《あしど》りで往復《おうふく》していた。ハリーは、自分《じぶん》の不機嫌《ふきげん》さは試験《しけん》が近《ちか》づいているせいにすぎないと見《み》せかけていた。ほかのグリフィンドール生《せい》も勉強《べんきょう》でくさくさしていたせいで、誰《だれ》もハリーの言《い》い訳《わけ》を疑《うたが》わなかった。

「ハリー、あなたに話《はな》しかけてるのよ。聞《き》こえる？」

「はあ？」

ハリーは周《まわ》りを見回《みまわ》した。ハリーがひとりで座《すわ》っていた図書室《としょしつ》のテーブルに、さんざん風《かぜ》に吹《ふ》かれた格好《かっこう》のジニー・ウィーズリーが来《き》ていた。日曜日《にちようび》の夜遅《よるおそ》い時間《じかん》だった。ハーマイオニーは、「古代《こだい》ルーン文字《もじ》」の復習《ふくしゅう》をするのにグリフィンドール塔《とう》に戻《もど》り、ロンはクィディッチの練習《れんしゅう》に行《い》っている。

「あ、やあ」ハリーは教科書《きょうかしょ》を自分《じぶん》のほうへ引《ひ》き寄《よ》せた。

「君《きみ》、練習《れんしゅう》はどうしたんだい？」

「終《お》わったわ」ジニーが答《こた》えた。「ロンがジャック・スローパーに付《つ》き添《そ》って、医務室《いむしつ》に行《い》かなきゃならなくて」

「どうして？」

「それが、よくわからないの。でも、たぶん、自分《じぶん》のクラブで自分《じぶん》をノックアウトしたんだと思《おも》うわ」

ジニーが大《おお》きなため息《いき》をついた。

「それは別《べつ》として……たった今《いま》、小包《こづつみ》が届《とど》いたの。アンブリッジの新《あたら》しい検閲《けんえつ》を通《とお》ってきたばかりよ」

ジニーは、茶色《ちゃいろ》の紙《かみ》で包《つつ》まれた箱《はこ》をテーブルに上《あ》げた。たしかにいったん開《あ》けられ、それからいいかげんに包《つつ》みなおされていた。赤《あか》インクで横《よこ》に走《はし》り書《が》きがある。

「ホグワーツ高等尋問官検閲済《こうとうじんもんかんけんえつず》み」

「ママからのイースターエッグよ」ジニーが言《い》った。

「あなたの分《ぶん》も一つ……はい」

ジニーが渡《わた》してくれたこぎれいなチョコレート製《せい》の卵《たまご》には、小《ちい》さなスニッチの砂糖飾《さとうかざ》りがいくつもついていた。包《つつ》み紙《がみ》には「チョコの中《なか》にフィフィ・フィズビー一袋入《ひとふくろい》り」と表示《ひょうじ》してある。ハリーはしばらく卵《たまご》チョコを眺《なが》めていた。すると、のどの奥《おく》から熱《あつ》いものが込《こ》み上《あ》げてくるのを感《かん》じて狼狽《ろうばい》した。

「大丈夫《だいじょうぶ》？　ハリー？」ジニーがそっと聞《き》いた。

「ああ、大丈夫《だいじょうぶ》」ハリーはガサガサ声《ごえ》で言《い》った。のどに込《こ》み上《あ》げてきたものが痛《いた》かった。イースターエッグがなぜこんな気持《きも》ちにさせるのか、ハリーにはわからなかった。

「このごろとってもめいってるみたいね」ジニーが踏《ふ》み込《こ》んで聞《き》いた。「ねえ、とにかくチョウと話《はな》せば、きっと……」

「僕《ぼく》が話《はな》したいのはチョウじゃない」ハリーがぶっきらぼうに言《い》った。

「じゃ、誰《だれ》なの？」ジニーが聞《き》いた。

「僕《ぼく》……」

ハリーはサッとあたりを見回《みまわ》し、誰《だれ》も聞《き》いていないことをたしかめた。マダム・ピンスは、数《すう》列離《れつはな》れた本棚《ほんだな》のそばで、大《おお》わらわのハンナ・アボットが積《つ》み上《あ》げた本《ほん》の山《やま》に貸《か》し出《だ》し印《いん》を押《お》していた。

「シリウスと話《はな》せたらいいんだけど」ハリーがつぶやいた。「でも、できないことはわかってる」

食《た》べたいわけではなかったが、むしろ何《なに》かやることが欲《ほ》しくて、ハリーはイースターエッグの包《つつ》みを開《ひら》き、一《ひと》かけ大《おお》きく折《お》って口《くち》に入《い》れた。

「そうね」ジニーも卵形《たまごがた》のチョコレートを少《すこ》しほおばりながら、ゆっくり言《い》った。「本気《ほんき》でシリウスと話《はな》したいなら、きっと何《なに》かやり方《かた》を考《かんが》えられると思《おも》うわよ」

「まさか」ハリーはお手上《てあ》げだという言《い》い方《かた》をした。「アンブリッジが暖炉《だんろ》を見張《みは》ってるし、手《て》紙《がみ》を全部読《ぜんぶよ》んでるのに？」

「ジョージやフレッドと一緒《いっしょ》に育《そだ》ってよかったと思《おも》うのは」ジニーが考《かんが》え深《ぶか》げに言《い》った。「度胸《どきょう》さえあれば何《なん》でもできるって、そんなふうに考《かんが》えるようになるの」

ハリーはジニーを見《み》つめた。チョコレートの効果《こうか》かもしれないが――ルーピンが、吸魂鬼《きゅうこんき》との遭遇《そうぐう》のあとはチョコレートを食《た》べるように、いつもすすめてくれたっけ――でなければ、この一週間《しゅうかん》、胸《むね》の中《なか》でもんもんとしていた願《ねが》いをやっと口《くち》にしたせいかもしれないが、ハリーは少《すこ》し希望《きぼう》が持《も》てるような気《き》になってきた。

「**あなたたち、なんてことをしてるんです！**」

「やばいっ」ジニーがつぶやきざまぴょんと立《た》ち上《あ》がった。「忘《わす》れてた――」

マダム・ピンスがしなびた顔《かお》を怒《いか》りにゆがめて、二人《ふたり》に襲《おそ》いかかってきた。

「図書室《としょしつ》でチョコレートなんて！」マダム・ピンスが叫《さけ》んだ。「出《で》てけ──出《で》てけ──出《で》てけっ！」

マダム・ピンスの杖《つえ》が鳴《な》り、ハリーの教科書《きょうかしょ》、かばん、インク瓶《びん》が二人《ふたり》を追《お》い立《た》て、ハリーとジニーは頭《あたま》をボンボンたたかれながら走《はし》った。

差《さ》し迫《せま》った試験《しけん》の重要性《じゅうようせい》を強調《きょうちょう》するかのように、イースター休暇《きゅうか》が終《お》わる少《すこ》し前《まえ》に、魔法界《まほうかい》の職業《しょくぎょう》を紹介《しょうかい》する小冊子《しょうさっし》やチラシ、ビラなどが、グリフィンドール塔《とう》のテーブルに積《つ》み上《あ》げられるようになり、掲示板《けいじばん》にはまたまた新《あたら》しいお知《し》らせが貼《は》り出《だ》された。

進路指導《しんろしどう》

夏学期《なつがっき》の最初《さいしょ》の週《しゅう》に、五年生《ねんせい》は全員《ぜんいん》、寮監《りょうかん》と短時間面接《たんじかんめんせつ》し、将来《しょうらい》の職業《しょくぎょう》について相談《そうだん》すること。

個人面接《こじんめんせつ》の時間《じかん》は左記《さき》リストのとおり。

リストをたどると、ハリーは月曜《げつよう》の二時半《じはん》にマクゴナガル先生《せんせい》の部屋《へや》に行《い》くことになっていた。

そうすると、「占い学《うらながく》」の授業《じゅぎょう》はほとんど出《で》られないことになる。ハリーもほかの五年生《ねんせい》たちも、休暇最後《きゅうかさいご》の週末《しゅうまつ》の大部分《だいぶぶん》を、生徒《せいと》たちが目《め》を通《とお》すようにと寮《りょう》に置《お》かれていた職業紹介資料《しょくぎょうしょうかいしりょう》を読《よ》んで過《す》ごした。

「まあね、癒術《いじゅつ》はやりたくないな」

休暇最後《きゅうかさいご》の夜《よる》、ロンが言《い》った。骨《ほね》と杖《つえ》が交差《こうさ》した紋章《もんしょう》がついた表紙《ひょうし》の、聖《せい》マンゴのパンフレットに没頭《ぼっとう》しているところだった。

「こんなことが書《か》いてあるよ。N《イ》・E《モ》・W《リ》・T試験《しけん》で、『魔法薬学《まほうやくがく》』、『薬草学《やくそうがく》』、『変身術《へんしんじゅつ》』、『呪文学《じゅもんがく》』、『闇《やみ》の魔術《まじゅつ》に対《たい》する防衛術《ぼうえいじゅつ》』で、少《すく》なくとも『E《イー》・期待以上《きたいいじょう》』を取《と》る必要《ひつよう》があるってさ。これって……おっどろき……期待度《きたいど》が低《ひく》くていらっしゃるよな？」

「でも、それって、とっても責任《せきにん》のある仕事《しごと》じゃない？」ハーマイオニーが上《うわ》の空《そら》で答《こた》えた。

ハーマイオニーがなめるように読《よ》んでいるのは、鮮《あざ》やかなピンクとオレンジの小冊子《しょうさっし》で、表題《ひょうだい》は『あなたはマグル関係《かんけい》の仕事《しごと》を考《かんが》えていますね？』だった。

「マグルと連携《れんけい》していくには、あんまりいろんな資格《しかく》は必要《ひつよう》ないみたい。要求《ようきゅう》されているのは、マグル学《がく》のO《ふ》・W《くろ》・L《う》だけよ。『より大切《たいせつ》なのは、あなたの熱意《ねつい》、忍耐《にんたい》、そして遊《あそ》び心《ごころ》です！』だって」

「僕《ぼく》のおじさんとかかわるには、遊《あそ》び心《ごころ》だけでは足《た》りないよ」ハリーが暗《くら》い声《こえ》を出《だ》した。「むしろ、いつ身《み》をかわすかの心《こころ》だな」

ハリーは、魔法銀行《まほうぎんこう》の小冊子《しょうさっし》を半分《はんぶん》ほど読《よ》んだところだった。「これ聞《き》いて。『やりがいのある職業《しょくぎょう》を求《もと》めますか？　旅行《りょこう》、冒険《ぼうけん》、危険《きけん》がともなう宝探《たからさが》しと、相当額《そうとうがく》の宝《たから》のボーナスはいかが？　それなら、グリンゴッツ魔法銀行《まほうぎんこう》への就職《しゅうしょく》を考《かんが》えましょう。現在《げんざい》、「呪《のろ》い破《やぶ》り」を募集中《ぼしゅうちゅう》。海外《かいがい》でのぞくぞくするようなチャンスがあります……』でも、『数占《かずうらな》い』が必要《ひつよう》だ。ハーマイオニー、君《きみ》ならできるよ！」

「私《わたし》、銀行《ぎんこう》にはあんまり興味《きょうみ》ないわ」

ハーマイオニーが漠然《ばくぜん》と言《い》った。今度《こんど》は別《べつ》の小冊子《しょうさっし》に熱中《ねっちゅう》している。『君《きみ》はトロールをガードマンとして訓練《くんれん》する能力《のうりょく》を持《も》っているか？』。

「オッス」ハリーの耳《みみ》に声《こえ》が飛《と》び込《こ》んできた。振《ふ》り返《かえ》ると、フレッドとジョージが来《き》ていた。

「ジニーが、君《きみ》のことで相談《そうだん》に来《き》た」

フレッドが、三人《にん》の前《まえ》のテーブルに足《あし》を投《な》げ出《だ》したので、魔法省《まほうしょう》の進路《しんろ》に関《かん》する小冊子《しょうさっし》が数冊《すうさつ》、床《ゆか》にすべり落《お》ちた。

「ジニーが言《い》ってたけど、シリウスと話《はな》したいんだって？」

「えーっ？」ハーマイオニーが鋭《するど》い声《こえ》を上《あ》げ、『魔法事故《まほうじこ》・惨事部《さんじぶ》でバーンと行《い》こう』に伸《の》ばしかけた手《て》が途中《とちゅう》で止《と》まった。

「うん……」ハリーはなにげない言《い》い方《かた》をしようとした。「まあ、そうできたらと――」

「バカなこと言《い》わないで」ハーマイオニーが背筋《せすじ》を伸《の》ばし、信《しん》じられないという目《め》つきでハリーを見《み》た。「アンブリッジが暖炉《だんろ》を探《さぐ》りまわってるし、ふくろうは全部《ぜんぶ》ボディチェックされてるのに？」

「まあ、俺《おれ》たちなら、それも回避《かいひ》できると思《おも》うね」ジョージが伸《の》びをしてニヤッと笑《わら》った。「ちょっと騒《さわ》ぎを起《お》こせばいいのさ。さて、お気《き》づきとは思《おも》いますがね、俺《おれ》たちはこのイースター休暇中《きゅうかちゅう》、混乱戦線《こんらんせんせん》ではかなりおとなしくしていたろ？」

「せっかくの休暇《きゅうか》だ。それを混乱《こんらん》させる意味《いみ》があるか？」フレッドがあとを続《つづ》けた。「俺《おれ》たちはそう自問《じもん》したよ。そしてまったく意味《いみ》はないと自答《じとう》したね。それに、もちろん、みんなの学習《がくしゅう》を乱《みだ》すことにもなりかねないし、そんなことは俺《おれ》たちとしては絶対《ぜったい》にしたくないからな」

フレッドはハーマイオニーに向《む》かって、神妙《しんみょう》にちょっとうなずいてみせた。そんな思《おも》いやりに、ハーマイオニーはちょっと驚《おどろ》いた顔《かお》をした。

「しかし、明日《あす》からは平常営業《へいじょうえいぎょう》だ」フレッドはきびきびと話《はなし》を続《つづ》けた。「そして、せっかくちょいと騒《さわ》ぎをやらかすなら、ハリーがシリウスと軽《かる》く話《はなし》ができるようにやってはどうだろう？」

「そうね、でもやっぱり」ハーマイオニーは、相当鈍《そうとうにぶ》い人《ひと》にとても単純《たんじゅん》なことを説明《せつめい》するような雰囲気《ふんいき》で言《い》った。「騒《さわ》ぎで気《き》をそらすことができたとしても、ハリーはどうやってシリウスと話《はなし》をするの？」

「アンブリッジの部屋《へや》だ」ハリーが静《しず》かに言《い》った。

この二週間《しゅうかん》、ハリーはずっと考《かんが》えていたが、それ以外《いがい》の選択肢《せんたくし》は思《おも》いつかなかった。見張《みは》られていないのは自分《じぶん》の暖炉《だんろ》だけだと、アンブリッジ自身《じしん》がハリーに言《い》った。

「あなた――気《き》は――たしか？」ハーマイオニーが声《こえ》をひそめた。

ロンはキノコ栽培業《さいばいぎょう》の案内《あんない》ビラを持《も》ったまま、成《な》り行《ゆ》きを用心深《ようじんぶか》く眺《なが》めていた。

「たしかだと思《おも》うけど」ハリーが肩《かた》をすくめた。

「それじゃ、第一《だいいち》、どうやってあの部屋《へや》に入《はい》り込《こ》むの？」

ハリーはもう答《こた》えを準備《じゅんび》していた。

「シリウスのナイフ」

「それ、何《なに》？」

「おとどしのクリスマスに、シリウスが、どんな錠《じょう》でも開《あ》けるナイフをくれたんだ」ハリーが言《い》った。「だから、あいつがドアに呪文《じゅもん》をかけて『アロホモラ』が効《き》かないようにしていても――絶対《ぜったい》にそうしてるはずだけど――」

「あなたはどう思《おも》うの？」ハーマイオニーがロンに水《みず》を向《む》けた。ハリーはふとウィーズリーおばさんのことを思《おも》い出《だ》してしまった。グリモールド・プレイスで、ハリーにとっての最初《さいしょ》の夕食《ゆうしょく》のとき、おばさんはおじさんに向《む》かって助《たす》けを求《もと》めたっけ。

「さあ」意見《いけん》を求《もと》められたことで、ロンはびっくりした顔《かお》をした。「ハリーがそうしたければ、ハリーの問題《もんだい》だろ？」

「さすが真《しん》の友《とも》、そしてウィーズリー一族《いちぞく》らしい答《こた》えだ」フレッドがロンの背中《せなか》をバンとたたいた。「よーし、それじゃ俺《おれ》たちは、明日《あす》、最後《さいご》の授業《じゅぎょう》の直後《ちょくご》にやらかそうと思《おも》う。何《なん》せ、みんなが廊下《ろうか》に出《で》ているときこそ最高《さいこう》に効果《こうか》が上《あ》がるからな。――ハリー、俺《おれ》たちは東棟《ひがしとう》のどっかで仕《し》掛《か》けて、アンブリッジを部屋《へや》から引《ひ》き離《はな》す。――たぶん、君《きみ》に保証《ほしょう》できる時間《じかん》は、そうだな、二十分《ぷん》はどうだ？」フレッドがジョージの顔《かお》を見《み》た。

「軽《かる》い、軽《かる》い」ジョージが言《い》った。

「どんな騒《さわ》ぎを起《お》こすんだい？」ロンが聞《き》いた。

「弟《おとうと》よ、見《み》てのお楽《たの》しみだ」ジョージとそろって腰《こし》を上《あ》げながら、フレッドが言《い》った。「明日《あす》の午後五時《ごごじ》ごろ、『おべんちゃらのグレゴリー像《ぞう》』のある廊下《ろうか》のほうに歩《ある》いてくれば、どっちにしろ見《み》えるさ」

次《つぎ》の日《ひ》、ハリーは早々《はやばや》と目《め》が覚《さ》めた。魔法省《まほうしょう》での懲戒尋問《ちょうかいじんもん》があった日《ひ》の朝《あさ》とほとんど同《おな》じぐらい不安《ふあん》だった。アンブリッジの部屋《へや》に忍《しの》び込《こ》んで、シリウスと話《はなし》をするためにその部屋《へや》の暖炉《だんろ》を使《つか》う、ということだけが不安《ふあん》だったのではない。もちろんそれだけでも充分《じゅうぶん》に大変《たいへん》なことだったが、その上今日《うえきょう》は、スネイプの研究室《けんきゅうしつ》から放《ほう》り出《だ》されて以来初《いらいはじ》めて、スネイプの近《ちか》くに行《い》くことになるのだ。

ハリーはその日一日《ひいちにち》のことを考《かんが》えながらしばらくベッドに横《よこ》たわっていたが、やがてそっと起《お》き出《だ》し、ネビルのベッド脇《わき》の窓際《まどぎわ》まで行《い》って外《そと》を眺《なが》めた。すばらしい夜明《よあ》けだった。空《そら》はオパールのようにおぼろにかすみ、青《あお》く澄《す》んだ光《ひかり》を放《はな》っている。まっすぐむこうに、高《たか》くそびえるブナの木《き》が見《み》えた。かつてハリーの父親《ちちおや》が、あの木《き》の下《した》でスネイプを苦《くる》しめた。「憂《うれ》いの篩《ふるい》」でハリーが見《み》たことを帳消《ちょうけ》しにしてくれるような何《なに》かを、シリウスが言《い》ってくれるかどうか、ハリーにはわからなかった。しかし、どうしても、シリウス自身《じしん》の口《くち》から、あの事件《じけん》の説明《せつめい》が聞《き》きたかった。何《なん》でもいいから、情状酌量《じょうじょうしゃくりょう》の余地《よち》があれば知《し》りたい。父親《ちちおや》の振《ふ》る舞《ま》いの口実《こうじつ》が欲《ほ》しい……。

ふとハリーの目《め》が何《なに》かをとらえた。禁《きん》じられた森《もり》のはずれで動《うご》くものがある。朝日《あさひ》に目《め》を細《ほそ》めて見《み》ると、ハグリッドが木《き》の間《あいだ》から現《あらわ》れるのが見《み》えた。足《あし》を引《ひ》きずっているようだ。ずっと見《み》ていると、ハグリッドはよろめきながら小屋《こや》の戸《と》にたどり着《つ》き、その中《なか》に消《き》えた。ハリーはしばらく小屋《こや》を見《み》つめていた。ハグリッドはもう出《で》てこなかったが、煙突《えんとつ》から煙《けむり》がくるくると立《た》ち昇《のぼ》った。どうやら、火《ひ》がおこせないほどひどいけがではなかったらしい。

ハリーは窓際《まどぎわ》から離《はな》れ、トランクのほうに戻《もど》って着替《きが》えはじめた。

アンブリッジの部屋《へや》に侵入《しんにゅう》するくわだてがある以上《いじょう》、今日《きょう》という日《ひ》が安《やす》らかであるとは期待《きたい》していなかった。しかし、ハーマイオニーがほとんどひっきりなしに、五時《じ》にやろうとしている計《けい》画《かく》をやめさせようと、ハリーを説得《せっとく》するのは計算外《けいさんがい》だった。ビンズ先生《せんせい》の「魔法史《まほうし》」の授業中《じゅぎょうちゅう》、ハーマイオニーは少《すく》なくともハリーやロンと同《おな》じぐらい注意力散漫《ちゅういりょくさんまん》だった。そんなことは今《いま》でなかった。小声《こごえ》でハリーを忠告攻《ちゅうこくぜ》めにし、聞《き》き流《なが》すのが一苦労《ひとくろう》だった。

「……それに、アンブリッジがあそこであなたを捕《つか》まえてごらんなさい。退学処分《たいがくしょぶん》だけじゃすまないわよ。スナッフルズと話《はなし》をしていたと推量《すいりょう》して、今度《こんど》こそきっと、無理《むり》やりあなたに『真実《しんじつ》薬《やく》』を飲《の》ませて質問《しつもん》に答《こた》えさせるわ……」

「ハーマイオニー」ロンが憤慨《ふんがい》した声《こえ》でささやいた。「ハリーに説教《せっきょう》するのをやめて、ビンズの講義《こうぎ》を聞《き》くつもりあるのか？　それとも僕《ぼく》が自分《じぶん》でノートを取《と》らなきゃならないのか？」

「たまには自分《じぶん》で取《と》ったっていいでしょ！」

地下牢教室《ちかろうきょうしつ》に行《い》くころには、ハリーもロンもハーマイオニーと口《くち》をきかなくなっていた。めげるどころか、ハーマイオニーは二人《ふたり》がだまっているのをいいことに、恐《おそ》ろしい警告《けいこく》をひっきりなしに流《なが》し続《つづ》けた。声《こえ》をひそめて言《い》うので、激《はげ》しいシュ一ッという音《おと》になり、シェーマスは自分《じぶん》の大鍋《おおなべ》がもれているのではないかと調《しら》べて、まるまる五分《ふん》をむだにした。

一方《いっぽう》スネイプは、ハリーが透明《とうめい》であるかのように振《ふ》る舞《ま》うことにしたらしい。もちろん、ハリーはこの戦術《せんじゅつ》には慣《な》れっこだった。バーノンおじさんの得意技《とくいわざ》の一つだ。結局《けっきょく》、もっとひどい仕打《しう》ちにならなかったのが、ハリーにはありがたかった。事実《じじつ》、嘲《あざけ》りや、ねちねちと傷《きず》つけるような言葉《ことば》にたえなければならなかったこれまでに比《くら》べれば、この新《あたら》しいやり方《かた》はましだと思《おも》った。そして、まったく無視《むし》されれば、「強化薬《きょうかやく》」も、たやすく調合《ちょうごう》できるとわかってうれしかった。授業《じゅぎょう》の最後《さいご》に、薬《くすり》の一部《いちぶ》をフラスコにすくい取《と》り、コルク栓《せん》をして、採点《さいてん》してもらうためにスネイプの机《つくえ》の所《ところ》まで持《も》っていった。ついに、どうにか「期待以上《きたいいじょう》」の「E《イー》」がもらえるかもしれないと思《おも》った。

提出《ていしゅつ》して後《うし》ろを向《む》いたとたん、ハリーはガチャンと何《なに》かが砕《くだ》ける音《おと》を聞《き》いた。マルフォイが大《おお》喜《よろこ》びで笑《わら》い声《ごえ》を上《あ》げた。ハリーはくるりと振《ふ》り返《かえ》った。ハリーの提出《ていしゅつ》した薬《くすり》が粉々《こなごな》になって床《ゆか》に落《お》ちていた。スネイプが、いい気味《きみ》だという目《め》で、ハリーを見《み》てほくそ笑《え》んでいた。

「おーっと」スネイプが小声《こごえ》で言《い》った。「これじゃ、また零点《れいてん》だな、ポッター」

ハリーは怒《いか》りで言葉《ことば》も出《で》なかった。もう一度《いちど》フラスコに詰《つ》めて、是《ぜ》が非《ひ》でもスネイプに採点《さいてん》させてやろうと、ハリーは大股《おおまた》で自分《じぶん》の大鍋《おおなべ》に戻《もど》った。ところがなんと、鍋《なべ》に残《のこ》った薬《くすり》が消《き》えていた。

「ごめんなさい！」ハーマイオニーが両手《りょうて》で口《くち》を覆《おお》った。「ほんとうにごめんなさい、ハリー。あなたがもう終《お》わったと思《おも》って、きれいにしてしまったの！」

ハリーは答《こた》える気《き》にもなれなかった。終業《しゅうぎょう》ベルが鳴《な》ったとき、ハリーはちらとも振《ふ》り返《かえ》らず地《ち》下牢教室《かろうきょうしつ》を飛《と》び出《だ》した。昼食《ちゅうしょく》の間《あいだ》はわざわざネビルとシェーマスの間《あいだ》に座《すわ》り、アンブリッジの部屋《へや》を使《つか》う件《けん》で、ハーマイオニーがまたガミガミ言《い》いはじめたりできないようにした。

「占《うらな》い学《がく》」の教室《きょうしつ》に着《つ》くころには、ハリーの機嫌《きげん》は最悪《さいあく》で、マクゴナガル先生《せんせい》との進路指導《しんろしどう》の約《や》束《そく》をすっかり忘《わす》れていた。ロンに、どうして先生《せんせい》の部屋《へや》に行《い》かないのかと聞《き》かれてやっと思《おも》い出《だ》し、飛《と》ぶように階段《かいだん》をかけ戻《もど》り、息《いき》せき切《き》って到着《とうちゃく》したときは、数分遅《すうふんおく》れただけだった。

「先生《せんせい》、すみません」ハリーは息《いき》を切《き》らしてドアを閉《し》めながら謝《あやま》った。「僕《ぼく》、忘《わす》れていました」

「かまいません、ポッター」マクゴナガル先生《せんせい》がきびきびと言《い》った。ところが、その時《とき》、誰《だれ》かが隅《すみ》のほうでフンフン鼻《はな》を鳴《な》らした。ハリーは振《ふ》り返《かえ》った。

アンブリッジ先生《せんせい》が座《すわ》っていた。ひざにはクリップボードをのせ、首《くび》の周《まわ》りをごちゃごちゃうるさいフリルで囲《かこ》み、悦《えつ》に入《い》った気持《きも》ちの悪《わる》い薄《うす》ら笑《わら》いを浮《う》かべている。

「おかけなさい、ポッター」マクゴナガル先生《せんせい》がそっけなく言《い》った。机《つくえ》に散《ち》らばっているたくさんの案内書《あんないしょ》を整理《せいり》する先生《せんせい》の手《て》が、わずかに震《ふる》えていた。

ハリーはアンブリッジに背《せ》を向《む》けて腰《こし》かけ、クリップボードに羽根《はね》ペンで書《か》く音《おと》が聞《き》こえないふりをするよう努力《どりょく》した。

「さて、ポッター、この面接《めんせつ》は、あなたの進路《しんろ》に関《かん》して話《はな》し合《あ》い、六年目《ねんめ》、七年目《ねんめ》でどの学科《がっか》を継続《けいぞく》するかを決《き》める指導《しどう》をするためのものです」マクゴナガル先生《せんせい》が言《い》った。「ホグワーツ卒業《そつぎょう》後《ご》、何《なに》をしたいか、考《かんが》えがありますか？」

「えーっと――」ハリーが言《い》った。

後《うし》ろでカリカリ音《おと》がするのでとても気《き》が散《ち》った。

「何《なん》ですか？」マクゴナガル先生《せんせい》がうながした。

「あの、考《かんが》えたのは、『闇祓《やみばら》い』はどうかなぁと」ハリーはもごもご言《い》った。

「それには、最優秀《さいゆうしゅう》の成績《せいせき》が必要《ひつよう》です」マクゴナガル先生《せんせい》はそう言《い》うと、机《つくえ》の上《うえ》の書類《しょるい》の山《やま》から、小《ちい》さな黒《くろ》い小冊子《しょうさっし》を抜《ぬ》き出《だ》して開《ひら》いた。「N《イ》・E《モ》・W《リ》・Tは少《すく》なくとも五科目《かもく》パスすることが要《よう》求《きゅう》され、しかも『E《イー》・期待以上《きたいいじょう》』より下《した》の成績《せいせき》は受《う》け入《い》れられません。なるほど。それから、闇《やみ》祓《ばら》い本部《ほんぶ》で、一連《いちれん》の厳《きび》しい性格《せいかく》・適性《てきせい》テストがあります。狭《せま》き門《もん》ですよ、ポッター、最高《さいこう》の者《もの》しか採《と》りません。事実《じじつ》、この三年間《ねんかん》は一人《ひとり》も採用《さいよう》されていないと思《おも》います」

この時《とき》、アンブリッジ先生《せんせい》が小《ちい》さく咳《せき》をした。まるでどれだけ静《しず》かに咳《せき》ができるのかを試《ため》したかのようだった。マクゴナガル先生《せんせい》は無視《むし》した。

「どの科目《かもく》を取《と》るべきか知《し》りたいでしょうね？」マクゴナガル先生《せんせい》は前《まえ》より少《すこ》し声《こえ》を張《は》り上《あ》げて話《はな》し続《つづ》けた。

「はい」ハリーが答《こた》えた。「『闇《やみ》の魔術《まじゅつ》に対《たい》する防衛術《ぼうえいじゅつ》』、なんかですね？」

「当然《とうぜん》です」マクゴナガル先生《せんせい》がきっぱり言《い》った。「そのほか私《わたくし》がすすめるのは――」

アンブリッジ先生《せんせい》が、また咳《せき》をした。今度《こんど》はさっきより少《すこ》し聞《き》こえた。マクゴナガル先生《せんせい》は一《いっ》瞬《しゅん》目《め》を閉《と》じ、また開《あ》けて、何事《なにごと》もなかったかのように続《つづ》けた。

「そのほか『変身術《へんしんじゅつ》』をすすめます。なぜなら、闇祓《やみばら》いは往々《おうおう》にして、仕事上《しごとじょう》変身《へんしん》したり元《もと》に戻《もど》ったりする必要《ひつよう》があります。それで、今《いま》はっきり言《い》っておきますが、ポッター、私《わたくし》のN《イ》・E《モ》・W《リ》・Tのクラスには、O《ふ》・W《く》・L《ろう》レベルで『E《イー》・期待以上《きたいいじょう》』つまり『良《りょう》』以上《いじょう》を取《と》った者《もの》でなければ入《はい》れません。あなたは今《いま》、平均《へいきん》で『A《エー》・まあまあ』つまり『可《か》』です。今後《こんご》も継続《けいぞく》するチャンスが欲《ほ》しいなら、今度《こんど》の試験《しけん》までに相当《そうとう》がんばる必要《ひつよう》があります。さらに『呪文学《じゅもんがく》』です。これは常《つね》に役《やく》に立《た》ちます。それと、『魔法薬学《まほうやくがく》』。そうです、ポッター、『魔法薬学《まほうやくがく》』ですよ」

マクゴナガル先生《せんせい》は、ニコリともせずにつけ加《くわ》えた。

「闇祓《やみばら》いにとって、毒薬《どくやく》と解毒剤《げどくざい》を学《まな》ぶことは不可欠《ふかけつ》です。それに、言《い》っておかなければなりませんが、スネイプ先生《せんせい》はO《ふ》・W《く》・L《ろう》で『O《オー》・優《ゆう》』を取《と》った者以外《ものいがい》は絶対《ぜったい》に教《おし》えません。ですから――」

アンブリッジ先生《せんせい》はこれまでで一番《いちばん》はっきり聞《き》こえる咳《せき》をした。

「のどあめを差《さ》し上《あ》げましょうか、ドローレス」マクゴナガル先生《せんせい》は、アンブリッジのほうを見《み》もせずに、そっけなく言《い》った。

「あら、けっこうですわ、ご親切《しんせつ》にどうも」アンブリッジはハリーの大嫌《だいきら》いな例《れい》のニタニタ笑《わら》いをした。「ただね、ミネルバ、ほんの一言《ひとこと》、口《くち》を挟《はさ》んでもよろしいかしら？」

「どのみちそうなるでしょう」マクゴナガル先生《せんせい》は、歯《は》を食《く》いしばったまま言《い》った。

「ミスター・ポッターは、性格的《せいかくてき》にはたして闇祓《やみばら》いに向《む》いているのかしらと思《おも》いましたの」アンブリッジ先生《せんせい》は甘《あま》ったるく言《い》った。

「そうですか？」マクゴナガル先生《せんせい》は高飛車《たかびしゃ》に言《い》った。「さて、ポッター」何《なに》も聞《き》かなかったかのように、先生《せんせい》が言葉《ことば》を続《つづ》けた。「真剣《しんけん》にその志《こころざし》を持《も》つなら、『変身術《へんしんじゅつ》』と『魔法薬学《まほうやくがく》』を最低《さいてい》線《せん》まで持《も》っていけるよう集中《しゅうちゅう》して努力《どりょく》することをすすめます。フリットウィック先生《せんせい》のあなたの評価《ひょうか》は、この二年間《ねんかん》、『A《エー》』と『E《イー》』の中間《ちゅうかん》のようです。ですから、『呪文学《じゅもんがく》』は満足《まんぞく》できるようです。『闇《やみ》の魔術《まじゅつ》に対《たい》する防衛術《ぼうえいじゅつ》』ですが、あなたの点数《てんすう》はこれまでずっと、全般的《ぜんぱんてき》に高《たか》いです。特《とく》にルーピン先生《せんせい》は、あなたのことを——**のどあめはほんとうにいらないのですか、ドローレス？**」

「あら、いりませんわ。どうも、ミネルバ」アンブリッジ先生《せんせい》は、これまでで最大《さいだい》の咳《せき》をしたところだった。「一番最近《いちばんさいきん》の『闇《やみ》の魔術《まじゅつ》に対《たい》する防衛術《ぼうえいじゅつ》』のハリーの成績《せいせき》を、もしやお手元《てもと》にお持《も》ちではないのではと、わたくし、ちょっと気《き》になりましたの。まちがいなくメモを挟《はさ》んでおいたと思《おも》いますわ」

「これのことですか？」

マクゴナガル先生《せんせい》は、ハリーのファイルの中《なか》から、ピンクの羊皮紙《ようひし》を引《ひ》っ張《ぱ》り出《だ》しながら、嫌悪感《けんおかん》を声《こえ》にあらわにした。眉《まゆ》を少《すこ》し吊《つ》り上《あ》げてメモに目《め》を通《とお》し、それからマクゴナガル先生《せんせい》は、何《なに》も言《い》わずにそのままファイルに戻《もど》した。

「さて、ポッター、今言《いまい》いましたように、ルーピン先生《せんせい》は、あなたがこの学科《がっか》に卓越《たくえつ》した適性《てきせい》を示《しめ》したとお考《かんが》えでした。当然《とうぜん》、闇祓《やみばら》いにとっては――」

「わたくしのメモがおわかりになりませんでしたの？　ミネルバ？」アンブリッジ先生《せんせい》が、咳《せき》をするのも忘《わす》れて甘《あま》ったるく言《い》った。

「もちろん理解《りかい》しました」マクゴナガル先生《せんせい》は、言葉《ことば》がくぐもって聞《き》こえるほどギリギリ歯《は》を食《く》いしばった。

「あら、それでしたら、どうしたことかしら……わたくしにはどうもわかりませんわ。どうしてまた、ミスター・ポッターにむだな望《のぞ》みを――」

「むだな望《のぞ》み？」マクゴナガル先生《せんせい》は、かたくなにアンブリッジのほうを見《み》ずに、くり返《かえ》した。「『闇《やみ》の魔術《まじゅつ》に対《たい》する防衛術《ぼうえいじゅつ》』のすべてのテストで、この子《こ》は高《たか》い成績《せいせき》を収《おさ》めています――」

「お言葉《ことば》を返《かえ》すようで、大変申《たいへんもう》し訳《わけ》ございませんが、ミネルバ、わたくしのメモにありますように、ハリーはわたくしのクラスでは大変《たいへん》ひどい成績《せいせき》ですの――」

「もっとはっきり申《もう》し上《あ》げるべきでしたわ」マクゴナガル先生《せんせい》がついにアンブリッジを真正面《ましょうめん》から見《み》た。「この子《こ》は、有能《ゆうのう》な教師《きょうし》によって行《おこな》われた『闇《やみ》の魔術《まじゅつ》に対《たい》する防衛術《ぼうえいじゅつ》』のすべてのテストで、高《たか》い成績《せいせき》を収《おさ》めています」

電球《でんきゅう》が突然《とつぜん》切《き》れるように、アンブリッジ先生《せんせい》の笑《え》みが消《き》えた。椅子《いす》に座《すわ》りなおし、クリップボードの紙《かみ》を一枚《まい》めくって猛《もう》スピードで書《か》き出《だ》し、ギョロ目《め》が、右《みぎ》へ左《ひだり》へとゴロゴロ動《うご》いた。マクゴナガル先生《せんせい》は、骨《ほね》ばった鼻《はな》の穴《あな》をふくらませ、目《め》をギラギラさせてハリーに向《む》きなおった。

「何《なに》か質問《しつもん》は？　ポッター？」

「はい」ハリーが聞《き》いた。「もしちゃんとN《イ》・E《モ》・W《リ》・Tの点《てん》が取《と》れたら、魔法省《まほうしょう》はどんな性《せい》格《かく》・適性試験《てきせいしけん》をするのですか？」

「そうですね、圧力《あつりょく》に抵抗《ていこう》する能力《のうりょく》を発揮《はっき》するとか」マクゴナガル先生《せんせい》が答《こた》えた。「忍耐《にんたい》や献身《けんしん》も必要《ひつよう》です。なぜなら、闇祓《やみばら》いの訓練《くんれん》は、さらに三年《ねん》を要《よう》するのです。言《い》うまでもなく、実践的《じっせんてき》な防衛術《ぼうえいじゅつ》の高度《こうど》な技術《ぎじゅつ》も必要《ひつよう》です。卒業後《そつぎょうご》もさらなる勉強《べんきょう》があるということです。ですから、その決意《けつい》がなければ――」

「それに、どうせわかることですが」今《いま》やひやりと冷《つめ》たくなった声《こえ》で、アンブリッジが言《い》った。「魔法省《まほうしょう》は闇祓《やみばら》いを志願《しがん》する者《もの》の経歴《けいれき》を調《しら》べます。犯罪歴《はんざいれき》を」

「――ホグワーツを出《で》てから、さらに多《おお》くの試験《しけん》を受《う》ける決意《けつい》がなければ、むしろほかの――」

「つまり、この子《こ》が闇祓《やみばら》いになる確率《かくりつ》は、ダンブルドアがこの学校《がっこう》に戻《もど》ってくる可能性《かのうせい》と同《おな》じということです」

「それなら、大《おお》いに可能性《かのうせい》ありです」マクゴナガル先生《せんせい》が言《い》った。

「ポッターは犯罪歴《はんざいれき》があります」アンブリッジが声《こえ》を張《は》り上《あ》げた。

「ポッターはすべての廉《かど》で無罪《むざい》になりました」マクゴナガルがもっと声《こえ》を張《は》り上《あ》げた。

アンブリッジ先生《せんせい》が立《た》ち上《あ》がった。とにかく背《せ》が低《ひく》く、立《た》ってもたいして変《か》わりはなかった。しかし、こうるさい、愛想笑《あいそわら》いの物腰《ものごし》が消《き》え、猛烈《もうれつ》な怒《いか》りのせいで、だだっ広《ぴろ》いたるんだ顔《かお》が妙《みょう》に邪悪《じゃあく》に見《み》えた。

「ポッターが闇祓《やみばら》いになる可能性《かのうせい》はまったくありません」

マクゴナガル先生《せんせい》も立《た》ち上《あ》がった。こちらの立《た》ち上《あ》がりぶりのほうがずっと迫力《はくりょく》があった。マクゴナガル先生《せんせい》はアンブリッジを高《たか》みから見下《みお》ろした。

「ポッター」マクゴナガル先生《せんせい》の声《こえ》が凛《りん》と響《ひび》いた。「どんなことがあろうと、私《わたくし》はあなたが闇祓《やみばら》いになるよう援助《えんじょ》します！　毎晩手《まいばんて》ずから教《おし》えることになろうとも、あなたが必要《ひつよう》とされる成績《せいせき》を絶対《ぜったい》に取《と》れるようにしてみせます！」

「魔法大臣《まほうだいじん》は絶対《ぜったい》にポッターを採用《さいよう》しません！」アンブリッジの声《こえ》は怒《いか》りで上《うわ》ずっていた。

「ポッターに準備《じゅんび》ができるころには、新《あたら》しい魔法大臣《まほうだいじん》になっているかもしれません！」マクゴナガル先生《せんせい》が叫《さけ》んだ。

「はっはーん！」アンブリッジ先生《せんせい》がずんぐりした指《ゆび》でマクゴナガルを指《さ》し、金切《かなき》り声《ごえ》で言《い》った。

「ほーら！　ほら、ほら、ほら！　それがお望《のぞ》みなのね？　ミネルバ・マクゴナガル？　あなたはアルバス・ダンブルドアがコーネリウス・ファッジに取《と》ってかわればいいと思《おも》っている！　わたくしの今《いま》の地位《ちい》に就《つ》くことを考《かんが》えているんだわ。なんと、魔法大臣上級次官《まほうだいじんじょうきゅうじかん》並《なら》びに校長《こうちょう》の地《ち》位《い》に！」

「何《なに》をたわ言《ごと》を」マクゴナガル先生《せんせい》は見事《みごと》にさげすんだ。「ポッター、これで進路相談《しんろそうだん》は終《お》わりです」

ハリーはかばんを肩《かた》に背負《せお》い、あえてアンブリッジ先生《せんせい》を見《み》ずに、急《いそ》いで部屋《へや》を出《で》た。二人《ふたり》の舌戦《ぜっせん》が、廊下《ろうか》を戻《もど》る間《あいだ》ずっと聞《き》こえ続《つづ》けていた。

その日《ひ》の午後《ごご》の授業《じゅぎょう》で、「闇《やみ》の魔術《まじゅつ》に対《たい》する防衛術《ぼうえいじゅつ》」の教室《きょうしつ》に荒々《あらあら》しく入《はい》ってきたアンブリッジ先生《せんせい》は、短距離《たんきょり》レースを走《はし》った直後《ちょくご》のように、まだ息《いき》をはずませていた。

「ハリー、計画《けいかく》を考《かんが》えなおしてくれないかしら」教科書《きょうかしょ》の第《だい》三十四章《しょう》「報復《ほうふく》ではなく交渉《こうしょう》を」のページを開《ひら》いたとたん、ハーマイオニーがささやいた。「アンブリッジったら、もう相当険悪《そうとうけんあく》ムードよ……」

時折《ときおり》、アンブリッジが怖《こわ》い目《め》でハリーをにらみつけた。ハリーはうつむいたまま、うつろな目《め》で『防衛術《ぼうえいじゅつ》の理論《りろん》』の教科書《きょうかしょ》を見《み》つめ、じっと考《かんが》えていた……。

マクゴナガル先生《せんせい》がハリーの後《うし》ろ盾《だて》になってくれてから数時間《すうじかん》もたたないうちに、ハリーがアンブリッジの部屋《へや》に侵入《しんにゅう》して捕《つか》まったりしたら、先生《せんせい》がどんな反応《はんのう》を見《み》せるか、ハリーには想像《そうぞう》できる……このままおとなしくグリフィンドール塔《とう》に戻《もど》り、次《つぎ》の夏休《なつやす》みの間《あいだ》に、「憂《うれ》いの篩《ふるい》」で目撃《もくげき》した光景《こうけい》についてシリウスに尋《たず》ねる機会《きかい》を待《ま》つ。これでいいではないか……これでいいはずだ。しかし、そんな良識的《りょうしきてき》な行動《こうどう》を取《と》ると思《おも》うと、まるで胃袋《いぶくろ》に鉛《なまり》のおもりが落《お》とされたような気分《きぶん》になる……それに、フレッドとジョージのことがある。陽動作戦《ようどうさくせん》はもう動《うご》きだしている。その上《うえ》、シリウスからもらったナイフは、父親《ちちおや》からの「透明《とうめい》マント」と一緒《いっしょ》に、今《いま》、かばんに収《おさ》まっている。

しかし、もし捕《つか》まったらという懸念《けねん》は残《のこ》る……。

「ダンブルドアは、あなたが学校《がっこう》に残《のこ》れるように、犠牲《ぎせい》になったのよ、ハリー！」アンブリッジに見《み》えないよう、教科書《きょうかしょ》を顔《かお》の所《ところ》まで持《も》ち上《あ》げて、ハーマイオニーがささやいた。「もし今日放《きょうほう》り出《だ》されたら、それも水《みず》の泡《あわ》じゃない！」

計画《けいかく》を放棄《ほうき》して、二十年以上前《ねんいじょうまえ》のある夏《なつ》の日《ひ》に父親《ちちおや》がしたことの記憶《きおく》を抱《かか》えたまま生《い》きることもできるだろう……。

しかしその時《とき》、ハリーは上《うえ》の階《かい》のグリフィンドールの談話室《だんわしつ》の暖炉《だんろ》で、シリウスが言《い》ったことを思《おも》い出《だ》した。

──君《きみ》は私《わたし》が考《かんが》えていたほど父親似《ちちおやに》ではないな……ジェームズなら危険《きけん》なことをおもしろがっただろう……。

だが、僕《ぼく》は今《いま》でも父《とう》さんに似《に》ていたいと思《おも》っているだろうか？

「ハリー、やらないで。お願《ねが》いだから！」

終業《しゅうぎょう》のベルが鳴《な》ったときのハーマイオニーの声《こえ》は、苦悶《くもん》に満《み》ちていた。

ハリーは答《こた》えなかった。どうしていいかわからなかった。

ロンは何《なに》も意見《いけん》を言《い》わず、助言《じょげん》もしないと決《き》めているかのようだった。ハリーのほうを見《み》ようとしなかった。しかし、ハーマイオニーがもう一度《いちど》ハリーを止《と》めようと口《くち》を開《ひら》くと、低《ひく》い声《こえ》で言《い》った。

「いいから、もうやめろよ。ハリーが自分《じぶん》で決《き》めることだ」

教室《きょうしつ》から出《で》るとき、ハリーの心臓《しんぞう》は早鐘《はやがね》のようだった。廊下《ろうか》に出《で》て半分《はんぶん》ほど進《すす》んだとき、遠《とお》くのほうで紛《まぎ》れもなく陽動作戦《ようどうさくせん》の音《おと》が炸裂《さくれつ》するのが聞《き》こえた。どこか上《うえ》の階《かい》から、叫《さけ》び声《ごえ》や悲鳴《ひめい》が響《ひび》いてきた。ハリーの周《まわ》りの教室《きょうしつ》という教室《きょうしつ》から出《で》てきた生徒《せいと》たちが、いっせいに足《あし》を止《と》め、こわごわ天井《てんじょう》を見上《みあ》げた――。

アンブリッジが、短《みじか》い足《あし》なりに全速力《ぜんそくりょく》で教室《きょうしつ》から飛《と》び出《だ》してきた。杖《つえ》を引《ひ》っ張《ぱ》り出《だ》し、アンブリッジは急《いそ》いで反対方向《はんたいほうこう》へと離《はな》れていった。やるなら今《いま》だ。今《いま》しかない。

「ハリー――お願《ねが》い！」ハーマイオニーが弱々《よわよわ》しく哀願《あいがん》した。

しかし、ハリーの心《こころ》は決《き》まっていた。かばんをしっかり肩《かた》にかけなおし、東棟《ひがしとう》での騒《さわ》ぎがいったい何《なに》かを見《み》ようと急《いそ》ぎだした生徒《せいと》たちの間《あいだ》を縫《ぬ》って、ハリーは逆方向《ぎゃくほうこう》にかけだした。

ハリーはアンブリッジの部屋《へや》がある廊下《ろうか》に着《つ》き、誰《だれ》もいないのをたしかめた。大《おお》きな甲冑《かっちゅう》の裏《うら》にかけ込《こ》み――兜《かぶと》がギーッとハリーを振《ふ》り返《かえ》った――かばんを開《あ》けてシリウスのナイフをつかみ、ハリーは透明《とうめい》マントをかぶった。それからゆっくり、慎重《しんちょう》に甲冑《かっちゅう》の裏《うら》から出《で》て廊下《ろうか》を進《すす》み、アンブリッジの部屋《へや》のドアに着《つ》いた。

ドアの周囲《しゅうい》のすきまに魔法《まほう》のナイフの刃《は》を差《さ》し込《こ》み、そっと上下《じょうげ》させて引《ひ》き出《だ》すと、小《ちい》さくカチリと音《おと》がして、ドアがパッと開《ひら》いた。ハリーは身《み》をかがめて中《なか》に入《はい》り、急《いそ》いでドアを閉《し》めて周《まわ》りを見回《みまわ》した。没収《ぼっしゅう》された箒《ほうき》の上《うえ》にかかった飾《かざ》り皿《ざら》の中《なか》で、小憎《こにく》らしい子猫《こねこ》がふざけているほかは、何《なに》一つ動《うご》くものはなかった。

ハリーは「マント」を脱《ぬ》ぎ、急《いそ》いで暖炉《だんろ》に近《ちか》づいた。探《さが》し物《もの》はすぐ見《み》つかった。小《ちい》さな箱《はこ》に入《はい》ったキラキラ光《ひか》る粉《こな》、「煙突飛行粉《えんとつひこうごな》」だ。

ハリーは火《ひ》のない火格子《ひごうし》の前《まえ》にかがんだ。両手《りょうて》が震《ふる》えた。やり方《かた》はわかっているつもりだが、実際《じっさい》にやったことはない。ハリーは暖炉《だんろ》に首《くび》を突《つ》っ込《こ》んだ。飛行粉《ひこうごな》を大《おお》きくひとつまみして、伸《の》ばした首《くび》の下《した》にきちんと積《つ》んである薪《まき》の上《うえ》に落《お》とした。薪《まき》はたちまちボッと燃《も》え、エメラルド色《いろ》の炎《ほのお》が上《あ》がった。

「グリモールド・プレイス十二番地《ばんち》！」ハリーは大声《おおごえ》で、はっきり言《い》った。

これまで経験《けいけん》したことのない、奇妙《きみょう》な感覚《かんかく》だった。もちろん飛行粉《ひこうごな》で移動《いどう》したことはあるが、そのときは全身《ぜんしん》が炎《ほのお》の中《なか》でぐるぐる回転《かいてん》し、国中《くにじゅう》に広《ひろ》がる魔法使《まほうつか》いの暖炉網《だんろもう》を通《とお》った。今度《こんど》は、ひざがアンブリッジの部屋《へや》の冷《つめ》たい床《ゆか》にきっちり残《のこ》ったままで、頭《あたま》だけがエメラルドの炎《ほのお》の中《なか》を飛《と》んでいく……。

そして、回《まわ》りはじめたときと同《おな》じように唐突《とうとつ》に、回転《かいてん》が止《と》まった。少《すこ》し気分《きぶん》が悪《わる》かった。首《くび》の周《まわ》りに特別熱《とくべつあつ》いマフラーを巻《ま》いているような気持《きも》ちになりながら、ハリーが目《め》を開《あ》けると、そこは厨房《ちゅうぼう》の暖炉《だんろ》の中《なか》で、木製《もくせい》の長《なが》いテーブルに腰《こし》かけた男《おとこ》が、一枚《まい》の羊皮紙《ようひし》をじっくり読《よ》んでいるのが見《み》えた。

「シリウス?」

男《おとこ》が飛《と》び上《あ》がり、振《ふ》り返《かえ》った。シリウスではなくルーピンだった。

「ハリー!」ルーピンがびっくり仰天《ぎょうてん》して言《い》った。「いったい何《なに》を――どうした? 何《なに》かあったのか?」

「ううん」ハリーが答《こた》えた。「ただ、僕《ぼく》できたら――あの、つまり、ちょっと――シリウスと話《はな》したくて」

「呼《よ》んでくる」ルーピンはまだ困惑《こんわく》した顔《かお》で立《た》ち上《あ》がった。「クリーチャーを探《さが》しに上《うえ》へ行《い》ってるんだ。また屋根裏《やねうら》に隠《かく》れているらしい……」

ルーピンが急《いそ》いで厨房《ちゅうぼう》を出《で》ていくのが見《み》えた。残《のこ》されたハリーが見《み》るものといえば、椅子《いす》とテーブルの脚《あし》しかない。炎《ほのお》の中《なか》から話《はなし》をするのがどんなに骨《ほね》が折《お》れることか、シリウスはどうして一度《いちど》も言《い》ってくれなかったんだろう。ハリーのひざはもう、アンブリッジの硬《かた》い石《いし》の床《ゆか》に長《なが》い間《あいだ》触《ふ》れていることに抗議《こうぎ》していた。

まもなくルーピンが、すぐあとにシリウスを連《つ》れて戻《もど》ってきた。

「どうした？」シリウスは目《め》にかかる長《なが》い黒髪《くろかみ》を払《はら》いのけ、ハリーと同《おな》じ目《め》の高《たか》さになるよう暖《だん》炉前《ろまえ》にひざをつき、急《せ》き込《こ》んで聞《き》いた。ルーピンも心配《しんぱい》そうな顔《かお》でひざまずいた。

「大丈夫《だいじょうぶ》か？　助《たす》けが必要《ひつよう》なのか？」

「ううん」ハリーが言《い》った。「そんなことじゃないんだ……僕《ぼく》、ちょっと話《はな》したくて……父《とう》さんのことで」

二人《ふたり》が驚愕《きょうがく》したように顔《かお》を見合《みあ》わせた。しかしハリーは、恥《は》ずかしいとか、きまりが悪《わる》いとか感《かん》じているひまはなかった。刻一刻《こくいっこく》とひざの痛《いた》みがひどくなる。それに、陽動作戦《ようどうさくせん》が始《はじ》まってからもう五分《ふん》は経過《けいか》しただろう。ジョージが保証《ほしょう》したのは二十分《ぷん》だ。ハリーはすぐさま「憂《うれ》いの篩《ふるい》」で見《み》たことの話《はなし》に入《はい》った。

話《はな》し終《お》わったとき、シリウスもルーピンも一瞬《いっしゅん》だまっていた。それからルーピンが静《しず》かに言《い》った。

「ハリー、そこで見《み》たことだけで君《きみ》の父《とう》さんを判断《はんだん》しないでほしい。まだ十五歳《さい》だったんだ――」

「僕《ぼく》だって十五だ！」ハリーの言葉《ことば》が熱《あつ》くなった。

「いいか、ハリー」シリウスがなだめるように言《い》った。「ジェームズとスネイプは、最初《さいしょ》に目《め》を合《あ》わせた瞬間《しゅんかん》からお互《たが》いに憎《にく》み合《あ》っていた。そういうこともあるというのは、君《きみ》にもわかるね？　ジェームズは、スネイプがなりたいと思《おも》っているものをすべて備《そな》えていた――人気者《にんきもの》で、クィディッチがうまかった――ほとんど何《なん》でもよくできた。ところがスネイプは、闇《やみ》の魔術《まじゅつ》に首《くび》までどっぷり浸《つ》かった偏屈《へんくつ》なやつだった。それにジェームズは――君《きみ》の目《め》にどう映《うつ》ったか別《べつ》として、ハリー――どんなときも闇《やみ》の魔術《まじゅつ》を憎《にく》んでいた」

「うん」ハリーが言《い》った。「でも、父《とう》さんは、特《とく》に理由《りゆう》もないのにスネイプを攻撃《こうげき》した。ただ単《たん》に――えーと、シリウスおじさんが『たいくつだ』と言《い》ったからなんだ」ハリーは少《すこ》し申《もう》し訳《わけ》なさそうな調子《ちょうし》で言葉《ことば》を結《むす》んだ。

「自慢《じまん》にはならないな」シリウスが急《いそ》いで言《い》った。

ルーピンが横《よこ》にいるシリウスを見《み》ながら言《い》った。

「いいかい、ハリー。君《きみ》の父《とう》さんとシリウスは、何《なに》をやらせても学校中《がっこうじゅう》で一番《いちばん》よくできたということを、理解《りかい》しておかないといけないよ。――みんなが二人《ふたり》は最高《さいこう》にかっこいいと思《おも》っていた――二人《ふたり》がときどき少《すこ》しいい気《き》になったとしても――」

「私《わたし》たちがときどき傲慢《ごうまん》でいやなガキだったとしてもと言《い》いたいんだろう？」シリウスが言《い》った。

ルーピンがニヤッとした。

「父《とう》さんはしょっちゅう髪《かみ》の毛《け》をくしゃくしゃにしてた」ハリーが困惑《こんわく》したように言《い》った。

シリウスもルーピンも笑《わら》い声《ごえ》を上《あ》げた。

「そういうくせがあったのを忘《わす》れていたよ」シリウスがなつかしそうに言《い》った。

「ジェームズはスニッチをもてあそんでいたのか？」ルーピンが興味深《きょうみぶか》げに聞《き》いた。

「うん」シリウスとルーピンが顔《かお》を見合《みあ》わせ、思《おも》い出《で》にふけるようにニッコリと笑《わら》うのを、理解《りかい》しがたい思《おも》いで見《み》つめながら、ハリーが答《こた》えた。「それで……僕《ぼく》、父《とう》さんがちょっとバカをやっていると思《おも》った」

「ああ、当然《とうぜん》あいつはちょっとバカをやったさ！」シリウスが威勢《いせい》よく言《い》った。「私《わたし》たちはみんなバカだった！　まあ――ムーニーはそれほどじゃなかったな」シリウスがルーピンを見《み》ながら言《い》い過《す》ぎを訂正《ていせい》した。

しかしルーピンは首《くび》を振《ふ》った。「私《わたし》が一度《いちど》でも、スネイプにかまうのはよせって言《い》ったか？　私《わたし》に、君《きみ》たちのやり方《かた》はよくないと忠告《ちゅうこく》する勇気《ゆうき》があったか？」

「まあ、いわば」シリウスが言《い》った。「君《きみ》は、ときどき僕《ぼく》たちのやっていることを恥《は》ずかしいと思《おも》わせてくれた……それが大事《だいじ》だった……」

「それに」ここに来《き》てしまった以上《いじょう》、気《き》になっていることは全部言《ぜんぶい》ってしまおうと、ハリーは食《く》い下《さ》がった。「父《とう》さんは、湖《みずうみ》のそばにいた女《おんな》の子《こ》たちに自分《じぶん》のほうを見《み》てほしいみたいに、しょっちゅうちらちら見《み》ていた！」

「ああ、まあ、リリーがそばにいると、ジェームズはいつもバカをやったな」シリウスが肩《かた》をすくめた。「リリーのそばに行《い》くと、ジェームズはどうしても見《み》せびらかさずにはいられなかった」

「母《かあ》さんはどうして父《とう》さんと結婚《けっこん》したの？」ハリーは情《なさ》けなさそうに言《い》った。「父《とう》さんのことを大嫌《だいきら》いだったくせに！」

「いいや、それはちがう」シリウスが言《い》った。

「七年生《ねんせい》のときにジェームズとデートしはじめたよ」ルーピンが言《い》った。

「ジェームズの高慢《こうまん》ちきが少《すこ》し治《なお》ってからだ」シリウスが言《い》った。

「そして、おもしろ半分《はんぶん》に呪《のろ》いをかけたりしなくなってからだよ」ルーピンが言《い》った。

「スネイプにも？」ハリーが聞《き》いた。

「そりゃあ」ルーピンが考《かん》えながら言《い》った。「スネイプは特別《とくべつ》だった。つまり、スネイプはすきあらばジェームズに呪《のろ》いをかけようとしたんだ。ジェームズだって、おとなしくやられっ放《ぱな》しというわけにはいかないだろう？」

「でも、母《かあ》さんはそれでよかったの？」

「正直言《しょうじきい》って、リリーはそのことはあまり知《し》らなかった」シリウスが言《い》った。「そりゃあ、ジェームズがデートにスネイプを連《つ》れていって、リリーの目《め》の前《まえ》で呪《のろ》いをかけたりはしないだろう？」

まだ納得《なっとく》できないような顔《かお》のハリーに向《む》かって、シリウスは顔《かお》をしかめた。

「いいか」シリウスが言《い》った。「君《きみ》の父《とう》さんは、私《わたし》の無二《むに》の親友《しんゆう》だったし、いいやつだった。十五歳《さい》のときには、たいていみんなバカをやるものだ。ジェームズはそこを抜《ぬ》け出《だ》した」

「うん、わかったよ」ハリーは気《き》が重《おも》そうに言《い》った。「ただ、僕《ぼく》、スネイプをかわいそうに思《おも》うなんて、考《かんが》えてもみなかったから」

「そういえば」ルーピンがかすかに眉間《みけん》にしわを寄《よ》せた。「全部見《ぜんぶみ》られたと知《し》ったときのスネイプの反応《はんのう》はどうだったのかね？」

「もう二度《にど》と『閉心術《へいしんじゅつ》』を教《おし》えないって言《い》った」ハリーが無関心《むかんしん》に言《い》った。「まるでそれで僕《ぼく》ががっかりするとでも――」

「あいつが、何《なん》だと？」シリウスの叫《さけ》びで、ハリーは飛《と》び上《あ》がり、口《くち》いっぱいに灰《はい》を吸《す》い込《こ》んでしまった。

「ハリー、ほんとうか？」ルーピンがすぐさま聞《き》いた。「あいつが君《きみ》の訓練《くんれん》をやめたのか？」

「うん」過剰《かじょう》と思《おも》える反応《はんのう》に驚《おどろ》きながら、ハリーが言《い》った。「だけど、問題《もんだい》ないよ。どうでもいいもの。僕《ぼく》、ちょっとホッとしてるんだ。ほんとのこと言《い》う――」

「むこうへ行《い》って、スネイプと話《はな》す！」シリウスが力《りき》んで、ほんとうに立《た》ち上《あ》がろうとした。しかしルーピンが無理《むり》やりまた座《すわ》らせた。

「誰《だれ》かがスネイプに言《い》うとしたら、私《わたし》しかいない！」ルーピンがきっぱりと言《い》った。「しかし、ハリー、まず君《きみ》がスネイプの所《ところ》に行《い》って、どんなことがあっても訓練《くんれん》をやめてはいけないと言《い》うんだ――ダンブルドアがこれを聞《き》いたら――」

「そんなことスネイプに言《い》えないよ。殺《ころ》される！」ハリーが憤慨《ふんがい》した。「二人《ふたり》とも、『憂《うれ》いの篩《ふるい》』から出《で》てきたときのスネイプの顔《かお》を見《み》てないんだ」

「ハリー、君《きみ》が『閉心術《へいしんじゅつ》』を習《なら》うことは、何《なに》よりも大切《たいせつ》なことなんだ！」ルーピンが厳《きび》しく言《い》った。「わかるか？　何《なに》よりもだ！」

「わかった、わかったよ」ハリーはすっかり落《お》ち着《つ》かない気持《きも》ちになり、いらだった。「それじゃ……それじゃ、スネイプに何《なに》か言《い》ってみるよ……だけど、そんなことしても――」

ハリーがだまり込《こ》んだ。遠《とお》くに足音《あしおと》を聞《き》いたのだ。

「クリーチャーが下《お》りてくる音《おと》？」

「いや」シリウスがちらりと振《ふ》り返《かえ》りながら言《い》った。「君《きみ》の側《がわ》の誰《だれ》かだな」

ハリーの心臓《しんぞう》が拍動《はくどう》を数拍《すうはく》吹《ふ》っ飛《と》ばした。

「帰《かえ》らなくちゃ！」ハリーはあわててそう言《い》うと、グリモールド・プレイスの暖炉《だんろ》から首《くび》を引《ひ》っ込《こ》めた。一瞬《いっしゅん》、首《くび》が肩《かた》の上《うえ》で回転《かいてん》しているようだったが、やがてハリーは、アンブリッジの暖炉《だんろ》の前《まえ》にひざまずいていた。首《くび》はしっかり元《もと》に戻《もど》り、エメラルド色《いろ》の炎《ほのお》がちらついて消《き》えていくのを見《み》ていた。

「急《いそ》げ、急《いそ》げ！」ドアの外《そと》で誰《だれ》かがゼイゼイと低《ひく》い声《こえ》で言《い》うのが聞《き》こえた。「ああ、先生《せんせい》は鍵《かぎ》もかけずに――」

ハリーが透明《とうめい》マントに飛《と》びつき頭《あたま》からかぶったとたんに、フィルチが部屋《へや》に飛《と》び込《こ》んできた。有頂天《うちょうてん》になって、うわ言《ごと》のようにひとりで何《なに》かを言《い》いながら、フィルチは部屋《へや》を横切《よこぎ》り、アンブリッジの机《つくえ》の引《ひ》き出《だ》しを開《あ》け、中《なか》の書類《しょるい》をしらみつぶしに探《さが》しはじめた。

「鞭打《むちう》ち許可証《きょかしょう》……鞭打《むちう》ち許可証《きょかしょう》……とうとうその日《ひ》が来《き》た……もう何年《なんねん》も前《まえ》から、あいつらはそうされるべきだった……」

フィルチは羊皮紙《ようひし》を一枚《まい》引《ひ》っ張《ぱ》り出《だ》し、それにキスし、胸元《むなもと》にしっかり握《にぎ》りしめて、不格好《ぶかっこう》な走《はし》り方《かた》であたふたとドアから出《で》ていった。

ハリーははじけるように立《た》ち上《あ》がった。かばんを持《も》ったかどうか、透明《とうめい》マントで完全《かんぜん》に覆《おお》われているかどうかをたしかめ、ドアをぐいと開《あ》け、フィルチのあとから部屋《へや》を飛《と》び出《だ》した。フィルチは足《あし》を引《ひ》きずりながら、これまで見《み》たことがないほど速《はや》く走《はし》っていた。

アンブリッジの部屋《へや》から一つ下《さ》がった踊《おど》り場《ば》まで来《き》て、ハリーはもう姿《すがた》を現《あらわ》しても安全《あんぜん》だと思《おも》った。「マント」を脱《ぬ》ぎ、かばんに押《お》し込《こ》み、先《さき》を急《いそ》いだ。玄関《げんかん》ホールから叫《さけ》び声《ごえ》や大勢《おおぜい》が動《うご》く気配《けはい》が聞《き》こえてきた。大理石《だいりせき》の階段《かいだん》をかけ下《お》りて見《み》ると、そこにはほとんど学校中《がっこうじゅう》が集《あつ》まっているようだった。

ちょうど、トレローニー先生《せんせい》が解雇《かいこ》された夜《よる》と同《おな》じだった。壁《かべ》の周《まわ》りに生徒《せいと》が大《おお》きな輪《わ》になって立《た》ち（何人《なんにん》かはどう見《み》ても「臭液《しゅうえき》」と思《おも》われる物質《ぶっしつ》をかぶっているのにハリーは気《き》づいた）、先生《せんせい》とゴーストもまじっていた。見物人《けんぶつにん》の中《なか》でも目立《めだ》つのが、ことさらに満足《まんぞく》げな顔《かお》をしている「尋問官親衛隊《じんもんかんしんえいたい》」だ。ピーブズが頭上《ずじょう》にヒョコヒョコ浮《う》かびながらフレッドとジョージをじっと見下《みお》ろしていた。二人《ふたり》はホールの中央《ちゅうおう》に立《た》ち、紛《まぎ》れもなく、たった今追《いまお》い詰《つ》められたという顔《かお》をしていた。

「さあ！」アンブリッジが勝《か》ち誇《ほこ》ったように言《い》った。気《き》がつくと、ハリーのほんの数段下《すうだんした》の階段《かいだん》にアンブリッジが立《た》ち、改《あらた》めて自分《じぶん》の獲物《えもの》を見下《みお》ろしているところだった。「それじゃ――あなたたちは、学校《がっこう》の廊下《ろうか》を沼地《ぬまち》に変《か》えたらおもしろいと思《おも》っているわけね？」

「相当《そうとう》おもしろいね、ああ」フレッドがまったく恐《おそ》れる様子《ようす》もなく、アンブリッジを見上《みあ》げて言《い》った。

フィルチが人混《ひとご》みをひじで押《お》し分《わ》けて、幸《しあわ》せのあまり泣《な》かんばかりの様子《ようす》でアンブリッジに近《ちか》づいてきた。

「校長先生《こうちょうせんせい》、書類《しょるい》を持《も》ってきました」フィルチは、今《いま》しがたハリーの目《め》の前《まえ》でアンブリッジの机《つくえ》から引《ひ》っ張《ぱ》り出《だ》した羊皮紙《ようひし》をひらひらさせながら、しわがれ声《ごえ》で言《い》った。「書類《しょるい》を持《も》ってきました。それに、鞭《むち》も準備《じゅんび》してあります……ああ、今《いま》すぐ執行《しっこう》させてください……」

「いいでしょう、アーガス」アンブリッジが言《い》った。「そこの二人《ふたり》」フレッドとジョージを見下《みお》ろしてにらみながら、アンブリッジが言葉《ことば》を続《つづ》けた。「わたくしの学校《がっこう》で悪事《あくじ》を働《はたら》けばどういう目《め》にあうかを、これから思《おも》い知《し》らせてあげましょう」

「ところがどっこい」フレッドが言《い》った。「思《おも》い知《し》らないね」

フレッドが双子《ふたご》の片《かた》われを振《ふ》り向《む》いた。

「ジョージ、どうやら俺《おれ》たちは、学生稼業《がくせいかぎょう》を卒業《そつぎょう》しちまったな？」

「ああ、俺《おれ》もずっとそんな気《き》がしてたよ」ジョージが気軽《きがる》に言《い》った。

「俺《おれ》たちの才能《さいのう》を世《よ》の中《なか》で試《ため》すときが来《き》たな？」フレッドが聞《き》いた。

「まったくだ」ジョージが言《い》った。

そして、アンブリッジが何《なに》も言《い》えないうちに、二人《ふたり》は杖《つえ》を上《あ》げて同時《どうじ》に唱《とな》えた。

「アクシオ！　箒《ほうき》よ、来《こ》い！」

どこか遠《とお》くで、ガチャンと大《おお》きな音《おと》がした。左《ひだり》のほうを見《み》たハリーは、間一髪《かんいっぱつ》で身《み》をかわした。フレッドとジョージの箒《ほうき》が、持《も》ち主《ぬし》めがけて廊下《ろうか》を矢《や》のように飛《と》んできたのだ。一本《ぽん》は、アンブリッジが箒《ほうき》を壁《かべ》に縛《しば》りつけるのに使《つか》った、重《おも》い鎖《くさり》と鉄《てつ》の杭《くい》を引《ひ》きずったままだ。箒《ほうき》は廊下《ろうか》から左《ひだり》に折《お》れ、階段《かいだん》を猛《もう》スピードで下《お》り、双子《ふたご》の前《まえ》でぴたりと止《と》まった。鎖《くさり》が石畳《いしだたみ》の床《ゆか》でガチャガチャと大《おお》きな音《おと》を立《た》てた。

「またお会《あ》いすることもないでしょう」フレッドがパッと足《あし》を上《あ》げて箒《ほうき》にまたがりながら、アンブリッジに言《い》った。

「ああ、連絡《れんらく》もくださいますな」ジョージも自分《じぶん》の箒《ほうき》にまたがった。

フレッドは集《あつ》まった生徒《せいと》たちを見回《みまわ》した。群《む》れは声《こえ》もなく見《み》つめていた。

「上《うえ》の階《かい》で実演《じつえん》した『携帯沼地《けいたいぬまち》』をお買《か》い求《もと》めになりたい方《かた》は、ダイアゴン横丁《よこちょう》九十三番地《ばんち》までお越《こ》しください。『ウィーズリー《W》・ウィザード《W》・ウィーズ《W》店《てん》』でございます」フレッドが大声《おおごえ》で言《い》った。「我々《われわれ》の新店舗《しんてんぽ》です！」

「我々《われわれ》の商品《しょうひん》を、この老《お》いぼればばぁを追《お》い出《だ》すために使《つか》うと誓《ちか》っていただいたホグワーツ生《せい》には、特別割引《とくべつわりびき》をいたします」ジョージがアンブリッジを指差《ゆびさ》した。

「二人《ふたり》を止《と》めなさい！」

アンブリッジが金切《かなき》り声《ごえ》を上《あ》げたときには、もう遅《おそ》かった。尋問官親衛隊《じんもんかんしんえいたい》が包囲網《ほういもう》を縮《ちぢ》めたときには、フレッドとジョージは床《ゆか》をけり、五メートルの高《たか》さに飛《と》び上《あ》がっていた。ぶら下《さ》がった鉄製《てっせい》の杭《くい》が危険《きけん》をはらんでぶらぶら揺《ゆ》れていた。フレッドは、ホールの反対側《はんたいがわ》で、群集《ぐんしゅう》の頭上《ずじょう》に自分《じぶん》と同《おな》じ高《たか》さでピョコピョコ浮《う》いているポルターガイストを見《み》つけた。

「ピーブズ、俺《おれ》たちにかわってあの女《おんな》をてこずらせてやれよ」

ピーブズが生徒《せいと》の命令《めいれい》を聞《き》く場面《ばめん》など、ハリーは見《み》たことがなかった。そのピーブズが、鈴飾《すずかざ》りのついた帽子《ぼうし》をサッと脱《ぬ》ぎ、敬礼《けいれい》の姿勢《しせい》を取《と》った。眼下《がんか》の生徒《せいと》たちのやんやの喝采《かっさい》を受《う》けながら、フレッドとジョージはくるりと向《む》きを変《か》え、開《あ》け放《はな》たれた正面《しょうめん》の扉《とびら》をすばやく通《とお》り抜《ぬ》け、輝《かがや》かしい夕焼《ゆうや》けの空《そら》へと吸《す》い込《こ》まれていった。

第《だい》30章《しょう》　グロウプ

フレッドとジョージの自由《じゆう》への逃走《とうそう》は、それから数日間《すうじつかん》、何度《なんど》もくり返《かえ》し語《かた》られた。ハリーは、まもなくこの話《はなし》がホグワーツの伝説《でんせつ》になることはまちがいないと思《おも》った。その場面《ばめん》を目撃《もくげき》した者《もの》でさえ、それから一週間《しゅうかん》のうちに、箒《ほうき》に乗《の》った双子《ふたご》が急降下《きゅうこうか》爆撃《ばくげき》して、アンブリッジめがけてクソ爆弾《ばくだん》を浴《あ》びせかけ、正面扉《しょうめんとびら》から飛《と》び去《さ》ったという話《はなし》を半分真《はんぶんま》に受《う》けていた。二人《ふたり》が去《さ》った余波《よは》で、その直後《ちょくご》は双子《ふたご》に続《つづ》けという大《おお》きなうねりが起《お》こった。生徒《せいと》たちがその話《はなし》をするのが、しょっちゅうハリーの耳《みみ》に入《はい》ってきた。「正直言《しょうじきい》って、僕《ぼく》も箒《ほうき》に飛《と》び乗《の》ってここから出《で》ていきたいって思《おも》うことがあるよ」とか、「あんな授業《じゅぎょう》がもう一回《かい》あったら、僕《ぼく》は即《そく》、ウィーズリーしちゃうな」とかだ。

その上《うえ》、フレッドとジョージは、誰《だれ》もがそう簡単《かんたん》に二人《ふたり》を忘《わす》れられないようにして出《で》ていった。たとえば、東棟《ひがしとう》の六階《かい》の廊下《ろうか》に広《ひろ》がる沼地《ぬまち》を消《け》す方法《ほうほう》を残《のこ》していかなかった。アンブリッジとフィルチが、いろいろな方法《ほうほう》で取《と》り除《のぞ》こうとしている姿《すがた》が見《み》られたが、成功《せいこう》していなかった。ついにその区域《くいき》に縄《なわ》が張《は》りめぐらされ、フィルチは怒《いか》りにギリギリ歯《は》ぎしりしながら、渡し舟《わたしぶね》で生徒《せいと》を教室《きょうしつ》まで運《はこ》ぶ仕事《しごと》をさせられた。マクゴナガル先生《せんせい》やフリットウィック先生《せんせい》なら、簡単《かんたん》に沼地《ぬまち》を消《け》せるだろうと、ハリーには確信《かくしん》があったが、フレッドとジョージの「暴《あば》れバンバン花火《はなび》」事件《じけん》のときと同《おな》じで、先生方《せんせいがた》にとっては、アンブリッジに格闘《かくとう》させて眺《なが》めるほうがよかったらしい。

さらに、アンブリッジの部屋《へや》のドアには箒《ほうき》の形《かたち》の大穴《おおあな》が二つ開《あ》いていた。フレッドとジョージのクリーンスイープが、ご主人様《しゅじんさま》の所《ところ》に戻《もど》るときにぶち開《あ》けた穴《あな》だ。フィルチが新《あたら》しいドアを取《と》りつけ、ハリーのファイアボルトはそこから地下牢《ちかろう》に移《うつ》された。うわさでは、アンブリッジがそこに武装《ぶそう》したトロールの警備員《けいびいん》を置《お》いて、見張《みは》らせているらしい。しかし、アンブリッジの苦労《くろう》はまだまだこんなものではなかった。

フレッドとジョージの例《れい》に触発《しょくはつ》され、大勢《おおぜい》の生徒《せいと》が、今《いま》や空席《くうせき》になった「悪《わる》ガキ大将《たいしょう》」の座《ざ》を目指《めざ》して競《きそ》いはじめたのだ。新《あたら》しいドアを取《と》りつけたのに、誰《だれ》かがこっそりアンブリッジの部屋《へや》に「毛《け》むくじゃら鼻《ばな》ニフラー」を忍《しの》び込《こ》ませ、それがキラキラ光《ひか》るものを探《さが》して、たちまち部屋《へや》をめちゃめちゃにしたばかりか、アンブリッジが部屋《へや》に入《はい》ってきたとき、ずんぐり指《ゆび》をかみ切《き》って指輪《ゆびわ》を取《と》ろうと飛《と》びかかった。「クソ爆弾《ばくだん》」や「臭《くさ》い玉《たま》」がしょっちゅう廊下《ろうか》に落《お》とされ、今《いま》や教室《きょうしつ》を出《で》るときには「泡頭《あぶくあたま》の呪文《じゅもん》」をかけるのが流行《りゅうこう》になった。誰《だれ》も彼《かれ》もが金魚鉢《きんぎょばち》を逆《さか》さにかぶったような奇妙《きみょう》な格好《かっこう》にはなったが、たしかにそれで新鮮《しんせん》な空気《くうき》は確保《かくほ》できた。

フィルチは、乗馬用《じょうばよう》の鞭《むち》を手《て》に、悪《わる》ガキを捕《つか》まえようと血眼《ちまなこ》で廊下《ろうか》のパトロールをしたが、何《なに》しろ数《かず》が多《おお》いので、どこから手をつけてよいやらさっぱりわからなくなっていた。「尋問官親衛隊《じんもんかんしんえいたい》」もフィルチを助《たす》けようとしていたが、隊員《たいいん》に変《へん》なことが次々《つぎつぎ》に起《お》こった。スリザリンのクィディッチ・チームのワリントンは、ひどい皮膚病《ひふびょう》らしいと医務室《いむしつ》にやってきたが、コーンフレークをまぶしたような肌《はだ》になっていた。パンジー・パーキンソンは鹿《しか》の角《つの》が生《は》えてきて、次《つぎ》の日《ひ》の授業《じゅぎょう》を全部《ぜんぶ》休《やす》むはめになった。ハーマイオニーは大喜びした。

一方《いっぽう》、フレッドとジョージが学校《がっこう》を去《さ》る前《まえ》に、「ずる休《やす》みスナックボックス」をどんなにたくさん売《う》っていたかがはっきりした。アンブリッジが教室《きょうしつ》に入《はい》ってくるだけで、気絶《きぜつ》するやら、吐《は》くやら、危険《きけん》な高熱《こうねつ》を出《だ》すやら、さもなければ鼻血《はなぢ》がどっと出《で》てくる生徒《せいと》が続出《ぞくしゅつ》した。怒《いか》りといらいらで金切《かなき》り声《ごえ》を上《あ》げ、アンブリッジは何《なん》とかしてわけのわからない症状《しょうじょう》の原因《げんいん》を突《つ》き止《と》めようとしたが、生徒《せいと》たちはかたくなに、「アンブリッジ炎《えん》です」と言《い》い張《は》った。四回《かい》続《つづ》けてクラス全員《ぜんいん》を居残《いのこ》らせたあと、どうしても謎《なぞ》が解《と》けないまま、アンブリッジはしかたなくあきらめ、生徒《せいと》たちが鼻血《はなぢ》を流《なが》したり、卒倒《そっとう》したり、汗《あせ》をかいたり、吐《は》いたりしながら、列《れつ》を成《な》して教室《きょうしつ》を出《で》ていくのを許可《きょか》した。

しかし、そのスナック愛用者《あいようしゃ》でさえ、フレッドの別《わか》れの言葉《ことば》を深《ふか》く胸《むね》に刻《きざ》んだドタバタの達人《たつじん》、ピーブズにはかなわなかった。狂《くる》ったように高笑《たかわら》いしながら、ピーブズは学校中《がっこうじゅう》を飛《と》び回《まわ》り、テーブルをひっくり返《かえ》し、黒板《こくばん》から急《きゅう》に姿《すがた》を現《あらわ》し、銅像《どうぞう》や花瓶《かびん》を倒《たお》した。ミセス・ノリスは二度《にど》も甲冑《かっちゅう》に閉《と》じ込《こ》められ、悲《かな》しそうな鳴《な》き声《ごえ》を上《あ》げて、カンカンになったフィルチに助《たす》け出《だ》された。ピーブズはランプを打《う》ち壊《こわ》し、ろうそくを吹《ふ》き消《け》し、生徒《せいと》たちの頭上《ずじょう》で火《ひ》のついた松明《たいまつ》をお手玉《てだま》にして悲鳴《ひめい》を上《あ》げさせたし、きちんと積《つ》み上《あ》げられた羊皮紙《ようひし》の山《やま》を、暖炉《だんろ》めがけて崩《くず》したり、窓《まど》から飛《と》ばせたり、トイレの水道蛇口《すいどうじゃぐち》を全部《ぜんぶ》引《ひ》き抜《ぬ》いて三階《かい》を水浸《みずびた》しにしたり、朝食《ちょうしょく》のときに毒《どく》グモのタランチュラを一袋《ひとふくろ》、大広間《おおひろま》に落《お》としたりした。ちょっと一休《ひとやす》みしたいときは、何時間《なんじかん》もアンブリッジにくっついてプカプカ浮《う》かび、アンブリッジが一言言《ひとことい》うたびに「べーッ」と舌《した》を出《だ》した。

アンブリッジにわざわざ手《て》を貸《か》す教職員《きょうしょくいん》は、フィルチ以外《いがい》に誰《だれ》もいなかった。それどころか、フレッド・ジョージ脱出後《だっしゅつご》一週間目《しゅうかんめ》に、クリスタルのシャンデリアをはずそうと躍起《やっき》になっているピーブズのそばを、マクゴナガル先生《せんせい》が知《し》らん顔《かお》で通《とお》り過《す》ぎるのをハリーは目撃《もくげき》したし、しかも、先生《せんせい》が口《くち》を動《うご》かさずに「反対《はんたい》に回《まわ》せばはずれます」とポルターガイストに教《おし》えるのをたしかに聞《き》いた。

きわめつきは、モンタギューがトイレへの旅《たび》からまだ回復《かいふく》していないことだった。いまだに混《こん》乱《らん》と錯乱《さくらん》が続《つづ》いて、ある火曜日《かようび》の朝《あさ》、両親《りょうしん》がひどく怒《おこ》った顔《かお》で校庭《こうてい》の馬車道《ばしゃみち》をずんずん歩《ある》いてくるのが見《み》えた。

「何《なに》か言《い》ってあげたほうがいいかしら？」

モンタギュー夫妻《ふさい》が足音《あしおと》も高《たか》く城《しろ》に入《はい》ってくるのを見《み》ようと、「呪文学《じゅもんがく》」教室《きょうしつ》の窓《まど》ガラスにほおを押《お》しつけながら、ハーマイオニーが心配《しんぱい》そうな声《こえ》で言《い》った。

「何《なに》があったのかを。そうすればマダム・ポンフリーの治療《ちりょう》に役立《やくだ》つかもしれないでしょ？」

「もちろん、言《い》うな。あいつは治《なお》るさ」ロンが無関心《むかんしん》に言《い》った。

「とにかく、アンブリッジにとっては問題《もんだい》が増《ふ》えただろ？」ハリーが満足《まんぞく》げな声《こえ》で言《い》った。

ハリーもロンも、呪文《じゅもん》をかけるはずのティーカップを杖《つえ》でたたいていた。ハリーのカップに足《あし》が四本《ほん》生《は》えたが、短過《みじかす》ぎて机《つくえ》に届《とど》かず、空中《くうちゅう》で足《あし》をむなしくバタバタさせていた。ロンのほうは、細《ほそ》い足《あし》が四本《ほん》、ひょろひょろと生《は》え、机《つくえ》からカップを持《も》ち上《あ》げきれずに、二、三秒《びょう》ふらふらしたかと思《おも》うと、ぐにゃりと曲《ま》がり、カップは真《ま》っ二《ぷた》つになった。

「レパロ」ハーマイオニーが即座《そくざ》に唱《とな》え、杖《つえ》を振《ふ》ってロンのカップを直《なお》した。「それはそうでしょうけど、でも、モンタギューが永久《えいきゅう》にあのままだったらどうする？」

「どうでもいいだろ？」

ロンがいらいらと言《い》った。カップは、また酔《よ》っ払《ぱら》ったように立《た》ち上《あ》がり、ひざが激《はげ》しく震《ふる》えていた。

「グリフィンドールから減点《げんてん》しようなんて、モンタギューのやつが悪《わる》いんだ。そうだろ？　誰《だれ》かのことを心配《しんぱい》したいなら、ハーマイオニー、僕《ぼく》のことを心配《しんぱい》してよ」

「あなたのこと？」

ハーマイオニーは、自分《じぶん》のカップが、柳模様《やなぎもよう》のしっかりした四本《ほん》の足《あし》で、うれしそうに机《つくえ》の上《うえ》を逃《に》げていくのを捕《つか》まえ、目《め》の前《まえ》にすえなおしながら言《い》った。

「どうして私《わたし》があなたのことを心配《しんぱい》しなきゃいけないの？」

「ママからの次《つぎ》の手紙《てがみ》が、ついにアンブリッジの検閲《けんえつ》を通過《つうか》して届《とど》いたら」

弱々《よわよわ》しい足《あし》で何《なん》とか重《おも》さを支《ささ》えようとするカップに手《て》を添《そ》えながら、ロンが苦々《にがにが》しげに言《い》った。

「僕《ぼく》にとって問題《もんだい》は深刻《しんこく》さ。ママがまた『吠《ほ》えメール』を送《おく》ってきても不思議《ふしぎ》はないからな」

「でも――」

「見《み》てろよ、フレッドとジョージが出《で》ていったのは僕《ぼく》のせいってことになるから」ロンが憂《ゆう》うつそうに言《い》った。「ママは僕《ぼく》があの二人《ふたり》を止《と》めるべきだったたって言《い》うさ。箒《ほうき》の端《はし》を捕《つか》まえて、ぶら下《さ》がるとか、何《なん》とかして……そうだよ、何《なに》もかも僕《ぼく》のせいになるさ」

「だけど、もしほんとにおばさんがそんなことをおっしゃるなら、それは理不尽《りふじん》よ。あなたにはどうすることもできなかったもの！　でも、そんなことはおっしゃらないと思《おも》うわ。だって、もしほんとうにダイアゴン横丁《よこちょう》に二人《ふたり》の店《みせ》があるなら、前々《まえまえ》から計画《けいかく》していたにちがいないもの」

「うん、でも、それも気《き》になるんだ。どうやって店《みせ》を手《て》に入《い》れたのかなあ？」

そう言《い》いながら、ロンはカップを強《つよ》くたたき過《す》ぎた。コップの足《あし》がまたくじけ、目《め》の前《まえ》でひくひくしながら横《よこ》たわった。

「ちょっとうさんくさいよな？　ダイアゴン横丁《よこちょう》なんかに場所《ばしょ》を借《か》りるのには、ガリオン金貨《きんか》がごっそりいるはずだ。そんなにたくさんの金貨《きんか》を手《て》にするなんて、あの二人《ふたり》はいったい何《なに》をやってたのか、ママは知《し》りたがるだろうな」

「ええ、そうね。私《わたし》もそれは気《き》になっていたの」

ハーマイオニーは、足《あし》が机《つくえ》につかないハリーの短足《たんそく》カップの周《まわ》りで、自分《じぶん》のカップにきっちり小《ち》さな円《えん》を描《えが》いてジョギングさせながら言《い》った。

「マンダンガスが、あの二人《ふたり》を説得《せっとく》して盗品《とうひん》を売《う》らせていたとか、何《なに》かとんでもないことをさせたんじゃないかと考《かんが》えていたの」

「マンダンガスじゃないよ」ハリーが短《みじか》く言《い》った。

「どうしてわかるの？」ロンとハーマイオニーが同時《どうじ》に言《い》った。

「それは――」ハリーは迷《まよ》ったが、ついに告白《こくはく》する時《とき》が来《き》たと思《おも》った。だまっているせいで、フレッドとジョージに犯罪《はんざい》の疑《うたが》いがかかるなら、沈黙《ちんもく》を守《まも》る意味《いみ》がない。

「それは、あの二人《ふたり》が僕《ぼく》から金貨《きんか》をもらったからさ。六月《がつ》に、三校対抗試合《さんこうたいこうじあい》の優勝《ゆうしょう》賞金《しょうきん》をあげたんだ」

ショックで沈黙《ちんもく》が流《なが》れた。やがて、ハーマイオニーのカップがジョギングしたまま机《つくえ》の端《はし》から墜落《ついらく》し、床《ゆか》に当《あ》たって砕《くだ》けた。

「まあ、ハリー、**まさか！**」ハーマイオニーが言《い》った。

「ああ、まさかだよ」ハリーが反抗的《はんこうてき》に言《い》った。「それに、後悔《こうかい》もしていない。僕《ぼく》には金貨《きんか》は必要《ひつよう》なかったし、あの二人《ふたり》なら、すばらしい『いたずら専門店《せんもんてん》』をやっていくよ」

「だけど、それ、最高《さいこう》だ！」ロンはわくわく顔《がお》だ。「みんな君《きみ》のせいだよ、ハリー――ママは僕《ぼく》を責《せ》められない！　ママに教《おし》えてもいいかい？」

「うん、そうしたほうがいいだろうな」ハリーはしぶしぶ言《い》った。「特《とく》に、二人《ふたり》が盗品《とうひん》の大鍋《おおなべ》とか何《なに》かを受《う》け取《と》っているとと、おばさんがそう思《おも》ってるんだったら」

ハーマイオニーはその授業《じゅぎょう》の間《あいだ》、口《くち》をきかなかった。しかし、ハリーは、ハーマイオニーの自《じ》制心《せいしん》が破《やぶ》れるのは時間《じかん》の問題《もんだい》だと、鋭《するど》く感《かん》じ取《と》っていた。そして、そのとおり、休《やす》み時間《じかん》に城《しろ》を出《で》て、五月《がつ》の弱《よわ》い陽射《ひざ》しの下《した》でぶらぶらしていると、ハーマイオニーが何《なに》か聞《き》きたそうな目《め》でハリーを見《み》つめ、決心《けっしん》したような雰囲気《ふんいき》で口《くち》を開《ひら》いた。

ハリーは、ハーマイオニーが何《なに》も言《い》わないうちにさえぎった。

「ガミガミ言《い》ってもどうにもならないよ。もうすんだことだ」ハリーはきっぱりと言《い》った。「フレッドとジョージは金貨《きんか》を手《て》に入《い》れた――どうやら、もう相当使《そうとうつか》ってしまった――それに、もう返《かえ》してもらうこともできないし、そのつもりもない。だから、ハーマイオニー、言《い》うだけむださ」

「フレッドとジョージのことなんか言《い》うつもりじゃなかったわ！」

ハーマイオニーが感情《かんじょう》を害《がい》したように言《い》った。

ロンがうそつけとばかりフンと鼻《はな》を鳴《な》らし、ハーマイオニーはじろりとロンをにらんだ。

「いいえ、ちがいます！」ハーマイオニーが怒《おこ》ったように言《い》った。「実《じつ》は、いつになったらスネイプの所《ところ》に戻《もど》って、『閉心術《へいしんじゅつ》』の訓練《くんれん》を続《つづ》けるように頼《たの》むのかって、それをハリーに聞《き》こうと思《おも》ったのよ！」

ハリーは気分《きぶん》が落《お》ち込《こ》んだ。フレッド、ジョージの劇的《げきてき》な脱出《だっしゅつ》の話題《わだい》が尽《つ》きてしまうと——もちろんそれまでには何時間《なんじかん》もかかったことはたしかだが——ロンとハーマイオニーはシリウスがどうしているかを知《し》りたがった。そもそもなぜシリウスと話《はな》したかったのか、二人《ふたり》には理由《りゆう》を打《う》ち明《あ》けていなかったので、二人《ふたり》に何《なに》を話《はな》すべきか、ハリーはなかなか考《かんが》えつかなかった。最終《さいしゅう》的《てき》には正直《しょうじき》に、シリウスはハリーが「閉心術《へいしんじゅつ》」の訓練《くんれん》を再開《さいかい》することを望《のぞ》んでいたと二人《ふたり》に話《はな》した。それ以来《いらい》、話《はな》してしまったことをずっと後悔《こうかい》していた。ハーマイオニーはけっしてこの話題《わだい》を忘《わす》れず、ハリーの不意《ふい》を突《つ》いて何度《なんど》も蒸《む》し返《かえ》したのだ。

「変《へん》な夢《ゆめ》を見《み》なくなったなんて、もう私《わたし》には通《つう》じないわよ」今度《こんど》はこう来《き》た。「だって、きのうの夜《よる》、あなたがまたブツブツ寝言《ねごと》を言《い》ってたって、ロンが教《おし》えてくれたもの」

ハリーはロンをにらみつけた。ロンは恥《は》じ入《い》った顔《かお》をするだけのたしなみがあった。

「ほんのちょっとブツブツ言《い》っただけだよ」ロンが弁解《べんかい》がましくもごもご言《い》った。「『もう少《すこ》し先《さき》まで』とか」

「君《きみ》のクィディッチ・プレーを観《み》ている夢《ゆめ》だった」ハリーは残酷《ざんこく》なうそをついた。「僕《ぼく》、君《きみ》がもう少《すこ》し手《て》を伸《の》ばして、クアッフルをつかめるようにしようとしてたんだ」

ロンの耳《みみ》が赤《あか》くなった。ハリーは復讐《ふくしゅう》の喜《よろこ》びのようなものを感《かん》じた。もちろん、ハリーはそんな夢《ゆめ》を見《み》たわけではなかった。

昨夜《さくや》、ハリーはまたしても「神秘部《しんぴぶ》」の廊下《ろうか》を旅《たび》した。円形《えんけい》の部屋《へや》を抜《ぬ》け、コチコチという音《おと》とゆらめく灯《あか》りで満《み》ちている部屋《へや》を通《とお》り、ハリーはまたあのがらんとした、びっしりと棚《たな》のある部屋《へや》に入《はい》り込《こ》んだ。棚《たな》にはほこりっぽいガラスの球体《きゅうたい》が並《なら》んでいた。

ハリーはまっすぐに九十七列目《れつめ》へと急《いそ》いだ。左《ひだり》に曲《ま》がり、まっすぐ走《はし》り……たぶんそのときに寝言《ねごと》を言《い》ったのだろう……もう少《すこ》し先《さき》まで……自分《じぶん》の意識《いしき》が、目《め》を覚《さ》まそうともがいているのを感《かん》じたからだ……そして、その列《れつ》の端《はし》にたどり着《つ》かないうちに、ハリーはベッドに横《よこ》たわり、四本柱《ほんばしら》の天蓋《てんがい》を見《み》つめている自分《じぶん》に気《き》づいたのだ。

「心《こころ》を閉《と》じる努力《どりょく》はしているのでしょう？」ハーマイオニーが探《さぐ》るようにハリーを見《み》た。

「『閉心術《へいしんじゅつ》』は続《つづ》けているのよね？」

「当然《とうぜん》だよ」ハリーはそんな質問《しつもん》は屈辱《くつじょく》的《てき》だという調子《ちょうし》で答《こた》えたが、ハーマイオニーの目《め》をまっすぐ見《み》てはいなかった。ほこりっぽい球《たま》がいっぱいのあの部屋《へや》に何《なに》が隠《かく》されているのか、ハリーは興味津々《きょうみしんしん》で、夢《ゆめ》が続《つづ》いてほしいと願《ねが》っていたのだ。

試験《しけん》まで一か月《げつ》を切《き》ってしまい、空《あ》き時間《じかん》はすべて復習《ふくしゅう》に追《お》われ、ベッドに入《はい》るころには頭《あたま》が勉強《べんきょう》した内容《ないよう》でいっぱいになり、眠《ねむ》ることさえ難《むずか》しくなってきたことが問題《もんだい》だった。やっと眠《ねむ》ったと思《おも》えば、過度《かど》に興奮《こうふん》した脳《のう》みそは、毎晩試験《まいばんしけん》に関《かん》するばかばかしい夢《ゆめ》ばかり見《み》せてくれた。それに、どうやら今《いま》や心《こころ》の一部《いちぶ》が――その部分《ぶぶん》はハーマイオニーの声《こえ》で話《はな》すことが多《おお》かったのだが――廊下《ろうか》をさまよい黒《くろ》い扉《とびら》にたどり着《つ》くたびに、後《うし》ろめたい気持《きも》ちを感《かん》じるようになったのではないかとハリーは思《おも》った。心《こころ》のその部分《ぶぶん》が、旅《たび》の終《お》わりにたどり着《つ》く前《まえ》にハリーを目覚《めざ》めさせた。

「あのさ」ロンがまだ耳《みみ》を真《ま》っ赤《か》にしたままで言《い》った。「モンタギューがスリザリン対《たい》ハッフルパフ戦《せん》までに回復《かいふく》しなかったら、僕《ぼく》たちにも優勝杯《ゆうしょうはい》のチャンスがあるかもしれないよ」

「そうだね」ハリーは話題《わだい》が変《か》わってうれしかった。

「だって、一勝《しょう》一敗《ぱい》だから――今度《こんど》の土曜《どよう》にスリザリンがハッフルパフに敗《やぶ》れれば――」

「うん、そのとおり」ハリーは何《なに》がそのとおりなのかわからないで答《こた》えていた。ちょうどチョウ・チャンが、絶対《ぜったい》にハリーのほうを見《み》ないようにして、中庭《なかにわ》を横切《よこぎ》っていったところだった。

クィディッチ・シーズンの最後《さいご》の試合《しあい》、グリフィンドール対《たい》レイブンクローは、五月最後《がっさいご》の週《しゅう》末《まつ》に行《おこな》われることになっていた。スリザリンはこの前《まえ》の試合《しあい》でハッフルパフに僅差《きんさ》で敗《やぶ》れていたが、グリフィンドールはとても優勝《ゆうしょう》する望《のぞ》みを持《も》てる状態《じょうたい》ではなかった。その主《おも》な理由《りゆう》は（当然《とうぜん》誰《だれ》も本人《ほんにん》にはそう言《い》わなかったが）、ゴールキーパーとしてのロンの惨憺《さんたん》たる成績《せいせき》だった。しかし、ロン自身《じしん》は、新《あたら》しい楽観主義《らっかんしゅぎ》に目覚《めざ》めたかのようだった。

「だって、僕《ぼく》はこれ以上下手《いじょうへた》になりようがないじゃないか？」試合《しあい》の日《ひ》の朝食《ちょうしょく》の席《せき》で、ロンが暗《くら》い顔《かお》でハリーとハーマイオニーに言《い》った。「今《いま》や失《うしな》うものは何《なに》もないだろ？」

「あのね」それからまもなく、興奮気味《こうふんぎみ》の群集《ぐんしゅう》にまじってハリーと一緒《いっしょ》に競技場《きょうぎじょう》に向《む》かう途中《とちゅう》、ハーマイオニーが言《い》った。「フレッドとジョージがいないほうが、ロンはうまくやれるかもしれないわ。あの二人《ふたり》はロンにあんまり自信《じしん》を持《も》たせなかったから」

ルーナ・ラブグッドが、生《い》きた鷲《わし》のようなものを頭《あたま》のてっぺんに止《と》まらせて二人《ふたり》を追《お》い越《こ》していった。

「あっ、まあ、忘《わす》れてた！」鷲《わし》を見《み》て、ハーマイオニーが叫《さけ》んだ。ルーナはスリザリン生《せい》のグループがゲタゲタ笑《わら》いながら指差《ゆびさ》す中《なか》を、鷲《わし》の翼《つばさ》をはばたかせながら、平然《へいぜん》と通《とお》り過《す》ぎていった。

「チョウがプレーするんだったわね？」

ハリーは忘《わす》れていなかったが、ただうなるようにあいづちを打《う》った。

二人《ふたり》はスタンドの一番上《いちばんうえ》から二列目《れつめ》に席《せき》を見《み》つけた。澄《す》みきった晴天《せいてん》だ。ロンにとってはこれ以上望《いじょうのぞ》めないほどの日和《ひより》だ。ハリーは、どうせだめかもしれないが、「♪ウィーズリーこそわが王者《おうじゃ》」の合唱《がっしょう》でスリザリンが盛《も》り上《あ》がる場面《ばめん》を、ロンがこれ以上作《いじょうつく》らないでほしいと願《ねが》った。

リー・ジョーダンはフレッドとジョージがいなくなってからずいぶん元気《げんき》をなくしていたが、いつものように解説《かいせつ》していた。両《りょう》チームが次々《つぎつぎ》とピッチに出《で》てくると、リーは選手《せんしゅ》の名前《なまえ》を呼《よ》び上《あ》げたが、いつもの覇気《はき》がなかった。

「……ブラッドリー……デイビース……チャン」

チョウがそよ風《かぜ》につややかな黒髪《くろかみ》を波打《なみう》たせてピッチに現《あらわ》れると、ハリーの胃袋《いぶくろ》が、後《うし》ろ宙返《ちゅうがえ》りとまではいかなかったが、かすかによろめいた。どうなってほしいのか、ハリーにはもうわからなくなっていた。ただ、これ以上《いじょう》けんかはしたくなかった。箒《ほうき》にまたがる用意《ようい》をしながら、ロジャー・デイビースと生《い》き生《い》きとしゃべるチョウの姿《すがた》を見《み》ても、ほんのちょっとズキンと嫉妬《しっと》を感《かん》じただけだった。

「さて、選手《せんしゅ》が飛《と》び立《た》ちました！」リーが言《い》った。「デイビースがたちまちクアッフルを取《と》ります。レイブンクローのキャプテン、デイビースのクアッフルです。ジョンソンをかわしました。ベルをかわした。スピネットも……まっすぐゴールをねらいます！　シュートします――そして――そして――」リーが大声《おおごえ》で悪態《あくたい》をついた。「デイビースの得点《とくてん》です」

ハリーもハーマイオニーもほかのグリフィンドール生《せい》と一緒《いっしょ》にうめいた。予想《よそう》どおり、反対側《はんたいがわ》のスタンドで、スリザリンがいやらしくも歌《うた》いはじめた。

ウィーズリーは守《まも》れない
万《まん》に一つも守《まも》れない……

「ハリー」しわがれ声《ごえ》がハリーの耳《みみ》に入《はい》ってきた。「ハーマイオニー……」

横《よこ》を見《み》ると、ハグリッドの巨大《きょだい》なひげ面《づら》が席《せき》と席《せき》の間《あいだ》から突《つ》き出《だ》していた。後列《こうれつ》の席《せき》の前《まえ》を通《とお》ってそこまで来《き》たらしい。通《とお》り道《みち》に座《すわ》っていた一年生《ねんせい》と二年生《ねんせい》が、くしゃくしゃになってつぶれているように見《み》えた。なぜかハグリッドは、姿《すがた》を見《み》られたくないかのように体《からだ》を折《お》り曲《ま》げていたが、それでもほかの人《ひと》より少《すく》なくとも一メートルは高《たか》い。

「なあ」ハグリッドがささやいた。「一緒《いっしょ》に来《き》てくれねえか？　今《いま》すぐ？　みんなが試合《しあい》を見《み》ているうちに？」

「あ……待《ま》てないの、ハグリッド？」ハリーが聞《き》いた。「試合《しあい》が終《お》わるまで？」

「だめだ」ハグリッドが言《い》った。「ハリー、今《いま》でねえとだめだ……みんながほかに気《き》を取《と》られているうちに……なっ？」

ハグリッドの鼻《はな》からゆっくり血《ち》が滴《したた》っていた。両目《りょうめ》ともあざになっている。こんなに近《ちか》くで見《み》るのは、ハグリッドが帰《かえ》ってきて以来《いらい》だった。ひどく悲《かな》しげな顔《かお》をしている。

「いいよ」ハリーは即座《そくざ》に答《こた》えた。「もちろん、行《い》くよ」

ハリーとハーマイオニーは、そろそろと列《れつ》を横《よこ》に移動《いどう》した。席《せき》を立《た》って二人《ふたり》を通《とお》さなければならない生徒《せいと》たちがブツブツ言《い》った。ハグリッドが移動《いどう》している列《れつ》の生徒《せいと》は文句《もんく》を言《い》わず、ただできるだけ身《み》を縮《ちぢ》めようとしていた。

「すまねえな、お二人《ふたり》さん、ありがとよ」階段《かいだん》の所《ところ》まで来《き》たとき、ハグリッドが言《い》った。下《した》の芝《しば》生《ふ》に下《お》りるまで、ハグリッドはきょろきょろと神経質《しんけいしつ》にあたりを見回《みまわ》し続《つづ》けた。「あの女《おんな》が俺《おれ》たちの出《で》ていくのに気《き》づかねばええが」

「アンブリッジのこと？」ハリーが聞《き》いた。「大丈夫《だいじょうぶ》だよ。『親衛隊《しんえいたい》』が全員一緒《ぜんいんいっしょ》に座《すわ》ってる。見《み》なかったのかい？　試合中《しあいちゅう》に何《なに》か騒《さわ》ぎが起《お》こると思《おも》ってるんだ」

「ああ、まあ、ちいと騒《さわ》ぎがあったほうがええかもしれん」ハグリッドは立《た》ち止《ど》まって、競技《きょうぎ》場《じょう》の周囲《しゅうい》に目《め》をこらし、そこから自分《じぶん》の小屋《こや》まで誰《だれ》もいないことをたしかめた。「時間《じかん》がかせげるからな」

「ハグリッド、何《なん》なの？」禁《きん》じられた森《もり》に向《む》かって芝生《しばふ》を急《いそ》ぎながら、ハーマイオニーが心配《しんぱい》そうな顔《かお》でハグリッドを見上《みあ》げた。

「ああ——すぐわかるこった」競技場《きょうぎじょう》から大歓声《だいかんせい》が沸《わ》き起《お》こったので、後《うし》ろを振《ふ》り返《かえ》りながら、ハグリッドが言《い》った。「おい——誰《だれ》か得点《とくてん》したかな？」

「レイブンクローだろ」ハリーが重苦《おもくる》しく言《い》った。

「そうか……そうか……」ハグリッドは上《うわ》の空《そら》だ。「そりゃええ……」

ハグリッドは大股《おおまた》でずんずん芝生《しばふ》を横切《よこぎ》り、二歩《ほ》歩《ある》くごとにあたりを見回《みまわ》した。二人《ふたり》は走《はし》らないと追《お》いつかなかった。小屋《こや》に着《つ》くと、ハーマイオニーは当然《とうぜん》のように入口《いりぐち》に向《む》かって左《ひだり》に曲《ま》がった。ところがハグリッドは、小屋《こや》を通《とお》り過《す》ぎ、森《もり》の一番端《いちばんはし》の木立《こだち》の陰《かげ》に入《はい》り、木《き》に立《た》てかけてあった石弓《いしゆみ》を取《と》り上《あ》げた。二人《ふたり》がついてきていないことに気《き》づくと、ハグリッドは二人《ふたり》のほうに向《む》きなおった。

「こっちに行《い》くんだ」ハグリッドは、もじゃもじゃ頭《あたま》でぐいと背後《はいご》を指《さ》した。

「森《もり》に？」ハーマイオニーは当惑顔《とうわくがお》だ。

「おう」ハグリッドが言《い》った。「さあ、早《はや》く。見《み》つからねえうちに！」

ハリーとハーマイオニーは顔《かお》を見合《みあ》わせた。それからハグリッドに続《つづ》いて木陰《こかげ》に飛《と》び込《こ》んだ。

ハグリッドは腕《うで》に石弓《いしゆみ》をかけ、うっそうとした緑《みどり》の暗《くら》がりに入《はい》り込《こ》み、どんどん二人《ふたり》から遠《とお》ざかっていた。ハリーとハーマイオニーは、走《はし》って追《お》いかけた。

「ハグリッド、どうして武器《ぶき》を持《も》ってるの？」ハリーが聞《き》いた。

「用心《ようじん》のためだ」ハグリッドは小山《こやま》のような肩《かた》をすくめた。

「セストラルを見《み》せてくれた日《ひ》には、石弓《いしゆみ》を持《も》っていなかったけど」ハーマイオニーがおずおずと聞《き》いた。

「うんにゃ。まあ、あんときゃ、そんなに深《ふか》いとこまで入《はい》らんかった」ハグリッドが言《い》った。

「ほんで、とにかく、ありゃ、フィレンツェが森《もり》を離《はな》れる前《まえ》だったろうが？」

「フィレンツェがいなくなるとどうしてちがうの？」ハーマイオニーが興味深《きょうみぶか》げに聞《き》いた。

「ほかのケンタウルスが俺《おれ》に腹《はら》を立《た》てちょる。だからだ」

ハグリッドが周《まわ》りに目《め》を配《くば》りながら低《ひく》い声《こえ》で言《い》った。

「連中《れんちゅう》はそれまで——まあ、つき合《あ》いがええとは言《い》えんかっただろうが——いちおう俺《おれ》たちはうまくいっとった。連中《れんちゅう》は連中《れんちゅう》で群《む》れとった。そんでも、俺《おれ》が話《はな》してえと言《い》えばいっつも出《で》てきた。もうそうはいかねえ」

ハグリッドは深《ふか》いため息《いき》をついた。

「フィレンツェは、ダンブルドアのために働《はたら》くことにしたから、みんなが怒《おこ》ったって言《い》ってた」ハリーはハグリッドの横顔《よこがお》を眺《なが》めるのに気《き》を取《と》られて、突《つ》き出《だ》している木《き》の根《ね》につまずいた。

「ああ」ハグリッドが重苦《おもくる》しく言《い》った。「怒《おこ》ったなんてもんじゃねえ。烈火《れっか》のごとくだ。俺《おれ》が割《わ》って入《はい》らんかったら、連中《れんちゅう》はフィレンツェをけり殺《ころ》してたな――」

「フィレンツェを攻撃《こうげき》したの？」ハーマイオニーがショックを受《う》けたように言《い》った。

「した」低《ひく》く垂《た》れ下《さ》がった枝《えだ》を押《お》しのけながら、ハグリッドがぶっきらぼうに答《こた》えた。「群《む》れの半数《はんすう》にやられとった」

「それで、ハグリッドが止《と》めたの？」ハリーは驚《おどろ》き、感心《かんしん》した。「たった一人《ひとり》で？」

「もちろん止《と》めた。だまってフィレンツェが殺《や》られるのを見物《けんぶつ》しとるわけにはいくまい」ハグリッドが答《こた》えた。「俺《おれ》が通《とお》りかかったのは運《うん》がよかった、まったく……そんで、バカげた警告《けいこく》なんぞよこす前《まえ》に、フィレンツェはそのことを思《おも》い出《だ》すべきだろうが！」ハグリッドが出《だ》し抜《ぬ》けに語気《ごき》を強《つよ》めた。

ハリーとハーマイオニーは驚《おどろ》いて顔《かお》を見合《みあ》わせたが、ハグリッドはしかめっ面《つら》をして、それ以《い》上《じょう》何《なに》も説明《せつめい》しなかった。

「とにかくだ」ハグリッドはいつもより少《すこ》し荒《あら》い息《いき》をしていた。「それ以来《いらい》、ほかの生《い》き物《もの》たちも俺《おれ》に対《たい》してカンカンでな。連中《れんちゅう》がこの森《もり》では大《おお》っきな影響力《えいきょうりょく》を持《も》っとるからやっかいだ……ここではイッチ（一）ばん賢《かしこ》い生《い》き物《もの》だからな」

「ハグリッド、それが私《わたし》たちを連《つ》れてきた理由《りゆう》なの？」ハーマイオニーが聞《き》いた。「ケンタウルスのことが？」

「いや、そうじゃねえ」ハグリッドはそんなことはどうでもいいというふうに頭《かぶり》を振《ふ》った。

「うんにゃ、連中《れんちゅう》のことじゃねえ。まあ、そりゃ、連中《れんちゅう》のこたぁ、問題《もんだい》を複雑《ふくざつ》にはするがな、うん……いや、俺《おれ》が何《なに》を言《い》っとるか、もうじきわかる……」

わけのわからないこの一言《ひとこと》のあと、ハグリッドはだまり込《こ》み、また少《すこ》し速度《そくど》を上《あ》げて進《すす》んだ。ハグリッドが一歩《ぽ》進《すす》むと、二人《ふたり》は三歩《ぽ》で、追《お》いつくのが大変《たいへん》だった。

小道《こみち》はますます深《ふか》いしげみに覆《おお》われ、森《もり》の奥《おく》へと入《はい》れば入《はい》るほど、木立《こだち》はびっしりと立《た》ち並《なら》んで、夕暮《ゆうぐ》れ時《どき》のような暗《くら》さだった。ハグリッドがセストラルを見《み》せた空《あ》き地《ち》は、やがてはるか後方《こう》《ほう》になってしまった。ハグリッドが突然《とつぜん》歩道《ほどう》をそれ、木々《きぎ》の間《あいだ》を縫《ぬ》うように、暗《くら》い森《もり》の中心部《ちゅうしんぶ》へと進《すす》みはじめると、それまでは何《なに》も不安《ふあん》を感《かん》じていなかったハリーも、さすがに心配《しんぱい》になった。

「ハグリッド！」ハグリッドがやすやすとまたいだばかりの、イバラのからまり合《あ》ったしげみを通《とお》り抜《ぬ》けようと格闘《かくとう》しながら、ハリーが呼《よ》びかけた。かつてこの小道《こみち》をそれたとき、自分《じぶん》の身《み》に何《なに》が起《お》こったかを、ハリーは生々《なまなま》しく思《おも》い出《だ》していた。「僕《ぼく》たちいったいどこへ行《い》くんだい？」

「もうちっと先《さき》だ」ハグリッドが振《ふ》り返《かえ》りながら答《こた》えた。「さあ、ハリー……これからは固《かた》まって行動《こうどう》しねえと」

木《き》の枝《えだ》やらとげとげしいしげみやらで、ハグリッドについていくのに二人《ふたり》は大奮闘《だいふんとう》だった。ハグリッドはまるでクモの巣《す》を払《はら》うかのようにやすやすと進《すす》んだが、ハリーとハーマイオニーのローブは引《ひ》っかかったりからまったりで、それも半端《はんぱ》なもつれ方《かた》ではなく、ほどくのにしばらく立《た》ち止《ど》まらなければならないこともしばしばだった。ハリーの腕《うで》も脚《あし》も、たちまち切《き》り傷《きず》やすり傷《きず》だらけになった。すでに森《もり》の奥深《おくふか》く入《はい》り込《こ》み、薄明《うすあ》かりの中《なか》でハグリッドの姿《すがた》を見《み》ても、前《まえ》を行《い》く巨大《きょだい》な黒《くろ》い影《かげ》のようにしか見《み》えないこともあった。押《お》し殺《ころ》したような静寂《せいじゃく》の中《なか》では、どんな音《おと》も恐《おそ》ろしく聞《き》こえる。小枝《こえだ》の折《お》れる音《おと》が大《おお》きく響《ひび》き、ごく小《ちい》さなカサカサという音《おと》でさえ、それが何《なん》の害《がい》もないスズメの立《た》てる音《おと》だったとしても、あやしげな姿《すがた》が見《み》えるのではと、ハリーは暗《くら》がりに目《め》を凝《こ》らした。そう言《い》えば、こんなに奥深《おくふか》く入《はい》り込《こ》んだのに、何《なん》の生《い》き物《もの》にも出会《であ》わなかったのは初《はじ》めてだ。何《なん》の姿《すがた》も見《み》えないことが、ハリーにはむしろ不吉《ふきつ》な前兆《ぜんちょう》に思《おも》えた。

「ハグリッド、杖《つえ》に灯《あか》りをともしてもいいかしら？」ハーマイオニーが小声《こごえ》で聞《き》いた。

「あー……ええぞ」ハグリッドがささやき返《かえ》した。「むしろ――」

ハグリッドが突然《とつぜん》立《た》ち止《ど》まり、後《うし》ろを向《む》いた。ハーマイオニーがまともにぶつかり、仰向《あおむ》けに吹《ふ》っ飛《と》んだ。森《もり》の地面《じめん》にたたきつけられる前《まえ》に、ハリーが危《あや》うく抱《だ》きとめた。

「ここらでちいと止《と》まったほうがええ。俺《おれ》が、つまり……おまえさんたちに話《はな》して聞《き》かせるのに」ハグリッドが言《い》った。「着《つ》く前《まえ》にな」

「よかった！」ハリーに助《たす》け起《お》こされながら、ハーマイオニーが言《い》った。

「ルーモス！　光《ひかり》よ！」二人《ふたり》が同時《どうじ》に唱《とな》えた。

杖《つえ》の先《さき》に灯《ひ》がともった。二本《ほん》の光線《こうせん》が揺《ゆ》れ、その灯《あか》りに照《て》らされて、ハグリッドの顔《かお》が暗《くら》がりの中《なか》から浮《う》かび上《あ》がった。ハリーは、その顔《かお》がさっきと同《おな》じく、気《き》づかわしげで悲《かな》しそうなのを見《み》た。

「さて」ハグリッドが言《い》った。「その……何《なん》だ……事《こと》は……」

ハグリッドが大《おお》きく息《いき》を吸《す》った。

「つまり、俺《おれ》は近々《ちかぢか》クビになる可能性《かのうせい》が高《たか》い」

ハリーとハーマイオニーは顔《かお》を見合《みあ》わせ、それからまたハグリッドを見《み》た。

「だけど、これまでもちこたえたじゃない——」ハーマイオニーが遠慮《えんりょ》がちに言《い》った。「どうしてそんなふうに思《おも》う——」

「アンブリッジが、ニフラーを部屋《へや》に入《い》れたのは俺《おれ》だと思《おも》っとる」

「そうなの？」ハリーはつい聞《き》いてしまった。

「まさか、絶対俺《ぜったいおれ》じゃねえ！」ハグリッドが憤慨《ふんがい》した。「ただ、魔法生物《まほうせいぶつ》のことになると、アンブリッジは俺《おれ》と関係《かんけい》があると思《おも》うっちゅうわけだ。俺《おれ》がここに戻《もど》ってからずっと、アンブリッジは俺《おれ》を追《お》い出《だ》す機会《きかい》をねらっとったろうが。もちろん、俺《おれ》は出《で》ていきたくはねえ。しかし、ほんとうは……特別《とくべつ》な事情《じじょう》がなけりゃ、そいつをこれからおまえさんたちに話《はな》すが、俺《おれ》はすぐにでもここを出《で》ていくところだ。トレローニーのときみてえに、学校《がっこう》のみんなの前《まえ》であいつがそんなことをする前《まえ》にな」

ハリーとハーマイオニーが抗議《こうぎ》の声《こえ》を上《あ》げたが、ハグリッドは巨大《きょだい》な片手《かたて》を振《ふ》って押《お》しとどめた。

「なんも、それで何《なに》もかもおしめえだっちゅうわけじゃねえ。ここを出《で》たら、ダンブルドアの手助《てだす》けができる。騎士団《きしだん》の役《やく》に立《た》つことができる。そんで、おまえさんたちにゃグラブリー-プランクがいる――おまえさんたちは――ちゃんと試験《しけん》を乗《の》り切《き》れる……」

ハグリッドの声《こえ》が震《ふる》え、かすれた。ハーマイオニーがハグリッドの腕《うで》をやさしくたたこうとすると、ハグリッドがあわてて言《い》った。

「俺《おれ》のことは心配《しんぱい》ねえ」

ベストのポケットから水玉模様《みずたまもよう》の巨大《きょだい》なハンカチを引《ひ》っ張《ぱ》り出《だ》し、ハグリッドは目《め》をぬぐった。

「ええか、どうしてもっちゅう事情《じじょう》がなけりゃ、こんなこたあ、おまえさんたちに話《はな》しはしねえ。なあ、俺《おれ》がいなくなったら……その、これだけはどうしても……誰《だれ》かに言《い》っとかねえと……何《なに》しろ俺《おれ》は──俺《おれ》はおまえさんたち二人《ふたり》の助《たす》けがいるんだ。それと、もしロンにその気《き》があったら」

「僕《ぼく》たち、もちろん助《たす》けるよ」ハリーが即座《そくざ》に答《こた》えた。「何《なに》をすればいいの？」

ハグリッドはグスッと大《おお》きく鼻《はな》をすすり、無言《むごん》でハリーの肩《かた》をポンポンたたいた。その力《ちから》で、ハリーは横《よこ》っ飛《と》びに倒《たお》れ、木《き》にぶつかった。

「おまえさんなら、うんと言《い》ってくれると思《おも》っとったわい」

ハグリッドがハンカチで鼻《はな》をぬぐいながら言《い》った。

「そんでも、俺《おれ》は……けっして……忘《わす》れねえぞ。……そんじゃ……さあ……ここを通《とお》ってもうちっと先《さき》だ……ほい、気《き》をつけろ、毒《どく》イラクサだ……」

それからまた十五分《ふん》、三人《にん》はだまって歩《ある》いた。あとどのくらい行《い》くのかと、ハリーが口《くち》を開《ひら》きかけたとき、ハグリッドが右手《みぎて》を伸《の》ばして止《と》まれと合図《あいず》した。

「ゆーっくりだ」ハグリッドが声《こえ》を低《ひく》くした。「ええか、そーっとだぞ……」

三人《にん》は忍《しの》び足《あし》で進《すす》んだ。ハリーが目《め》にしたのは、ハグリッドの背丈《せたけ》とほとんど同《おな》じ高《たか》さの、大《おお》きくてなめらかな土塁《どるい》だった。何《なに》かとてつもなく大《おお》きな動物《どうぶつ》のねぐらにちがいないと思《おも》うと、ハリーの胃袋《いぶくろ》が恐怖《きょうふ》で揺《ゆ》れた。その周囲《しゅうい》はぐるりと一帯《いったい》に木《き》が根《ね》こそぎ引《ひ》き抜《ぬ》かれ、土塁《どるい》はむき出《だ》しの地面《じめん》に立《た》ち、その周《まわ》りに、垣根《かきね》かバリケードのように、木《き》の幹《みき》や太《ふと》い枝《えだ》が積《つ》んである。ハリー、ハーマイオニー、ハグリッドは、今《いま》、その垣根《かきね》の外《そと》にいた。

「眠《ねむ》っちょる」ハグリッドがヒソヒソ声《ごえ》で言《い》った。

たしかに、遠《とお》くのほうから、巨大《きょだい》な一対《いっつい》の肺《はい》が動《うご》いているような規則正《きそくただ》しいゴロゴロという音《おと》が聞《き》こえてきた。ハリーが横目《よこめ》でハーマイオニーを見《み》ると、わずかに口《くち》を開《あ》け、恐怖《きょうふ》の表情《ひょうじょう》で土《ど》塁《るい》を見《み》つめている。

「ハグリッド」生《い》き物《もの》の寝息《ねいき》に消《け》され、やっと聞《き》き取《と》れるような声《こえ》で、ハーマイオニーがささやいた。「誰《だれ》なの？」

ハリーは変《へん》な質問《しつもん》だと思《おも》った……ハリーは「何《なに》なの？」と聞《き》くつもりだった。

「ハグリッド、話《はなし》がちがうわ――」いつのまにかハーマイオニーが手《て》にしていた杖《つえ》が震《ふる》えている。

「誰《だれ》も来《き》たがらなかったって言《い》ったじゃない！」

ハリーはハーマイオニーからハグリッドに目《め》を移《うつ》した。ハッと気《き》がついた。もう一度《いちど》土塁《どるい》を見《み》たハリーは、恐怖《きょうふ》で小《ちい》さく息《いき》をのんだ。

ハリー、ハーマイオニー、ハグリッドの三人《にん》が楽々《らくらく》その上《うえ》に立《た》てるほどの巨大《きょだい》な土塁《どるい》は、ゴロゴロという深《ふか》い寝息《ねいき》に合《あ》わせて、ゆっくりと上下《じょうげ》していた。土塁《どるい》なんかじゃない。まちがいなく背中《せなか》の曲線《きょくせん》だ。しかも――。

「その、何《なん》だ――いや――来《き》たかったわけじゃねえんだ」ハグリッドの声《こえ》は必死《ひっし》だった。

「だけんど、連《つ》れてこなきゃなんねえかった。ハーマイオニー、俺《おれ》はどうしても！」

「でも、どうして？」ハーマイオニーは泣《な》きそうな声《こえ》だった。「どうしてなの？　――いったい――ああ、ハグリッド！」

「俺《おれ》にはわかっていた。こいつを連《つ》れて戻《もど》って」ハグリッドの声《こえ》も泣《な》きそうだった。「そんで――そんで少《すこ》し礼儀作法《れいぎさほう》を教《おし》えたら――外《そと》に連《つ》れ出《だ》して、こいつは無害《むがい》だってみんなに見《み》せてやれるって！」

「無害《むがい》！」ハーマイオニーが金切《かなき》り声《ごえ》を上《あ》げた。目《め》の前《まえ》の巨大《きょだい》な生《い》き物《もの》が、眠《ねむ》りながら大《おお》きくうなって身動《みうご》きし、ハグリッドがめちゃめちゃに両手《りょうて》を振《ふ》って「静《しず》かに」の合図《あいず》をした。

「この人《ひと》が今《いま》までずっとハグリッドを傷《きず》つけていたんでしょう？　だからこんなに傷《きず》だらけだったんだわ！」

「こいつは自分《じぶん》の力《ちから》がわかんねえんだ！」ハグリッドが熱心《ねっしん》に言《い》った。「それに、よくなってきたんだ。もうあんまり暴《あば》れねえ——」

「それで、帰《かえ》ってくるのに二か月《げつ》もかかったんだわ！」

ハーマイオニーは聞《き》いていなかったかのように言《い》った。

「ああ、ハグリッド、この人《ひと》が来《き》たくなかったのなら、どうして連《つ》れてきたの？　仲間《なかま》と一緒《いっしょ》のほうが幸《しあわ》せじゃないのかしら？」

「みんなにいじめられてたんだ、ハーマイオニー、こいつがチビだから！」

ハグリッドが言《い》った。

「チビ？」ハーマイオニーが言《い》った。「チビ！」

「ハーマイオニー、俺《おれ》はこいつを残《のこ》してこれんかった」ハグリッドの傷《きず》だらけの顔《かお》を涙《なみだ》が伝《つた》い、ひげに滴《したた》り落《お》ちた。「なあ——こいつは俺《おれ》の弟分《おとうとぶん》だ！」

ハーマイオニーは口《くち》を開《あ》け、ただハグリッドを見《み》つめるばかりだった。

「ハグリッド、『弟分《おとうとぶん》』って」ハリーはだんだんにわかった。「もしかして——？」

「まあ——半分《はんぶん》だが」ハグリッドが訂正《ていせい》した。「母《かあ》ちゃんが父《とう》ちゃんを捨《す》てたあと、巨人《きょじん》と一緒《いっしょ》になったわけだ。そんで、このグロウプができて……」

「グロウプ？」ハリーが言《い》った。

「ああ……まあ、こいつが自分《じぶん》の名前《なまえ》を言《い》うとき、そんなふうに聞《き》こえる」ハグリッドが心配《しんぱい》そうに言《い》った。「こいつはあんまり英語《えいご》をしゃべらねえ……教《おし》えようとしたんだが……とにかく、母《かあ》ちゃんは俺《おれ》のこともかわいがらんかったが、こいつもおんなじだったみてえだ。そりゃ、巨人《きょじん》の女《おんな》にとっちゃ、でっけえ子《こ》どもを作《つく》ることが大事《だいじ》なんだ。こいつは初《はじ》めっから巨人《きょじん》としちゃあ小柄《こがら》なほうで——せいぜい五、六メートルだ——」

「ほんとに、ちっちゃいわ！」ハーマイオニーはほとんどヒステリー気味《ぎみ》に皮肉《ひにく》った。「顕微鏡《けんびきょう》で見《み》なきゃ！」

「こいつはみんなにこづき回《まわ》されてた——俺《おれ》は、どうしてもこいつを置《お》いては——」

「マダム・マクシームもこの人《ひと》を連《つ》れて戻《もど》りたいと思《おも》ったの？」ハリーが聞《き》いた。

「う——まあ、俺《おれ》にとってはそれが大切《たいせつ》だっちゅうことをわかってくれた」ハグリッドが巨大《きょだい》な両手《りょうて》をねじり合《あ》わせながら言《い》った。「だ——だけんど、しばらくすっと、正直言《しょうじきい》って、ちいとこいつにあきてな……そんで、俺《おれ》たちは帰《かえ》る途中《とちゅう》で別《わか》れた……誰《だれ》にも言《い》わねえって約束《やくそく》してくれたがな……」

「いったいどうやって誰《だれ》にも気《き》づかれずに連《つ》れてこれたの？」ハリーが聞《き》いた。

「まあ、だからあんなに長《なが》くかかったちゅうわけだ」ハグリッドが言《い》った。「夜《よる》だけしか移動《いどう》できんし、人里離《ひとざとはな》れた荒《あ》れ地《ち》を通《とお》るとか。もちろん、そうしようと思《おも》えば、こいつは相当《そうとう》の距離《きょり》を一気《いっき》に移動《いどう》できる。だが、何度《なんど》も戻《もど》りたがってな」

「ああ、ハグリッド、いったいどうしてそうさせてあげなかったの？」

引《ひ》き抜《ぬ》かれた木《き》にぺたんと座《すわ》り込《こ》み、両手《りょうて》で顔《かお》を覆《おお》って、ハーマイオニーが言《い》った。

「ここにいたくない暴力《ぼうりょく》な巨人《きょじん》を、いったいどうするつもりなの！」

「そんな、おい――『暴力的《ぼうりょくてき》』ちゅうのは――ちいときついぞ」

ハグリッドはそう言《い》いながら、相変《あいか》わらず両手《りょうて》を激《はげ》しくもみしだいていた。

「そりゃあ、機嫌《きげん》の悪《わる》いときに、俺《おれ》に二、三発《ぱつ》食らわせようとしたこたぁあったかもしれんが、だんだんよくなってきちょる。ずっとよくなって、ここになじんできちょる」

「それなら、この縄《なわ》は何《なん》のため？」ハリーが聞《き》いた。

ハリーは、若木《わかぎ》ほどの太《ふと》い縄《なわ》が、近《ちか》くの一番大《いちばんおお》きな数本《すうほん》の木《き》にくくりつけられていることに、たった今気《いまき》づいた。縄《なわ》は、地面《じめん》に丸《まる》まり、背《せ》を向《む》けて横《よこ》たわっているグロウプの所《ところ》まで伸《の》びていた。

「縛《しば》りつけておかないといけないの？」ハーマイオニーが弱々《よわよわ》しく言《い》った。

「その何《なん》だ……ん……」ハグリッドが心配《しんぱい》そうな顔《かお》をした。「あのなあ——さっきも言《い》ったが——こいつは自分《じぶん》の力《ちから》がちゃんとわかってねえんだ」

ハリーは、このあたりの森《もり》に不思議《ふしぎ》なほど生《い》き物《もの》がいない理由《りゆう》が、今《いま》やっとわかった。

「それで、ハリーとロンと私《わたし》に、何《なに》をしてほしいわけ？」

ハーマイオニーが不安《ふあん》そうに聞《き》いた。

「世話《せわ》してやってくれ」ハグリッドの声《こえ》がかすれた。「俺《おれ》がいなくなったら」

ハリーとハーマイオニーはみじめな顔《かお》を見合《みあ》わせた。ハリーは頼《たの》まれたことは何《なん》でもするとハグリッドに約束《やくそく》してしまったことに気《き》づき、やりきれない気持《きも》ちになった。

「それ——それって、具体的《ぐたいてき》に何《なに》をするの？」ハーマイオニーが尋《たず》ねた。

「食《く》いもんなんかじゃねえ！」ハグリッドの声《こえ》に熱《ねつ》がこもった。「こいつは自分《じぶん》で食《く》いもんは取《と》る。問題《もんだい》ねえ。鳥《とり》とか、鹿《しか》とか……うんにゃ、友達《ともだち》だ、必要《ひつよう》なんは。こいつをちょいと助《たす》ける仕《し》事《ごと》を誰《だれ》かが続《つづ》けてくれてると思《おも》えば、俺《おれ》は……こいつに教《おし》えたりとか、なあ」

ハリーは何《なに》も言《い》わず、目《め》の前《まえ》の地面《じめん》に横《よこ》たわる巨大《きょだい》な姿《すがた》を振《ふ》り返《かえ》った。単《たん》に大《おお》き過《す》ぎる人間《にんげん》のように見《み》えるハグリッドとちがい、グロウプは奇妙《きみょう》な形《かたち》をしている。大《おお》きな土塁《どるい》の左《ひだり》にあるコケむした大岩《おおいわ》だと思《おも》ったものは、グロウプの頭部《とうぶ》だとわかった。人間《にんげん》に比《くら》べると、体《からだ》の割《わり》に頭《あたま》がずっと大《おお》きい。ほとんど完全《かんぜん》にまん丸《まる》で、くるくるとカールした蕨色《わらびいろ》の毛《け》がびっしり生《は》えている。頭部《とうぶ》の一番上《いちばんうえ》に、大《おお》きく肉《にく》づきのよい耳《みみ》の縁《ふち》が片方《かたほう》だけ見《み》え、頭部《とうぶ》は、いわばバーノンおじさんのように肩《かた》に直接《ちょくせつ》のっかっていて、申《もう》し訳程度《わけていど》の首《くび》があるだけだ。背中《せなか》は、獣《けもの》の皮《かわ》をざくざく縫《ぬ》い合《あ》わせた、汚《きたな》い褐色《かっしょく》の野良着《のらぎ》を着《き》て、とにかく幅広《はばひろ》い。グロウプが寝息《ねいき》を立《た》てると、あらい縫《ぬ》い目《め》が少《すこ》し引《ひ》っ張《ぱ》られるようだった。両足《りょうあし》を胴体《どうたい》の下《した》で丸《まる》めている。ハリーは泥《どろ》んこの巨大《きょだい》なはだしの足裏《あしうら》を見《み》た。ソリのように大《おお》きく、地面《じめん》に二つ重《かさ》ねて置《お》いてあった。

「僕《ぼく》たちに教育《きょういく》してほしいの……」ハリーはうつろな声《こえ》で言《い》った。今《いま》になって、フィレンツェの警告《けいこく》の意味《いみ》がわかった——**ハグリッドがやろうとしていることは、うまくいきません。放棄《ほうき》するほうがいいのです**——当然《とうぜん》、森《もり》に棲《す》むほかの生《い》き物《もの》たちは、グロウプに英語《えいご》を教《おし》えようと、実《みの》りのない試《こころ》みをしているハグリッドの声《こえ》を聞《き》いていたにちがいない。

「うん——ちょいと話《はな》しかけるだけでもええ」ハグリッドが望《のぞ》みをたくすかのように言《い》った。「どうしてかっちゅうと、こいつに話《はなし》ができたら、俺《おれ》たちがこいつを好《す》きなんだっちゅうことが、もっとよくわかるんじゃねえかと思《おも》うんだ。そんで、ここにいてほしいんだっちゅうこともな」

ハリーはハーマイオニーを見《み》た。ハーマイオニーは顔《かお》を覆《おお》った指《ゆび》の間《あいだ》から、ハリーをのぞいた。

「何《なん》だか、ノーバートが戻《もど》ってきてくれたらいいのにっていう気《き》になるね？」ハリーがそう言《い》うと、ハーマイオニーは頼《たよ》りなげに笑《わら》った。

「そんじゃ、やってくれるんだな？」ハグリッドは、ハリーの今言《いまい》ったことがわかったようには見《み》えなかった。

「うーん……」ハリーはすでに約束《やくそく》に縛《しば》られていた。「やってみるよ、ハグリッド」

「おまえさんに頼《たの》めば大丈夫《だいじょうぶ》だと思《おも》っとった」

ハグリッドは涙《なみだ》っぽい顔《かお》でニッコリし、またハンカチを顔《かお》に押《お》し当《あ》てた。

「だが、あんまり無理《むり》はせんでくれ……おまえさんたちには試験《しけん》もある……透明《とうめい》マントを着《き》て、一週間《しゅうかん》に一度《いちど》ぐれえかな、ちょいとここに来《き》て、こいつとしゃべってやってくれ。そんじゃ、起《お》こすぞ。そんで――おまえさんたちを引《ひ》き合《あ》わせる――」

「えっ――ダメよ！」ハーマイオニーがはじかれたように立《た》ち上《あ》がった。「ハグリッド、やめて。起《お》こさないで、ねえ、私《わたし》たち別《べつ》に――」

しかしハグリッドは、もう目《め》の前《まえ》の大木《たいぼく》の幹《みき》をまたぎ、グロウプのほうへと進《すす》んでいた。あと三メートルほどのところで、ハグリッドは折《お》れた長《なが》い枝《えだ》を拾《ひろ》い上《あ》げ、振《ふ》り返《かえ》ってハリーとハーマイオニーに大丈夫《だいじょうぶ》だという笑顔《えがお》を見《み》せ、枝《えだ》の先《さき》でグロウプの背中《せなか》の真《ま》ん中《なか》をぐいと突《つ》いた。

巨人《きょじん》はしんとした森《もり》に響《ひび》き渡《わた》るような声《こえ》でほえた。頭上《ずじょう》の梢《こずえ》から小鳥《ことり》たちが鳴《な》きながら舞《ま》い上《あ》がり、飛《と》び去《さ》っていった。そして、ハリーとハーマイオニーの目《め》の前《まえ》で、グロウプの巨大《きょだい》な体《からだ》が地面《じめん》から起《お》き上《あ》がった。ひざ立《だ》ちするのに、巨大《きょだい》な片手《かたて》をつくと、地面《じめん》が振動《しんどう》した。誰《だれ》が眠《ねむ》りをさまたげたのだろうと、グロウプは首《くび》を後《うし》ろに回《まわ》した。

「元気《げんき》か？　グロウピー？」もう一度《いちど》突《つ》けるようにかまえ、長《なが》い大枝《おおえだ》を持《も》ったままあとずさりしながら、ハグリッドは明《あか》るい声《こえ》を装《よそお》った。「よく寝《ね》たか？　ん？」

ハリーとハーマイオニーはグロウプの姿《すがた》が見《み》える範囲《はんい》で、できるだけ後退《こうたい》した。グロウプは、まだ引《ひ》っこ抜《ぬ》いていない二本《ほん》の木《き》の間《あいだ》にひざをついていた。そのでっかい顔《かお》を、二人《ふたり》は驚《おどろ》いて眺《なが》めた。空《あ》き地《ち》の暗《くら》がりに、灰色《はいいろ》の満月《まんげつ》がすべり込《こ》んできたかのような顔《かお》だ。巨大《きょだい》な石《いし》の玉《たま》に目鼻《めはな》を彫《ほ》り込《こ》んだかのようだ。ずんぐりした不格好《ぶかっこう》な鼻《はな》、ひん曲《ま》がった口《くち》、れんが半分《はんぶん》ほどの大《おお》きさの黄色《きいろ》い乱杭歯《らんくいば》、目《め》は巨人《きょじん》の尺度《しゃくど》で言《い》えば小《ちい》さく、にごった緑褐色《りょくかっしょく》で、起《お》き抜《ぬ》けの今《いま》は半分目《はんぶんめ》やにでふさがれている。グロウプはクリケットのボールほどもある汚《きたな》い指関節《ゆびかんせつ》でゴシゴシ両目《りょうめ》をこすり、何《なん》の前触《まえぶ》れもなく、驚《おどろ》くほどすばやく、機敏《きびん》に立《た》ち上《あ》がった。

「アーッ！」ハリーのそばで、ハーマイオニーが恐怖《きょうふ》の声《こえ》を上《あ》げるのが聞《き》こえた。

グロウプの両手《りょうて》と両足《りょうあし》を縛《しば》った縄《なわ》のくくりつけられている木々《きぎ》が、ギシギシと不吉《ふきつ》にきしんだ。ハグリッドの言《い》ったとおり、グロウプは少《すく》なくとも五メートルはある。寝《ね》ぼけまなこであたりを見回《みまわ》すと、グロウプはビーチパラソルほどもある手《て》を伸《の》ばし、そびえ立《た》つ松《まつ》の木《き》の高《たか》い枝《えだ》にあった鳥《とり》の巣《す》をつかみ、鳥《とり》がいないのに気《き》を悪《わる》くしたらしく、ほえながら巣《す》をひっくり返《かえ》した。鳥《とり》の卵《たまご》が手榴弾《しゅりゅうだん》のように地面《じめん》めがけて落《お》ち、ハグリッドは両腕《りょううで》でサッと頭《あたま》をかばった。

「ところでグロウピー」また卵《たまご》が落《お》ちてきはしないかと心配《しんぱい》そうな顔《かお》で上《うえ》を見《み》ながら、ハグリッドが叫《さけ》んだ。「友達《ともだち》を連《つ》れてきたぞ。覚《おぼ》えとるか？　連《つ》れてくるかもしれんと言《い》ったろうが？　俺《おれ》がちっと旅《たび》に出《で》るかもしれんから、おまえの世話《せわ》をしてくれるように、友達《ともだち》に任《まか》せていくちゅうたが、覚《おぼ》えとるか？　どうだ？　グロウピー？」

しかしグロウプはまた低《ひく》くほえただけだった。ハグリッドの言《い》うことを聞《き》いているのかどうか、だいたい、その音《おと》を言語《げんご》として認識《にんしき》しているのかどうかもわからなかった。グロウプは、今度《こんど》は松《まつ》の木《き》の梢《こずえ》をつかみ、手前《てまえ》に引《ひ》っ張《ぱ》っていた。手《て》を離《はな》したらどこまで跳《は》ね返《かえ》るかを見《み》て単純《たんじゅん》に楽《たの》しむためらしい。

「さあさあ、グロウピー、そんなことやめろ！」ハグリッドが叫《さけ》んだ。「そんなことしたから、みんな根《ね》こそぎになっちまったんだよ――」

そのとおりだった。ハリーは、木《き》の根元《ねもと》の地面《じめん》が割《わ》れはじめたのを見《み》た。

「おまえに友達《ともだち》を連《つ》れてきたんだ！」ハグリッドが叫《さけ》んだ。「ほれ、友達《ともだち》だ！　下《した》を見《み》ろや、このいたずらっ子《こ》め！　友達《ともだち》を連《つ》れてきたんだってば！」

「ああ、ハグリッド、やめて」ハーマイオニーがうめくように言《い》った。しかしハグリッドはすでに大枝《おおえだ》をもう一度《いちど》持《も》ち上《あ》げ、グロウプのひざに鋭《するど》く突《つ》きを入《い》れた。

巨人《きょじん》は木《き》の梢《こずえ》から手《て》を離《はな》し、木《き》は脅《おど》すように揺《ゆ》れたかと思《おも》うと、ハグリッドにチクチクした松《まつ》の葉《は》の雨《あめ》を降《ふ》らせた。巨人《きょじん》は下《した》を見《み》た。

「こっちは」ハリーとハーマイオニーのいる所《ところ》に急《いそ》いで移動《いどう》して、ハグリッドが言《い》った。

「ハリーだよ、グロウプ！　ハリー・ポッター！　俺《おれ》が出《で》かけなくちゃなんねえとき、おまえに会《あ》いにくるかもしれんよ。いいな？」

巨人《きょじん》は今《いま》やっと、そこにハリーとハーマイオニーがいることに気《き》づいた。巨人《きょじん》が大岩《おおいわ》のような頭《あたま》を低《ひく》くして、どんよりと二人《ふたり》を見《み》つめるのを、二人《ふたり》とも戦々恐々《せんせんきょうきょう》として見《み》ていた。

「そんで、こっちはハーマイオニーだ。なっ？　ハー――」ハグリッドが言《い》いよどみ、ハーマイオニーのほうを見《み》た。「ハーマイオニー、ハーミーって呼《よ》んでもかまわんか？　何《なん》せ、こいつには難《むずか》しい名前《なまえ》なんでな」

「かまわないわ」ハーマイオニーが上《うわ》ずった声《こえ》で答《こた》えた。

「ハーミーだよ、グロウプ！　そんで、この人《ひと》も訪《たず》ねてくるからな！　よかったなあ？　え？

友達《ともだち》が二人《ふたり》もおまえを──**グロウピー、ダメ!」**

グロウプの手《て》が突然《とつぜん》シュッとハーマイオニーのほうに伸《の》びてきた。ハリーがハーマイオニーをつかまえ、後《うし》ろの木《き》の陰《かげ》へと引《ひ》っ張《ぱ》った。グロウプの手《て》が空《くう》を握《にぎ》り、握《にぎ》り拳《こぶし》がその木《き》の幹《みき》をこすった。

「**悪《わる》い子《こ》だ、グロウピー!**」ハグリッドのどなる声《こえ》が聞《き》こえた。ハーマイオニーは木《き》の陰《かげ》でハリーにしがみつき、ヒイヒイ悲鳴《ひめい》を上《あ》げながら震《ふる》えていた。「**とっても悪《わる》い子《こ》だ! そんなふうにつかむんじゃ──イテッ!**」

ハリーが木《き》の陰《かげ》から首《くび》を突《つ》き出《だ》すと、ハグリッドが手《て》で鼻《はな》を押《お》さえて仰向《あおむ》けに倒《たお》れているのが見《み》えた。グロウプはどうやら興味《きょうみ》がなくなったようで、また頭《あたま》を上《あ》げ、松《まつ》の木《き》をもう一度《いちど》引《ひ》っ張《ぱ》れるだけ引《ひ》っ張《ぱ》っていた。

「よーふ」ハグリッドは片手《かたて》で鼻血《はなぢ》の出《で》ている鼻《はな》をつまみ、もう一方《いっぽう》で石弓《いしゆみ》を握《にぎ》りながら立《た》ち上《あ》がり、フガフガと言《い》った。「さてと……これでよし……おまえさんたちはこいつに会《あ》ったし──今度《こんど》ここに来《く》るときは、こいつはおまえさんたちのことがわかる。うん……さて……」

ハグリッドはグロウプを見上《みあ》げた。グロウプは大岩《おおいわ》のような顔《かお》に、無心《むしん》な喜《よろこ》びの表情《ひょうじょう》を浮《う》かべ、松《まつ》の木《き》を引《ひ》っ張《ぱ》っていた。松《まつ》の根《ね》が地面《じめん》から引《ひ》き裂《さ》かれてきしむ音《おと》がした。

「まあ、今日《きょう》のところは、こんなとこだな」ハグリッドが言《い》った。「そんじゃ――もう帰《かえ》るとするか？」

ハリーとハーマイオニーがうなずいた。ハグリッドは石弓《いしゆみ》を肩《かた》にかけなおし、鼻《はな》をつまんだまま、先頭《せんとう》に立《た》って森《もり》の中《なか》に戻《もど》っていった。

しばらく誰《だれ》も話《はなし》をしなかった。遠《とお》くから、グロウプがついに松《まつ》の木《き》を引《ひ》き抜《ぬ》いてしまったらしいドスンという音《おと》が聞《き》こえたときも、だまっていた。ハーマイオニーは青《あお》ざめて厳《きび》しい顔《かお》をしていた。ハリーは言《い》うべき言葉《ことば》を何《なに》も思《おも》いつかなかった。ハグリッドがグロウプを「禁《きん》じられた森《もり》」に隠《かく》していると誰《だれ》かに知《し》れたら、いったいどうなるんだろう？　しかも、ハリーは、ロン、ハーマイオニーと三人《にん》で巨人《きょじん》を教育《きょういく》するという、まったく無意味《むいみ》なハグリッドの試《こころ》みを継続《けいぞく》すると約束《やくそく》してしまった。牙《きば》のある怪物《かいぶつ》はかわいくて無害《むがい》だと思《おも》い込《こ》む能力《のうりょく》がとんでもなく豊《ゆた》かなハグリッドだが、グロウプがヒトと交《まじ》わることができるようになるなんて、よくもそんな思《おも》い込《こ》みができるものだ。

「ちょっと待《ま》て」突然《とつぜん》ハグリッドが言《い》った。その後《うし》ろで、ハリーとハーマイオニーが、うっそうとしたニワヤナギの群生地《ぐんせいち》を通《とお》り抜《ぬ》けるのに格闘《かくとう》しているときだった。ハグリッドは肩《かた》の矢立《やたて》から矢《や》を一本《ぽん》引《ひ》き抜《ぬ》き、石弓《いしゆみ》につがえた。ハリーとハーマイオニーは杖《つえ》をかまえた。歩《ある》くのをやめたので、二人《ふたり》にも近《ちか》くで何《なに》か動《うご》く物音《ものおと》が聞《き》こえた。

「おっと、こりゃあ」ハグリッドが低《ひく》い声《こえ》で言《い》った。

「ハグリッド、言《い》ったはずだが？」深《ふか》い男《おとこ》の声《こえ》だ。「もう君《きみ》は、ここでは歓迎《かんげい》されざる者《もの》だと」

男《おとこ》の裸《はだか》の胴体《どうたい》が、まだらな緑《みどり》の薄明《うすあ》かりの中《なか》で、一瞬宙《いっしゅんちゅう》に浮《う》いているように見《み》えた。やがて、男《おとこ》の腰《こし》の部分《ぶぶん》が、栗毛《くりげ》の馬《うま》の胴体《どうたい》になめらかに続《つづ》いているのが見《み》えた。気位《きぐらい》の高《たか》い、ほお骨《ぼね》の張《は》った顔《かお》、長《なが》い黒髪《くろかみ》のケンタウルスだった。ハグリッドと同《おな》じように、武装《ぶそう》している。矢《や》の詰《つ》まった矢立《やた》てと長弓《ちょうきゅう》とを両肩《りょうかた》に引《ひ》っかけていた。

「元気《げんき》かね、マゴリアン？」ハグリッドが油断《ゆだん》なく挨拶《あいさつ》した。

そのケンタウルスの背後《はいご》の森《もり》がガサゴソ音《おと》を立《た》て、あと四、五頭《とう》のケンタウルスが現《あらわ》れた。黒《くろ》い胴体《どうたい》、あごひげを生《は》やした一頭《とう》は、見覚《みおぼ》えのあるベインだ。ほぼ四年前《ねんまえ》、フィレンツェに出《で》会《あ》ったと同《おな》じあの夜《よる》に会《あ》っている。ベインはハリーを見《み》たことがあるというそぶりをまったく見《み》せなかった。

「さて」ベインは危険《きけん》をはらんだ声《こえ》でそう言《い》うと、すぐにマゴリアンのほうを見《み》た。「この森《もり》に再《ふたた》びこのヒトが顔《かお》を出《だ》したら、我々《われわれ》はどうするかを決《き》めてあったと思《おも》うが」

「今俺《いまおれ》は、『このヒト』なのか？」ハグリッドが不機嫌《ふきげん》に言《い》った。「おまえたち全員《ぜんいん》が仲間《なかま》を殺《ころ》すのを止《と》めただけなのに？」

「ハグリッド、君《きみ》は介入《かいにゅう》するべきではなかった」マゴリアンが言《い》った。「我々《われわれ》のやり方《かた》は、君《きみ》たちとはちがうし、我々《われわれ》の法律《ほうりつ》もちがう。フィレンツェは仲間《なかま》を裏切《うらぎ》り、我々《われわれ》の名誉《めいよ》をおとしめた」

「どうしてそういう話《はなし》になるのか、俺《おれ》にはわからん」ハグリッドがもどかしそうに言《い》った。「あいつはアルバス・ダンブルドアを助《たす》けただけだろうが——」

「フィレンツェはヒトの奴隷《どれい》になり下《さ》がった」深《ふか》いしわが刻《きざ》まれた険《けわ》しい顔《かお》の、灰色《はいいろ》のケンタウルスが言《い》った。

「奴隷《どれい》！」ハグリッドが痛烈《つうれつ》な言《い》い方《かた》をした。「ダンブルドアの役《やく》に立《た》っとるだけだろうが——」

「我々《われわれ》の知識《ちしき》と秘密《ひみつ》を、ヒトに売《う》りつけている」マゴリアンが静《しず》かに言《い》った。「それほどまでの恥辱《ちじょく》を回復《かいふく》する道《みち》はありえない」

「そんならそれでええ」ハグリッドが肩《かた》をすくめた。「しかし、俺《おれ》に言《い》わせりゃ、おまえさんたちはどえらいまちがいを犯《おか》しちょる——」

「おまえもそうだ、ヒトよ」ベインが言《い》った。「我々《われわれ》の警告《けいこく》にもかかわらず、我《われ》らの森《もり》に戻《もど》ってくるとは——」

「おい、よく聞《き》け」ハグリッドが怒《おこ》った。「言《い》わせてもらうが、『我《われ》らの』森《もり》が聞《き》いてあきれる。森《もり》に誰《だれ》が出入《でい》りしようと、おまえさんたちの決《き》めるこっちゃねえだろうが——」

「君《きみ》が決《き》めることでもないぞ、ハグリッド」マゴリアンがよどみなく言《い》った。「今日《きょう》のところは見逃《みのが》してやろう。君《きみ》には連《つ》れがいるからな。君《きみ》の若駒《わかごま》が——」

「こいつのじゃない！」ベインが軽蔑《けいべつ》したようにさえぎった。「マゴリアン、学校《がっこう》の生徒《せいと》だぞ！たぶん、すでに、裏切《うらぎ》り者《もの》のフィレンツェの授業《じゅぎょう》の恩恵《おんけい》を受《う》けている」

「そうだとしても」マゴリアンが落《お》ち着《つ》いて言《い》った。「仔馬《こうま》を殺《ころ》すのは恐《おそ》ろしい罪《つみ》だ——我々《われわれ》は無垢《むく》なものに手出《てだ》しはしない。今日《きょう》は、ハグリッド、行《い》くがよい。これ以後《いご》は、ここに近《ちか》づくではない。裏切《うらぎ》り者《もの》フィレンツェが我々《われわれ》から逃《のが》れるのに手《て》を貸《か》したときから、君《きみ》はケンタウルスの友情《ゆうじょう》を喪失《そうしつ》したのだ」

「おまえさんたちみてえな老《お》いぼれラバの群《む》れに、森《もり》からしめ出《だ》されてたまるか！」

ハグリッドが大声《おおごえ》を出《だ》した。

「ハグリッド！」ハーマイオニーがかん高《だか》い恐怖《きょうふ》の声《こえ》を上《あ》げた。ベインと灰色《はいいろ》のケンタウルスの二頭《とう》がひづめで地面《じめん》をかいていた。「行《い》きましょう。ねえ、行《い》きましょうよ！」

ハグリッドは立《た》ち去《さ》りかけたが、石弓《いしゆみ》をかまえたまま、目《め》は脅《おど》すようにマゴリアンをにらみ続《つづ》けていた。

「君《きみ》が森《もり》に何《なに》を隠《かく》しているか、我々《われわれ》は知《し》っているぞ、ハグリッド！」ケンタウルスたちの姿《すがた》が見《み》えなくなったとき、マゴリアンの声《こえ》が背後《はいご》から追《お》いかけてきた。「それに、我々《われわれ》の忍耐《にんたい》も限界《げんかい》に近《ちか》づいているのだ！」

ハグリッドは向《む》きを変《か》えた。マゴリアンの所《ところ》にまっすぐ取《と》って返《かえ》したいという様子《ようす》がむき出《だ》しだった。

「あいつがこの森《もり》にいるかぎり、おまえたちは忍耐《にんたい》しろ！　森《もり》はおまえたちのものでもあるし、あいつのものでもあるんだ！」ハグリッドが叫《さけ》んだ。ハリーとハーマイオニーは、ハグリッドをそのまま歩《ある》かせようと、モールスキンの半《はん》コートを力《ちから》のかぎり押《お》していた。しかめっ面《つら》のまま、ハグリッドは下《した》を見《み》た。二人《ふたり》が自分《じぶん》を押《お》しているのを見《み》ると、ハグリッドの顔《かお》はちょっと驚《おどろ》いた表情《ひょうじょう》に変《か》わった。押《お》されているのを感《かん》じていなかったらしい。

「落《お》ち着《つ》け、二人《ふたり》とも」ハグリッドは歩《ある》きはじめた。二人《ふたり》はハァハァ言《い》いながら、その後《うし》ろについていった。「しかし、いまいましい老《お》いぼれラバだな、え？」

「ハグリッド」ハーマイオニーが来《く》るときも通《とお》ってきた毒《どく》イラクサの群生《ぐんせい》をさけて通《とお》りながら、声《こえ》をひそめて言《い》った。「ケンタウルスが森《もり》にヒトを入《い》れたくないとすれば、ハリーも私《わたし》も、どうにもできないんじゃないかって気《き》が――」

「ああ、連中《れんちゅう》が言《い》ったことを聞《き》いたろうが」ハグリッドは相手《あいて》にしなかった。「仔馬《こうま》――つまり、子供《こども》は傷《きず》つけねえ。とにかく、あんな連中《れんちゅう》に振《ふ》り回《まわ》されてたまるか」

「いい線《せん》いってたけどね」ハリーががっくりしているハーマイオニーに向《む》かってつぶやいた。

やっと歩道《ほどう》の小道《こみち》に戻《もど》り、十分《ぷん》ほど歩《ある》くと、木立《こだち》が徐々《じょじょ》にまばらになり、青空《あおぞら》が切《き》れ切《ぎ》れに見《み》えるようになってきた。そして遠《とお》くから、はっきりした歓声《かんせい》と叫《さけ》び声《ごえ》が聞《き》こえてきた。

「またゴールを決《き》めたんか？」クィディッチ競技場《きょうぎじょう》が見《み》えてきたとき、木々《きぎ》に覆《おお》われた場所《ばしょ》で立《た》ち止《ど》まって、ハグリッドが聞《き》いた。「それとも、試合《しあい》が終《お》わったと思《おも》うか？」

「わからないわ」ハーマイオニーがみじめな声《こえ》を出《だ》した。ハリーが見《み》ると、森《もり》でよれよれになったハーマイオニーの姿《すがた》は悲惨《ひさん》だった。髪《かみ》は小枝《こえだ》や木《こ》の葉《は》だらけで、ローブは数《すう》か所《しょ》破《やぶ》れ、顔《かお》や腕《うで》に数《かぞ》え切《き》れないほどの引《ひ》っかき傷《きず》がある。自分《じぶん》も同《おな》じようなものだとハリーは思《おも》った。

「どうやら終《お》わったみてえだぞ！」ハグリッドはまだ競技場《きょうぎじょう》のほうに目《め》を凝《こ》らしていた。「ほれ――もうみんな出《で》てきた――二人《ふたり》とも、急《いそ》げば集団《しゅうだん》に紛《まぎ》れ込《こ》める。そんで、二人《ふたり》がいなかったことなんぞ、誰《だれ》にもわかりゃせん！」

「そうだね」ハリーが言《い》った。「さあ……ハグリッド、それじゃ、またね」

「信《しん》じられない」ハグリッドに聞《き》こえない所《ところ》まで来《き》たとたん、ハーマイオニーが動揺《どうよう》しきった声《こえ》で言《い》った。「信《しん》じられない。ほんとに信《しん》じられない」

「落《お》ち着《つ》けよ」ハリーが言《い》った。

「落《お》ち着《つ》けなんて！」ハーマイオニーは興奮《こうふん》していた。「巨人《きょじん》よ！　森《もり》に巨人《きょじん》なのよ！　それに、その巨人《きょじん》に私《わたし》たちが英語《えいご》を教《おし》えるんですって！　しかも、もちろん、殺気立《さっきだ》ったケンタウルスの群《む》れに、途中《とちゅうき》気づかれずに森《もり》に出入《でい》りできればの話《はなし》じゃない！　ハグリッドったら、信《しん》じられない。ほんとに信《しん》じられないわ」

「僕《ぼく》たち、まだ何《なん》にもしなくていいんだ！」ペチャクチャしゃべりながら城《しろ》へと帰《かえ》るハッフルパフの流《なが》れにもぐり込《こ》みながら、ハリーは低《ひく》い声《こえ》でハーマイオニーをなだめようとした。

「追《お》い出《だ》されなければ、ハグリッドは僕《ぼく》たちに何《なん》にも頼《たの》みやしない。それに、ハグリッドは追《お》い出《だ》されないかもしれない」

「まあ、ハリー、いいかげんにしてよ！」ハーマイオニーが憤慨《ふんがい》し、その場《ば》で石《いし》のように動《うご》かなくなったので、後《うし》ろを歩《ある》いていた生徒《せいと》たちは、ハーマイオニーを迂回《うかい》して歩《ある》かなければならなかった。

「ハグリッドは必《かなら》ず追《お》い出《だ》されるわよ。それに、はっきり言《い》って、今《いま》しがた目撃《もくげき》したことから考《かんが》えて、アンブリッジが追《お》い出《だ》しても無理《むり》もないじゃない？」

一瞬《いっしゅん》言葉《ことば》がとぎれ、ハリーがハーマイオニーをじっとにらんだ。ハーマイオニーの目《め》にじんわりと涙《なみだ》がにじんできた。

「本気《ほんき》で言《い》ったんじゃないよね」ハリーが低《ひく》い声《こえ》で言《い》った。

「ええ……でも……そうね……本気《ほんき》じゃないわ」ハーマイオニーは怒《おこ》ったように目《め》をこすった。

「でもどうしてハグリッドは苦労《くろう》をしょい込《こ》むのかしら？……それに私《わたし》たちにまでどうして？」

「さあ――」

ウィーズリーはわが王者《おうじゃ》
ウィーズリーはわが王者《おうじゃ》
クアッフルをば止《と》めたんだ
ウィーズリーはわが王者《おうじゃ》

「それに、あのバカな歌《うた》を歌《うた》うのをやめてほしい」ハーマイオニーは打《う》ちひしがれたように言《い》った。「あの連中《れんちゅう》、まだからかい足《た》りないって言《い》うの？」

大勢《おおぜい》の生徒《せいと》が、競技場《きょうぎじょう》から芝生《しばふ》をひたひたと上《のぼ》ってきた。

「さあ、スリザリン生《せい》と顔《かお》を合《あ》わせないうちに中《なか》に入《はい》りましょうよ」

ハーマイオニーが言《い》った。

ウィーズリーは守《まも》れるぞ
万《まん》に一つも逃《のが》さぬぞ
だから歌《うた》うぞ、グリフィンドール
ウィーズリーはわが王者《おうじゃ》

「ハーマイオニー……」ハリーが何《なに》かに気《き》づいたように言《い》った。

歌声《うたごえ》はだんだん大《おお》きくなってきた。しかし、緑《みどり》と銀色《ぎんいろ》の服《ふく》を着《き》たスリザリン生《せい》の群《む》れからではなく、ゆっくりと城《しろ》に向《む》かってくる、赤《あか》と金色《きんいろ》の集団《しゅうだん》から湧《わ》き上《あ》がっていた。誰《だれ》かが大勢《おおぜい》の生徒《せいと》に肩車《かたぐるま》されている。

ウィーズリーはわが王者《おうじゃ》
ウィーズリーはわが王者《おうじゃ》
クアッフルをば止《と》めたんだ
ウィーズリーはわが王者《おうじゃ》

「うそ？」ハーマイオニーが声《こえ》を殺《ころ》した。

「やった！」ハリーが大声《おおごえ》を上《あ》げた。

「ハリー！　ハーマイオニー！」

銀色《ぎんいろ》のクィディッチ優勝杯《ゆうしょうはい》を振《ふ》りかざし、我《われ》を忘《わす》れて、ロンが叫《さけ》んでいる。

「やったよ！　僕《ぼく》たち勝《か》ったんだ！」

ロンが通《とお》り過《す》ぎるとき、二人《ふたり》はニッコリとロンを見上《みあ》げた。正面扉《しょうめんとびら》のあたりが混雑《こんざつ》してもみ合《あ》い、ロンは楣石《まぐさいし》にかなりひどく頭《あたま》をぶつけた。それでも誰《だれ》もロンを下《お》ろそうとしなかった。歌《うた》い続《つづ》けながら、群《む》れは無理《むり》やり玄関《げんかん》ホールを入《はい》り、姿《すがた》が見《み》えなくなった。ハリーとハーマイオニーはニッコリ笑《わら》いながら、「♪ウィーズリーはわが王者《おうじゃ》」の最後《さいご》の響《ひび》きが聞《き》こえなくなるまで集団《しゅうだん》を見送《みおく》った。それから二人《ふたり》で顔《かお》を見合《みあ》わせた。笑《わら》いが消《き》えていった。

「あしたまでだまっていようか？」ハリーが言《い》った。

「ええ、いいわ」ハーマイオニーがうんざりしたように言《い》った。「私《わたし》は急《いそ》がないわよ」

二人《ふたり》は一緒《いっしょ》に石段《いしだん》を上《のぼ》った。正面扉《しょうめんとびら》のところで二人《ふたり》とも無意識《むいしき》に禁《きん》じられた森《もり》を振《ふ》り返《かえ》った。錯覚《さっかく》かどうかハリーには自信《じしん》がなかったが、遠《とお》くの木《き》の梢《こずえ》から、小鳥《ことり》の群《む》れがいっせいに飛《と》び立《た》ったような気《き》がした。今《いま》まで巣《す》をかけていた木《き》が、根元《ねもと》から引《ひ》っこ抜《ぬ》かれたかのように。

第《だい》31章《しょう》　ふ・く・ろ・う

グリフィンドールにからくも優勝杯《ゆうしょうはい》をもたらした立役者《たてやくしゃ》のロンは、有頂天《うちょうてん》で、次《つぎ》の日《ひ》は何《なん》にも手《て》につかないありさまだった。試合《しあい》の一部始終《いちぶしじゅう》を話《はな》したがるばかりで、ハリーとハーマイオニーは、グロウプのことを切《き》り出《だ》すきっかけがなかなかつかめなかった。もっとも二人《ふたり》とも積《せっ》極的《きょくてき》に努力《どりょく》したわけではない。こんな残酷《ざんこく》なやり方《かた》でロンを現実《げんじつ》に引《ひ》き戻《もど》すのは、どちらも気《き》が進《すす》まなかったのだ。その日《ひ》も暖《あたた》かな晴《は》れた日《ひ》だったので、二人《ふたり》は湖《みずうみ》のほとりのブナの木陰《こかげ》で勉《べん》強《きょう》しようとロンを誘《さそ》った。談話室《だんわしつ》よりそこのほうが盗《ぬす》み聞《ぎ》きされる危険性《きけんせい》が少《すく》ないはずだ。

ロンは、はじめあまり乗《の》り気《き》ではなかった。——ときどき爆発《ばくはつ》する「♪ウィーズリーはわが王《おう》者《じゃ》」の歌声《うたごえ》はもちろんのこと、グリフィンドール生《せい》がロンの座《すわ》っている椅子《いす》を通《とお》り過《す》ぎるとき、背中《せなか》をたたいていくのがすっかり気《き》に入《い》っていたからだ——しかし、しばらくすると、新鮮《しんせん》な空《くう》気《き》を吸《す》ったほうがいいという意見《いけん》に従《したが》った。

ブナの木陰《こかげ》で本《ほん》を広《ひろ》げ、それぞれに座《すわ》ったが、ロンは試合最初《しあいさいしょ》のゴールセーブの話《はなし》を、もう十数回目《すうかいめ》になるのに、またしても一部始終《いちぶしじゅう》二人《ふたり》に聞《き》かせた。

「でもさ、ほら、もうデイビースのゴールを一回許《かいゆる》しちゃったあとだから、僕《ぼく》、そんなに自信《じしん》はなかったんだ。だけど、どうしたのかなぁ、ブラッドリーがどこからともなく突《つ》っ込《こ》んできたとき、僕《ぼく》は思《おも》ったんだ――**やるぞ!** どっちの方向《ほうこう》に飛《と》ぶかを決《き》めるのはほんの一瞬《いっしゅん》さ。だって、やつは右側《みぎがわ》のゴールをねらっているみたいに見《み》えたんだ――もちろん僕《ぼく》の右《みぎ》、やつの左《ひだり》ね――だけど、変《へん》なんだよね。僕《ぼく》、やつがフェイントをかましてくるような気《き》がしたんだ。一《いち》か八《ばち》か、僕《ぼく》は左《ひだり》に跳《と》んだね――やつの右《みぎ》だけどね――そして――まあ――結果《けっか》は観《み》てただろう」

ロンは最後《さいご》を控《ひか》えめに語《かた》り終《お》え、必要《ひつよう》もないのに髪《かみ》を後《うし》ろにかき上《あ》げ、見《み》せびらかすように風《かぜ》に吹《ふ》かれた効果《こうか》を出《だ》しながら近《ちか》くにいた生徒《せいと》たちにちらっと目《め》をやり――ハッフルパフの三年生《ねんせい》が固《かた》まってうわさ話《ばなし》をしていた――自分《じぶん》の話《はなし》が聞《き》こえたかどうかチェックした。「それで、チェンバーズがそれから五分後《ふんご》に攻《せ》めてきたとき――どうしたんだ?」ハリーの表情《ひょうじょう》を見《み》て、ロンは話《はなし》を中断《ちゅうだん》した。「何《なに》をニヤニヤしてるんだ?」

「してないよ」

ハリーはあわててそう言《い》うと、下《した》を向《む》いて「変身術《へんしんじゅつ》」のノートを見《み》ながら、まじめな顔《かお》に戻《もど》そうとした。ほんとうのことを言《い》えば、ロンの姿《すがた》がもう一人別《ひとりべつ》のグリフィンドールのクィディッチ選手《せんしゅ》と重《かさ》なってしかたがなかったのだ。かつてこの同《おな》じ木《き》の下《した》に座《すわ》って髪《かみ》をくしゃくしゃにしていた人《ひと》だ。

「ただ、僕《ぼく》たちが勝《か》ったのがうれしいだけさ」

「ああ」ロンは「**僕《ぼく》たちが勝《か》った**」の言葉《ことば》をかみしめるかのようにゆっくりと言《い》った。

「ジニーに鼻先《はなさき》からスニッチを奪《うば》われたときの、チャンの顔《かお》を見《み》たか？」

「たぶん、泣《な》いたんじゃないか？」ハリーは苦《にが》い思《おも》いで言《い》った。

「ああ、うん――どっちかっていうとかんしゃくを起《お》こして泣《な》いたっていうほうが……」ロンはけげんな顔《かお》をした。「だけど、チャンが地上《ちじょう》に降《お》りたとき、箒《ほうき》を投《な》げ捨《す》てたのは見《み》たんだろ？」

「んー――」ハリーが言《い》いよどんだ。

「あの、実《じつ》は……ロン、見《み》てないの」ハーマイオニーが大《おお》きなため息《いき》をつき、本《ほん》を置《お》いて申《もう》し訳《わけ》なさそうにロンを見《み》た。「実《じつ》はね、ハリーと私《わたし》が観《み》たのは、デイビースが最初《さいしょ》にゴールしたところだけなの」

念入《ねんい》りにくしゃくしゃにしたロンの髪《かみ》が、がっくりとしおれたように見《み》えた。

「観《み》てなかったの？」二人《ふたり》の顔《かお》を交互《こうご》に見《み》ながら、ロンがか細《ぼそ》く言《い》った。「僕《ぼく》がゴールを守《まも》ったとこ、一つも見《み》てないの？」

「あの──そうなの」ハーマイオニーが、なだめるようにロンのほうに手《て》を差《さ》し伸《の》べながら言《い》った。「でも、ロン、そうしたかったわけじゃないのよ──どうしても行《い》かなきゃならなかったの！」

「へえ？」ロンの顔《かお》がだんだん赤《あか》くなってきた。「どうして？」

「ハグリッドのせいだ」ハリーが言《い》った。

「巨人《きょじん》の所《ところ》から帰《かえ》って以来《いらい》、いつも傷《きず》だらけだったわけを、僕《ぼく》たちに教《おし》えてくれる気《き》になったんだ。一緒《いっしょ》に森《もり》に来《き》てほしいって言《い》われて、断《ことわ》れなかった。ハグリッドのやり方《かた》はわかるだろ？それで……」

話《はなし》は五分《ふん》で終《お》わった。最後《さいご》のほうになると、ロンの怒《いか》りは、まったく信《しん》じられないという表《ひょう》情《じょう》に変《か》わっていた。

「一人《ひとり》連《つ》れて帰《かえ》って、森《もり》に隠《かく》してた？」

「そう」ハリーが深刻《しんこく》な顔《かお》で言《い》った。

「まさか」否定《ひてい》することで事実《じじつ》を事実《じじつ》でなくすることができるかのように、ロンが言《い》った。

「まさか、そんなことしないだろう」

「それが、したのよ」ハーマイオニーがきっぱり言《い》った。

「グロウプは約《やく》五メートルの背丈《せたけ》、六メートルもの松《まつ》の木《き》を引《ひ》っこ抜《ぬ》くのが好《す》きで、私《わたし》のことは」ハーマイオニーはフンと鼻《はな》を鳴《な》らした。「ハーミーって名前《なまえ》で知《し》ってるわ」

ロンは不安《ふあん》をごまかすかのように笑《わら》った。

「それで、ハグリッドが僕《ぼく》たちにしてほしいことって……？」

「英語《えいご》を教《おし》えること。うん」ハリーが言《い》った。

「正気《しょうき》を失《うしな》ってるな」ロンが恐《おそ》れ入《い》りましたという声《こえ》を出《だ》した。

「ほんと」ハーマイオニーが『中級変身術《ちゅうきゅうへんしんじゅつ》』の教科書《きょうかしょ》をめくり、ふくろうがオペラグラスに変《へん》身《しん》する一連《いちれん》の図解《ずかい》をにらみながら、いらいらと言《い》った。「そう。私《わたし》もハグリッドがおかしくなったと思《おも》いはじめてるのよ。でも、残念《ざんねん》ながら、私《わたし》もハリーも約束《やくそく》させられたの」

「じゃ、約束《やくそく》を破《やぶ》らないといけない。それで決《き》まりさ」ロンがきっぱりと言《い》った。「だってさ、いいか……試験《しけん》が迫《せま》ってるんだぜ。しかも、あとこのくらいで――」ロンは手《て》を上《あ》げて、親指《おやゆび》と人差《ひとさ》し指《ゆび》をほとんどくっつくぐらいに近《ちか》づけてみせた。「――僕《ぼく》たち追《お》い出《だ》されそうなんだぜ。何《なん》にもしなくとも。それに、とにかく……ノーバートを覚《おぼ》えてるか？　アラゴグは？　ハグリッドの仲《なか》よし怪物《かいぶつ》とつき合《あ》って、よかった例《れい》があるか？」

「わかってるわ。でも――私《わたし》たち、約束《やくそく》したの」ハーマイオニーが小《ちい》さな声《こえ》で言《い》った。

ロンは不安《ふあん》そうな顔《かお》で、髪《かみ》を元《もと》どおりになでつけた。

「まあね」ロンがため息《いき》をついた。「ハグリッドはまだクビになってないだろ？　これまでもちこたえたんだ。今学期《こんがっき》いっぱいもつかもしれないし、そしたらグロウプの所《ところ》に行《い》かなくてすむかもしれない」

城《しろ》の庭《にわ》はペンキを塗《ぬ》ったばかりのように、陽《ひ》の光《ひかり》に輝《かがや》いていた。雲一《くもひと》つない空《そら》が、キラキラ光《ひか》るなめらかな湖《みずうみ》に映《うつ》る自分《じぶん》の姿《すがた》にほほ笑《え》みかけ、つややかな緑《みどり》の芝生《しばふ》が、やさしいそよ風《かぜ》に時折《ときおり》さざ波《なみ》を立《た》てている。もう六月《がつ》だった。しかし、五年生《ねんせい》にとっては、その意味《いみ》はただ一つだった。ついにO《ふ》・W《くろう》・L試験《しけん》がやってきた。

先生方《せんせいがた》はもう宿題《しゅくだい》を出《だ》さず、試験《しけん》に最《もっと》も出題《しゅつだい》されそうな予想問題《よそうもんだい》の練習《れんしゅう》に時間《じかん》を費《つい》やした。目的《もくてき》に向《む》かう熱《ねつ》っぽい雰囲気《ふんいき》が、ハリーの頭《あたま》からO《ふ》・W《くろう》・L以外《いがい》のものをほとんど全部追《ぜんぶお》い出《だ》していた。ただときどき、「魔法薬《まほうやく》」の授業中《じゅぎょうちゅう》に、ルーピンはスネイプに「閉心術《へいしんじゅつ》」の特訓《とっくん》を続《つづ》けなければならないと言《い》ったのだろうか、と考《かんが》えることがあった。もし言《い》ったのなら、スネイプは今《いま》、ハリーを無視《むし》しているのと同《おな》じように、ルーピンをも完全《かんぜん》に無視《むし》していることになる。ハリーにとっては好都合《こうつごう》だった。スネイプとの追加《ついか》の訓練《くんれん》がなくともハリーは充分《じゅうぶん》に忙《いそが》しかったし、緊《きん》張《ちょう》していた。ハーマイオニーもこのごろは試験《しけん》に気《き》を取《と》られるあまり、「閉心術《へいしんじゅつ》」についてしつこく言《い》わなくなっていたので、ハリーはホッとしていた。ハーマイオニーは長《なが》い時間《じかん》ひとりでブツブツ言《い》っていたし、このところ何日《なんにち》もしもべ妖精《ようせい》の服《ふく》を置《お》いていない。O《ふ》・W《く》・L《ろう》試験《しけん》が確実《かくじつ》に近《ちか》づいてくると、おかしな行動《こうどう》を取《と》るのはハーマイオニーだけではなかった。アーニー・マクミランは誰《だれ》かれなく捕《つか》まえては勉強《べんきょう》のことを質問《しつもん》するというくせがつき、みんなをいらいらさせた。

「一日《いちにち》に何時間《なんじかん》勉強《べんきょう》してる？」

ハリーとロンが「薬草学《やくそうがく》」の教室《きょうしつ》の外《そと》に並《なら》んでいると、マクミランがギラギラと落《お》ち着《つ》かない目《め》つきで質問《しつもん》した。

「さあ」ロンが言《い》った。「数時間《すうじかん》だろ」

「八時間《じかん》より多《おお》いか、少《すく》ないか？」

「少《すく》ないと思《おも》うけど」ロンは少《すこ》し驚《おどろ》いた顔《かお》をした。

「僕《ぼく》は八時間《じかん》だ」アーニーが胸《むね》をそらした。「八時間《じかん》か九時間《じかん》さ。毎日朝食《まいにちちょうしょく》の前《まえ》に一時間《じかん》やってる。平均《へいきん》で八時間《じかん》だ。週末《しゅうまつ》に調子《ちょうし》がいいときは十時間《じかん》できるし、月曜《げつよう》は九時間半《じかんはん》やった。火曜《かよう》はあんまりよくなかった——七時間《じかん》十五分《ふん》しかやらなかった。それから水曜日《すいようび》は——」

この時点《じてん》で、スプラウト先生《せんせい》がみんなを三号温室《ごうおんしつ》に招《しょう》じ入《い》れ、アーニーは独演会《どくえんかい》をやめざるをえなくなったので、ハリーはとてもありがたかった。

一方《いっぽう》、ドラコ・マルフォイはちがったやり方《かた》で周《まわ》りにパニックを引《ひ》き起《お》こしていた。

「もちろん、知識《ちしき》じゃないんだよ」

試験開始《しけんかいし》の数日前《すうじつまえ》、マルフォイが「魔法薬《まほうやく》」の教室《きょうしつ》の前《まえ》で、クラッブとゴイルに大声《おおごえ》で話《はな》しているのをハリーは耳《みみ》にした。

「誰《だれ》を知《し》っているかなんだ。ところで、父上《ちちうえ》は魔法試験局《まほうしけんきょく》の局長《きょくちょう》とは長年《ながねん》の友人《ゆうじん》でね──グリゼルダ・マーチバンクス女史《じょし》さ──僕《ぼく》たちが夕食《ゆうしょく》にお招《まね》きしたり、いろいろと……」

「ほんとうかしら？」ハーマイオニーは驚《おどろ》いてハリーとロンにささやいた。

「もしほんとうでも、僕《ぼく》たちには何《なん》にもできないよ」ロンが憂《ゆう》うつそうに言《い》った。

「ほんとうじゃないと思《おも》うよ」三人《にん》の背後《はいご》でネビルが静《しず》かに言《い》った。「だって、グリゼルダ・マーチバンクスは僕《ぼく》のばあちゃんの友達《ともだち》だけど、マルフォイの話《はなし》なんか一度《いちど》もしてないもの」

「ネビル、その人《ひと》、どんな人《ひと》？　厳《きび》しい？」

ハーマイオニーが即座《そくざ》に質問《しつもん》した。

「ちょっとばあちゃんに似《に》てる」ネビルの声《こえ》が小《ちい》さくなった。

「でも、その人《ひと》と知《し》り合《あ》いだからって、君《きみ》が不利《ふり》になるようなことはないだろ？」ロンが力《ちから》づけるように言《い》った。

「ああ、全然関係《ぜんぜんかんけい》ないと思《おも》う」ネビルはますますみじめそうに言《い》った。「ばあちゃんが、マーチバンクス先生《せんせい》にいっつも言《い》うんだ。僕《ぼく》が父《とう》さんのようにはできがよくないって……ほら……ばあちゃんがどんな人《ひと》か、聖《せい》マンゴで見《み》ただろ……」

ネビルはじっと床《ゆか》を見《み》つめた。ハリー、ロン、ハーマイオニーは互《たが》いに顔《かお》を見合《みあ》わせたが、何《なん》と言《い》っていいかわからなかった。魔法病院《まほうびょういん》で三人《にん》に出会《であ》ったことをネビルが認《みと》めたのは、これが初《はじ》めてだった。

そうこうするうちに、五年生《ねんせい》と七年生《ねんせい》の間《あいだ》では、精神集中《せいしんしゅうちゅう》、頭《あたま》の回転《かいてん》、眠気覚《ねむけざ》ましに役立《やくだ》つ物《もの》の闇取引《やみとりひき》が大繁盛《だいはんじょう》しだした。ハリーとロンは、レイブンクローの六年生《ねんせい》、エディ・カーマイケルが売《う》り込《こ》んだ「バルッフィオの脳活性秘薬《のうかっせいひやく》」に相当《そうとう》ひかれた。一年前《ねんまえ》の夏《なつ》、自分《じぶん》がO《ふ》・W《く》・L《ろう》で九科目《かもく》も「O《オー》・優《ゆう》」を取《と》れたのは、まったくこの秘薬《ひやく》のおかげだと請《う》け合《あ》い、半《はん》リットル瓶《びん》一本《ぽん》をたったの十二ガリオンで売《う》るというのだ。ロンは、卒業《そつぎょう》して仕事《しごと》についたらすぐに代金《だいきん》の半《はん》分《ぶん》をハリーに返《かえ》すと約束《やくそく》した。ところが売買交渉《ばいばいこうしょう》がまとまりかけたとき、ハーマイオニーがカーマイケルから瓶《びん》を没収《ぼっしゅう》し、中身《なかみ》をトイレに捨《す》ててしまった。

「ハーマイオニー、僕《ぼく》たちあれが買《か》いたかったのに！」ロンが叫《さけ》んだ。

「バカなことはやめなさい」ハーマイオニーがいがんだ。「いっそのことハロルド・ディングルのドラゴンの爪《つめ》の粉末《ふんまつ》でも飲《の》んで、けりをつければ？」

「ディングルがドラゴンの爪《つめ》の粉末《ふんまつ》を持《も》ってるの？」ロンが勢《いきお》い込《こ》んだ。

「もう持《も》っていないわ」ハーマイオニーが言《い》った。「私《わたし》がそれも没収《ぼっしゅう》しました。あんなもの、どれも効《き》かないわよ」

「ドラゴンの爪《つめ》は効《き》くよ！」ロンが言《い》った。「信《しん》じられない効果《こうか》なんだって。脳《のう》がほんとに活性化《かっせい》《か》して、数時間《すうじかん》ものすごく悪知恵《わるぢえ》が働《はたら》くようになるんだって――ハーマイオニー、ひとつまみ僕《ぼく》にくれよ。ねえ、別《べつ》に毒《どく》になるわけじゃなし――」

「なるわ」ハーマイオニーが怖《こわ》い顔《かお》をした。「よく見《み》たら、あれ、実《じつ》はドクシーのフンを乾《かわ》かしたものだったもの」

この情報《じょうほう》で、ハリーとロンの脳刺激剤熱《のうしげきざいねつ》が冷《さ》めた。

次《つぎ》の「変身術《へんしんじゅつ》」の授業《じゅぎょう》のとき、O《ふ》・W《くろ》・L《う》試験《しけん》の時間割《じかんわり》とやり方《かた》についての詳細《しょうさい》が知《し》らされた。

「ここに書《か》いてあるように」

マクゴナガル先生《せんせい》は、生徒《せいと》が黒板《こくばん》から試験《しけん》の日付《ひづけ》と時間《じかん》を写《うつ》し取《と》る間《あいだ》に説明《せつめい》した。

「みなさんのO《ふ》・W《くろ》・L《う》は二週間《しゅうかん》にわたって行《おこな》われます。午前中《ごぜんちゅう》は理論《りろん》に関《かん》する筆記試験《ひっきしけん》、午《ご》後《ご》は実技《じつぎ》です。『天文学《てんもんがく》』の実技試験《じつぎしけん》は、もちろん夜《よる》に行《おこな》います」

「警告《けいこく》しておきますが、筆記試験《ひっきしけん》のペーパーには最《もっと》も厳《きび》しいカンニング防止呪文《ぼうしじゅもん》がかけられています。『自動解答羽根《じどうかいとうはね》ペン』は持《も》ち込《こ》み禁止《きんし》です。『思《おも》い出《だ》し玉《だま》』、『取《と》り外《はず》し型《がた》カンニング用《よう》カフス』、『自動修正《じどうしゅうせい》インク』も同様《どうよう》です。残念《ざんねん》なことですが、毎年少《まいとしすく》なくとも一人《ひとり》は、魔法試験局《まほうしけんきょく》の決《き》めたルールをごまかせると考《かんが》える生徒《せいと》がいるようです。それがグリフィンドールの生徒《せいと》でないことを願《ねが》うばかりです。わが校《こう》の新《あたら》しい——女校長《おんなこうちょう》が——」

この言葉《ことば》を口《くち》にしたとき、マクゴナガル先生《せんせい》は、ペチュニアおばさんが特《とく》にしつこい汚《よご》れをじっと見《み》るときと同《おな》じ表情《ひょうじょう》をした。

「——カンニングは厳罰《げんばつ》に処《しょ》すと寮生《りょうせい》に伝《つた》えるよう、各寮《かくりょう》の寮監《りょうかん》に要請《ようせい》しました——理由《りゆう》はもちろん、みなさんの試験成績《しけんせいせき》しだいで、本校《ほんこう》における新校長体制《しんこうちょうたいせい》の評価《ひょうか》が決《き》まってくるからです——」

マクゴナガル先生《せんせい》は小《ちい》さくため息《いき》をもらした。骨高《ほねだか》の鼻《はな》の穴《あな》がふくれるのを、ハリーは見《み》た。

「——だからといって、みなさんがベストを尽《つ》くさなくてもよいことにはなりません。みなさんは自分《じぶん》の将来《しょうらい》を考《かんが》えるべきなのですから」

「先生《せんせい》」ハーマイオニーが手《て》を挙《あ》げた。「結果《けっか》はいつわかるのでしょうか？」

「七月中《がつじゅう》にふくろう便《びん》がみなさんに送《おく》られます」

「よかった」ディーン・トーマスがわざと聞《き》こえるようなささやき声《ごえ》で言《い》った。「なら、夏休《なつやす》みまでは心配《しんぱい》しなくてもいいんだ」

ハリーは、これから六週間後《しゅうかんご》にプリベット通《どお》りの自分《じぶん》の部屋《へや》で、O・W・L《ふくろう》の結果《けっか》を待《ま》つ姿《すがた》を想像《そうぞう》した。まあいいや――ハリーは思《おも》った――夏休《なつやす》み中《ちゅう》に必《かなら》ず一回《かい》は便《たよ》りが来《く》るんだから。

最初《さいしょ》の試験《しけん》、「呪文学《じゅもんがく》」の理論《りろん》は月曜《げつよう》の午前中《ごぜんちゅう》に予定《よてい》されている。日曜《にちよう》の昼食《ちゅうしょく》後《ご》、ハリーはハーマイオニーのテストの準備《じゅんび》を手伝《てつだ》うことを承知《しょうち》したが、すぐに後悔《こうかい》した。ハーマイオニーは神経過敏《しんけいかびん》になっていて、自分《じぶん》の答《こた》えが完璧《かんぺき》かどうかをチェックするのに、ハリーが手《て》にした教科書《きょうかしょ》を何度《なんど》も引《ひ》ったくり、はてはハリーの鼻《はな》を『呪文学問題集《じゅもんがくもんだいしゅう》』の本《ほん》の角《かど》でいやというほどたたいてしまった。

「自分《じぶん》ひとりでやったらどうだい？」ハリーは涙《なみだ》をにじませながら本《ほん》を突《つ》っ返《かえ》した。

一方《いっぽう》ロンは、両耳《りょうみみ》に指《ゆび》を突《つ》っ込《こ》んで、口《くち》をパクパクさせながら、二年分《ねんぶん》の「呪文学《じゅもんがく》」のノートを読《よ》み返《かえ》していた。シェーマス・フィネガンは、床《ゆか》に仰向《あおむ》けに寝転《ねころ》び、「実体的呪文《じったいてきじゅもん》」の定義《ていぎ》を復唱《ふくしょう》し、ディーンがそれを『基本呪文集《きほんじゅもんしゅう》（五学年用《がくねんよう》）』と照《て》らし合《あ》わせてチェックしていた。

パーバティとラベンダーは、基本的《きほんてき》な「移動呪文《いどうじゅもん》」の練習中《れんしゅうちゅう》で、それぞれのペンケースをテーブルの縁《へり》に沿《そ》って動《うご》かし、競争《きょうそう》させていた。

その夜《よる》の夕食《ゆうしょく》は意気《いき》が上《あ》がらなかった。ハリーとロンはあまり話《はな》さなかったが、一日中勉強《いちにちじゅうべんきょう》したあとなので、もりもり食《た》べた。ところがハーマイオニーは、しょっちゅうナイフとフォークを置《お》き、テーブルの下《した》にもぐり込《こ》んではかばんから本《ほん》をつかみ出《だ》し、事実《じじつ》や数字《すうじ》をたしかめていた。ちゃんと食《た》べないと夜眠《よるねむ》れなくなるよとロンが忠告《ちゅうこく》したその時《とき》、ハーマイオニーの指《ゆび》の力《ちから》が抜《ぬ》け、皿《さら》にすべり落《お》ちたフォークがガチャッと大《おお》きな音《おと》を立《た》てた。

「ああ、どうしよう」玄関《げんかん》ホールのほうをじっと見《み》ながら、ハーマイオニーがかすかな声《こえ》で言《い》った。「あの人《ひと》たちかしら？　試験官《しけんかん》かしら？」

ハリーとロンは腰《こし》かけたままくるりと振《ふ》り向《む》いた。大広間《おおひろま》につながる扉《とびら》を通《とお》して、アンブリッジと、そのそばに立《た》っている古色蒼然《こしょくそうぜん》たる魔法使《まほうつか》いたちの小集団《しょうしゅうだん》が見《み》えた。ハリーにとってはうれしいことに、アンブリッジがかなり神経質《しんけいしつ》になっているようだった。

「近《ちか》くに行《い》ってもっとよく見《み》ようか？」ロンが言《い》った。

ハリーとハーマイオニーがうなずき、三人《にん》は玄関《げんかん》ホールに続《つづ》く両開《りょうびら》きの扉《とびら》のほうへと急《いそ》いだ。敷居《しきい》を越《こ》えたあとはゆっくり歩《ある》き、落《お》ち着《つ》きはらって試験官《しけんかん》のそばを通《とお》り過《す》ぎた。ハリーは、腰《こし》の曲《ま》がった小柄《こがら》な魔女《まじょ》がマーチバンクス教授《きょうじゅ》ではないかと思《おも》った。顔《かお》はしわくちゃで、クモの巣《す》をかぶっているように見《み》える。アンブリッジがうやうやしく話《はな》しかけていた。マーチバンクス教《きょう》授《じゅ》は少《すこ》し耳《みみ》が遠《とお》いらしく、アンブリッジ先生《せんせい》とは数《すう》十センチしか離《はな》れていないのに、大声《おおごえ》で答《こた》えていた。

「旅《たび》は順調《じゅんちょう》でした。順調《じゅんちょう》でしたよ。もう何度《なんど》も来《き》ているのですからね！」マーチバンクス教授《きょうじゅ》はいらだったように言《い》った。

「ところでこのごろダンブルドアからの便《たよ》りがない！」箒置《ほうきお》き場《ば》からでもダンブルドアがひょっこり現《あらわ》れるのを期待《きたい》しているかのように、教授《きょうじゅ》は目《め》をこらしてあたりを見回《みまわ》した。「どこにおるのか、皆目《かいもく》わからないのでしょうね？」

「わかりません」アンブリッジはハリー、ロン、ハーマイオニーをじろりとにらみながら言《い》った。今度《こんど》はロンが靴《くつ》のひもを結《むす》びなおすふりをしながら、三人《にん》は階段下《かいだんした》でぐずぐずしていた。

「でも、魔法省《まほうしょう》がまもなく突《つ》き止《と》めると思《おも》いますわ」

「さて、どうかね」小柄《こがら》なマーチバンクス教授《きょうじゅ》が大声《おおごえ》で言《い》った。「ダンブルドアが見《み》つかりたくないのなら、まず無理《むり》だね！　私《わたし》にはわかりますよ……この私《わたし》が、N《イ》・E《モ》・W《リ》・Tの『変身術《へんしんじゅつ》』と『呪文学《じゅもんがく》』の試験官《しけんかん》だったのだから……あれほどまでの杖使《つえつか》いは、それまで見《み》たことがなかった」

「ええ……まあ……」アンブリッジが言《い》った。三人《にん》は一歩一歩《いっぽいっぽ》足《あし》を持《も》ち上《あ》げ、できるだけのろのろと大理石《だいりせき》の階段《かいだん》を上《のぼ》っていくところだった。

「教職員室《きょうしょくいんしつ》にご案内《あんない》いたしましょう。長旅《ながたび》でしたから、お茶《ちゃ》などいかがかと」

何《なん》だか落《お》ち着《つ》かない夜《よる》だった。誰《だれ》もが最後《さいご》の追《お》い込《こ》みで勉強《べんきょう》していたが、たいしてはかどっているようには見《み》えなかった。ハリーは早《はや》めにベッドに入《はい》ったが、何時間《なんじかん》もたったのではと思《おも》えるほど長《なが》い間《あいだ》目《め》がさえて、眠《ねむ》れなかった。進路相談《しんろそうだん》で、どんなことがあってもハリーを「闇祓《やみばら》い」にするために力《ちから》を貸《か》すと、マクゴナガルが激《はげ》しく宣言《せんげん》したことを思《おも》い出《だ》した。いざ試験《しけん》のときが来《き》てみると、もう少《すこ》し実現可能《じつげんかのう》な希望《きぼう》を言《い》えばよかったと思《おも》った。眠《ねむ》れないのは自分《じぶん》だけではないと、ハリーは気配《けはい》を感《かん》じていた。しかし、寝室《しんしつ》の誰《だれ》も口《くち》をきかず、やがて一人《ひとり》、二人《ふたり》とみな眠《ねむ》りに落《お》ちていった。

翌日《よくじつ》の朝食《ちょうしょく》のときも、五年生《ねんせい》は口数《くちかず》が少《すく》なかった。パーバティは小声《こごえ》で呪文《じゅもん》の練習《れんしゅう》をし、目《め》の前《まえ》の塩入《しおい》れをピクピクさせていた。ハーマイオニーは『呪文学問題集《じゅもんがくもんだいしゅう》』を読《よ》みなおしていたが、目《め》の動《うご》きの早《はや》いこと。目玉《めだま》がぼやけて見《み》えるほどだった。ネビルはナイフとフォークを落《お》としてばかりで、マーマレードを何度《なんど》もひっくり返《かえ》した。

朝食《ちょうしょく》が終《お》わると、生徒《せいと》はみんな教室《きょうしつ》に行《い》ったが、五年生《ねんせい》と七年生《ねんせい》は玄関《げんかん》ホールにたむろしてうろうろしていた。九時半《じはん》になると、クラスごとに呼《よ》ばれ、再《ふたた》び大広間《おおひろま》に入《はい》った。そこは、ハリーが「憂《うれ》いの篩《ふるい》」で見《み》たとおりに模様替《もようが》えされていた。父親《ちちおや》、シリウス、スネイプがO・W・L《ふくろう》を受《う》けていた場面《ばめん》だ。四つの寮《りょう》のテーブルは片《かた》づけられ、かわりに個人用《こじんよう》の小《ちい》さな机《つくえ》がたくさん、奥《おく》の教職員《きょうしょくいん》テーブルのほうを向《む》いて並《なら》んでいた。一番奥《いちばんおく》に、生徒《せいと》と向《む》かい合《あ》う形《かたち》でマクゴナガル先生《せんせい》が立《た》っている。全員《ぜんいん》が着席《ちゃくせき》し、静《しず》かになると、「始《はじ》めてよろしい」の声《こえ》とともに、先生《せんせい》は自分《じぶん》の机《つくえ》に置《お》かれた巨大《きょだい》な砂時計《すなどけい》をひっくり返《かえ》した。先生《せんせい》の机《つくえ》にはそのほか、予備《よび》の羽根《はね》ペン、インク瓶《びん》、羊皮紙《ようひし》の巻《ま》き紙《がみ》が置《お》いてあった。

ハリーはドキドキしながら試験用紙《しけんようし》をひっくり返《かえ》した。――ハリーの右《みぎ》に三列《れつ》、前《まえ》に四列離《れつはな》れた席《せき》で、ハーマイオニーはもう羽根《はね》ペンを走《はし》らせている――ハリーは最初《さいしょ》の問題《もんだい》を読《よ》んだ。

(a) 物体《ぶったい》を飛《と》ばすために必要《ひつよう》な呪文《じゅもん》を述《の》べよ。
(b) さらにそのための杖《つえ》の動《うご》きを記述《きじゅつ》せよ。

棍棒《こんぼう》が空中高《くうちゅうたか》く上《あ》がり、トロールの分厚《ぶあつ》い頭《ず》がい骨《こつ》の上《うえ》にボクッと大《おお》きな音《おと》を立《た》てて落《お》ちたときの思《おも》い出《で》が、ちらりと頭《あたま》をよぎった……ハリーはフッと笑顔《えがお》になり、答案用紙《とうあんようし》に覆《おお》いかぶさるようにして書《か》きはじめた。

「まあ、それほど大変《たいへん》じゃなかったわよね？」

二時間後《じかんご》、玄関《げんかん》ホールで、試験問題用紙《しけんもんだいようし》をしっかり握《にぎ》ったまま、ハーマイオニーが不安《ふあん》そうに言《い》った。

「『元気《げんき》の出《で》る呪文《じゅもん》』を充分《じゅうぶん》に答《こた》えたかどうか自信《じしん》がないわ。時間《じかん》が足《た》りなくなっちゃって。しゃっくりを止《と》める反対呪文《はんたいじゅもん》を書《か》いた？　私《わたし》、判断《はんだん》がつかなくて。書《か》き過《す》ぎたような気《き》がしたし――それと二十三番《ばん》の問題《もんだい》は――」

「ハーマイオニー」ロンが厳《きび》しい声《こえ》で言《い》った。「もうこのことは了解済《りょうかいず》みのはずだ……終《お》わった試験《しけん》をいちいち復習《ふくしゅう》するなよ。本番《ほんばん》だけでたくさんだ」

五年生《ねんせい》はほかの生徒《せいと》たちと一緒《いっしょ》に昼食《ちゅうしょく》をとった（昼食時《ちゅうしょくじ》には四つの寮《りょう》のテーブルがまた戻《もど》っていた）。それから、ぞろぞろと大広間《おおひろま》の脇《わき》にある小部屋《こべや》に移動《いどう》し、実技試験《じつぎしけん》に呼《よ》ばれるのを待《ま》った。名簿順《めいぼじゅん》に何人《なんにん》かずつ名前《なまえ》が呼《よ》ばれ、残《のこ》った生徒《せいと》はブツブツ呪文《じゅもん》を唱《とな》えたり、杖《つえ》の動《うご》きを練習《れんしゅう》したり、ときどきまちがえて互《たが》いに背中《せなか》や目《め》を突《つ》いたりしていた。

ハーマイオニーの名前《なまえ》が呼《よ》ばれた。一緒《いっしょ》に呼《よ》ばれたアンソニー・ゴールドスタイン、グレゴリー・ゴイル、ダフネ・グリーングラスとともに、ハーマイオニーは震《ふる》えながら小部屋《こべや》を出《で》ていった。テストのすんだ生徒《せいと》はもう部屋《へや》に戻《もど》らなかったので、ハリーもロンも、ハーマイオニーの試験《しけん》がどうだったかわからない。

「大丈夫《だいじょうぶ》だよ。『呪文学《じゅもんがく》』のテストで一度《いちど》百十二点《てん》も取《と》ったこと、覚《おぼ》えてるか?」

ロンが言《い》った。

十分後《ぶんご》、フリットウィック先生《せんせい》が呼《よ》んだ。「パーキンソン、パンジー——パチル、パドマ——パチル、パーバティ——ポッター、ハリー」

「がんばれよ」ロンが小声《こごえ》で声援《せいえん》した。ハリーは手《て》が震《ふる》えるほど固《かた》く杖《つえ》を握《にぎ》りしめて、大広間《おおひろま》に入《はい》った。

「トフティ教授《きょうじゅ》のところが空《あ》いているよ、ポッター」

扉《とびら》のすぐ内側《うちがわ》に立《た》っていたフリットウィック先生《せんせい》が、キーキー声《ごえ》で言《い》った。先生《せんせい》の指差《ゆびさ》した奥《おく》の隅《すみ》に小《ちい》さいテーブルがあり、見《み》たところ一番年老《いちばんとしお》いて一番《いちばん》はげた試験官《しけんかん》が座《すわ》っていた。少《すこ》し離《はな》れたところにマーチバンクス教授《きょうじゅ》がいて、ドラコ・マルフォイのテストを半分《はんぶん》ほど終《お》えたところらしい。

「ポッター、だね？」

ハリーが近《ちか》づくと、トフティ教授《きょうじゅ》はメモを見《み》ながら、鼻《はな》めがね越《ご》しにハリーの様子《ようす》をうかがった。

「有名《ゆうめい》なポッターかね？」

ハリーは、マルフォイが嘲《あざけ》るような目《め》つきで見《み》るのを、目《め》の端《はし》からはっきり見《み》た。マルフォイの浮上《ふじょう》させていたワイングラスが、床《ゆか》に落《お》ちて砕《くだ》けた。ハリーはつい、ニヤリとした。トフティ教授《きょうじゅ》が、励《はげ》ますようにニッコリ笑《わら》い返《かえ》した。

「よーし、よし」教授《きょうじゅ》が年寄《としよ》りっぽいわなわな声《ごえ》で言《い》った。「堅《かた》くなる必要《ひつよう》はないでな。さあ、このゆで卵立《たまごた》てを取《と》って、コロコロ回転《かいてん》させてもらえるかの」

全体《ぜんたい》としてなかなかうまくできたと、ハリーは思《おも》った。「浮遊呪文《ふゆうじゅもん》」は、まちがいなくマルフォイのよりずっとよかった。ただ、まずかったと思《おも》ったのは、「変色呪文《へんしょくじゅもん》」と「成長呪文《せいちょうじゅもん》」を混同《こんどう》したことで、オレンジ色《いろ》に変《か》わるはずのネズミが、びっくりするほどふくれ上《あ》がり、ハリーがまちがいに気《き》づいて訂正《ていせい》するまでに、穴熊《あなぐま》ほどの大《おお》きさになっていた。ハリーはその場《ば》にハーマイオニーがいなくてよかったと思《おも》い、あとになってもそのことはだまっていたが、ロンには話《はな》すことができた。ロンが、ディナー用大皿《ようおおざら》を大《おお》キノコに変《か》えてしまい、しかもどうしてそうなったかさっぱりわからなかった、と打《う》ち明《あ》けたからだ。

その夜《よる》ものんびりしているひまはなかった。夕食後《ゆうしょくご》は談話室《だんわしつ》に直行《ちょっこう》し、次《つぎ》の日《ひ》の「変身術《へんしんじゅつ》」の復習《ふくしゅう》に没頭《ぼっとう》した。ベッドに入《はい》ったとき、ハリーの頭《あたま》は複雑《ふくざつ》な呪文《じゅもん》モデルやら理論《りろん》でガンガン鳴《な》っていた。

次《つぎ》の日《ひ》の午前中《ごぜんちゅう》、筆記試験《ひっきしけん》では「取《と》り替《か》え呪文《じゅもん》」の定義《ていぎ》を忘《わす》れたが、実技《じつぎ》のほうは思《おも》ったほど悪《わる》くはなかった。少《すく》なくともイグアナ一匹《ぴき》をまるまる「消失《しょうしつ》」させることに成功《せいこう》した。一方《いっぽう》悲劇《ひげき》は隣《となり》のテーブルのハンナ・アボットで、完全《かんぜん》に上《あ》がってしまい、どうやったのか、課題《かだい》のケナガイタチをどんどん増《ふ》やしてフラミンゴの群《む》れにしてしまい、鳥《とり》を捕《つか》まえたり大広間《おおひろま》から連《つ》れ出《だ》したりで、試験《しけん》は十分間中断《ぶんかんちゅうだん》された。

水曜日《すいようび》は「薬草学《やくそうがく》」の試験《しけん》だった（「牙《きば》つきゼラニウム」にちょっとかまれたほかは、ハリーはまあまあのできだったと思《おも》った）。そして、木曜日《もくようび》、「闇《やみ》の魔術《まじゅつ》に対《たい》する防衛術《ぼうえいじゅつ》」だ。ここで初《はじ》めて、ハリーは確実《かくじつ》に合格《ごうかく》したと思《おも》った。筆記試験《ひっきしけん》はどの質問《しつもん》にも苦《く》もなく解答《かいとう》したし、特《とく》に楽《たの》しかったのは、実技《じつぎ》だった。玄関《げんかん》ホールへの扉《とびら》のそばで冷《ひ》ややかに見《み》ているアンブリッジの目《め》の前《まえ》で、ハリーは逆呪《ぎゃくのろ》いや防衛呪文《ぼうえいじゅもん》をすべてこなした。

「おーっ、ブラボー！」まね妖怪追放呪文《ようかいついほうじゅもん》を完全《かんぜん》にやってのけたのを見《み》て、再《ふたた》びハリーの試験官《しけんかん》をしていたトフティ教授《きょうじゅ》が歓声《かんせい》を上《あ》げた。

「いやあ、実《じつ》によかった！　ポッター、これでおしまいじゃが……ただし……」

教授《きょうじゅ》が少《すこ》し身《み》を乗《の》り出《だ》した。

「わしの親友《しんゆう》のティベリウス・オグデンから、君《きみ》は守護霊《しゅごれい》を創《つく》り出《だ》せると聞《き》いたのじゃが？　特《とく》別点《べってん》はどうじゃな……？」

ハリーは杖《つえ》をかまえ、まっすぐアンブリッジを見《み》つめて、アンブリッジがクビになることを想《そう》像《ぞう》した。

「エクスペクト　パトローナム！　守護霊《しゅごれい》よ来《き》たれ！」

杖先《つえさき》から銀色《ぎんいろ》の牡鹿《おじか》が飛《と》び出《だ》し、大広間《おおひろま》を端《はし》から端《はし》までゆっくりとかけた。試験官全員《しけんかんぜんいん》が振《ふ》り向《む》いてその動《うご》きを見《み》つめた。牡鹿《おじか》が銀色《ぎんいろ》の霞《かすみ》となって消《き》えていくと、トフティ教授《きょうじゅ》が静脈《じょうみゃく》の浮《う》き出《で》たゴツゴツした手《て》で、夢中《むちゅう》になって拍手《はくしゅ》した。

「すばらしい！」教授《きょうじゅ》が言《い》った。「よろしい。ポッター、もう行《い》ってよし！」

扉脇《とびらわき》のアンブリッジのそばを通《とお》り過《す》ぎるとき、二人《ふたり》の目《め》が合《あ》った。アンブリッジのだだっ広《ぴろ》い、しまりのない口元《くちもと》に意地《いじ》の悪《わる》い笑《わら》いが浮《う》かんでいた。しかし、ハリーは気《き》にならなかった。自分《じぶん》の大《おお》きな思《おも》いちがいでなければ（思《おも》いちがいということもあるので、誰《だれ》にも言《い》うつもりはなかっが)、たった今《いま》、ハリーはO・W・L試験《ふくろうしけん》で「O・優《オーゆう》」を取《と》ったはずだ。

金曜日《きんようび》、ハーマイオニーは「古代《こだい》ルーン文字学《もじがく》」の試験《しけん》だったが、ハリーとロンは一日休《にちやす》みだった。週末《しゅうまつ》に時間《じかん》がたっぷりあるので勉強《べんきょう》は一休《ひとやす》みと、二人《ふたり》は決《き》めた。開《あ》け放《はな》した窓《まど》のそばで伸《の》びをしたりあくびしたりしながら、二人《ふたり》はチェスに興《きょう》じた。窓《まど》から暖《あたた》かな初夏《しょか》の風《かぜ》が流《なが》れ込《こ》んできた。森《もり》の端《はし》で授業《じゅぎょう》をしているハグリッドの姿《すがた》が遠《とお》くに見《み》えた。ハリーは、どんな生《い》き物《もの》を観察《さつ》しているのだろうと想像《そうぞう》した──ユニコーンにちがいない。男《おとこ》の子《こ》が少《すこ》し後《うし》ろに下《さ》がっているようだから。──その時《とき》、肖像画《しょうぞうが》の入口《いりぐち》が開《ひら》いて、ハーマイオニーがよじ登《のぼ》ってきた。ひどく機《き》嫌《げん》が悪《わる》そうだ。

「ルーン文字学《もじがく》はどうだった?」ロンがウーンと伸《の》びをしながら、あくびまじりで聞《き》いた。

「一つ訳《やく》しまちがえたわ」ハーマイオニーが腹立《はらだ》たしげに言《い》った。「『エーフワズ』は『協同《きょうどう》』っていう意味《いみ》で『防衛《ぼうえい》』じゃないのに。私《わたし》、『アイフワズ』と勘《かん》ちがいしたの」

「ああ、そう」ロンは面倒《めんどう》くさそうに言《い》った。「たった一か所《しょ》のまちがいだろ? それなら、まだ君《きみ》は──」

「そんなこと言《い》わないで!」ハーマイオニーが怒《おこ》ったように言《い》った。「たった一つのまちがいが合格《ごうかく》、不合格《ふごうかく》の分《わ》かれ目《め》になるかもしれないのよ。それに、誰《だれ》かがアンブリッジの部屋《へや》にまた二フラーを入《い》れたわ。あの新《あたら》しいドアからどうやって入《い》れたのかしらね。とにかく、私《わたし》、今《いま》そこを通《とお》ってきたら、アンブリッジがものすごい剣幕《けんまく》で叫《さけ》んでた――どうやら、ニフラーがアンブリッジの足《あし》をパックリ食《く》いちぎろうとしたみたい――」

「いいじゃん」ハリーとロンが同時《どうじ》に言《い》った。

「よくないの！」ハーマイオニーが熱《あつ》くなった。「アンブリッジはハグリッドがやったと思《おも》うわ。覚《おぼ》えてる？ ハグリッドがクビになってほしくないでしょ！」

「ハグリッドは今授業中《いまじゅぎょうちゅう》。ハグリッドのせいにはできないよ」ハリーが窓《まど》の外《そと》をあごでしゃくった。

「まあ、ハリーったら、ときどきとってもおひとよしね。アンブリッジが証拠《しょうこ》の挙《あ》がるのを待《ま》つとでも思《おも》うの？」そう言《い》うなり、ハーマイオニーはカンカンに怒《おこ》ったままでいることに決《き》めたらしく、さっさと女子寮《じょしりょう》のほうに歩《ある》いていき、ドアをバタンと閉《し》めた。

「愛《あい》らしくてやさしい性格《せいかく》の女《おんな》の子《こ》だよな」

クイーンを前進《ぜんしん》させてハリーのナイトをたたきのめしながら、ロンが小声《こごえ》で言《い》った。

ハーマイオニーの険悪《けんあく》ムードはほとんど週末中《しゅうまつじゅう》続《つづ》いたが、土《ど》、日《にち》の大部分《だいぶぶん》を月曜《げつよう》の「魔法薬学《まほうやくがく》」の試験準備《しけんじゅんび》に追《お》われていたハリーとロンにとって、無視《むし》するのはたやすかった。ハリーが一番受《いちばんう》けたくない試験《しけん》――それに、この試験《しけん》が「闇祓《やみばら》い」の野望《やぼう》から転落《てんらく》するきっかけになることはまちがいないとハリーは思《おも》った。案《あん》の定《じょう》、筆記試験《ひっきしけん》は難《むずか》しかった。ただ、「ポリジュース薬《やく》」の問題《もんだい》は満点《まんてん》が取《と》れたのではないかと思《おも》った。二年生《ねんせい》のとき、禁《きん》を破《やぶ》って飲《の》んだので、その効果《こうか》は正確《せいかく》に記述《きじゅつ》できた。

午後《ごご》の実技《じつぎ》は、ハリーの予想《よそう》していたほど恐《おそ》ろしいものではなかった。スネイプがかかわっていないと、ハリーはいつもよりずっと落《お》ち着《つ》いて魔法薬《まほうやく》の調合《ちょうごう》ができた。ハリーのすぐそばに座《すわ》っていたネビルも、魔法薬《まほうやく》のクラスでハリーが見《み》たことがないほどうれしそうだった。マーチバンクス教授《きょうじゅ》が、「試験終了《しけんしゅうりょう》です。大鍋《おおなべ》から離《はな》れてください」と言《い》ったとき、サンプル入《い》りのフラスコにコルク栓《せん》をしながら、ハリーは、高《たか》い点《てん》は取《と》れないかもしれないが、運《うん》がよければ落第点《らくだいてん》はまぬがれるだろうという気《き》がした。

「残《のこ》りはたった四つ」グリフィンドールの談話室《だんわしつ》に戻《もど》りながら、パーバティ・パチルがうんざりしたように言《い》った。

「たった！」ハーマイオニーがかみつくように言《い》った。「私《わたし》なんか、まだ『数占《かずうらな》い』があるのよ。たぶん一番手強《いちばんてごわ》い学科《がっか》だわ！」

誰《だれ》もかみつき返《かえ》すほど愚《おろ》かではなかったので、ハーマイオニーはどなる相手《あいて》が見《み》つからず、結《けっ》局《きょく》、談話室《だんわしつ》でのクスクス笑《わら》いの声《こえ》が大《おお》き過《す》ぎると、一年生《ねんせい》を何人《なんにん》か叱《しか》りつけるだけで終《お》わった。

ハリーは、ハグリッドの体面《たいめん》を保《たも》つために、火曜日《かようび》の「魔法生物飼育学《まほうせいぶつしいくがく》」は絶対《ぜったい》によい成績《せいせき》を取《と》ろうと決心《けっしん》していた。実技試験《じつぎしけん》は禁《きん》じられた森《もり》の端《はし》の芝生《しばふ》で、午後《ごご》に行《おこな》われた。まず、十二匹《ひき》のハリネズミの中《なか》に隠《かく》れているナールを正確《せいかく》に見分《みわ》ける試験《しけん》だった（コツは、順番《じゅんばん》にミルクを与《あた》えることだ。ナールの針《はり》にはいろいろな魔力《まりょく》があり、非常《ひじょう》に疑《うたぐ》り深《ぶか》く、ミルクを見《み》ると自分《じぶん》を毒《どく》殺《さつ》するつもりだと思《おも》って狂暴《きょうぼう》になることが多《おお》い）。次《つぎ》にボウトラックルの正《ただ》しい扱《あつか》い方《かた》、大火傷《おおやけど》を負《お》わずに火蟹《ひがに》に餌《えさ》をやり、小屋《こや》を清掃《せいそう》すること、たくさんある餌《えさ》の中《なか》から病気《びょうき》のユニコーンに与《あた》える治療食《ちりょうしょく》を選《えら》ぶことだった。

ハグリッドが小屋《こや》の窓《まど》から心配《しんぱい》そうにのぞいているのが見《み》えた。今日《きょう》の試験官《しけんかん》はぽっちゃりした小柄《こがら》な魔女《まじょ》だったが、ハリーにほほ笑《え》みかけてもう行《い》ってよろしいと言《い》った。ハリーは城《しろ》に戻《もど》る前《まえ》に、ハグリッドに向《む》かって「大丈夫《だいじょうぶ》」と親指《おやゆび》をサッと上《あ》げて見《み》せた。

水曜《すいよう》の午前中《ごぜんちゅう》、「天文学《てんもんがく》」の筆記試験《ひっきしけん》は充分《じゅうぶん》なできだった。木星《もくせい》の衛星《えいせい》の名前《なまえ》を全部《ぜんぶ》正《ただ》しく書《か》いたかどうかは自信《じしん》がなかったが、少《すく》なくとももどの衛星《えいせい》にも小《こ》ネズミは棲《す》んでいないという確信《かくしん》があった。実技試験《じつぎしけん》は夜《よる》まで待《ま》たなければならなかったので、午後《ごご》はそのかわりに「占《うらな》い学《がく》」だった。

「占《うらな》い学《がく》」に対《たい》するハリーの期待《きたい》はもともと低《ひく》かったが、それにしても結果《けっか》は惨憺《さんたん》たるものだった。水晶玉《すいしょうだま》は頑《がん》として何《なに》も見《み》せてくれず、机《つくえ》の上《うえ》で絵《え》が動《うご》くのを見《み》る努力《どりょく》をしたほうがまだましだと思《おも》った。「茶《ちゃ》の葉占《はうらな》い」では完全《かんぜん》に頭《あたま》に血《ち》が上《のぼ》り、「マーチバンクス教授《きょうじゅ》はまもなく丸《まる》くて黒《くろ》いびしょぬれの見《み》知《し》らぬ者《もの》と出会《であ》うことになる」と予言《よげん》した。大失敗《だいしっぱい》の極《きわ》めつきは、「手相《てそう》学《がく》」で生命線《せいめいせん》と知能線《ちのうせん》を取《と》りちがえ、「マーチバンクス教授《きょうじゅ》は先週《せんしゅう》の火曜日《かようび》に死《し》んでいたはずだ」と告《つ》げたことだった。

「まあな、こいつは落第《らくだい》することになってたんだよ」

大理石《だいりせき》の階段《かいだん》を上《のぼ》りながら、ロンががっくりして言《い》った。ロンの打《う》ち明《あ》け話《ばなし》で、ハリーは少《すこ》し気分《きぶん》が軽《かる》くなっていた。ロンは水晶玉《すいしょうだま》に鼻《はな》にイボがある醜《みにく》い男《おとこ》が見《み》えると、試験官《しけんかん》にくわしく描写《びょうしゃ》してみせたらしい。目《め》を上《あ》げてみれば、玉《たま》に映《うつ》った試験官本人《しけんかんほんにん》の顔《かお》を説明《せつめい》していたことに気《き》づいたと言《い》うのだ。

「こんなバカげた学科《がっか》はそもそも最初《さいしょ》から取《と》るべきじゃなかったんだ」ハリーが言《い》った。

「でも、これでもうやめられるぞ」ロンが言《い》った。

「ああ、木星《もくせい》と天王星《てんのうせい》が親《した》しくなり過《す》ぎたらどうなるかと心配《しんぱい》するふりはもうやめだ」ハリーが言《い》った。

「それに、これからは、茶《ちゃ》の葉《は》が『死《し》ね、ロン、死《し》ね』なんて書《か》いたって気《き》にするもんか――しかるべき場所《ばしょ》、つまりごみ箱《ばこ》に捨《す》ててやる」

ハリーが笑《わら》った。その時《とき》、後《うし》ろからハーマイオニーが走《はし》ってきて二人《ふたり》に追《お》いついた。かんにさわるのはまずいと、ハリーはすぐに笑《わら》いを止《と》めた。

「ねえ、『数占《かずうらな》い』はうまくいったと思《おも》うわ」ハリーとロンはホッとため息《いき》をついた。「じゃ、夕食《ゆうしょく》の前《まえ》に、急《いそ》いで星座図《せいざず》を見《み》なおす時間《じかん》があるわね……」

「天文学《てんもんがく》」の塔《とう》のてっぺんに着《つ》いたのは十一時《じ》だった。星《ほし》を見《み》るのには打《う》ってつけの、雲《くも》のない静《しず》かな夜《よる》だ。校庭《こうてい》が銀色《ぎんいろ》の月光《げっこう》を浴《あ》び、夜気《やき》が少《すこ》し肌寒《はだざむ》かった。生徒《せいと》はそれぞれに望遠鏡《ぼうえんきょう》を設置《せっち》し、マーチバンクス教授《きょうじゅ》の合図《あいず》で、配布《はいふ》されていた星座図《せいざず》に書《か》き入《い》れはじめた。

マーチバンクス、トフティ両教授《りょうきょうじゅ》が生徒《せいと》の間《あいだ》をゆっくり歩《ある》き、生徒《せいと》たちが恒星《こうせい》や惑星《わくせい》を観測《かんそく》して正《ただ》しい位置《いち》を図《ず》に書《か》き入《い》れていくのを見《み》てまわった。羊皮紙《ようひし》がこすれる音《おと》、時折望遠鏡《ときおりぼうえんきょう》と三脚《さんきゃく》の位置《いち》を調整《ちょうせい》する音《おと》、そして何本《なんぼん》もの羽根《はね》ペンが走《はし》る音以外《おといがい》は、あたりは静《しず》まり返《かえ》っていた。三十分《ぷん》が経過《けいか》し、やがて一時間《じかん》が過《す》ぎた。城《しろ》の窓灯《まどあか》りが一つ一つ消《き》えていくと、眼下《がんか》の校庭《こうてい》に映《うつ》っていた金色《きんいろ》に揺《ゆ》らめく小《ち》さな四角《しかく》い光《ひかり》が、次々《つぎつぎ》にフッと暗《くら》くなった。

ハリーがオリオン座《ざ》を図《ず》に書《か》き入《い》れ終《お》わったその時《とき》、ハリーが立《た》っている手《て》すり壁《かべ》の真下《ました》にある正面玄関《しょうめんげんかん》の扉《とびら》が開《ひら》き、石段《いしだん》とその少《すこ》し前《まえ》の芝生《しばふ》まで明《あ》かりがこぼれた。ハリーは望遠鏡《ぼうえんきょう》の位置《いち》を少《すこ》し調整《ちょうせい》しながら、ちらりと下《した》を見《み》た。明《あか》るく照《て》らし出《だ》された芝生《しばふ》に、五、六人《にん》の細長《ほそなが》い影《かげ》が動《うご》くのが見《み》えた。それから扉《とびら》がピシャリと閉《と》じ、芝生《しばふ》は再《ふたた》び元《もと》の暗《くら》い海《うみ》に戻《もど》った。

ハリーはまた望遠鏡《ぼうえんきょう》に目《め》を当《あ》て、焦点《しょうてん》を合《あ》わせなおして、今度《こんど》は金星《きんせい》を観測《かんそく》した。星座図《せいざず》を見《み》下《お》ろし、金星《きんせい》をそこに書《か》き入《い》れようとしたが、どうも何《なに》かが気《き》になる。羊皮紙《ようひし》の上《うえ》に羽根《はね》ペンをかざしたまま、ハリーは目《め》をこらして暗《くら》い校庭《こうてい》を見《み》た。五つの人影《ひとかげ》が芝生《しばふ》を歩《ある》いているのが見《み》えた。影《かげ》が動《うご》いていなければ、そして月明《つきあ》かりがその頭《あたま》を照《て》らしていなければ、その姿《すがた》は足元《あしもと》の芝《しば》生《ふ》にのまれて見分《みわ》けがつかなかっただろう。こんな距離《きょり》からでも、ハリーにはなぜか、集団《しゅうだん》を率《ひき》いているらしい一番《いちばん》ずんぐりした姿《すがた》の歩《ある》き方《かた》に見覚《みおぼ》えがあった。

真夜中《まよなか》すぎにアンブリッジが散歩《さんぽ》をする理由《りゆう》は思《おも》いつかない。ましてや四人《にん》を従《したが》えてだ。その時《とき》、誰《だれ》かが背後《はいご》で咳《せき》をし、ハリーは試験《しけん》の真《ま》っ最中《さいちゅう》だということを思《おも》い出《だ》した。金星《きんせい》がどこにあったのかをすっかり忘《わす》れてしまった。ハリーは望遠鏡《ぼうえんきょう》に目《め》を押《お》しつけて金星《きんせい》を再《ふたた》び見《み》つけ出《だ》し、もう一度《いちど》星座図《せいざず》に書《か》き入《い》れようとした。その時《とき》、あやしい物音《ものおと》に敏感《びんかん》になっていたハリーの耳《みみ》に、遠《とお》くでノックをする音《おと》が、人気《ひとけ》のない校庭《こうてい》を伝《つた》わって響《ひび》いてきた。その直後《ちょくご》に、大型犬《おおがたけん》の押《お》し殺《ころ》したようなほえ声《ごえ》が聞《き》こえた。

ハリーは顔《かお》を上《あ》げた。心臓《しんぞう》が早鐘《はやがね》を打《う》っていた。ハグリッドの小屋《こや》の窓《まど》に灯《あか》りがともり、さっき芝生《しばふ》を横切《よこぎ》っていくのを見《み》た人影《ひとかげ》が、今度《こんど》はその灯《あか》りを受《う》けてシルエットを見《み》せている。戸《と》が開《ひら》き、りんかくがくっきりとわかる五人《にん》の姿《すがた》が敷居《しきい》をまたぐのがはっきり見《み》えた。戸《と》が再《ふたた》び閉《し》まり、しんとなった。

ハリーは気《き》が気《き》ではなかった。ロンとハーマイオニーも自分《じぶん》と同《おな》じように気《き》づいているかどうか、あたりをちらちら見回《みまわ》した。しかしその時《とき》、マーチバンクス教授《きょうじゅ》が背後《はいご》に巡回《じゅんかい》してきたので、誰《だれ》かの答案《とうあん》を盗《ぬす》み見《み》ていると思《おも》われてはまずいと、ハリーは急《いそ》いで自分《じぶん》の星座《せいざ》図《ず》をのぞき込《こ》み、何《なに》か書《か》き加《くわ》えているふりをした。その実《じつ》、ハリーは、手《て》すり壁《かべ》の上《うえ》から、ハグリッドの小屋《こや》をのぞき見《み》ていた。影《かげ》のような姿《すがた》は今《いま》、小屋《こや》の窓《まど》を横切《よこぎ》り、一時的《いちじてき》に灯《あか》りをさえぎった。

マーチバンクス教授《きょうじゅ》の目《め》を首筋《くびすじ》に感《かん》じて、ハリーはもう一度《いちど》望遠鏡《ぼうえんきょう》に目《め》を押《お》し当《あ》て、月《つき》を見上《みあ》げたが、月《つき》の位置《いち》はもう一時間《じかん》も前《まえ》に書《か》き入《い》れていたのだ。マーチバンクス教授《きょうじゅ》が離《はな》れていったとき、ハリーは遠《とお》くの小屋《こや》からのほえ声《ごえ》を聞《き》いた。声《こえ》は闇《やみ》をつんざいて響《ひび》き渡《わた》り、天文学塔《てんもんがくとう》のてっぺんまで聞《き》こえてきた。ハリーの周《まわ》りの数人《すうにん》が、望遠鏡《ぼうえんきょう》の後《うし》ろからヒョイと顔《かお》を出《だ》し、ハグリッドの小屋《こや》のほうを見《み》た。

トフティ教授《きょうじゅ》がコホンとまた軽《かる》く咳《せき》をした。

「みなさん、気持《きも》ちを集中《しゅうちゅう》するんじゃよ」教授《きょうじゅ》がやさしく言《い》った。大多数《だいたすう》の生徒《せいと》はまた望遠鏡《ぼうえんきょう》に戻《もど》った。ハリーが左側《ひだりがわ》を見《み》ると、ハーマイオニーが放心《ほうしん》したようにハグリッドの小屋《こや》を見《み》つめていた。

「ウオホン――あと二十分《ぷん》」トフティ教授《きょうじゅ》が言《い》った。

ハーマイオニーは飛《と》び上《あ》がって、すぐに星座図《せいざず》に戻《もど》った。ハリーも自分《じぶん》の星座図《せいざず》を見《み》た。金星《きんせい》をまちがえて火星《かせい》と書《か》き入《い》れていたことに気《き》づき、かがんで訂正《ていせい》した。

校庭《こうてい》に**バーン**と大音響《だいおんきょう》がした。あわてて下《した》を見《み》ようとした何人《なんにん》かが、望遠鏡《ぼうえんきょう》の端《はし》で顔《かお》を突《つ》いてしまい、「アイタッ！」と叫《さけ》んだ。

ハグリッドの小屋《こや》の戸《と》が勢《いきお》いよく開《ひら》き、中《なか》からあふれ出《で》る光《ひかり》でハグリッドの姿《すがた》がはっきりと見《み》えた。五人《にん》に取《と》り囲《かこ》まれ、巨大《きょだい》な姿《すがた》がほえ、両《りょう》の拳《こぶし》を振《ふ》り回《まわ》している。五人《にん》がいっせいにハグリッドめがけて細《ほそ》い赤《あか》い光線《こうせん》を発射《はっしゃ》している。「失神《しっしん》」させようとしているらしい。

「やめて！」ハーマイオニーが叫《さけ》んだ。

「つつしみなさい！」トフティ教授《きょうじゅ》がとがめるように言《い》った。「試験中《しけんちゅう》じゃよ！」

しかし、もう誰《だれ》も星座図《せいざず》など見《み》てはいなかった。ハグリッドの小屋《こや》の周《まわ》りで赤《あか》い光線《こうせん》が飛《と》び交《か》い続《つづ》けていた。しかし、光線《こうせん》はなぜかハグリッドの体《からだ》で跳《は》ね返《かえ》されているようだ。ハグリッドは依然《いぜん》としてがっしりと立《た》ち、ハリーの見《み》るかぎりまだ戦《たたか》っていた。怒号《どごう》と叫《さけ》び声《ごえ》が校庭《こうてい》に響《ひび》き渡《わた》った。

「おとなしくするんだ、ハグリッド！」男《おとこ》が叫《さけ》んだ。

「おとなしくがくそくらえだ。ドーリッシュ、こんなことで俺《おれ》は捕《つか》まらんぞ！」ハグリッドがほえた。

ファングの姿《すがた》が小《ちい》さく見《み》えた。ハグリッドを護《まも》ろうと、周《まわ》りの魔法使《まほうつか》いに何度《なんど》も飛《と》びかかっている。しかし、ついに「失神光線《しっしんこうせん》」に撃《う》たれ、ばったり倒《たお》れた。ハグリッドは怒《いか》りにほえ、ファングを倒《たお》した犯人《はんにん》を体《からだ》ごと持《も》ち上《あ》げて投《な》げ飛《と》ばした。男《おとこ》は数《すう》メートルも吹《ふ》っ飛《と》んだろうか、そのまま起《お》き上《あ》がらなかった。ハーマイオニーは両手《りょうて》で口《くち》を押《お》さえ、息《いき》をのんだ。ハリーがロンを振《ふ》り返《かえ》ると、ロンも恐怖《きょうふ》の表情《ひょうじょう》を浮《う》かべていた。三人《にん》とも、今《いま》までハグリッドが本気《ほんき》で怒《おこ》ったのを見《み》たことがなかった。

「見《み》て！」

手《て》すり壁《かべ》から身《み》を乗《の》り出《だ》していたパーバティが金切《かなき》り声《ごえ》を上《あ》げ、城《しろ》の真下《ました》を指差《ゆびさ》した。正面《しょうめん》扉《とびら》が再《ふたた》び開《あ》いていた。暗《くら》い芝生《しばふ》にまた光《ひかり》がこぼれ、一つの細長《ほそなが》い影《かげ》が、芝生《しばふ》を波立《なみだ》たせて進《すす》んでいった。

「ほれ、ほれ！」トフティ教授《きょうじゅ》が気《き》をもんだ。「あと十六分《ぷん》しかないのですぞ！」

しかし、今《いま》や誰一人《だれひとり》として教授《きょうじゅ》の言《い》うことに耳《みみ》を傾《かたむ》けてはいなかった。ハグリッドの小屋《こや》を目指《めざ》し、戦《たたか》いの場《ば》へと疾走《しっそう》する人影《ひとかげ》を見《み》つめていた。

「何《なん》ということを！」人影《ひとかげ》が走《はし》りながら叫《さけ》んだ。「**何《なん》ということを！**」

「マクゴナガル先生《せんせい》だわ！」ハーマイオニーがささやいた。

「おやめなさい！ **やめるんです！**」マクゴナガル先生《せんせい》の声《こえ》が闇《やみ》を走《はし》った。「何《なん》の理由《りゆう》があって攻撃《こうげき》するのです？ 何《なに》もしていないのに。こんな仕打《しう》ちを——」

ハーマイオニー、パーバティ、ラベンダーが悲鳴《ひめい》を上《あ》げた。小屋《こや》の周《まわ》りの人影《ひとかげ》から、四本《ほん》もの「失神光線《しっしんこうせん》」がマクゴナガル先生《せんせい》めがけて発射《はっしゃ》された。小屋《こや》と城《しろ》のちょうど半《なか》ばで、赤《あか》い光線《こうせん》がマクゴナガル先生《せんせい》を突《つ》き刺《さ》した。一瞬《いっしゅん》、先生《せんせい》の体《からだ》が輝《かがや》き、不気味《ぶきみ》な赤《あか》い光《ひかり》を発《はっ》した。そして体《からだ》が跳《は》ね上《あ》がり、仰向《あおむ》けにドサッと落下《らっか》し、そのまま動《うご》かなくなった。

「南無三《なむさん》！」試験《しけん》のことをすっかり忘《わす》れてしまったかのように、トフティ教授《きょうじゅ》が叫《さけ》んだ。

「不意打《ふいう》ちだ！ けしからん仕業《しわざ》だ！」

「**卑怯者《ひきょうもの》！**」ハグリッドが大音声《だいおんじょう》で叫《さけ》んだ。

その声《こえ》は塔《とう》のてっぺんまでにもはっきり聞《き》こえた。城《しろ》の中《なか》でもあちこちで灯《あか》りがつきはじめた。

「とんでもねえ卑怯者《ひきょうもの》め！　これでも食《く》らえ――これでもか――」

「あーっ――」ハーマイオニーが息《いき》をのんだ。

ハグリッドが一番近《いちばんちか》くで攻撃《こうげき》していた二つの人影《ひとかげ》に思《おも》いっきりパンチをかました。あっという間《ま》に二人《ふたり》が倒《たお》れた。気絶《きぜつ》したらしい。ハリーはハグリッドが背中《せなか》を丸《まる》めて前《まえ》かがみになるのを見《み》た。ついに呪文《じゅもん》に倒《たお》れたかのように見《み》えた。しかし、倒《たお》れるどころか、ハグリッドは次《つぎ》の瞬間《しゅんかん》、背中《せなか》に袋《ふくろ》のようなものを背負《せお》ってぬっと立《た》ち上《あ》がった。――ぐったりしたファングを肩《かた》に担《かつ》いでいるのだと、ハリーはすぐ気《き》づいた。

「捕《つか》まえなさい、捕《つか》まえろ！」アンブリッジが叫《さけ》んだ。しかし一人残《ひとりのこ》った助《すけ》っ人《と》はハグリッドの拳《こぶし》の届《とど》く範囲《はんい》に近《ちか》づくのをためらっていた。むしろ、急《いそ》いであとずさりしはじめ、気絶《きぜつ》した仲間《なかま》の一人《ひとり》につまずいて転《ころ》んだ。ハグリッドは向《む》きを変《か》え、首《くび》にファングを巻《ま》きつけるように担《かつ》いだまま走《はし》りだした。アンブリッジが「失神光線《しっしんこうせん》」で最後《さいご》の追《お》い討《う》ちをかけたが、はずれた。ハグリッドは全速力《ぜんそくりょく》で遠《とお》くの校門《こうもん》へと走《はし》り、闇《やみ》に消《き》えた。

静寂《せいじゃく》に震《ふる》えが走《はし》り、長《なが》い一瞬《いっしゅん》が続《つづ》いた。全員《ぜんいん》が口《くち》を開《あ》けたまま校庭《こうてい》を見《み》つめていた。やがてトフティ教授《きょうじゅ》が弱々《よわよわ》しい声《こえ》で言《い》った。「うむ……みなさん、あと五分《ふん》ですぞ」

ハリーはまだ三分《ぶん》の二しか図《ず》を埋《う》めていなかったが、早《はや》く試験《しけん》が終《お》わってほしかった。ようやく終《お》わると、ハリー、ロン、ハーマイオニーは望遠鏡《ぼうえんきょう》をいいかげんにケースに押《お》し込《こ》み、らせん階段《かいだん》を飛《と》ぶように下《お》りた。生徒《せいと》は誰《だれ》も寮《りょう》には戻《もど》らず、階段《かいだん》の下《した》で、今見《いまみ》たことを興奮《こうふん》して大声《おおごえ》で話《はな》し合《あ》っていた。

「あの悪魔《あくま》!」ハーマイオニーがあえぎながら言《い》った。怒《いか》りでまともに話《はなし》もできないほどだった。

「真夜中《まよなか》にこっそりハグリッドを襲《おそ》うなんて!」

「トレローニーの二《に》の舞《まい》をさけたかったのはまちがいない」アーニー・マクミランが、人垣《ひとがき》を押《お》し分《わ》けて三人《にん》の会話《かいわ》に加《くわ》わり、思慮深《しりょぶか》げに言《い》った。

「ハグリッドはよくやったよな?」ロンは感心《かんしん》したというより怖《こわ》いという顔《かお》で言《い》った。「どうして呪文《じゅもん》が跳《は》ね返《かえ》ったんだろう?」

「巨人《きょじん》の血《ち》のせいよ」ハーマイオニーが震《ふる》えながら言《い》った。「巨人《きょじん》を『失神《しっしん》』させるのはとても難《むずか》しいわ。トロールと同《おな》じで、とってもタフなの……でもおかわいそうなマクゴナガル先生《せんせい》……『失神光線《しっしんこうせん》』を四本《ほん》も胸《むね》に。もうお若《わか》くはないでしょう?」

「ひどい、実《じつ》にひどい」アーニーはもったいぶって頭《かぶり》を振《ふ》った。「さあ、僕《ぼく》はもう寝《ね》るよ。みんな、おやすみ」

今目撃《いまもくげき》したことを興奮冷《こうふんさ》めやらずに話《はな》しながら、三人《にん》の周《まわ》りからだんだん人《ひと》が去《さ》っていった。

「少《すく》なくとも、連中《れんちゅう》はハグリッドをアズカバン送《おく》りにできなかったな」ロンが言《い》った。

「ハグリッドはダンブルドアの所《ところ》へ行《い》ったんだろうな？」

「そうだと思《おも》うわ」ハーマイオニーは涙《なみだ》ぐんでいた。「ああ、ひどいわ。ダンブルドアがすぐに戻《もど》っていらっしゃると、ほんとにそう思《おも》ってたのに、今度《こんど》はハグリッドまでいなくなってしまうなんて」

三人《にん》が足取《あしど》りも重《おも》くグリフィンドールの談話室《だんわしつ》に戻《もど》ると、そこは満員《まんいん》だった。校庭《こうてい》での騒《さわ》ぎで何人《なんにん》かの生徒《せいと》が目《め》を覚《さ》まし、その何人《なんにん》かが急《いそ》いで友達《ともだち》を起《お》こしたのだ。三人《にん》より先《さき》に帰《かえ》っていたシェーマスとディーンが、天文学塔《てんもんがくとう》のてっぺんで見聞《みき》きしたことを、みんなに話《はな》して聞《き》かせていた。

「だけど、どうして今《いま》ハグリッドをクビにするの？」アンジェリーナ・ジョンソンがふに落《お》ちないと首《くび》を振《ふ》った。「トレローニーの場合《ばあい》とはちがう。今年《ことし》はいつもよりずっとよい授業《じゅぎょう》をしていたのに！」

「アンブリッジは半《はん》ヒトを憎《にく》んでるわ」ひじかけ椅子《いす》に崩《くず》れるように腰《こし》を下《お》ろしながら、ハーマイオニーが苦々《にがにが》しげに言《い》った。「前《まえ》からずっとハグリッドを追《お》い出《だ》そうとねらっていたのよ」

「それに、ハグリッドが自分《じぶん》の部屋《へや》にニフラーを入《い》れたって思《おも》ったのよ」

ケイティ・ベルが言《い》った。

「ゲッ、やばい」リー・ジョーダンが口《くち》を覆《おお》った。「ニフラーをあいつの部屋《へや》に入《い》れたのは僕《ぼく》だよ。フレッドとジョージが二、三匹《びき》僕《ぼく》に残《のこ》していったんだ。浮遊術《ふゆうじゅつ》で窓《まど》から入《い》れたのさ」

「アンブリッジはどっちみちハグリッドをクビにしたさ」ディーンが言《い》った。「ハグリッドはダンブルドアに近過《ちかす》ぎたもの」

「そのとおりだ」ハリーもハーマイオニーの隣《となり》のひじかけ椅子《いす》に埋《う》もれた。

「マクゴナガル先生《せんせい》が大丈夫《だいじょうぶ》だといいんだけど」ラベンダーが涙声《なみだごえ》で言《い》った。

「みんなが城《しろ》に運《はこ》び込《こ》んだよ。僕《ぼく》たち、寮《りょう》の窓《まど》から見《み》てたんだ」コリン・クリービーが言《い》った。「あんまりよくないみたいだった」

「マダム・ポンフリーが治《なお》すわ」アリシア・スピネットがきっぱりと言《い》った。「今《いま》まで治《なお》せなかったことがないもの」

談話室《だんわしつ》が空《から》になったのはもう明《あ》け方《がた》の四時近《じちか》くだった。ハリーは目《め》がさえていた。ハグリッドが暗闇《くらやみ》に疾走《しっそう》していく姿《すがた》が、脳裏《のうり》を離《はな》れなかった。アンブリッジに腹《はら》が立《た》って、どんな罰《ばつ》を与《あた》えても充分《じゅうぶん》ではないような気《き》がした。ただし、腹《はら》ぺこの「尻尾爆発《しっぽばくはつ》スクリュート」のおりに餌《えさ》として放《ほう》り込《こ》めというロンの意見《いけん》は、一考《いっこう》する価値《かち》があると思《おも》った。

ハリーは、身《み》の毛《け》のよだつような復讐《ふくしゅう》はないかと考《かんが》えながら眠《ねむ》りについたが、三時間後《じかんご》に起《お》きたときは、まったく寝《ね》たような気《き》がしなかった。

最後《さいご》の試験《しけん》は「魔法史《まほうし》」で、午後《ごご》に行《おこな》われる予定《よてい》だった。朝食後《ちょうしょくご》、ハリーはまたベッドに戻《もど》りたくてしかたがなかった。しかし、午前中《ごぜんちゅう》を最後《さいご》の追《お》い込《こ》みに当《あ》てていたので、談話室《だんわしつ》の窓際《まどぎわ》に座《すわ》り、両手《りょうて》で頭《あたま》を抱《かか》え、必死《ひっし》で眠《ねむ》り込《こ》まないようにしながら、ハーマイオニーが貸《か》してくれた一メートルの高《たか》さに積《つ》み上《あ》げられたノートを拾《ひろ》い読《よ》みした。

五年生《ねんせい》は二時《じ》に大広間《おおひろま》に入《はい》り、裏返《うらがえ》しにされた試験問題《しけんもんだい》の前《まえ》に座《すわ》った。ハリーはつかれはてていた。とにかくこれを終《お》えて眠《ねむ》りたい。そして明日《あす》、ロンと二人《ふたり》でクィディッチ競技場《きょうぎじょう》に行《い》こう——ロンの箒《ほうき》を借《か》りて飛《と》ぶんだ——そして、勉強《べんきょう》から解放《かいほう》された自由《じゆう》を味《あじ》わうんだ。

「試験問題《しけんもんだい》を開《あ》けて」大広間《おおひろま》の奥《おく》からマーチバンクス教授《きょうじゅ》が合図《あいず》し、巨大《きょだい》な砂時計《すなどけい》をひっくり返《かえ》した。「始《はじ》めてよろしい」

ハリーは最初《さいしょ》の問題《もんだい》をじっと見《み》た。数秒後《すうびょうご》に、一言《ひとこと》も頭《あたま》に入《はい》っていない自分《じぶん》に気《き》づいた。高《たか》窓《まど》の一つにスズメバチがぶつかり、ブンブンと気《き》が散《ち》る音《おと》を立《た》てていた。ゆっくりと、まだるっこく、ハリーはやっと答《こた》えを書《か》きはじめた。

名前《なまえ》がなかなか思《おも》い出《だ》せなかったし、年号《ねんごう》もあやふやだった。四番《ばん》の問題《もんだい》は吹《ふ》っ飛《と》ばした。

四、杖規制法《つえきせいほう》は、十八世紀《せいき》の小鬼《ゴブリン》の反乱《はんらん》の原因《げんいん》になったか。それとも反乱《はんらん》をよりよく掌握《しょうあく》するのに役立《やくだ》ったか。意見《いけん》を述《の》べよ。

時間《じかん》があったらあとでこの問題《もんだい》に戻《もど》ろうと思《おも》い、第五問《だいもん》に挑戦《ちょうせん》した。

五、一七四九年《ねん》の秘密保護法《ひみつほごほう》の違反《いはん》はどのようなものであったか。また、再発防止《さいはつぼうし》のためにどのような手段《しゅだん》が導入《どうにゅう》されたか。

自分《じぶん》の答《こた》えは重要《じゅうよう》な点《てん》をいくつか見落《みお》としているような気《き》がして、どうにも気《き》がかりだ。どこかで吸血鬼《きゅうけつき》が登場《とうじょう》したような感《かん》じがする。

ハリーは後《うし》ろのほうの問題《もんだい》を見《み》て、絶対《ぜったい》に答《こた》えられるものを探《さが》した。十番《ばん》の問題《もんだい》に目《め》がとまった。

十、国際魔法使い連盟《こくさいまほうつかいれんめい》の結成《けっせい》にいたる状況《じょうきょう》を記述《きじゅつ》せよ。また、リヒテンシュタインの魔法戦士《まほうせんし》が加盟《かめい》を拒否《きょひ》した理由《りゆう》を説明《せつめい》せよ。

頭《あたま》はどんよりとして動《うご》かなかったが、これならわかる、とハリーは思《おも》った。ハーマイオニーの手書《てが》きの見出《みだ》しが目《め》に浮《う》かぶ。「国際魔法使い連盟《こくさいまほうつかいれんめい》の結成《けっせい》」……このノートは今朝《けさ》読《よ》んだばかりだ。

ハリーは書《か》きはじめた。ときどき目《め》を上《あ》げてマーチバンクス教授《きょうじゅ》の脇《わき》の机《つくえ》に置《お》いてある大型砂時計《おおがたすなどけい》を見《み》た。ハリーの真《ま》ん前《まえ》はパーバティ・パチルで、長《なが》い黒髪《くろかみ》が椅子《いす》の背《せ》よりも下《した》に流《なが》れている。一、二度《ど》、パーバティが頭《あたま》を少《すこ》し動《うご》かすたびに、髪《かみ》に小《ちい》さな金色《きんいろ》の光《ひかり》がきらめくのをじっと見《み》つめている自分《じぶん》に気《き》づき、ハリーは自分《じぶん》の頭《あたま》をブルブルッと振《ふ》ってはっきりさせなければならなかった。

「……国際魔法使い連盟《こくさいまほうつかいれんめい》の初代最高大魔法使《しょだいさいこうだいまほうつか》いはピエール・ボナコーであるが、リヒテンシュタインの魔法社会《まほうしゃかい》は、その任命《にんめい》に異議《いぎ》を唱《とな》えた。何故《なぜ》ならば――」

ハリーの周《まわ》り中《じゅう》で、誰《だれ》もかれもが、あわてて巣穴《すあな》を掘《ほ》るネズミのような音《おと》を立《た》てて、羊皮紙《ようひし》に羽根《はね》ペンで書《か》きつけていた。頭《あたま》の後《うし》ろに太陽《たいよう》が当《あ》たって暑《あつ》かった。ボナコーは何《なに》をしてリヒテンシュタインの魔法使《まほうつか》いを怒《おこ》らせたんだっけ？　トロールと関係《かんけい》があったような気《き》がするけど……ハリーはまたぼうっとパーバティの髪《かみ》を見《み》つめた。「開心術《かいしんじゅつ》」が使《つか》えたら、パーバティの後頭部《こうとうぶ》の窓《まど》を開《ひら》いて、ピエール・ボナコーとリヒテンシュタインの不和《ふわ》の原因《げんいん》になったのはトロールの何《なん》だったのかが見《み》られるのに……。

ハリーは目《め》を閉《と》じ、両手《りょうて》に顔《かお》をうずめた。まぶたの裏《うら》の赤《あか》いほてりが、暗《くら》くひんやりとしてきた。ボナコーはトロール狩《がり》をやめさせ、トロールに権利《けんり》を与《あた》えようとした……しかし、リヒテンシュタインは特《とく》に狂暴《きょうぼう》な山《やま》トロールの一族《いちぞく》にてこずっていた……それだ。

ハリーは目《め》を開《あ》けた。羊皮紙《ようひし》の輝《かがや》くような白《しろ》さが目《め》にしみて涙《なみだ》が出《で》た。ゆっくりと、ハリーはトロールについて二行《ぎょう》書《か》き、そこまでの答《こた》えを読《よ》み返《かえ》した。この答《こた》えでは情報《じょうほう》も少《すく》ないしくわしくもない。しかしハーマイオニーの連盟《れんめい》に関《かん》するノートは何《なん》ページも何《なん》ページも続《つづ》いていたはずだ。

ハリーはまた目《め》を閉《と》じた。ノートが見《み》えるように、思《おも》い出《だ》せるように……連盟《れんめい》の第《だい》一回《かい》の会合《かいごう》はフランスで行《おこな》われた。そうだ。でも、それはもう書《か》いてしまった……。

小鬼《ゴブリン》は出席《しゅっせき》しようとしたが、しめ出《だ》された……それも、もう書《か》いた……。

そして、リヒテンシュタインからは誰《だれ》も出席《しゅっせき》しようとしなかった……。

と、はてしのない答《こた》えを書《か》き続《つづ》けている。ハリーは自分自身《じぶんじしん》に言《い》い聞《き》かせた。周囲《しゅうい》で羽根《はね》ペンがカリカリ

考《かん》えるんだ。両手《りょうて》で顔《かお》を覆《おお》い、ハリーは自分自身《じぶんじしん》に言《い》い聞《き》かせた。周囲《しゅうい》で羽根《はね》ペンがカリカリと、はてしのない答《こた》えを書《か》き続《つづ》けている。正面《しょうめん》の砂時計《すなどけい》の砂《すな》がサラサラと落《お》ちていく……。

ハリーはまたしても、神秘部《しんぴぶ》の冷《つめ》たく暗《くら》い廊下《ろうか》を歩《ある》いていた。目的《もくてき》に向《む》かうしっかりとした足取《あしど》りで、時折走《ときおりはし》った。今度《こんど》こそ目的地《もくてきち》に到達《とうたつ》するのだ……いつものように、黒《くろ》い扉《とびら》がパッと開《ひら》いてハリーを入《い》れた。ここは、たくさんの扉《とびら》がある円形《えんけい》の部屋《へや》だ……。

石《いし》の床《ゆか》をまっすぐ横切《よこぎ》り、二番目《ばんめ》の扉《とびら》を通《とお》り……壁《かべ》にも床《ゆか》にも点々《てんてん》と灯《あか》りが踊《おど》り、そしてあの奇妙《きみょう》なコチコチという機械音《きかいおん》。しかし、探求《たんきゅう》している時間《じかん》はない。急《いそ》がなければ……。

第三《だい》の扉《とびら》までの最後《さいご》の数歩《すうほ》は駆《か》け足《あし》だった。この扉《とびら》も、ほかの扉《とびら》と同《おな》じくひとりでにパッと開《ひら》いた……。

再《ふたた》びハリーは、大聖堂《だいせいどう》のような広《ひろ》い部屋《へや》にいた。棚《たな》が立《た》ち並《なら》び、たくさんのガラスの球《たま》が置《お》いてある……心臓《しんぞう》が今《いま》や激《はげ》しく鼓動《こどう》している……今度《こんど》こそ、そこに着《つ》く……九十七番《ばん》に着《つ》いたとき、ハリーは左《ひだり》に曲《ま》がり、二列《れつ》の棚《たな》の間《あいだ》の通路《つうろ》を急《いそ》いだ……。

しかし、突《つ》き当《あ》たりの床《ゆか》に人影《ひとかげ》がある。黒《くろ》い影《かげ》が、手負《てお》いの獣《けもの》のようにうごめいている……。

ハリーの胃《い》が恐怖《きょうふ》で縮《ちぢ》んだ……いや興奮《こうふん》で……。

ハリーの口《くち》から声《こえ》が出《で》た。かん高《だか》い、冷《つめ》たい、人間《にんげん》らしい思《おも》いやりのかけらもない声《こえ》……。

「それを取《と》れ。俺様《おれさま》のために……さあ、持《も》ち上《あ》げるのだ……俺様《おれさま》は触《ふ》れることができぬ……しかし、おまえにはできる……」

床《ゆか》の黒《くろ》い影《かげ》がわずかに動《うご》いた。指《ゆび》の長《なが》い白《しろ》い手《て》が、ハリー自身《じしん》の腕《うで》の先《さき》についている。その手《て》が杖《つえ》をつかんで上《あ》がるのが見《み》えた……かん高《だか》い冷《つめ》たい声《こえ》が「クルーシオ！　苦《くる》しめ！」と唱《とな》えるのを、ハリーは聞《き》いた。

床《ゆか》の男《おとこ》が苦痛《くつう》に叫《さけ》び声《ごえ》をもらし、立《た》とうとしたが、また倒《たお》れてのた打《う》ち回《まわ》った。ハリーは笑《わら》っていた。ハリーは杖《つえ》を下《お》ろした。呪《のろ》いが消《き》え、人影《ひとかげ》はうめき声《ごえ》を上《あ》げ、動《うご》かなくなった。

「ヴォルデモート卿《きょう》が待《ま》っているぞ……」

床《ゆか》の男《おとこ》は、両腕《りょううで》をわなわなと震《ふる》わせ、ゆっくりと肩《かた》をわずかに持《も》ち上《あ》げ、顔《かお》を上《あ》げた。血《ち》まみれの、やつれた顔《かお》が、苦痛《くつう》にゆがみながらも、頑《がん》として服従《ふくじゅう》を拒《こば》んでいた……。

「殺《ころ》すなら殺《ころ》せ」シリウスがかすかな声《こえ》で言《い》った。

「言《い》われずとも最後《さいご》はそうしてやろう」冷《つめ》たい声《こえ》が言《い》った。「しかし、ブラック、まず俺様《おれさま》のためにそれを取《と》るのだ……これまでの痛《いた》みがほんとうの痛《いた》みだと思《おも》っているのか？　考《かんが》えなおせ……時間《じかん》はたっぷりある。誰《だれ》にも貴様《きさま》の叫《さけ》び声《ごえ》は聞《き》こえぬ……」

ところが、ヴォルデモートが再《ふたた》び杖《つえ》を下《お》ろしたとき、誰《だれ》かが叫《さけ》んだ。誰《だれ》かが大声《おおごえ》を上《あ》げ、机《つくえ》から冷《つめ》たい石《いし》の床《ゆか》へと横《よこ》ざまに落《お》ちた。床《ゆか》にぶつかり、ハリーは目《め》を覚《さ》ました。まだ大声《おおごえ》で叫《さけ》んでいた。傷痕《きずあと》が火《ひ》のように熱《あつ》く、ハリーの周《まわ》りで、大広間《おおひろま》は騒然《そうぜん》となっていた。

第《だい》32章《しょう》　炎《ほのお》の中《なか》から

「行《い》きません……医務室《いむしつ》に行《い》く必要《ひつよう》はありません……行《い》きたくない……」

トフティ教授《きょうじゅ》を振《ふ》りほどこうとしながら、ハリーは切《き》れ切《ぎ》れに言葉《ことば》を吐《は》いた。生徒《せいと》がいっせいに見《み》つめる中《なか》を、ハリーを支《ささ》えて玄関《げんかん》ホールまで連《つ》れ出《だ》したトフティ教授《きょうじゅ》は、気《き》づかわしげにハリーを見《み》ていた。

「僕《ぼく》――僕《ぼく》、何《なん》でもありません、先生《せんせい》」ハリーは顔《かお》の汗《あせ》をぬぐい、つっかえながら言《い》った。「大《だい》丈夫《じょうぶ》です……眠《ねむ》ってしまって……怖《こわ》い夢《ゆめ》を見《み》て……」

「試験《しけん》のプレッシャーじゃな！」老魔法使《ろうまほうつか》いは、ハリーの肩《かた》をわなわなする手《て》で軽《かる》くたたきながら、同情《どうじょう》するように言《い》った。「さもありなん、お若《わか》いの、さもありなん！　さあ、冷《つめ》たい水《みず》を飲《の》んで。大広間《おおひろま》に戻《もど》っても大丈夫《だいじょうぶ》かの？　試験《しけん》はもうほとんど終《お》わっておるが、最後《さいご》の答《こた》えの仕《し》上《あ》げをしてはどうかな？」

「はい」ハリーは自分《じぶん》が何《なに》を答《こた》えたのかもわかっていなかった。「あの……いいえ……もう、いいです……できることはやったと思《おも》いますから……」

「そうか、そうか」老魔法使《ろうまほうつか》いはやさしく言《い》った。「私《わたし》が君《きみ》の答案用紙《とうあんようし》を集《あつ》めようの。君《きみ》はゆっくり横《よこ》になるがよい」

「そうします」ハリーはこっくりとうなずいた。「ありがとうございます」

老教授《ろうきょうじゅ》のかかとが大広間《おおひろま》の敷居《しきい》のむこうに消《き》えたとたん、ハリーは大理石《だいりせき》の階段《かいだん》をかけ上《あ》がり、廊下《ろうか》を突《つ》っ走《ぱし》った。あまりの速《はや》さに、通《とお》り道《みち》の肖像画《しょうぞうが》がブツブツ非難《ひなん》した。さらに何階《なんかい》かの階段《かいだん》を矢《や》のように走《はし》り、最後《さいご》は医務室《いむしつ》の両開《りょうびら》き扉《とびら》を開《あ》けて嵐《あらし》のように突《つ》っ込《こ》んだ。マダム・ポンフリーが——ちょうどモンタギューに口《くち》を開《あ》けさせ、鮮《あざ》やかなブルーの液体《えきたい》をスプーンで飲《の》ませているところだった——驚《おどろ》いて悲鳴《ひめい》を上《あ》げた。

「ポッター、どういうつもりです？」

「マクゴナガル先生《せんせい》にお会《あ》いしたいんです」ハリーが息《いき》も絶《た》え絶《だ》えに言《い》った。「今《いま》すぐ……緊急《きんきゅう》なんです！」

「ここにはいませんよ、ポッター」マダム・ポンフリーが悲《かな》しそうに言《い》った。

「今朝《けさ》、聖《せい》マンゴに移《うつ》されました。あのお年《とし》で、『失神光線《しっしんこうせん》』が四本《ほん》も胸《むね》を直撃《ちょくげき》でしょう？　命《いのち》があったのが不思議《ふしぎ》なくらいです」

「先生《せんせい》が……いない？」ハリーはショックを受《う》けた。すぐ外《そと》でベルが鳴《な》り、いつものように生徒《せいと》たちが、医務室《いむしつ》の上《うえ》や下《した》の廊下《ろうか》にあふれ出《だ》すドヤドヤという騒音《そうおん》が遠《とお》くに聞《き》こえた。ハリーはマダム・ポンフリーを見《み》つめたまま、じっと動《うご》かなかった。恐怖《きょうふ》が湧《わ》き上《あ》がってきた。

話《はな》せる人《ひと》はもう誰《だれ》も残《のこ》っていない。ダンブルドアは行《い》ってしまった。ハグリッドも行《い》ってしまった。それでも、マクゴナガル先生《せんせい》にはいつでも頼《たよ》れると思《おも》っていた。短気《たんき》で融通《ゆうずう》がきかないところはあるかもしれないが、いつでも信頼《しんらい》できる確実《かくじつ》な存在《そんざい》だった……。

「驚《おどろ》くのも無理《むり》はありません、ポッター」マダム・ポンフリーが怒《いか》りを込《こ》めて、まったくそのとおりという顔《かお》をした。「昼日中《ひるひなか》に一対一《たい》で対決《たいけつ》したら、あんな連中《れんちゅう》なんぞにミネルバ・マクゴナガルが『失神《しっしん》』させられるものですか！　卑怯者《ひきょうもの》、そうです……見下《みさ》げはてた卑劣《ひれつ》な行為《こうい》です……私《わたし》がいなければ生徒《せいと》はどうなるかと心配《しんぱい》でなかったら、私《わたし》だって抗議《こうぎ》の辞任《じにん》をするところです」

「ええ」ハリーは何《なに》も理解《りかい》せずにあいづちを打《う》った。

頭《あたま》が真《ま》っ白《しろ》のまま、医務室《いむしつ》から混《こ》み合《あ》った廊下《ろうか》に出《で》たハリーは、人混《ひとご》みにもまれながら立《た》ち尽《つ》くした。言《い》いようのない恐怖《きょうふ》が、毒《どく》ガスのように湧《わ》き上《あ》がり、頭《あたま》がぐらぐらして、どうしていいやらとほうにくれた……。

ロンとハーマイオニー──頭《あたま》の中《なか》で声《こえ》がした。

ハリーはまた走《はし》りだした。生徒《せいと》たちを押《お》しのけ、みんなが怒《おこ》る声《こえ》にも気《き》づかなかった。全速《ぜんそく》力《りょく》で二つの階《かい》を下《お》り、大理石《だいりせき》の階段《かいだん》の上《うえ》に着《つ》いたとき、二人《ふたり》が急《いそ》いでハリーのほうにやってくるのが見《み》えた。

「ハリー！」ハーマイオニーが、引《ひ》きつった表情《ひょうじょう》ですぐさま呼《よ》びかけた。「何《なに》があったの？　大《だい》丈夫《じょうぶ》？　気分《きぶん》が悪《わる》いの？」

「どこに行《い》ってたんだよ？」ロンが問《と》い詰《つ》めるように聞《き》いた。

「一緒《いっしょ》に来《き》て」ハリーは急《せ》き込《こ》んで言《い》った。「早《はや》く。話《はな》したいことがあるんだ」

ハリーは二人《ふたり》を連《つ》れて二階《かい》の廊下《ろうか》を歩《ある》き、あちこち部屋《へや》をのぞき込《こ》んで、やっと空《あ》いている教《きょう》室《しつ》を見《み》つけ、そこに飛《と》び込《こ》んだ。ロンとハーマイオニーを入《い》れるとすぐにドアを閉《し》め、ハリーはドアに寄《よ》りかかって二人《ふたり》と向《む》き合《あ》った。

「シリウスがヴォルデモートに捕《つか》まった」

「**えっ？**」

「どうしてそれが──？」

「見《み》たんだ。ついさっき。試験中《しけんちゅう》に居眠《いねむ》りしたとき」

「でも――でもどこで？　どんなふうに？」真《ま》っ青《さお》な顔《かお》で、ハーマイオニーが聞《き》いた。

「どうやってかはわからない」ハリーが言《い》った。「でも、どこなのかははっきりわかる。神秘部《しんぴぶ》に、小《ちい》さなガラスの球《たま》で埋《う》まった棚《たな》がたくさんある部屋《へや》があるんだ。二人《ふたり》は九十七列目《れつめ》の棚《たな》の奥《おく》にいる……あいつがシリウスを使《つか》って、何《なん》だか知《し》らないけどそこにある自分《じぶん》の手《て》に入《い》れたいものを取《と》らせようとしてるんだ……あいつがシリウスを拷問《ごうもん》してる……最後《さいご》には殺《ころ》すって言《い》ってるんだ！」

ハリーは、ひざが震《ふる》え、声《こえ》も震《ふる》えている自分《じぶん》に気《き》づいた。机《つくえ》に近《ちか》づき、その上《うえ》に腰《こし》かけ、何《なん》とか自分《じぶん》を落《お》ち着《つ》かせようとした。

「僕《ぼく》たち、どうやったらそこへ行《い》けるかな？」ハリーが聞《き》いた。

一瞬《いっしゅん》、沈黙《ちんもく》が流《なが》れた。やがてロンが言《い》った。「そこへ、い――行《い》くって？」

「神秘部《しんぴぶ》に行《い》くんだ。シリウスを助《たす》けに！」ハリーは大声《おおごえ》を出《だ》した。

「でも――ハリー……」ロンの声《こえ》が細《ほそ》くなった。

「何《なん》だ？　何《なん》だよ？」ハリーが言《い》った。

まるで自分《じぶん》が理不尽《りふじん》なことを聞《き》いているかのように、二人《ふたり》があっけに取《と》られたような顔《かお》で自分《じぶん》を見《み》ているのが、ハリーには理解《りかい》できなかった。

「ハリー」ハーマイオニーの声《こえ》は、何《なん》だか怖《こわ》がっているようだった。「あの……どうやって……ヴォルデモートはどうやって、誰《だれ》にも気《き》づかれずに神秘部《しんぴぶ》に入《はい》れたのかしら？」

「僕《ぼく》が知《し》るわけないだろ？」ハリーが声《こえ》を荒《あら》らげた。「僕《ぼく》たちがどうやってそこに入《はい》るかが問題《もんだい》なんだ！」

「でも……ハリー、ちょっと考《かんが》えてみて」ハーマイオニーが一歩《ぽ》ハリーに詰《つ》め寄《よ》った。

「今《いま》、夕方《ゆうがた》の五時《じ》よ……魔法省《まほうしょう》には大勢《おおぜい》の人《ひと》が働《はたら》いているわ……ヴォルデモートもシリウスも、どうやって誰《だれ》にも見《み》られずに入《はい》れる？　ハリー……二人《ふたり》とも世界一《せかいいち》のお尋《たず》ね者《もの》なのよ……闇祓《やみばら》いだらけの建物《たてもの》に、気《き》づかれずに入《はい》ることができると思《おも》う？」

「さあね。ヴォルデモートは透明《とうめい》マントとか何《なん》とか使《つか》ったのさ！」ハリーが叫《さけ》んだ。

「とにかく、神秘部《しんぴぶ》は、僕《ぼく》がいつ行《い》ってもからっぽだ――」

「あなたは一度《いちど》も神秘部《しんぴぶ》に行《い》ってはいないわ」ハーマイオニーが静《しず》かに言《い》った。「そこの夢《ゆめ》を見《み》た。それだけよ」

「普通《ふつう》の夢《ゆめ》とはちがうんだ！」

今度《こんど》はハリーが立《た》ち上《あ》がってハーマイオニーに一歩《ぽ》詰《つ》め寄《よ》り、真正面《ましょうめん》からどなった。ガタガ夕揺《ゆ》すぶってやりたかった。

「ロンのお父《とう》さんのことはいったいどうなんだ？　あれは何《なん》だったんだ？　おじさんの身《み》に起《お》こったことを、どうして僕《ぼく》がわかったんだ？」

「それは言《い》えてるな」ロンがハーマイオニーを見《み》ながら静《しず》かに言《い》った。

「でも、今度《こんど》は――あんまりにも**ありえないことよ！**」ハーマイオニーがほとんど捨《す》て鉢《ばち》で言《い》った。「ハリー、シリウスはずっとグリモールド・プレイスにいるのに、いったいどうやってヴォルデモートが**シリウス**を捕《つか》まえたっていうの？」

「シリウスが、神経《しんけい》が参《まい》っちゃって、ちょっと気分転換《きぶんてんかん》したくなったかも」ロンが心配《しんぱい》そうに言《い》った。「ずいぶん前《まえ》から、あそこを出《で》たくてしょうがなかったからな――」

「でも、なぜなの？」ハーマイオニーが言《い》い張《は》った。「ヴォルデモートが武器《ぶき》だか何《なん》だかを取《と》らせるのに、いったいなぜ**シリウス**を使《つか》いたいわけ？」

「知《し》るもんか。理由《りゆう》は山《やま》ほどあるだろ！」ハリーがハーマイオニーに向《む》かってどなった。「たぶん、シリウスの一人《ひとり》や二人《ふたり》、痛《いた》めつけたって、ヴォルデモートは何《なん》とも感《かん》じないんだろ――」

「あのさあ、今思《いまおも》いついたんだけど」ロンが声《こえ》をひそめた。「シリウスの弟《おとうと》が死喰《しく》い人《びと》だったよね？　たぶん弟《おとうと》がシリウスに、どうやって武器《ぶき》を手《て》に入《い》れるかの秘密《ひみつ》を教《おし》えたんだ！」

「そうだ――だからダンブルドアは、あんなにシリウスを閉《と》じ込《こ》めておきたがったんだ！」ハリーが言《い》った。

「ねえ、悪《わる》いけど」ハーマイオニーの声《こえ》が高《たか》くなった。「二人《ふたり》ともつじつまが合《あ》ってないわ。それに、言《い》ってることに何《なん》の証拠《しょうこ》もないわ。ヴォルデモートとシリウスがそこにいるかどうかさえ証拠《しょうこ》がないし――」

「いいわ」ハーマイオニーは気圧《けお》されながらもきっぱりと言《い》った。

「ハーマイオニー、ハリーが二人《ふたり》を見《み》たんだ！」ロンが急《きゅう》にハーマイオニーに詰《つ》め寄《よ》った。

「これだけは言《い》わせて――」

「何《なん》だい？」

「ハリー……あなたを批判《ひはん》するつもりじゃないのよ！　でも、あなたって……何《なん》て言《い》うか……つまり……ちょっとそんなところがあるんじゃないかって――その――人助《ひとだす》けぐせっていうかな？」

ハリーはハーマイオニーをにらみつけた。

「それ、どういう意味《いみ》なんだ？　『人助《ひとだす》けぐせ』って？」

「あの……あなたって……」ハーマイオニーはますます不安《ふあん》そうな顔《かお》をした。「つまり……たとえば去年《きょねん》も……湖《みずうみ》で……三校対抗試合《さんこうたいこうじあい》のとき……すべきじゃなかったのに……つまり、あのデラクールの妹《いもうと》を助《たす》ける必要《ひつよう》がなかったのに……あなた少《すこ》し……やり過《す》ぎて……」

チクチクするような熱《あつ》い怒《いか》りがハリーの体《からだ》をかけめぐった。こんな時《とき》に、あの失敗《しっぱい》を思《おも》い出《だ》させるなんて、どういうつもりだ？

「もちろん、あなたがそうしたのは、ほんとうに偉《えら》かったわ」ハリーの表情《ひょうじょう》を見《み》て、すくみ上《あ》がり、ハーマイオニーがあわてて言《い》った。「みんなが、すばらしいことだって思《おも》ったわ――」

「それは変《へん》だな」ハリーは声《こえ》が震《ふる》えた。「だって、ロンが何《なん》て言《い》ったかはっきり覚《おぼ》えてるけど、僕《ぼく》が英雄気取《えいゆうきど》りで時間《じかん》をむだにしたって……。今度《こんど》もそうだって言《い》いたいのか？　僕《ぼく》がまた英雄《えいゆう》気取《きど》りになってると思《おも》うのか？」

「ちがうわ。ちがう、ちがう！」ハーマイオニーはひどく驚《おどろ》いた顔《かお》をした。「そんなことを言《い》ってるんじゃないわ！」

「じゃ、言《い》いたいことを全部《ぜんぶ》言《い》えよ。僕《ぼく》たち、ただ時間《じかん》をむだにしてるじゃないか！」

ハリーがどなった。

「私《わたし》が言《い》いたいのは――ハリー、ヴォルデモートはあなたのことを知《し》っているわ。ジニーを秘密《ひみつ》の部屋《へや》に連《つ》れていったのは、あなたを誘《さそ》い出《だ》すためだった。『あの人《ひと》』はそういう手《て》を使《つか》うわ。『あの人《ひと》』は知《し》ってるのよ、あなたが――シリウスを救《すく》いにいくような人間《にんげん》だって！『あの人《ひと》』

がただ、**あなたを**神秘部《しんぴぶ》におびきよせようとしてるんだったら――？」

「ハーマイオニー、あいつが僕《ぼく》をあそこに行《い》かせるためにやったかどうかなんて、どうでもいいんだ――マクゴナガルは聖《せい》マンゴに連《つ》れていかれたし、僕《ぼく》たちが話《はなし》のできる騎《き》士《し》団《だん》は、もうホグワーツに一人《ひとり》もいない。そして、もし僕《ぼく》らが行《い》かなければ、シリウスは死《し》ぬんだ！」

「でもハリー――あなたの夢《ゆめ》が、もし――単《たん》なる夢《ゆめ》だったら？」

ハリーはじれったさにわめき声《ごえ》を上《あ》げた。ハーマイオニーはビクッとして、ハリーから離《はな》れるようにあとずさりした。

「君《きみ》にはわかってない！」ハリーがどなりつけた。「悪夢《あくむ》を見《み》たんじゃない。ただの夢《ゆめ》じゃないんだ！　何《なん》のための『閉心術《へいしんじゅつ》』だったと思《おも》う？　ダンブルドアがなぜ僕《ぼく》にこういうことを見《み》ないようにさせたかったと思《おも》う？　なぜなら全部**ほんとうのこと**だからなんだ、ハーマイオニー――シリウスが窮地《きゅうち》におちいってる。僕《ぼく》はシリウスを見《み》たんだ。ヴォルデモートに捕《つか》まったんだ。ほかには誰《だれ》も知《し》らない。つまり、助《たす》けられるのは僕《ぼく》らしかいないんだ。君《きみ》がやりたくないなら、いいさ。だけど、僕《ぼく》は行《い》く。わかったね？　それに、僕《ぼく》の記憶《きおく》が正《ただ》しければ、君《きみ》を吸魂鬼《きゅうこんき》から救《すく》い出《だ》したとき、君《きみ》は『人助《ひとだす》けぐせ』が問題《もんだい》だなんて言《い》わなかった。それに――」ハリーはロンを見《み》た。「――君《きみ》の妹《いもうと》を僕《ぼく》がバジリスクから助《たす》けたとき――」

「僕《ぼく》は問題《もんだい》だなんて一度《いちど》も言《い》ってないぜ」ロンが熱《あつ》くなった。

「だけど、ハリー、あなた、たった今自分《いまじぶん》で言《い》ったわ」ハーマイオニーが激《はげ》しい口調《くちょう》で言《い》った。

「ダンブルドアは、あなたにこういうことを頭《あたま》からしめ出《だ》す訓練《くんれん》をしてほしかったのよ。ちゃんと『閉心術《へいしんじゅつ》』を実行《じっこう》していたら、見《み》なかったはずよ、こんな――」

「何《なん》にも見《み》なかったかのように振《ふ》る舞《ま》えって言《い》うんだったら――」

「シリウスが言《い》ったでしょう。あなたが心《こころ》を閉《と》じることができるようになるのが、何《なに》よりも大切《たいせつ》だって！」

「いいや、シリウスも言《い》うことが変《か》わるさ。僕《ぼく》がさっき見《み》たことを知《し》ったら――」

教室《きょうしつ》のドアが開《ひら》いた。ハリー、ロン、ハーマイオニーがサッと振《ふ》り向《む》いた。ジニーが何事《なにごと》だろうという顔《かお》で入《はい》ってきた。そのあとから、いつものように、たまたま迷《まよ》い込《こ》んできたような顔《かお》で、ルーナが入《はい》ってきた。

「こんにちは」ジニーがとまどいながら挨拶《あいさつ》した。「ハリーの声《こえ》が聞《き》こえたのよ。なんでどなってるの？」

「何《なん》でもない」ハリーが乱暴《らんぼう》に言《い》った。

ジニーが眉《まゆ》を吊《つ》り上《あ》げた。

「私《わたし》にまで八《や》つ当《あ》たりする必要《ひつよう》はないわ」ジニーが冷静《れいせい》に言《い》った。「何《なに》か私《わたし》にできることはないかと思《おも》っただけよ」

「じゃ、ないよ」ハリーはぶっきらぼうだった。

「あんた、ちょっと失礼《しつれい》よ」ルーナがのんびりと言《い》った。

ハリーは悪態《あくたい》をついて顔《かお》を背《そむ》けた。今《いま》こんな時《とき》に、ルーナ・ラブグッドとバカ話《ばなし》なんか、絶対《ぜったい》にしたくない。

「待《ま》って」突然《とつぜん》ハーマイオニーが言《い》った。

「待《ま》って……ハリー、この二人《ふたり》に手伝《てつだ》ってもらえるわ」

ハリーとロンがハーマイオニーを見《み》た。

「ねえ」ハーマイオニーが急《せ》き込《こ》んだ。「ハリー、私《わたし》たち、シリウスがほんとに本部《ほんぶ》を離《はな》れたのかどうか、はっきりさせなきゃ」

「言《い》っただろう。僕《ぼく》が見《み》たん――」

「ハリー、お願《ねが》いだから！」ハーマイオニーが必死《ひっし》で言《い》った。「お願《ねが》いよ。ロンドンに出撃《しゅつげき》する前《まえ》に、シリウスが家《いえ》にいるかどうかだけたしかめましょう。もしあそこにいなかったら、そのときは、約束《やくそく》する。もうあなたを引《ひ》き止《と》めない。私《わたし》も行《い》く。私《わたし》、やるわ――シリウスを救《すく》うために、ど――どんなことでもやるわ」

「シリウスが拷問《ごうもん》されてるのは、**今《いま》なんだ！**」ハリーがどなった。「ぐずぐずしてる時間《じかん》はないんだ」

「でも、もしヴォルデモートの罠《わな》だったら。ハリー、たしかめないといけないわ。どうしてもよ」

「どうやって？」ハリーが問《と》い詰《つ》めた。「どうやってたしかめるんだ？」

「アンブリッジの暖炉《だんろ》を使《つか》って、それでシリウスと接触《せっしょく》できるかどうかやってみなくちゃ」

ハーマイオニーは考《かんが》えただけでも恐《おそ》ろしいという顔《かお》をした。「もう一度《いちど》アンブリッジを遠《とお》ざけるわ。でも、見張《みは》りが必要《ひつよう》なの。そこで、ジニーとルーナが使《つか》えるわ」

「うん、やるわよ」いったい何《なに》が起《お》こっているのか、理解《りかい》に苦《くる》しんでいる様子《ようす》だったが、ジニーは即座《そくざ》に答《こた》えた。

「『シリウス』って、あんたたちが話《はな》してるのは『スタビィ・ボードマン』のこと？」

ルーナも言《い》った。

誰《だれ》も答《こた》えなかった。

「オーケー」ハリーは食《く》ってかかるようにハーマイオニーに言《い》った。「オーケー。手早《てばや》くそうする方法《ほうほう》が考《かんが》えられるんだったら、賛成《さんせい》するよ。そうじゃなきゃ、僕《ぼく》は今《いま》すぐ神秘部《しんぴぶ》に行《い》く」

「神秘部《しんぴぶ》？」ルーナが少《すこ》し驚《おどろ》いたような顔《かお》をした。「でも、どうやってそこへ行《い》くの？」

またしてもハリーは無視《むし》した。

「いいわ」ハーマイオニーは両手《りょうて》をからみ合《あ》わせて机《つくえ》の間《あいだ》を往《い》ったり来《き》たりしながら言《い》った。

「いいわ……それじゃ……誰《だれ》か一人《ひとり》がアンブリッジを探《さが》して――別《べつ》な方向《ほうこう》に追《お》い払《はら》う。部屋《へや》から遠《とお》ざけるのよ。口実《こうじつ》は――そうね――ピーブズがいつものように、何《なに》かとんでもないことをやらかそうとしているとか……」

「僕《ぼく》がやる」ロンが即座《そくざ》に答《こた》えた。「ピーブズが『変身術《へんしんじゅつ》』の部屋《へや》をぶち壊《こわ》してるとか何《なん》とか、あいつに言《い》うよ。アンブリッジの部屋《へや》からずーっと遠《とお》い所《ところ》だから。どうせだから、途中《とちゅう》でピーブズに出会《であ》ったら、ほんとにそうしろって説得《せっとく》できるかもしれないな」

「変身術《へんしんじゅつ》」の部屋《へや》をぶち壊《こわ》すことにハーマイオニーが反対《はんたい》しなかったことが、事態《じたい》の深刻《しんこく》さを示《しめ》していた。

「オーケー」ハーマイオニーは眉間《みけん》にしわを寄《よ》せて、往《い》ったり来《き》たりし続《つづ》けていた。「さて、私《わたし》たちが部屋《へや》に侵入《しんにゅう》している間《あいだ》、生徒《せいと》をあの部屋《へや》から遠《とお》ざけておく必要《ひつよう》があるわ。じゃないと、スリザリン生《せい》の誰《だれ》かが、きっとアンブリッジに告《つ》げ口《ぐち》する」

「ルーナと私《わたし》が廊下《ろうか》の両端《りょうはし》に立《た》つわ」ジニーがすばやく答《こた》えた。「そして、誰《だれ》かが『首絞《くびじ》めガス』をどっさり流《なが》したから、あそこに近《ちか》づくなって警告《けいこく》するわ」

ハーマイオニーは、ジニーが手回《てまわ》しよくこんなうそを考《かんが》えついたことに驚《おどろ》いた顔《かお》をした。ジニーは肩《かた》をすくめた。

「フレッドとジョージが、いなくなる前《まえ》に、それをやろうって計画《けいかく》していたのよ」

「オーケー」ハーマイオニーが言《い》った。「それじゃ、ハリー、あなたと私《わたし》は透明《とうめい》マントをかぶって、部屋《へや》に忍《しの》び込《こ》む。そしてあなたはシリウスと話《はなし》ができる――」

「ハーマイオニー、シリウスはあそこにいないんだ！」

「あのね、あなたは――シリウスが家《いえ》にいるかどうかたしかめられるっていう意味《いみ》よ。その間《あいだ》、私《わたし》が見張《みは》ってるわ。アンブリッジの部屋《へや》にあなた一人《ひとり》だけでいるべきじゃないと思《おも》うの。リーがニフラーを窓《まど》から送《おく》り込《こ》んで、窓《まど》が弱点《じゃくてん》だということは証明済《しょうめいず》みなんだから」

怒《おこ》っていらいらしてはいたものの、一緒《いっしょ》にアンブリッジの部屋《へや》に行《い》くとハーマイオニーが申《もう》し出《で》たのは、団結《だんけつ》と忠誠《ちゅうせい》の証《あか》しだとハリーにはよくわかった。

「僕《ぼく》……オーケー、ありがとう」ハリーがボソボソ言《い》った。

「これでよしと。さあ、こういうことを全部《ぜんぶ》やっても、五分以上《ふんいじょう》は無理《むり》だと思《おも》うわ」ハリーが計《けい》画《かく》を受《う》け入《い》れた様子《ようす》なので、ホッとしながらハーマイオニーが言《い》った。「フィルチもいるし、『尋《じん》問官親衛隊《もんかんしんえいたい》』なんていう卑劣《ひれつ》なのがうろうろしてるしね」

「五分《ふん》で充分《じゅうぶん》だよ」ハリーが言《い》った。「さあ、行《い》こう――」

「今《いま》から？」ハーマイオニーが度肝《どぎも》を抜《ぬ》かれた顔《かお》をした。

「もちろん今《いま》からだ！」ハリーが怒《おこ》って言《い》った。「何《なん》だと思《おも》ったんだい？　夕食《ゆうしょく》のあとまで待《ま》つとでも？　ハーマイオニー、シリウスはたった今《いま》、拷問《ごうもん》されてるんだぞ！」

「私《わたし》――ええ、いいわ」ハーマイオニーが捨《す》て鉢《ばち》に言《い》った。「じゃ、透明《とうめい》マントを取《と》りに行《い》ってきて。私《わたし》たちは、アンブリッジの廊下《ろうか》の端《はし》であなたを待《ま》ってるから。いい？」

ハリーは答《こた》えもせず、部屋《へや》から飛《と》び出《だ》し、外《そと》でうろうろたむろしている生徒《せいと》たちをかき分《わ》けはじめた。二つ上《うえ》の階《かい》で、シェーマスとディーンに出《で》くわした。二人《ふたり》は陽気《ようき》にハリーに挨拶《あいさつ》し、今《こん》晩《ばん》、寮《りょう》の談話室《だんわしつ》で、試験終了《しけんしゅうりょう》のお祝《いわ》いを明《あ》け方《がた》まで夜明《よあ》かしでやる計画《けいかく》だと話《はな》した。ハリーはほとんど聞《き》いていなかった。二人《ふたり》がバタービールを闇《やみ》で何本調達《なんぼんちょうたつ》する必要《ひつよう》があるかを議論《ぎろん》しているうちに、ハリーは肖像画《しょうぞうが》の穴《あな》をはい登《のぼ》った。透明《とうめい》マントとシリウスのナイフをしっかりかばんに入《い》れて肖像画《しょうぞうが》の穴《あな》から戻《もど》ってきたとき、二人《ふたり》はハリーが途中《とちゅう》でいなくなったことにさえ気《き》づいていなかった。

「ハリー、ガリオン金貨《きんか》を二、三枚寄付《まいきふ》しないか？　ハロルド・ディングルがファイア・ウィスキーを少《すこ》し売《う》れるかもしれないって言《い》うんだけど――」

　しかし、ハリーはもう、猛烈《もうれつ》な勢《いきお》いで廊下《ろうか》をかけ戻《もど》っていた。数分後《すうふんご》に、最後《さいご》の二、三段《だん》は階段《かいだん》を飛《と》び下《お》りて、ロン、ハーマイオニー、ジニー、ルーナの所《ところ》へ戻《もど》った。四人《にん》はアンブリッジの部屋《へや》がある廊下《ろうか》の端《はし》に固《かた》まっていた。

「取《と》ってきた」ハリーがハァハァ言《い》った。「それじゃ、準備《じゅんび》はいいね？」

「いいわよ」ハーマイオニーがヒソヒソ声《ごえ》で言《い》った。ちょうどやかましい六年生《ねんせい》の一団《いちだん》が通《とお》り過《す》ぎたところだった。「じゃ、ロン――アンブリッジを牽制《けんせい》しにいって……ジニー、ルーナ、みんなを廊下《ろうか》から追《お》い出《だ》しはじめてちょうだい……ハリーと私《わたし》は『マント』を着《き》て、周《まわ》りが安全《あんぜん》になるまで待《ま》つわ……」

　ロンが大股《おおまた》で立《た》ち去《さ》った。真《ま》っ赤《か》な髪《かみ》が廊下《ろうか》のむこう端《はし》に行《い》くまで見《み》えていた。ジニーは、押《お》し合《あ》いへし合《あ》いしている生徒《せいと》の間《あいだ》を縫《ぬ》って、赤毛頭《あかげあたま》を見《み》え隠《かく》れさせながら廊下《ろうか》の反対側《はんたいがわ》に向《む》かった。そのあとを、ルーナのブロンド頭《あたま》がついていった。

「こっちに来《き》て」ハーマイオニーがハリーの手首《てくび》をつかみ、石《いし》の胸像《きょうぞう》が立《た》っているくぼんだ場所《ばしょ》に引《ひ》っ張《ぱ》り込《こ》んだ。中世《ちゅうせい》の醜《みにく》い魔法使《まほうつか》いの胸像《きょうぞう》は、台《だい》の上《うえ》でブツブツひとり言《ごと》を言《い》っていた。

「ねえ――ハリー、ほんとうに大丈夫《だいじょうぶ》なの？　まだとっても顔色《かおいろ》が悪《わる》いわ」

「大丈夫《だいじょうぶ》」ハリーはかばんから透明《とうめい》マントを引《ひ》っ張《ぱ》り出《だ》しながら、短《みじか》く答《こた》えた。たしかに傷痕《きずあと》はうずいていたが、それほどひどくはなかったので、ハリーはヴォルデモートがまだシリウスに致命傷《ちめいしょう》は与《あた》えていないという気《き》がした。ヴォルデモートがエイブリーを罰《ばっ》したときはこんな痛《いた》みよりもっとひどかった……。

「ほら」ハリーは透明《とうめい》マントをハーマイオニーと二人《ふたり》でかぶった。目《め》の前《まえ》の胸像《きょうぞう》がラテン語《ご》でブツブツひとり言《ごと》を言《い》うのを聞《き》き流《なが》し、二人《ふたり》は耳《みみ》をそばだてた。

「ここは通《とお》れないわよ！」ジニーがみんなに呼《よ》びかけていた。「だめ。悪《わる》いけど、回転階段《かいてんかいだん》を通《とお》って回《まわ》り道《みち》してちょうだい。誰《だれ》かがすぐそこで『首絞《くびじ》めガス』を流《なが》したの――」

みんながブーブー言《い》う声《こえ》が聞《き》こえてきた。誰《だれ》かが不機嫌《ふきげん》な声《こえ》で言《い》った。

「ガスなんて見《み》えないぜ」

「無色《むしょく》だからよ」ジニーがいかにも説得力《せっとくりょく》のあるいらいら声《ごえ》で言《い》った。「でも、突《つ》っ切《き》って歩《ある》きたいならどうぞ。私《わたし》たちの言《い》うことを信《しん》じないバカがほかにいたら、あなたの死体《したい》を証拠《しょうこ》にするから」

だんだん人《ひと》がいなくなった。「首絞《くびじ》めガス」のニュースがどうやら広《ひろ》まったらしく、もう誰《だれ》もこっちのほうに来《こ》なくなった。ついに周辺《しゅうへん》に誰《だれ》もいなくなったとき、ハーマイオニーが小声《こごえ》で言《い》った。「これくらいでいいんじゃないかしら、ハリー――さあ、やりましょう」

二人《ふたり》は「マント」に隠《かく》れたまま前進《ぜんしん》した。ルーナがこっちに背中《せなか》を見《み》せて、廊下《ろうか》のむこう端《はし》に立《た》っている。ジニーのそばを通《とお》るとき、ハーマイオニーがささやいた。

「うまくやったわね……合図《あいず》を忘《わす》れないで」

「合図《あいず》って？」アンブリッジの部屋《へや》のドアに近《ちか》づきながら、ハリーがそっと聞《き》いた。

「アンブリッジが来《く》るのを見《み》たら、『♪ウィーズリーはわが王者《おうじゃ》』を大声《おおごえ》で合唱《がっしょう》するの」ハーマイオニーが答《こた》えた。ハリーはシリウスのナイフの刃《は》をドアと壁《かべ》のすきまに差《さ》し込《こ》んでいた。ドアがカチリと開《ひら》き、二人《ふたり》は中《なか》に入《はい》った。

絵皿《えざら》のけばけばしい子猫《こねこ》が、午後《ごご》の陽射《ひざ》しを浴《あ》びてぬくぬくとひなたぼっこをしていた。それ以外《いがい》は、前《まえ》のときと同《おな》じように、部屋《へや》は静《しず》かで人気《ひとけ》がない。ハーマイオニーはホッとため息《いき》をもらした。

「二匹目《ひきめ》のニフラーのあとで、何《なに》か安全対策《あんぜんたいさく》が増《ふ》えたかと思《おも》ってたけど」

二人《ふたり》は「マント」を脱《ぬ》ぎ、ハーマイオニーは急《いそ》いで窓際《まどぎわ》に行《い》って見張《みは》りに立《た》ち、杖《つえ》をかまえて校庭《こうてい》を見下《みお》ろした。ハリーは暖炉《だんろ》に急行《きゅうこう》し、「煙突飛行粉《えんとつひこうごな》」のつぼをつかみ、火格子《ひごうし》にひとつつまみ投《な》げ入《い》れた。たちまちエメラルドの炎《ほのお》が燃《も》え上《あ》がった。ハリーは急《いそ》いでひざをつき、メラメラ踊《おど》る炎《ほのお》に頭《あたま》を突《つ》っ込《こ》んで叫《さけ》んだ。

「グリモールド・プレイス十二番地《ばんち》！」

ひざは冷《つめ》たい床《ゆか》にしっかりついたままだったが、ハリーの頭《あたま》は、遊園地《ゆうえんち》の回転乗《かいてんの》り物《もの》から降《お》りたばかりのときのようにぐるぐるめまいを感《かん》じた。灰《はい》が渦巻《うずま》く中《なか》で目《め》をギュッと閉《と》じていたが、回転《かいてん》が止《と》まったとき目《め》を開《ひら》くと、グリモールド・プレイスの冷《つめ》たい長《なが》い厨房《ちゅうぼう》が目《め》に入《はい》った。

誰《だれ》もいなかった。それは予想《よそう》していた。しかし、誰《だれ》もいない厨房《ちゅうぼう》を見《み》たとき、突然《とつぜん》胃《い》の中《なか》で飛《と》び散《ち》ったどろどろした熱《あつ》い恐怖《きょうふ》には、ハリーは無防備《むぼうび》だった。

「シリウスおじさん？」ハリーが叫《さけ》んだ。「シリウス、いないの？」

ハリーの声《こえ》が厨房中《ちゅうぼうじゅう》に響《ひび》いた。しかし、返事《へんじ》はない。暖炉《だんろ》の右《みぎ》のほうで、何《なに》かがチョロチョロうごめく小《ちい》さな音《おと》がした。

「そこに誰《だれ》かいるの？」ただのネズミかもしれないと思《おも》いながら、ハリーが呼《よ》びかけた。

屋敷《やしき》しもべ妖精《ようせい》のクリーチャーが見《み》えた。何《なん》だかひどくうれしそうだ。ただ、両手《りょうて》を最近《さいきん》ひどく傷《きず》つけたらしく、包帯《ほうたい》をぐるぐる巻《ま》きにしていた。

「ポッター坊主《ぼうず》の頭《あたま》が暖炉《だんろ》にあります」妙《みょう》に勝《か》ち誇《ほこ》った目《め》つきで、コソコソとハリーを盗《ぬす》み見《み》ながら、からっぽの厨房《ちゅうぼう》に向《む》かって、クリーチャーが告《つ》げた。「この子《こ》はなんでやって来《き》たのだろう？　クリーチャーは考《かんが》えます」

「クリーチャー、シリウスはどこだ？」ハリーが問《と》いただした。

しもべ妖精《ようせい》はゼイゼイ声《ごえ》でふくみ笑《わら》いした。

「ご主人様《しゅじんさま》はお出《で》かけです、ハリー・ポッター」

「どこへ出《で》かけたんだ？　クリーチャー、どこへ行《い》ったんだ？」

クリーチャーはケッケッと笑《わら》うばかりだった。

「いいかげんにしないと」そう言《い》ったものの、こんな格好《かっこう》では、クリーチャーを罰《ばっ》する方法《ほうほう》などほとんどないことぐらい、ハリーにはよくわかっていた。

「ルーピンは？　マッド-アイは？　誰《だれ》か、誰《だれ》もいないの？」

「ここにはクリーチャーのほか誰《だれ》もいません」しもべ妖精《ようせい》はうれしそうにそう言《い》うと、ハリーに背《せ》を向《む》けて、のろのろと厨房《ちゅうぼう》の奥《おく》の扉《とびら》のほうに歩《ある》きはじめた。「クリーチャーは、今《いま》こそ奥様《おくさま》とちょっとお話《はなし》をしようと思《おも》います。長《なが》いことその機会《きかい》がなかったのです。クリーチャーのご主人《しゅじん》様《さま》が、奥様《おくさま》からクリーチャーを遠《とお》ざけられた――」

「シリウスはどこに行《い》ったんだ？」ハリーは妖精《ようせい》の後《うし》ろから叫《さけ》んだ。

「クリーチャー、神秘部《しんぴぶ》に行《い》ったのか？」

クリーチャーは足《あし》を止《と》めた。ハリーの目《め》の前《まえ》には椅子《いす》の脚《あし》が林立《りんりつ》し、そこを通《とお》してクリーチャーのはげた後頭部《こうとうぶ》がやっと見《み》えた。

「ご主人様《しゅじんさま》は、哀《あわ》れなクリーチャーにどこに出《で》かけるかを教《おし》えてくれません」妖精《ようせい》が小《ちい》さい声《こえ》で言《い》った。

「でも、知《し》ってるんだろう！」ハリーが叫《さけ》んだ。「そうだな？　どこに行《い》ったか知《し》ってるんだ！」

一瞬《いっしゅん》沈黙《ちんもく》が流《なが》れた。やがて妖精《ようせい》は、これまでにない高笑《たかわら》いをした。

「ご主人様《しゅじんさま》は神秘部《しんぴぶ》から戻《もど》ってこない！」クリーチャーは上機嫌《じょうきげん》で言《い》った。「クリーチャーはまた奥様《おくさま》と二人《ふたり》きりです！」

そしてクリーチャーはチョコチョコ走《はし》り、扉《とびら》を抜《ぬ》けて玄関《げんかん》ホールへと消《き》えていった。

「こいつ――！」

しかし、悪態《あくたい》も呪《のろ》いも一言《ひとこと》も言《い》わないうちに、頭《あたま》のてっぺんに鋭《するど》い痛《いた》みを感《かん》じた。ハリーは灰《はい》を吸《す》い込《こ》んでむせた。炎《ほのお》の中《なか》をぐいぐい引《ひ》き戻《もど》されていくのを感《かん》じた。そしてぎょっとするほど唐突《とうとつ》に、ハリーは、だだっ広《ぴろ》い青《あお》ざめたアンブリッジの顔《かお》を見上《みあ》げていた。アンブリッジはハリーの髪《かみ》をつかんで暖炉《だんろ》から引《ひ》き戻《もど》し、ハリーののどをかっ切《き》らんばかりに、首《くび》をぎりぎりまで仰向《あおむ》かせた。

「よくもまあ」アンブリッジはハリーの首《くび》をさらに引《ひ》っ張《ぱ》って天井《てんじょう》を見上《みあ》げさせた。「二匹《ひき》もニフラーを入《い》れられたあとで、このわたくしが、汚《けが》らわしいごみあさりの獣《けもの》を一匹《ぴき》たりとも忍《しの》び込《こ》ませるものですか。この愚《おろ》か者《もの》。二匹目《ひきめ》のあとで、出入口《でいりぐち》には全部《ぜんぶ》『隠密探知呪文《おんみつたんちじゅもん》』をかけてあったのよ。こいつの杖《つえ》を取《と》り上《あ》げなさい」アンブリッジが見《み》えない誰《だれ》かに向《む》かって叫《さけ》ぶと、誰《だれ》かの手《て》がハリーのローブのポケットを探《さぐ》り、杖《つえ》を取《と》り出《だ》す気配《けはい》がした。

「あの子《こ》のも」ドアのそばでもみ合《あ》う音《おと》が聞《き》こえ、ハリーはハーマイオニーの杖《つえ》も、たった今《いま》もぎ取《と》られたことがわかった。

「なぜわたくしの部屋《へや》に入《はい》ったのか、言《い》いなさい」アンブリッジはハリーの髪《かみ》の毛《け》をつかんだ手《て》をガタガタ振《ふ》った。ハリーはよろめいた。

「僕《ぼく》――ファイアボルトを取《と》り返《かえ》そうとしたんだ！」ハリーがかすれ声《ごえ》で答《こた》えた。

「うそつきめ」アンブリッジがまたハリーの頭《あたま》をガタガタいわせた。「ファイアボルトは地下牢《ちかろう》で厳《きび》しい見張《みは》りをつけてある。よく知《し》ってるはずよ、ポッター。わたくしの暖炉《だんろ》に頭《あたま》を突《つ》っ込《こ》んでいたわね。誰《だれ》と連絡《れんらく》していたの？」

「誰《だれ》とも――」ハリーはアンブリッジから身《み》を振《ふ》りほどこうとしながら言《い》った。髪《かみ》の毛《け》が数本《すうほん》、頭皮《とうひ》と別《わか》れ別《わか》れになるのを感《かん》じた。

「うそつきめ！」アンブリッジが叫《さけ》んだ。アンブリッジがハリーを突《つ》き放《はな》し、ハリーは机《つくえ》にガーンとぶつかった。すると、ハーマイオニーがミリセント・ブルストロードに捕《つか》まり、壁《かべ》に押《お》しつけられているのが見《み》えた。マルフォイが窓《まど》に寄《よ》りかかり、薄笑《うすわら》いを浮《う》かべながら、ハリーの杖《つえ》を片手《かたて》で放《ほう》り上《あ》げてはまた片手《かたて》で受《う》けていた。

外《そと》が騒《さわ》がしくなり、でかいスリザリン生《せい》が数人入《すうにんはい》ってきた。ロン、ジニー、ルーナをそれぞれがっちり捕《つか》まえている。そして——ハリーはうろたえた——ネビルがクラッブに首《くび》をしめられ、今《いま》にも窒息《ちっそく》しそうな顔《かお》で入《はい》ってきたのだ。四人《にん》ともさるぐつわをかまされていた。

「全部捕《ぜんぶと》らえました」ワリントンがロンを乱暴《らんぼう》に前《まえ》に突《つ》き出《だ》した。「あいつですが」ワリントンが太《ふと》い指《ゆび》でネビルを指《さ》した。「こいつを捕《つか》まえるのをじゃましようとしたんで」今度《こんど》はジニーを指差《ゆびさ》した。ジニーは自分《じぶん》を捕《つか》まえている大柄《おおがら》なスリザリンの女子生徒《じょしせいと》のむこうずねをけとばそうとしていた。「それで一緒《いっしょ》に連《つ》れてきました」

「けっこう、けっこう」ジニーが暴《あば》れるのを眺《なが》めながらアンブリッジが言《い》った。「さて、まもなくホグワーツは『非《ひ》ウィーズリー地帯《ちたい》』になりそうだわね？」

マルフォイがへつらうように大声《おおごえ》で笑《わら》った。アンブリッジは満足《まんぞく》げにニーッと笑《わら》い、チンツ張《ば》りのひじかけ椅子《いす》に腰《こし》を下《お》ろし、花園《はなぞの》のガマガエルよろしく、目《め》をパチクリパチクリしながら捕《ほ》虜《りょ》を見上《みあ》げた。

「さて、ポッター」アンブリッジが口《くち》を開《ひら》いた。「おまえはわたくしの部屋《へや》の周《まわ》りに見張《みは》りを立《た》て、この道化《どうけ》を差《さ》し向《む》けて」アンブリッジはロンのほうをあごでしゃくった――マルフォイがますます大声《おおごえ》で笑《わら》った――「ポルターガイストが『変身術《へんしんじゅつ》』の部屋《へや》を壊《こわ》しまくっていると言《い》わせたわね。わたくしはね、そいつが学校《がっこう》の望遠鏡《ぼうえんきょう》のレンズにインクを塗《ぬ》りたくるのに忙《いそが》しいということを百《ひゃく》も承知《しょうち》だったのよ――フィルチさんがそう教《おし》えてくれたばかりだったのでね」

「おまえが誰《だれ》かと話《はな》すことが大事《だいじ》だったのは明白《めいはく》だわ。アルバス・ダンブルドアだったの？　それとも半《はん》ヒトのハグリッド？　ミネルバ・マクゴナガルじゃないわね。まだ弱《よわ》っていて誰《だれ》とも話《はな》せないと聞《き》いてますしね」

マルフォイと尋問官親衛隊《じんもんかんしんえいたい》のメンバーが二、三人《にん》、それを聞《き》いてまた笑《わら》った。ハリーは怒《いか》りと憎《にく》しみとで体《からだ》が震《ふる》えるのがわかった。

「誰《だれ》と話《はな》そうが関係《かんけい》ないだろう」ハリーがうなるように言《い》った。

アンブリッジのたるんだ顔《かお》が引《ひ》きしまった。

「いいでしょう」例《れい》の危険極《きけんきわ》まりない、偽《にせ》の甘《あま》ったるい声《こえ》でアンブリッジが言《い》った。「けっこうですよ、ミスター・ポッター……自発的《じはってき》に話《はな》すチャンスを与《あた》えたのに。おまえは断《ことわ》った。強制《きょうせい》するしか手《て》はないようね。ドラコ――スネイプ先生《せんせい》を呼《よ》んできなさい」

マルフォイはハリーの杖《つえ》をローブにしまい、ニヤニヤしながら部屋《へや》を出《で》ていった。しかしハリーはそれをほとんど意識《いしき》していなかった。たった今《いま》、あることに気《き》づいたのだ。忘《わす》れていたなんて、なんてバカだったのだろう。ハリーのシリウス救出《きゅうしゅつ》に手《て》を貸《か》せる騎士団《きしだん》の団員《だんいん》はみんないなくなってしまったと思《おも》っていた――まちがいだった。不死鳥《ふしちょう》の騎士団《きしだん》が、まだ一人《ひとり》ホグワーツに残《のこ》っていた――スネイプだ。

部屋《へや》がしんとなった。ただ、スリザリン生《せい》がロンやほかの捕虜《ほりょ》を押《お》さえつけようともみ合《あ》い、すったもんだする音《おと》だけが聞《き》こえた。ロンはワリントンのハーフ・ネルソン首《くび》じめ技《わざ》に抵抗《ていこう》して、唇《くちびる》から血《ち》を流《なが》し、アンブリッジの部屋《へや》のじゅうたんに滴《したた》らせていた。ジニーは両腕《りょううで》をがっちりつかまれながらも、六年生《ねんせい》の女子生徒《じょしせいと》の足《あし》を踏《ふ》みつけようと、まだがんばっていた。ネビルはクラッブの両腕《りょううで》を引《ひ》っ張《ぱ》りながらも、顔《かお》がだんだん紫色《むらさきいろ》になってきていた。ハーマイオニーはミリセント・ブルストロードをはねのけようと、むなしく抵抗《ていこう》していた。しかし、ルーナは自分《じぶん》を捕《と》らえた生徒《せいと》のそばにだらんと立《た》ち、成《な》り行《ゆ》きにたいくつしているかのように、ぼんやり窓《まど》の外《そと》を眺《なが》めていた。

ハリーは自分《じぶん》をじっと見《み》つめているアンブリッジを見返《みかえ》した。廊下《ろうか》で足音《あしおと》がしても、ハリーは意識的《いしきてき》に無表情《むひょうじょう》で平気《へいき》な顔《かお》をしていた。ドラコ・マルフォイが戻《もど》ってきて、ドアを押《お》さえてスネイプを部屋《へや》に入《い》れた。

「校長《こうちょう》、お呼《よ》びですか？」スネイプはもみ合《あ》っている二人組《ふたりぐみ》たちを、まったく無関心《むかんしん》の表情《ひょうじょう》で見《み》回《まわ》しながら言《い》った。

「ああ、スネイプ先生《せんせい》」アンブリッジがニコーッと笑《わら》って立《た》ち上《あ》がった。「ええ、『真実薬《しんじつやく》』をまた一瓶《ひとびん》欲《ほ》しいのですが、なるべく早《はや》くお願《ねが》いしたいの」

「最後《さいご》の一瓶《ひとびん》を、ポッターを尋問《じんもん》するのに持《も》っていかれましたが」スネイプは、すだれのようなねっとりした黒髪《くろかみ》を通《とお》して、アンブリッジを冷静《れいせい》に観察《かんさつ》しながら答《こた》えた。「まさか、あれを全部《ぜんぶ》使《つか》ってしまったということはないでしょうな？　三滴《てき》で充分《じゅうぶん》だと申《もう》し上《あ》げたはずですが」

アンブリッジが赤《あか》くなった。

「もう少《すこ》し調合《ちょうごう》していただけるわよね？」憤慨《ふんがい》するといつもそうなるのだが、アンブリッジの声《こえ》がますます甘《あま》ったるく女《おんな》の子《こ》っぽくなった。

「もちろん」スネイプはフフンと唇《くちびる》をゆがめた。「成熟《せいじゅく》するまでに満月《まんげつ》から満月《まんげつ》までを要《よう》するので、大体《だいたい》一か月《げつ》で準備《じゅんび》できますな」

「一か月《げつ》？」アンブリッジがガマガエルのようにふくれてがなり立《た》てた。「一か月《げつ》？　わたくしは今夜《こんや》必要《ひつよう》なのですよ、スネイプ！　たった今《いま》、ポッターがわたくしの暖炉《だんろ》を使《つか》って誰《だれ》だか知《し》りませんが、一人《ひとり》、または複数《ふくすう》の人間《にんげん》と連絡《れんらく》していたのを見《み》つけたんです！」

「ほう？」スネイプはハリーを振《ふ》り向《む》き、初《はじ》めてかすかな興味《きょうみ》を示《しめ》した。「まあ、驚《おどろ》くにはあたりませんな。ポッターはこれまでも、あまり校則《こうそく》に従《したが》う様子《ようす》を見《み》せたことがありませんので」

冷《つめ》たい暗《くら》い目《め》がハリーをえぐるように見《み》すえた。ハリーはひるまずに見返《みかえ》し、一心《いっしん》に夢《ゆめ》で見《み》たことに意識《いしき》を集中《しゅうちゅう》した。スネイプが自分《じぶん》の心《こころ》を読《よ》んで理解《りかい》してくれますように……。

「こいつを尋問《じんもん》したいのよ！」アンブリッジが怒《おこ》ったように叫《さけ》び、スネイプはハリーから目《め》をそらして怒《いか》りに震《ふる》えるアンブリッジの顔《かお》を見《み》た。「こいつに無理《むり》にでも真実《しんじつ》を吐《は》かせる薬《くすり》が欲《ほ》しいのっ！」

「すでに申《もう》し上《あ》げたとおり」スネイプがすらりと答《こた》えた。「『真実薬《しんじつやく》』の在庫《ざいこ》はもうありません。ポッターに毒薬《どくやく》を飲《の》ませたいなら別《べつ》ですが――また、校長《こうちょう》がそうなさるなら、我輩《わがはい》としては、お気持《きも》ちはよくわかると申《もう》し上《あ》げておきましょう――だが、お役《やく》には立《た》てませんな。問題《もんだい》は、大方《おおかた》の毒薬《どくやく》というものは効《き》き目《め》が早過《はやす》ぎ、飲《の》まされた者《もの》は真実《しんじつ》を語《かた》る間《ま》もないということでして」

スネイプはハリーに視線《しせん》を戻《もど》した。ハリーは何《なん》とかして無言《むごん》で意思《いし》を伝《つた》えようと、スネイプを見《み》つめた。

ヴォルデモートが神秘部《しんぴぶ》でシリウスを捕《と》らえた。ハリーは必死《ひっし》で意識《いしき》を集中《しゅうちゅう》した。**ヴォルデモートがシリウスを捕《と》らえた――。**

「あなたは停職《ていしょく》です！」アンブリッジが金切《かなき》り声《ごえ》を上《あ》げ、スネイプは眉《まゆ》をわずかに吊《つ》り上《あ》げてアンブリッジを見返《みかえ》した。「あなたはわざと手伝《てつだ》おうとしないのです！　もっとましかと思《おも》ったのに。ルシウス・マルフォイが、いつもあなたのことをとても高《たか》く評価《ひょうか》していたのに！　さあ、わたくしの部屋《へや》から出《で》ていって！」

スネイプは皮肉《ひにく》っぽくおじぎをし、立《た》ち去《さ》りかけた。騎士団《きしだん》に対《たい》して今《いま》、何《なに》が起《お》こっているかを伝《つた》える最後《さいご》の望《のぞ》みが、今《いま》、ドアから出《で》ていこうとしている……。

「あの人《ひと》がパッドフットを捕《つか》まえた！」ハリーが叫《さけ》んだ。「あれが隠《かく》されている場所《ばしょ》で、あの人《ひと》がパッドフットを捕《つか》まえた！」

スネイプがアンブリッジのドアの取《と》っ手《て》に手《て》をかけて止《と》まった。

「パッドフット？」アンブリッジがまじまじとハリーを見《み》て、スネイプを見《み》た。「パッドフットとは何《なん》なの？　何《なに》が隠《かく》されているの？　スネイプ、こいつは何《なに》を言《い》っているの？」

スネイプはハリーを振《ふ》り返《かえ》った。不可解《ふかかい》な表情《ひょうじょう》だった。スネイプがわかったのかどうか、ハリーにはわからなかった。しかし、アンブリッジの前《まえ》で、これ以上《いじょう》はっきり話《はな》すことはとうていできない。

「さっぱりわかりませんな」スネイプが冷《つめ》たく言《い》った。「ポッター、我輩《わがはい》に向《む》かってわけのわからんことをわめきちらしてほしいときは、君《きみ》に『戯言薬《たわごとやく》』を飲用《いんよう》してもらおう。それから、クラッブ、少《すこ》し手《て》をゆるめろ。ロングボトムが窒息死《ちっそくし》したら、さんざん面倒《めんどう》な書類《しょるい》を作《つく》らねばならんからな。しかもおまえが求職《きゅうしょく》するときの紹介状《しょうかいじょう》に、そのことを書《か》かねばならなくなるぞ」

スネイプはピシャリとドアを閉《し》め、残《のこ》されたハリーは前《まえ》よりもひどい混乱状態《こんらんじょうたい》におちいった。スネイプが最後《さいご》の頼《たの》みの綱《つな》だった。アンブリッジを見《み》ると、怒《いか》りといらいらで胸《むね》を波打《なみう》たせ、ハリーと同《おな》じように混乱《こんらん》しているように見《み》えた。

「いいでしょう」アンブリッジは杖《つえ》を取《と》り出《だ》した。「しかたがない……ほかに手《て》はない……この件《けん》は学校《がっこう》の規律《きりつ》の枠《わく》を超《こ》えます……魔法省《まほうしょう》の安全《あんぜん》の問題《もんだい》です……そう……そうだわ……」

アンブリッジは自分《じぶん》で自分《じぶん》を説得《せっとく》しているようだった。ハリーをにらみ、片手《かたて》に持《も》った杖《つえ》で、空《あ》いているほうの手《て》の平《ひら》をパシパシたたきながら、息《いき》を荒《あら》らげ、神経質《しんけいしつ》に右《みぎ》に左《ひだり》に体《からだ》を揺《ゆ》らしていた。アンブリッジを見《み》つめながら、ハリーは杖《つえ》のない自分《じぶん》がひどく無力《むりょく》に感《かん》じられた。

「あなたがこうさせるんです、ポッター……やりたくはない」アンブリッジはその場《ば》で落《お》ち着《つ》かない様子《ようす》で体《からだ》を揺《ゆ》すり続《つづ》けていた。「しかし、場合《ばあい》によっては使用《しよう》が正当化《せいとうか》される……ほかに選《せん》択《たく》の余地《よち》がないということが、大臣《だいじん》にはわかるにちがいない……」

マルフォイは待《ま》ちきれない表情《ひょうじょう》を浮《う》かべてアンブリッジを見《み》つめていた。

「『磔《はりつけ》の呪《のろ》い』なら舌《した》もゆるむでしょう」アンブリッジが低《ひく》い声《こえ》で言《い》った。

「やめて！」ハーマイオニーが悲鳴《ひめい》を上《あ》げた。「アンブリッジ先生《せんせい》――それは違法《いほう》です」

しかし、アンブリッジはまったく意《い》に介《かい》さなかった。ハリーがこれまで見《み》たことがない、いやらしい、意地汚《いじきたな》い、興奮《こうふん》した表情《ひょうじょう》を浮《う》かべていた。アンブリッジが杖《つえ》をかまえた。

「アンブリッジ先生《せんせい》、大臣《だいじん》は先生《せんせい》に法律《ほうりつ》を破《やぶ》ってほしくないはずです！」ハーマイオニーが叫《さけ》んだ。

「知《し》らなければ、コーネリウスは痛《いた》くもかゆくもないでしょう」

アンブリッジが言《い》った。今《いま》や、少《すこ》し息《いき》をはずませ、杖《つえ》をハリーの体《からだ》のあちこちに向《む》けて、どこが一番痛《いちばんいた》むか、ねらいを定《さだ》めているらしい。

「この夏《なつ》、吸魂鬼《ディメンター》にポッターを追《お》えと命令《めいれい》したのはこのわたくしだと、コーネリウスは知《し》らなかったわ。それでも、ポッターを退学《たいがく》にするきっかけができて大喜《おおよろこ》びしたことに変《か》わりはない」

「**あなたが？**」ハリーは絶句《ぜっく》した。「**あなたが**僕《ぼく》に吸魂鬼《きゅうこんき》を差《さ》し向《む》けた？」

「**誰**《だれ》**かが**行動《こうどう》を起《お》こさなければね」

アンブリッジは杖《つえ》をハリーの額《ひたい》にぴたりと合《あ》わせながら、ささやくように言《い》った。

「誰《だれ》もかれも、おまえを何《なん》とかだまらせたいと愚痴《ぐち》ってばかり――おまえの信用《しんよう》を失墜《しっつい》させたいとね――ところが、**実際**《じっさい》**に**何《なに》か手《て》を打《う》ったのはわたくしだけだった……ただ、おまえはうまく逃《のが》れたね、え？　ポッター？　今日《きょう》はそうはいかないよ。今度《こんど》こそ――」アンブリッジは息《いき》を深《ふか》く吸《す》い込《こ》んで唱《とな》えた。「クル――」

「**やめてーっ！**」ミリセント・ブルストロードの陰《かげ》から、ハーマイオニーが悲痛《ひつう》な声《こえ》で叫《さけ》んだ。

「やめて――ハリー――白状《はくじょう》しないといけないわ！」

「絶対《ぜったい》ダメだ！」陰《かげ》に隠《かく》れて少《すこ》ししか姿《すがた》の見《み》えないハーマイオニーを見《み》つめて、ハリーが叫《さけ》んだ。

「白状《はくじょう》しないと、ハリー、どうせこの人《ひと》はあなたから無理《むり》やり聞《き》き出《だ》すじゃない。なんで……なんでがんばるの？」

ハーマイオニーはミリセント・ブルストロードのローブの背中《せなか》に顔《かお》をうずめてめそめそ泣《な》きだした。ミリセントはすぐにハーマイオニーを壁《かべ》に押《お》しつけるのをやめ、むかむかしたようにハーマイオニーから身《み》を引《ひ》いた。

「ほう、ほう、ほう！」アンブリッジが勝《か》ち誇《ほこ》ったような顔《かお》をした。「ミス何《なん》でも質問《しつもん》のお嬢《じょう》ちゃんが、答《こた》えをくださるのね！　さあ、どうぞ、嬢《じょう》ちゃん、どうぞ！」

「アーーーミーーーニーーーダミー！」さるぐつわをかまされたままで、ロンが叫《さけ》んだ。

ジニーはハーマイオニーを初《はじ》めて見《み》るかのような目《め》で見《み》つめ、ネビルもまだ息《いき》を詰《つ》まらせながら見《み》つめていた。しかしハリーはふと気《き》づいた。ハーマイオニーは両手《りょうて》に顔《かお》をうずめ、絶望的《ぜつぼうてき》にすすり泣《な》いていたが、一滴《いってき》の涙《なみだ》も見《み》えない。

「みんな——みんな、ごめんなさい」ハーマイオニーが言《い》った。

「でも——私《わたし》、がまんできない——」

「いいのよ、いいのよ、嬢《じょう》ちゃん！」アンブリッジがハーマイオニーの両肩《りょうかた》を押《お》さえ、自分《じぶん》がさっきまで座《すわ》っていたチンツ張《ば》りの椅子《いす》に押《お》しつけるように座《すわ》らせ、その上《うえ》にのしかかった。

「さあ、それじゃ……ポッターはさっき、誰《だれ》と連絡《れんらく》を取《と》っていたの？」

「あの」ハーマイオニーが両手《りょうて》の中《なか》でしゃくり上《あ》げた。「あの、何《なん》とかしてダンブルドア先生《せんせい》と話《はなし》をしようとしていたんです」

ロンは目《め》を見開《みひら》いて体《からだ》を固《かた》くした。ジニーは自分《じぶん》を捕《つか》まえているスリザリン生《せい》のつま先《さき》を踏《ふ》んづけようとがんばるのをやめた。ルーナでさえ少《すこ》し驚《おどろ》いた顔《かお》をした。幸《さいわ》いなことに、アンブリッジも取《と》り巻《ま》き連中《れんちゅう》も、ハーマイオニーのほうばかりに気《き》を取《と》られ、こうした不審《ふしん》な挙動《きょどう》には気《き》づかなかった。

「ダンブルドア？」アンブリッジの言葉《ことば》に熱《ねつ》がこもった。「それじゃ、ダンブルドアがどこにいるかを知《し》ってるのね？」

「それは……いいえ！」ハーマイオニーがすすり上《あ》げた。「ダイアゴン横丁《よこちょう》の『もれ鍋《なべ》』を探《さが》したり、『三本の箒《さんぼんのほうき》』も『ホッグズ・ヘッド』までも――」

「バカな子《こ》だ――ダンブルドアがパブなんかにいるものか。魔法省《まほうしょう》が省《しょう》を挙《あ》げて捜索《そうさく》しているのに！」アンブリッジは、たるんだ顔《かお》のしわというしわにありありと失望《しつぼう》の色《いろ》を浮《う》かべて叫《さけ》んだ。

「でも――でも、とっても大切《たいせつ》なことを知《し》らせたかったんです！」ハーマイオニーはますますきつく両手《りょうて》で顔《かお》を覆《おお》いながら泣《な》き叫《さけ》んだ。ハリーはそれが苦《くる》しみのしぐさではなく、相変《あいか》わらず涙《なみだ》が出《で》ていないことをごまかすためだとわかっていた。

「なるほど？」アンブリッジは急《きゅう》に興奮《こうふん》がよみがえった様子《ようす》だった。「何《なに》を知《し》らせたかったの？」

「私《わたし》たち……私《わたし》たち知《し》らせたかったんです。あれが、で――できたって！」ハーマイオニーが息《いき》を詰《つ》まらせた。

「何《なに》ができたって？」アンブリッジが問《と》い詰《つ》め、またしてもハーマイオニーの両肩《りょうかた》をつかみ、軽《かる》く揺《ゆ》すぶった。「何《なに》ができたの？　嬢《じょう》ちゃん？」

「あの……武器《ぶき》です」ハーマイオニーが言《い》った。

「武器《ぶき》？　武器《ぶき》？」アンブリッジの両眼《りょうがん》が興奮《こうふん》で飛《と》び出《だ》して見《み》えた。

「レジスタンスの手段《しゅだん》を何《なに》か開発《かいはつ》していたのね？　魔法省《まほうしょう》に対《たい》して使《つか》う武器《ぶき》ね？　もちろん、ダンブルドアの命令《めいれい》でしょう？」

「は——は——はい」ハーマイオニーがあえぎあえぎ言《い》った。「でも、ダンブルドアは完成《かんせい》する前《まえ》にいなくなって、それで、やっ——やっ——やっと私《わたし》たちで完成《かんせい》したんです。それなのに、ダンブルドアが見《み》——見《み》——見《み》つからなくて、知《し》ら——知《し》ら——知《し》らせられないんです！」

「どんな武器《ぶき》なの？」アンブリッジは、ずんぐりした両手《りょうて》でハーマイオニーの肩《かた》をきつく押《お》さえ続《つづ》けながら、厳《きび》しく問《と》いただした。

「私《わたし》たちには、よ——よ——よくわかりません」ハーマイオニーは激《はげ》しく鼻《はな》をすすり上《あ》げた。「私《わたし》たちは、た——た——ただ言《い》われたとおり、ダン——ダン——ダンブルドア先生《せんせい》に言《い》われたとおり、やっ——やっ——やったの」

アンブリッジは狂喜《きょうき》して身《み》を起《お》こした。

「武器《ぶき》の所《ところ》へ案内《あんない》しなさい」アンブリッジが言《い》った。

「見《み》せたくないです……**あの人《ひと》たちには**」ハーマイオニーが指《ゆび》の間《あいだ》からスリザリン生《せい》を見回《みまわ》して、

かん高《だか》い声《こえ》を出《だ》した。

「おまえが条件《じょうけん》をつけるわけじゃない」アンブリッジ先生《せんせい》が厳《きび》しく言《い》った。

「いいわ」ハーマイオニーがまた両手《りょうて》に顔《かお》をうずめてすすり泣《な》いた。

「いいわ……みんなに見《み》せるといいわ。みんながあなたに向《む》かって武器《ぶき》を使《つか》うといいんだわ！　ほんとは、たくさん、たくさん人《ひと》を呼《よ》んで見《み》せてほしいわ！　それ――それがあなたにふさわしいわ――ああ、そうなってほしい――学校中《がっこうじゅう》が武器《ぶき》のありかを知《し》って、その使《つか》い――使《つか》い方《かた》も。そしたら、あなたが誰《だれ》かにいやがらせをしたとき、みんながあなたを、こ――攻撃《こうげき》できるわ！」

これはアンブリッジに相当効《そうとうき》き目《め》があった。アンブリッジはちらりと疑《うたぐ》り深《ぶか》い目《め》で尋問官親衛《じんもんかんしんえい》隊《たい》を見《み》た。飛《と》び出《だ》した目《め》が一瞬《いっしゅん》マルフォイを捕《と》らえた。意地汚《いじきたな》い貪欲《どんよく》な表情《ひょうじょう》を浮《う》かべていたマルフォイは、とっさにそれを隠《かく》すことができなかった。

アンブリッジは考《かんが》えこみながら、しばらくハーマイオニーを見《み》つめていたが、やがて、自分《じぶん》ではまちがいなく母親《ははおや》らしいと思《おも》い込《こ》んでいる声《こえ》で話《はな》しかけた。

「いいでしょう、嬢《じょう》ちゃん、あなたとわたくしだけにしましょう……それと、ポッターも連《つ》れていきましょうね？　さあ、立《た》って」

「先生《せんせい》」マルフォイが熱《ねっ》ぽく言《い》った。「アンブリッジ先生《せんせい》、誰《だれ》か親衛隊《しんえいたい》の者《もの》が一緒《いっしょ》に行《い》って、お役《やく》に――」

「わたくしは、れっきとした魔法省《まほうしょう》の役人《やくにん》ですよ、マルフォイ。杖《つえ》もない十代《だい》の子供《こども》を二人《ふたり》ぐらい、わたくし一人《ひとり》では扱《あつか》いきれないとでも思《おも》うのですか？」

アンブリッジが鋭《するど》く言《い》った。

「いずれにしても、この武器《ぶき》は、学生《がくせい》が見《み》るべきものではないようです。あなたたちはここにいて、わたくしが戻《もど》るまで、この連中《れんちゅう》が誰《だれ》も――」アンブリッジはロン、ジニー、ネビル、ルーナをぐるりと指《さ》した。「逃《に》げないようにしていなさい」

「わかりました」マルフォイはがっかりしてすねた様子《ようす》だった。

「さあ、二人《ふたり》ともわたくしの前《まえ》を歩《ある》いて、案内《あんない》しなさい」

アンブリッジはハーマイオニーとハリーに杖《つえ》を突《つ》きつけた。

「先《さき》に行《い》きなさい」

第《だい》33章《しょう》　闘争《とうそう》と逃走《とうそう》

ハーマイオニーがいったい何《なに》をくわだてているのか、いや、くわだてがあるのかどうかさえ、ハリーには見当《けんとう》もつかなかった。アンブリッジの部屋《へや》を出《で》て、廊下《ろうか》を歩《ある》くとき、ハリーはハーマイオニーより半歩遅《はんぽおく》れて歩《ある》いた。どこに向《む》かっているのかをハリーが知《し》らない様子《ようす》を見《み》せたら、疑《うたが》われるのがわかっていたからだ。アンブリッジが、荒《あら》い息《いき》づかいが聞《き》こえるほどハリーのすぐ後《うし》ろを歩《ある》いているので、ハリーはハーマイオニーに話《はな》しかけることなどとうていできなかった。

ハーマイオニーは階段《かいだん》を下《お》り、玄関《げんかん》ホールへと先導《せんどう》した。大広間《おおひろま》の両開《りょうびら》きの扉《とびら》から、大《おお》きな話《はな》し声《ごえ》や皿《さら》の上《うえ》でカチャカチャ鳴《な》るナイフやフォークの騒音《そうおん》が響《ひび》いてきた。――ハリーには信《しん》じられなかった。ほんの数《すう》メートル先《さき》に、何《なん》の心配事《しんぱいごと》もなく夕食《ゆうしょく》を楽《たの》しみ、試験《しけん》が終《お》わったことを祝《いわ》っている人《ひと》がいるなんて……。

ハーマイオニーは正面玄関《しょうめんげんかん》の樫《かし》の扉《とびら》をまっすぐに抜《ぬ》け、石段《いしだん》を下《お》りて、とろりと心地《ここち》よい夕暮《ゆうぐ》れの外気《がいき》の中《なか》に出《で》た。太陽《たいよう》が、禁《きん》じられた森《もり》の木々《きぎ》の梢《こずえ》にまさに沈《しず》もうとしていた。ハーマイオニーは目的地《もくてきち》を目指《めざ》し、芝生《しばふ》をすたすた歩《ある》いた――アンブリッジが小走《こばし》りについてきた――三人《にん》の背後《はいご》に、長《なが》い影《かげ》がマントのように芝生《しばふ》に黒々《くろぐろ》と波打《なみう》った。

「ハグリッドの小屋《こや》に隠《かく》されているのね？」アンブリッジが待《ま》ちきれないようにハリーの耳元《みみもと》で言《い》った。

「もちろん、ちがいます」ハーマイオニーが痛烈《つうれつ》に言《い》った。「ハグリッドがまちがえて起動《きどう》してしまうかもしれないもの」

「そうね」アンブリッジはますます興奮《こうふん》が高《たか》まってきたようだった。「そう、もちろん、あいつならやりかねない。あのデカブツのウスノロの半《はん》ヒトめ」

アンブリッジが笑《わら》った。ハリーは振《ふ》り向《む》いて、アンブリッジの首根《くびね》っこをしめてやりたいという強《つよ》い衝動《しょうどう》にかられたが、踏《ふ》みとどまった。やわらかな夕闇《ゆうやみ》の中《なか》で、額《ひたい》の傷痕《きずあと》がうずいていたが、まだ灼熱《しゃくねつ》の痛《いた》みではなかった。ヴォルデモートがしとめにかかっていたなら激痛《げきつう》が走《はし》るだろうと、ハリーにはわかっていた。

「それじゃ……どこなの？」ハーマイオニーが禁《きん》じられた森《もり》へとずんずん歩《ある》き続《つづ》けるので、アンブリッジの声《こえ》が少《すこ》し疑《うたが》わしげだった。

「あの中《なか》です、もちろん」ハーマイオニーは黒《くろ》い木々《きぎ》を指差《ゆびさ》した。

「生徒《せいと》が偶然《ぐうぜん》に見《み》つけたりしない所《ところ》じゃないといけないでしょう？」

「そうですとも」

そうは言《い》ったものの、アンブリッジの声《こえ》が今度《こんど》は少《すこ》し不安《ふあん》げだった。

「そうですとも……けっこう、それでは……二人《ふたり》ともわたくしの前《まえ》を歩《ある》き続《つづ》けなさい」

「それじゃ、先生《せんせい》の杖《つえ》を貸《か》してくれませんか？　僕《ぼく》たちが先《さき》を歩《ある》くなら」ハリーが頼《たの》んだ。

「いいえ、そうはいきませんね、ミスター・ポッター」

アンブリッジが杖《つえ》でハリーの背中《せなか》を突《つ》きながら甘《あま》ったるく言《い》った。

「お気《き》の毒《どく》だけど、魔法省《まほうしょう》は、あなたたちの命《いのち》よりわたくしの命《いのち》のほうにかなり高《たか》い価値《かち》をつけていますからね」

森《もり》の取《と》っつきの木立《こだち》の、ひんやりした木陰《こかげ》に入《はい》ったとき、ハリーは何《なん》とかしてハーマイオニーの目《め》をとらえようとした。さっきからいろいろむちゃなことをやらかしはしたが、杖《つえ》なしで森《もり》を歩《ある》くのはそれ以上《いじょう》に無鉄砲《むてっぽう》だと思《おも》えた。しかし、ハーマイオニーは、アンブリッジを軽蔑《けいべつ》したようにちらりと見《み》て、まっすぐ森《もり》へと突《つ》っ込《こ》んでいった。その速《はや》さときたら、短足《たんそく》のアンブリッジが追《お》いつくのに苦労《くろう》するほどだった。

「ずっと奥《おく》なの？」イバラでローブを破《やぶ》られながら、アンブリッジが聞《き》いた。

「ええ、そうです」ハーマイオニーが言《い》った。「ええ、しっかり隠《かく》されてるんです」

ハリーはますます不安《ふあん》になった。ハーマイオニーはグロウプを訪《たず》ねたときの道《みち》ではなく、三年《ねん》前《まえ》、怪物蜘蛛《かいぶつぐも》のアラゴグの巣《す》に行《い》ったときの道《みち》をたどっていた。あの時《とき》ハーマイオニーは一緒《いっしょ》ではなかった。行《ゆ》く手《て》にどんな危険《きけん》があるのか、ハーマイオニーは知《し》らないのかもしれない。

「えーと――この道《みち》でまちがいないかい？」

ハリーははっきり指摘《してき》するような聞《き》き方《かた》をした。

「ええ、大丈夫《だいじょうぶ》」

ハーマイオニーは不自然《ふしぜん》なほど大《おお》きな音《おと》を立《た》てて下草《したくさ》を踏《ふ》みつけながら、冷《つめ》たく硬《かた》い声《こえ》で答《こた》えた。背後《はいご》で、アンブリッジが倒《たお》れた若木《わかぎ》につまずいて転《ころ》んだ。二人《ふたり》とも立《た》ち止《ど》まって助《たす》け起《お》こしたりしなかった。ハーマイオニーは、振《ふ》り返《かえ》って大声《おおごえ》で「もう少《すこ》し先《さき》です！」と言《い》ったきり、どんどん進《すす》んだ。

「ハーマイオニー、声《こえ》を低《ひく》くしろよ」急《いそ》いで追《お》いつきながら、ハリーがささやいた。「ここじゃ、何《なに》が聞《き》き耳《みみ》を立《た》ててるかわからないし――」

「聞《き》かせたいのよ」ハーマイオニーが小声《こごえ》で言《い》った。アンブリッジがやかましい音《おと》を立《た》てながら後《うし》ろから走《はし》ってくるところだった。「今《いま》にわかるわ……」

ずいぶん長《なが》い時間歩《じかんある》いたような気《き》がした。やがて、またしても、密生《みっせい》する林冠《りんかん》がいっさいの光《ひかり》をさえぎる森《もり》の奥深《おくふか》くへと入《はい》り込《こ》んだ。前《まえ》にもこの森《もり》で感《かん》じたことがあったが、ハリーは、見《み》えない何《なに》ものかの目《め》がじっと注《そそ》がれているような気《き》がした。

「あとどのくらいなんですか？」ハリーの背後《はいご》で、アンブリッジが怒《おこ》ったように問《と》いただした。

「もうそんなに遠《とお》くないです！」薄暗《うすぐら》い湿《しめ》った平地《へいち》に出《で》たとき、ハーマイオニーが叫《さけ》んだ。

「もうほんのちょっと――」

空《くう》を切《き》って一本《ぽん》の矢《や》が飛《と》んできた。そしてドスッと恐《おそ》ろしげな音《おと》を立《た》て、ハーマイオニーの頭上《ずじょう》の木《き》に突《つ》き刺《さ》さった。あたりの空気《くうき》がひづめの音《おと》で満《み》ち満《み》ちた。森《もり》の底《そこ》が揺《ゆ》れているのを、ハリーは感《かん》じた。アンブリッジは小《ち》さく悲鳴《ひめい》を上《あ》げ、ハリーを盾《たて》にするように自分《じぶん》の前《まえ》に押《お》し出《だ》した。

ハリーはそれを振《ふ》りほどき、周《まわ》りを見《み》た。四方八方《しほうはっぽう》から五十頭《とう》あまりのケンタウルスが現《あらわ》れた。矢《や》をつがえ、弓《ゆみ》をかまえ、ハリー、ハーマイオニー、アンブリッジをねらっている。三人《にん》はじりじりと平地《へいち》の中央《ちゅうおう》にあとずさりした。アンブリッジは恐怖《きょうふ》でヒイヒイと小《ち》さく奇妙《きみょう》な声《こえ》を上《あ》げている。ハリーは横目《よこめ》でハーマイオニーを見《み》た。ニッコリと勝《か》ち誇《ほこ》った笑顔《えがお》を浮《う》かべている。

「誰《だれ》だ？」声《こえ》がした。

ハリーは左《ひだり》を見《み》た。包囲網《ほういもう》の中《なか》から、マゴリアンと呼《よ》ばれていた栗毛《くりげ》のケンタウルスが、同《おな》じく弓矢《ゆみや》をかまえて歩《あゆ》み出《で》てきた。ハリーの右側《みぎがわ》で、アンブリッジがまだヒイヒイ言《い》いながら、進《すす》み出《で》てくるケンタウルスに向《む》かって、わなわな震《ふる》える杖《つえ》を向《む》けていた。

「誰《だれ》だと聞《き》いているのだぞ、ヒトよ」マゴリアンが荒々《あらあら》しく言《い》った。

「わたくしはドローレス・アンブリッジ！」アンブリッジが恐怖《きょうふ》で上《うわ》ずった声《こえ》で答《こた》えた。「魔法《まほう》大臣上級次官《だいじんじょうきゅうじかん》、ホグワーツ校長《こうちょう》、並《なら》びにホグワーツ高等尋問官《こうとうじんもんかん》です！」

「魔法省《まほうしょう》の者《もの》だと？」マゴリアンが聞《き》いた。周囲《しゅうい》を囲《かこ》む多《おお》くのケンタウルスが、落《お》ち着《つ》かない様子《ようす》でザワザワと動《うご》いた。

「そうです！」アンブリッジがますます高《たか》い声《こえ》で言《い》った。「だから、気《き》をつけなさい！　魔法生物規制管理部《まほうせいぶつきせいかんりぶ》の法令《ほうれい》により、おまえたちのような半獣《はんじゅう》がヒトを攻撃《こうげき》すれば――」

「我々《われわれ》のことを何《なん》と呼《よ》んだ？」荒々《あらあら》しい風貌《ふうぼう》の黒毛《くろげ》のケンタウルスが叫《さけ》んだ。ハリーにはそれがベインだとわかった。三人《にん》の周《まわ》りで憤《いきどお》りの声《こえ》が広《ひろ》がり、弓《ゆみ》の弦《つる》がキリキリとしぼられた。

「この人《ひと》たちをそんなふうに呼《よ》ばないで！」ハーマイオニーが憤慨《ふんがい》したが、アンブリッジには聞《き》こえていないようだった。マゴリアンに震《ふる》える杖《つえ》を向《む》けたまま、アンブリッジはしゃべり続《つづ》けた。

「法令第十五号《ほうれいだいごう》『B《ビー》』にはっきり規定《きてい》されているように、『ヒトに近《ちか》い知能《ちのう》を持《も》つと推定《すいてい》され、それ故《ゆえ》その行為《こうい》に責任《せきにん》がともなうと思料《しりょう》される魔法生物《まほうせいぶつ》による攻撃《こうげき》は――』」

「ヒトに近《ちか》い知能《ちのう》？」マゴリアンがくり返《かえ》した。ベインやほかの数頭《すうとう》が、激怒《げきど》してうなり、ひづめで地《ち》をかいていた。「ヒトよ！　我々《われわれ》はそれが非常《ひじょう》な屈辱《くつじょく》だと考《かんが》える！　我々《われわれ》の知能《ちのう》は、ありがたいことに、おまえたちのそれをはるかに凌駕《りょうが》している」

「我々《われわれ》の森《もり》で、何《なに》をしている？」険《けわ》しい顔《かお》つきの灰色《はいいろ》のケンタウルスがとどろくような声《こえ》で聞《き》いた。ハリーとハーマイオニーがこの前《まえ》に森《もり》に来《き》たとき見《み》た顔《かお》だ。「どうしてここにいるのだ？」

「おまえたちの森《もり》？」

アンブリッジは恐怖《きょうふ》のせいばかりではなく、今度《こんど》はどうやら憤慨《ふんがい》して震《ふる》えていた。

「いいですか。魔法省《まほうしょう》がおまえたちに、ある一定《いってい》の区画《くかく》に棲《す》むことを許《ゆる》しているからこそ、ここに棲《す》めるのです――」

一本《ぽん》の矢《や》がアンブリッジの頭《あたま》すれすれに飛《と》んできて、くすんだ茶色《ちゃいろ》の髪《かみ》の毛《け》に当《あ》たって抜《ぬ》けた。アンブリッジは耳《みみ》をつんざく悲鳴《ひめい》を上《あ》げ、両手《りょうて》でパッと頭《あたま》を覆《おお》った。数頭《すうとう》のケンタウルスがほえるように声援《せいえん》し、ほかの何頭《なんとう》かはごうごうと笑《わら》った。薄明《うすあ》かりの平地《へいち》にこだまする、いななくような荒々《あらあら》しい笑《わら》い声《ごえ》と、地《ち》をかくひづめの動《うご》きが、いやがうえにも不安感《ふあんかん》をかき立《た》てた。

「ヒトよ、さあ、誰《だれ》の森《もり》だ？」ベインが声《こえ》をとどろかせた。

「汚《けが》らわしい半獣《はんじゅう》！」アンブリッジは両手《りょうて》でがっちり頭《あたま》を覆《おお》いながら叫《さけ》んだ。「けだもの！　手《て》に負《お》えない動物《どうぶつ》め！」

「だまって！」

ハーマイオニーが叫《さけ》んだが、遅過《おそす》ぎた。アンブリッジはマゴリアンに杖《つえ》を向《む》け、金切《かなき》り声《ごえ》で唱《とな》えた。

「インカーセラス！　縛《しば》れ！」

ロープが太《ふと》い蛇《へび》のように空中《くうちゅう》に飛《と》び出《だ》してケンタウルスの胴体《どうたい》にきつく巻《ま》きつき、両腕《りょううで》を捕《と》らえた。マゴリアンは激怒《げきど》して叫《さけ》び、後脚《あとあし》で立《た》ち上《あ》がって縄《なわ》を振《ふ》りほどこうとした。ほかのケンタウルスが襲《おそ》いかかってきた。

ハリーはハーマイオニーをつかみ、引《ひ》っ張《ぱ》って地面《じめん》に押《お》しつけた。周《まわ》りに雷《かみなり》のようなひづめの音《おと》が鳴《な》り響《ひび》き、ハリーは恐怖《きょうふ》を覚《おぼ》えながら地面《じめん》に顔《かお》を伏《ふ》せていた。しかしケンタウルスは、怒《いか》りに叫《さけ》び、ほえたけりながら、二人《ふたり》を飛《と》び越《こ》えたり迂回《うかい》したりしていった。

「やめてぇぇぇぇぇ！」アンブリッジの悲鳴《ひめい》が聞《き》こえた。「やめてぇぇぇぇぇ……わたくしは上《じょう》級《きゅう》次官《じかん》よ……おまえたちなんかに――放《はな》せ、けだもの……あぁぁぁぁぁ！」

ハリーは赤《あか》い閃光《せんこう》が一本走《いっぽんはし》るのを見《み》た。アンブリッジがどれか一頭《とう》を失神《しっしん》させようとしたにちがいない。次《つぎ》の瞬間《しゅんかん》、アンブリッジが大《おお》きな悲鳴《ひめい》を上《あ》げた。ハリーが頭《あたま》をわずかに持《も》ち上《あ》げて見《み》ると、アンブリッジが背後《はいご》からベインに捕《と》らえられ、空中高《くうちゅうたか》く持《も》ち上《あ》げられて恐怖《きょうふ》に叫《さけ》びながらもがいていた。杖《つえ》が手《て》を離《はな》れて地上《ちじょう》に落《お》ちた。ハリーは心《こころ》が躍《おど》った。手《て》が届《とど》きさえすれば――。

しかし、杖《つえ》に手《て》を伸《の》ばしたとき、一頭《とう》のケンタウルスのひづめがその上《うえ》に下《お》りてきて、杖《つえ》は真《ま》っ二《ぷた》つに折《お》れた。

「さあ！」ハリーの耳《みみ》にほえ声《ごえ》が聞《き》こえ、太《ふと》い毛深《けぶか》い腕《うで》がどこからともなく下《お》りてきて、ハリーを引《ひ》っ張《ぱ》り起《お》こした。ハーマイオニーも同《おな》じく引《ひ》っ張《ぱ》られ、立《た》たせられた。さまざまな色《いろ》のケンタウルスの背中《せなか》や首《くび》が激《はげ》しく上下《じょうげ》するそのむこうに、ハリーはベインに連《つ》れ去《さ》られていくアンブリッジの姿《すがた》を木《こ》の間隠《まがく》れに見《み》た。ひっきりなしに悲鳴《ひめい》を上《あ》げていたが、その声《こえ》はだんだんかすかになり、ひづめで地面《じめん》をける周《まわ》りの音《おと》にかき消《け》されてついに聞《き》こえなくなった。

「それで、こいつらは？」ハーマイオニーをつかんでいた、険《けわ》しい顔《かお》の灰色《はいいろ》のケンタウルスが言《い》った。

「この子《こ》たちは幼《おさな》い」ハリーの背後《はいご》でゆったりとした悲《かな》しげな声《こえ》が言《い》った。「我々《われわれ》は仔馬《こうま》を襲《おそ》わない」

「こいつらはあの女《おんな》をここに連《つ》れてきたんだぞ、ロナン」ハリーをがっちりとつかんでいたケンタウルスが答《こた》えた。「しかもそれほど幼《おさな》くはない……こっちの子《こ》は、もう青年《せいねん》になりかかっている」ケンタウルスがハリーのローブの首根《くびね》っこをつかんで揺《ゆ》すった。

「お願《ねが》いです」ハーマイオニーが息《いき》を詰《つ》まらせながら言《い》った。「お願《ねが》いですから、私《わたし》たちを襲《おそ》わないでください。私《わたし》たちはあの女《おんな》の人《ひと》のような考《かんが》え方《かた》はしません。魔法省《まほうしょう》の役人《やくにん》じゃありません！　ここに来《き》たのは、ただ、あの人《ひと》をみなさんに追《お》い払《はら》ってほしいと思《おも》ったからです」

ハーマイオニーをつかんでいた灰色《はいいろ》のケンタウルスの表情《ひょうじょう》から、ハリーはハーマイオニーがとんでもないまちがいを言《い》ったとすぐ気《き》づいた。灰色《はいいろ》のケンタウルスは首《くび》をブルッと後《うし》ろに振《ふ》り、後脚《あとあし》で激《はげ》しく地面《じめん》をけり、ほえるように言《い》った。

「ロナン、わかっただろう？　こいつらはもう、ヒト類《るい》の持《も》つ傲慢《ごうまん》さを持《も》っているのだ。つまり、人間《にんげん》の女《おんな》の子《こ》よ、おまえたちのかわりに、我々《われわれ》が手《て》を汚《よご》すというわけだな？　おまえたちの奴隷《どれい》として行動《こうどう》し、忠実《ちゅうじつ》な猟犬《りょうけん》のようにおまえたちの敵《てき》を追《お》い払《はら》うというわけか？」

「ちがいます！」ハーマイオニーは恐怖《きょうふ》のあまり金切《かなき》り声《ごえ》を上《あ》げた。「お願《ねが》いです――そんなつもりじゃありません！　私《わたし》はただ、みなさんが――助《たす》けてくださるんじゃないかと――」

これが事態《じたい》をますます悪《わる》くしたようだった。

「我々《われわれ》はヒトを助《たす》けたりしない！」ハリーをつかんでいたケンタウルスがうなるように言《い》った。つかんだ手《て》に一段《いちだん》と力《ちから》が入《はい》り、同時《どうじ》に後脚《あとあし》で少《すこ》し立《た》ち上《あ》がったので、ハリーの足《あし》が一瞬《いっしゅん》地面《じめん》から浮《う》き上《あ》がった。

「我々《われわれ》は孤高《ここう》の種族《しゅぞく》だ。そのことを誇《ほこ》りにしている。おまえたちがここを立《た》ち去《さ》ったあと、おまえたちのくわだてを我々《われわれ》が実行《じっこう》したなどと吹聴《ふいちょう》することを許《ゆる》しはしない！」

「僕《ぼく》たち、そんなことを言《い》うつもりはありません！」ハリーが叫《さけ》んだ。「僕《ぼく》たちの望《のぞ》むことを実《じっ》行《こう》したのじゃないことはわかっています――」

しかし、誰《だれ》もハリーに耳《みみ》を貸《か》さないようだった。

群《む》れの後方《こうほう》のあごひげのケンタウルスが叫《さけ》んだ。

「こいつらは頼《たの》みもしないのにここに来《き》た。つけを払《はら》わなければならない！」

そのとおりだというなり声《ごえ》が沸《わ》き起《お》こった。そして月毛《つきげ》のケンタウルスが叫《さけ》んだ。

「あの女《おんな》の所《ところ》へ連《つ》れていけ！」

「あなたたちは罪《つみ》のないものは傷《きず》つけないって言《い》ってたのに！」

ハーマイオニーは今度《こんど》こそ本物《ほんもの》の涙《なみだ》をほおに伝《つた》わらせながら叫《さけ》んだ。

「あなたたちを傷《きず》つけることは何《なに》もしていないわ。杖《つえ》も使《つか》わないし、脅《おど》しもしなかった。私《わたし》たちは学校《がっこう》に帰《かえ》りたいだけなんです。お願《ねが》いです。帰《かえ》して——」

「我々全員《われわれぜんいん》が裏切《うらぎ》り者《もの》のフィレンツェと同《おな》じわけではないのだ、人間《にんげん》の女《おんな》の子《こ》！」

灰色《はいいろ》のケンタウルスが叫《さけ》ぶと、仲間《なかま》から同調《どうちょう》するいななきがさらに沸《わ》き起《お》こった。

「我々《われわれ》のことを、きれいなしゃべる馬《うま》とでも思《おも》っていたんじゃないかね？　我々《われわれ》は昔《むかし》から存在《そんざい》する種族《しゅぞく》だ。魔法族《まほうぞく》の侵略《しんりゃく》も侮辱《ぶじょく》も許《ゆる》しはしない。おまえたちの法律《ほうりつ》は認《みと》めないし、おまえたちが我々《われわれ》より優秀《ゆうしゅう》だとも認《みと》めない。我々《われわれ》は——」

我々《われわれ》がどうなのか、二人《ふたり》には聞《き》こえなかった。その時《とき》、開《ひら》けた平地《へいち》の端《はし》でバキバキという大音響《だいおんきょう》が聞《き》こえてきたのだ。あまりの物音《ものおと》に、ハリーも、ハーマイオニーも、平地《へいち》を埋《う》めた五十余頭《よとう》のケンタウルスも、全員《ぜんいん》が振《ふ》り返《かえ》った。ハリーを捕《つか》まえていたケンタウルスの両手《りょうて》がサッと弓《ゆみ》と矢立《やた》てに伸《の》び、ハリーはまた地上《ちじょう》に落《お》とされた。ハーマイオニーも落《お》ちた。ハリーが急《いそ》いでハーマイオニーのそばに行《い》ったとき、二本《ほん》の太《ふと》い木《き》の幹《みき》が不気味《ぶきみ》に左右《さゆう》に押《お》し開《ひら》かれ、その間《あいだ》から巨人《きょじん》グロウプの奇怪《きかい》な姿《すがた》が現《あらわ》れた。

グロウプに一番近《いちばんちか》かったケンタウルスがあとずさりし、背後《はいご》にいた仲間《なかま》にぶつかった。平地《へいち》は今《いま》や弓《ゆみ》と矢《や》が林立《りんりつ》し、今《いま》にも放《はな》たれんとしていた。うっそうとした林冠《りんかん》のすぐ下《した》にぬうっと現《あらわ》れた灰色味《はいいろみ》を帯《お》びた巨大《きょだい》な顔《かお》を的《まと》に、矢《や》はいっせいに上《うえ》に向《む》けられている。グロウプのねじ曲《ま》がった口《くち》がポカンと開《あ》いている。れんが大《だい》の黄色《きいろ》い歯《は》が、おぼろげな明《あ》かりの中《なか》でかすかに光《ひか》るのが見《み》えた。泥色《どろいろ》の鈍《にぶ》い目《め》が、足元《あしもと》の生《い》き物《もの》を見定《みさだ》めるのに細《ほそ》くなった。両方《りょうほう》のかかとから、ちぎれたロープが垂《た》れ下《さ》がっている。

グロウプはさらに大《おお》きく口《くち》を開《ひら》いた。

「ハガー」

ハリーには「ハガー」が何《なん》のことかも、何《なん》の言語《げんご》なのかもわからなかったが、それもどうでもよかった。ハリーは、ほとんどハリーの背丈《せたけ》ほどもあるグロウプの両足《りょうあし》を見《み》つめていた。ハーマイオニーはハリーの腕《うで》にしっかりしがみついていた。ケンタウルスは静《しず》まり返《かえ》って巨人《きょじん》を見《み》つめていた。グロウプは、何《なに》か落《お》とし物《もの》でも探《さが》すように、ケンタウルスの間《あいだ》をのぞき込《こ》み続《つづ》け、巨大《きょだい》な丸《まる》い頭《あたま》を右《みぎ》に左《ひだり》に振《ふ》っている。

「ハガー！」グロウプはさっきよりしつこく言《い》った。

「ここを立《た》ち去《さ》れ、巨人《きょじん》よ！」マゴリアンが呼《よ》びかけた。「我《われ》らにとって、おまえは歓迎《かんげい》されざる者《もの》だ！」

グロウプにとって、この言葉《ことば》は何《なん》の印象《いんしょう》も与《あた》えなかったようだ。少《すこ》し前《まえ》かがみになり（ケンタウルスが弓《ゆみ》を引《ひ》きしぼった）、また声《こえ》をとどろかせた。「**ハガー！**」

数頭《すうとう》のケンタウルスが、今度《こんど》は心配《しんぱい》そうなとまどい顔《がお》をした。しかし、ハーマイオニーはハッと息《いき》をのんだ。

「ハリー！」ハーマイオニーがささやいた。「『ハグリッド』って言《い》いたいんだと思《おも》うわ！」

まさにこの時《とき》、グロウプは二人《ふたり》に目《め》をとめた。一面《いちめん》のケンタウルスの群《む》れの中《なか》に、たった二人《ふたり》の人間《にんげん》だ。グロウプはさらに二、三十センチ頭《あたま》を下《さ》げ、じっと二人《ふたり》を見《み》つめた。ハリーはハーマイオニーが震《ふる》えているのを感《かん》じた。グロウプは再《ふたた》び大《おお》きく口《くち》を開《あ》け、深《ふか》くとどろく声《こえ》で言《い》った。

「ハーミー」

「まあ」ハーマイオニーは今《いま》にも気《き》を失《うしな》いそうな様子《ようす》で言《い》った。ハーマイオニーがあまりきつく握《にぎ》りしめるので、ハリーは腕《うで》がしびれかけていた。「お――覚《おぼ》えてたんだわ！」

「**ハーミー！**」グロウプがほえた。「**ハガー、どこ？**」

「知《し》らないの！」ハーマイオニーが悲鳴《ひめい》に近《ちか》い声《こえ》を出《だ》した。「ごめんなさい、グロウプ、私《わたし》、知《し》らないの！」

「**グロウプ、ハガー、ほしい！**」

巨人《きょじん》の巨大《きょだい》な片手《かたて》が下《した》に伸《の》びてきた。ハーマイオニーは今度《こんど》こそ本物《ほんもの》の悲鳴《ひめい》を上《あ》げ、二、三歩《ぽ》走《はし》るようにあとずさりして、ひっくり返《かえ》った。巨人《きょじん》の手《て》がハリーのほうに襲《おそ》いかかり、白毛《しろげ》のケンタウルスの脚《あし》をなぎ倒《たお》したとき、ハリーは覚悟《かくご》を決《き》めた。杖《つえ》なしで、パンチでもキックでもかみつきでも、何《なん》でもやってやる。

この時《とき》をケンタウルスは待《ま》っていた。——グロウプの広《ひろ》げた指《ゆび》が、ハリーからあと二、三十センチというところで、巨人《きょじん》めがけて五十本《ぼん》の矢《や》が空《くう》を切《き》った。矢《や》は巨大《きょだい》な顔《かお》に浴《あ》びせかかり、巨《きょ》人《じん》は痛《いた》みと怒《いか》りでほえたけりながら身《み》を起《お》こした。巨大《きょだい》な両手《りょうて》で顔《かお》をこすると、矢柄《やがら》は折《お》れたが、矢尻《やじり》はかえって深々《ふかぶか》と突《つ》き刺《さ》さった。

グロウプは叫《さけ》び、巨大《きょだい》な足《あし》を踏《ふ》み鳴《な》らし、ケンタウルスはその足《あし》をよけて散《ち》り散《ぢ》りになった。小石《こいし》ほどもあるグロウプの血《ち》の雨《あめ》を浴《あ》びながら、ハリーはハーマイオニーを助《たす》け起《お》こした。木《き》の陰《かげ》に隠《かく》れようと全速力《ぜんそくりょく》で走《はし》り、木陰《こかげ》に入《はい》るなり、二人《ふたり》は振《ふ》り返《かえ》った。グロウプは顔《かお》から血《ち》を流《なが》しながら、闇雲《やみくも》にケンタウルスにつかみかかっていた。ケンタウルスはてんでんばらばらになって退却《たいきゃく》し、平地《へいち》のむこう側《がわ》の木立《こだち》へと疾駆《しっく》していた。ハリーとハーマイオニーは、グロウプがまたしても怒《いか》りにほえ、両脇《りょうわき》の木々《きぎ》をたたき折《お》りながら、ケンタウルスを追《お》って森《もり》に飛《と》び込《こ》んでいくのを見《み》ていた。

「ああ、もう」ハーマイオニーは激《はげ》しい震《ふる》えでひざが抜《ぬ》けてしまっていた。「ああ、怖《こわ》かった。それにグロウプはみな殺《ごろ》しにしてしまうかも」

「そんなこと気《き》にしないな。正直《しょうじき》言《い》って」ハリーが苦々《にがにが》しく言《い》った。

ケンタウルスのかける音《おと》、巨人《きょじん》が闇雲《やみくも》に追《お》う音《おと》が、だんだんかすかになってきた。その音《おと》を聞《き》いているうちに、傷痕《きずあと》がまたしても激《はげ》しくうずいた。恐怖《きょうふ》の波《なみ》がハリーを襲《おそ》った。

あまりにも時間《じかん》をむだにしてしまった——あの光景《こうけい》を見《み》たときより、シリウスを救《すく》い出《だ》すことがいっそう難《むずか》しくなっていた。ハリーは不幸《ふこう》にも杖《つえ》を失《うしな》ってしまったばかりか、禁《きん》じられた森《もり》のど真《ま》ん中《なか》で、いっさいの移動《いどう》の手段《しゅだん》もないまま立《た》ち往生《おうじょう》してしまったのだ。

「名案《めいあん》だったね」

ハーマイオニーに向《む》かって、ハリーは吐《は》き捨《す》てるように言《い》った。せめて怒《いか》りのはけ口《ぐち》が必要《ひつよう》だった。

「まったく名案《めいあん》だったよ。これからどうするんだ？」

「お城《しろ》に帰《かえ》らなくちゃ」ハーマイオニーが消《き》え入《い》るように言《い》った。

「そのころには、シリウスはきっと死《し》んでるよ！」ハリーはかんしゃくを起《お》こして、近《ちか》くの木《き》をけとばした。頭上《ずじょう》でキャッキャッとかん高《だか》い声《こえ》が上《あ》がった。見上《みあ》げると、怒《おこ》ったボウトラックルが一匹《ぴき》、ハリーに向《む》かって小枝《こえだ》のような長《なが》い指《ゆび》を曲《ま》げ伸《の》ばしして威嚇《いかく》していた。

「でも、杖《つえ》がなくては、私《わたし》たち何《なに》もできないわ」

ハーマイオニーはしょんぼりそう言《い》いながら、力《ちから》なく立《た》ち上《あ》がった。

「いずれにしてもハリー、ロンドンまでずうっと、いったいどうやって行《い》くつもりだったの？」

「うん、僕《ぼく》たちもそのことを考《かんが》えてたんだ」

ハーマイオニーの背後《はいご》で聞《き》きなれた声《こえ》がした。

ハリーもハーマイオニーも思《おも》わず寄《よ》り添《そ》い、木立《こだち》を透《す》かしてむこうをうかがった。

ロンが目《め》に入《はい》った。ジニー、ネビル、そしてルーナがそのあとから急《いそ》いでついてくる。全員《ぜんいん》がかなりぼろぼろだった。――ジニーのほおにはいく筋《すじ》も長《なが》い引《ひ》っかき傷《きず》があり、ネビルの右目《みぎめ》の上《うえ》にはたんこぶが紫色《むらさきいろ》にふくれ上《あ》がっていた。ロンの唇《くちびる》は前《まえ》よりもひどく出血《しゅっけつ》している――しかし、全員《ぜんいん》がかなり得意《とくい》げだ。

「それで？」ロンが低《ひく》く垂《た》れた木《き》の枝《えだ》を押《お》しのけ、杖《つえ》をハリーに差《さ》し出《だ》しながら言《い》った。「何《なに》かいい考《かんが》えはあるの」

「どうやって逃《に》げたんだ？」ハリーは杖《つえ》を受《う》け取《と》りながら、驚《おどろ》いて聞《き》いた。

「失神光線《しっしんこうせん》を二、三発《ぱつ》と、武装解除術《ぶそうかいじょじゅつ》。ネビルは『妨害《ぼうがい》の呪《のろ》い』のすごいやつを一発《ぱつ》かましてくれたぜ」ロンは何《なん》でもなさそうに答《こた》えながら、ハーマイオニーにも杖《つえ》を渡《わた》した。「だけど、何《なん》てったって一番《いちばん》はジニーだな。マルフォイをやっつけた――コウモリ鼻糞《はなくそ》の呪《のろ》い――最高《さいこう》だったね。やつの顔《かお》がものすごいビラビラでべったり覆《おお》われちゃってさ。とにかく、君《きみ》たちが森《もり》に向《む》かうのが窓《まど》から見《み》えたから跡《あと》を追《お》ったのさ。アンブリッジはどうしちゃったんだ？」

「連《つ》れていかれた」ハリーが答《こた》えた。「ケンタウルスの群《む》れに」

「それで、ケンタウルスは、あなたたちを放《ほう》って行《い》っちゃったの？」ジニーは度肝《どぎも》を抜《ぬ》かれたように言《い》った。

「ううん。ケンタウルスはグロウプに追《お》われていったのさ」ハリーが言《い》った。

「グロウプって誰《だれ》？」ルーナが興味《きょうみ》を示《しめ》した。

「ハグリッドの弟《おとうと》」ロンが即座《そくざ》に言《い》った。「とにかく、今《いま》、それは置《お》いといて。ハリー、暖炉《だんろ》で何《なに》かわかったかい？『例《れい》のあの人《ひと》』はシリウスを捕《つか》まえたのか？　それとも――」

「そうなんだ」ハリーが答《こた》えたその時《とき》、傷痕《きずあと》がまたチクチク痛《いた》んだ。「だけど、シリウスがまだ生《い》きてるのはたしかだ。ただ、助《たす》けにいこうにも、どうやってあそこに行《い》けるかがわからない」

みんながだまり込《こ》んだ。問題《もんだい》がどうにもならないほど大《おお》き過《す》ぎて、恐《おそ》ろしかった。

「まあ、全員飛《ぜんいんと》んでいくほかないでしょう？」ルーナが言《い》った。ハリーが今《いま》まで聞《き》いたルーナの声《こえ》の中《なか》で、一番沈着冷静《いちばんちんちゃくれいせい》な声《こえ》だった。

「オーケー」ハリーはいらいらしてルーナに食《く》ってかかった。「まず言《い》っとくけど、自分《じぶん》のこともふくめて言《い》ってるつもりなら、全員《ぜんいん》が何《なに》かするわけじゃないんだ。第二《だいに》に、トロールの警備《けいび》がついていない箒《ほうき》は、ロンのだけだ。だから――」

「私《わたし》も箒《ほうき》を持《も》ってるわ！」ジニーが言《い》った。

「ああ、でも、おまえは来《こ》ないんだ」ロンが怒《おこ》ったように言《い》った。

「お言葉《ことば》ですけど、シリウスのことは、私《わたし》もあなたたちと同《おな》じぐらい心配《しんぱい》してるのよ！」

ジニーが歯《は》を食《く》いしばると、急《きゅう》にフレッドとジョージに驚《おどろ》くほどそっくりな顔《かお》になった。

「君《きみ》はまだ――」ハリーが言《い》いかけたが、ジニーは激《はげ》しく言《い》い返《かえ》した。

「私《わたし》、あなたが賢者《けんじゃ》の石《いし》のことで『例《れい》のあの人《ひと》』と戦《たたか》った年《とし》より三歳《さい》も上《うえ》よ。それに、マルフォイがアンブリッジの部屋《へや》で特大《とくだい》の空飛《そらと》ぶ鼻《はな》クソに襲《おそ》われて足止《あしど》めになっているのは、私《わたし》がやったからだわ――」

「それはそうだけど――」

「僕《ぼく》たちDA《ディーエー》はみんな一緒《いっしょ》だったよ」ネビルが静《しず》かに言《い》った。「何《なに》もかも、『例《れい》のあの人《ひと》』と戦《たたか》うためじゃなかったの？　今度《こんど》は、現実《げんじつ》に何《なに》かできる初《はじ》めてのチャンスなんだ――それとも、全部《ぜんぶ》ただのゲームだったの？」

「ちがうよ――もちろん、ちがうさ」ハリーはいらだった。

「それなら、僕《ぼく》たちも行《い》かなきゃ」ネビルが当然《とうぜん》のように言《い》った。「僕《ぼく》たちも手伝《てつだ》いたい」

「そうよ」ルーナがうれしそうにニッコリした。

ハリーはロンと目《め》が合《あ》った。ロンもまったく同《おな》じことを考《かんが》えていることがわかった。ハリー自《じ》身《しん》とロンとハーマイオニーのほかに、シリウス救出《きゅうしゅつ》のために誰《だれ》かDA《ディーエー》のメンバーを選《えら》べるとしたら、ジニー、ネビル、ルーナは選《えら》ばなかったろう。

「まあ、どっちにしろ、それはどうでもいいんだ」ハリーはじれったそうに言《い》った。「だって、どうやってそこに行《い》くのかまだわからないんだし——」

「それは解決済《かいけつず》みだと思《おも》ったけど」ルーナはしゃくにさわる言《い》い方《かた》をした。「全員飛《ぜんいんと》ぶのよ！」

「あのさあ」ロンが怒《いか》りを抑《おさ》えきれずに言《い》った。「君《きみ》は箒《ほうき》なしでも飛《と》べるかもしれないよ。でもほかの僕《ぼく》らは、いつでも羽《はね》を生《は》やせるってわけには——」

「箒《ほうき》のほかにも飛《と》ぶ方法《ほうほう》はあるわ」ルーナが落《お》ち着《つ》きはらって言《い》った。

「カッキー・スノーグルか何《なに》かの背中《せなか》に乗《の》っていくのか？」ロンが問《と》い詰《つ》めた。

「『しわしわ角《づの》スノーカック』は飛《と》べません」ルーナは威厳《いげん》のある声《こえ》で言《い》った。「だけど、あれは飛《と》べるわ。それに、ハグリッドが、あれは乗《の》り手《て》の探《さが》している場所《ばしょ》を見《み》つけるのがとってもうまいって、そう言《い》ってるもん」

ハリーはくるりと振《ふ》り返《かえ》った。二本《ほん》の木《き》の間《あいだ》で白《しろ》い目《め》が気味悪《きみわる》く光《ひか》った。セストラルが二頭《とう》、まるで会話《かいわ》の言葉《ことば》が全部《ぜんぶ》わかっているかのように、ヒソヒソ話《ばなし》のほうを見《み》つめていた。

「そうだ！」ハリーはそうつぶやくと、二頭《とう》に近《ちか》づいた。セストラルは爬虫類《はちゅうるい》のような頭《あたま》を振《ふ》り、長《なが》い黒《くろ》いたてがみを後《うし》ろに揺《ゆ》すり上《あ》げた。ハリーははやる気持《きも》ちで手《て》を伸《の》ばし、一番近《いちばんちか》くの一頭《とう》のつやつやした首《くび》をなでた。こいつらが醜《みにく》いと思《おも》ったことがあるなんて！

「それって、へんてこりんな馬《うま》のこと？」ロンが自信《じしん》なさそうに言《い》いながら、ハリーがなでているセストラルの少《すこ》し左《ひだり》の一点《いってん》を見《み》つめた。「誰《だれ》かが死《し》んだのを見《み》たことがないと見《み》えないってやつ？」

「うん」ハリーが答《こた》えた。

「何頭《なんとう》？」

「二頭《とう》だけ」

「でも、三頭必要《とうひつよう》ね」ハーマイオニーはまだ少《すこ》しショック状態《じょうたい》だったが、覚悟《かくご》を決《き》めたように言《い》った。

「四頭《とう》よ、ハーマイオニー」ジニーがしかめっ面《つら》をした。

「ほんとは全部《ぜんぶ》で六人《にん》いると思《おも》うよ」ルーナが数《かぞ》えながら平然《へいぜん》と言《い》った。

「バカなこと言《い》うなよ。全員《ぜんいん》は行《い》けない！」ハリーが怒《おこ》った。

「いいかい、君《きみ》たち――」ハリーはネビル、ジニー、ルーナを指差《ゆびさ》した。「君《きみ》たちには関係《かんけい》ないんだ。君《きみ》たちは――」

三人《にん》がまたいっせいに、激《はげ》しく抗議《こうぎ》した。ハリーの傷痕《きずあと》がもう一度《いちど》、前《まえ》より強《つよ》くうずいた。一刻《いっこく》も猶予《ゆうよ》はない。議論《ぎろん》している時間《じかん》はない。

「オーケー、いいよ。勝手《かって》にしてくれ」ハリーがぶっきらぼうに言《い》った。「だけど、セストラルがもっと見《み》つからなきゃ、君《きみ》たちは行《い》くことができ――」

「あら、もっと来《く》るわよ」ジニーが自信《じしん》たっぷりに言《い》った。ロンと同《おな》じように、馬《うま》を見《み》ているような気《き》になっているらしいが、とんでもない方向《ほうこう》に目《め》をこらしている。

「なぜそう思《おも》うんだい？」

「だって、気《き》がついてないかもしれないけど、あなたもハーマイオニーも血《ち》だらけよ」ジニーが平然《へいぜん》と言《い》った。「そして、ハグリッドが生肉《なまにく》でセストラルをおびきよせるってことはわかってるわ。そもそもこの二頭《とう》だって、たぶん、それで現《あらわ》れたのよ」

その時《とき》、ハリーはローブが軽《かる》く引《ひ》っ張《ぱ》られるのを感《かん》じて下《した》を見《み》た。一番近《いちばんちか》いセストラルが、グロウプの血《ち》でぬれたそでをなめていた。

「オーケー、それじゃ」すばらしい考《かんが》えがひらめいた。「ロンと僕《ぼく》がこの二頭《とう》に乗《の》って先《さき》に行《い》く。ハーマイオニーはあとの三人《にん》とここに残《のこ》って、もっとセストラルをおびきよせればいい」

「私《わたし》、残《のこ》らないわよ！」ハーマイオニーが憤然《ふんぜん》として言《い》った。

「そんな必要《ひつよう》ないもン」ルーナがニッコリした。「ほら、もっと来《き》たよ……あんたたち二人《ふたり》、きっとものすごく臭《くさ》いんだ……」

ハリーが振《ふ》り向《む》いた。少《すく》なくとも六、七頭《そう》が、なめし革《がわ》のような両翼《りょうよく》をぴったり胴体《どうたい》につけ、暗闇《くらやみ》に目《め》を光《ひか》らせて、木立《こだち》を慎重《しんちょう》にかき分《わ》けながらやってくる。もう言《い》い逃《のが》れはできない。

「しかたがない」ハリーが怒《おこ》ったように言《い》った。

「じゃ、どれでも選《えら》んで、乗《の》ってくれ」

第《だい》34章《しょう》 神秘部《しんぴぶ》

ハリーは一番近《いちばんちか》くのセストラルのたてがみにしっかりと手《て》を巻《ま》きつけ、手近《てぢか》の切《き》り株《かぶ》に足《あし》を乗《の》せて、すべすべした背中《せなか》を不器用《ぶきよう》によじ登《のぼ》った。セストラルはいやがらなかったが、首《くび》を回《まわ》し、牙《きば》をむき出《だ》して、ハリーのローブをもっとなめようとした。

翼《つばさ》のつけ根《ね》にひざを入《い》れると安定感《あんていかん》があることがわかり、ハリーはみんなを振《ふ》り返《かえ》った。ネビルはフウフウ言《い》いながら二番目《ばんめ》のセストラルの背《せ》にはい上《あ》がったところで、今度《こんど》は短《みじか》い足《あし》の片方《かたほう》を背中《せなか》のむこう側《がわ》に回《まわ》してまたがろうとしていた。ルーナはもう横座《よこずわ》りに乗《の》って、毎日《まいにち》やっているかのようななれた手《て》つきでローブをととのえていた。しかし、ロン、ハーマイオニー、ジニーは口《くち》をポカンと開《あ》けて空《くう》を見《み》つめ、その場《ば》にじっと突《つ》っ立《た》ったままだった。

「どうしたんだ?」ハリーが聞《き》いた。

「どうやって乗《の》ればいいんだ?」ロンが消《き》え入《い》るように言《い》った。「乗《の》るものが見《み》えないっていうのに?」

「あら、簡単《かんたん》だよ」ルーナが乗《の》っていたセストラルからいそいそと降《お》りてきて、ロン、ハーマイオニー、ジニーにすたすたと近《ちか》づいた。「こっちだよ……」

ルーナは三人《にん》を、そのあたりに立《た》っているセストラルの所《ところ》へ引《ひ》っ張《ぱ》っていき、一人一人《ひとりひとり》手伝《てつだ》って背中《せなか》に乗《の》せた。ルーナが乗《の》り手《て》の手《て》を馬《うま》のたてがみにからませてやり、しっかりつかむように言《い》うと、三人《にん》ともひどく緊張《きんちょう》しているようだった。それからルーナは自分《じぶん》の馬《うま》の背《せ》に戻《もど》った。

「こんなの、むちゃだよ」空《あ》いている手《て》で恐《おそ》る恐《おそ》る自分《じぶん》の馬《うま》の首《くび》にさわり、上下《じょうげ》に動《うご》かしながら、ロンがつぶやいた。「むちゃだ……見《み》えたらいいんだけどな――」

「見《み》えないままのほうがいいんだよ」ハリーが沈《しず》んだ声《こえ》で言《い》った。

「それじゃ、みんな、準備《じゅんび》はいいね？」

全員《ぜんいん》がうなずき、ハリーには、五組《くみ》のひざにローブの下《した》で力《ちから》が入《はい》るのが見《み》えた。

「オーケー……」

ハリーは自分《じぶん》のセストラルの黒《くろ》いつやつやした後頭部《こうとうぶ》を見下《みお》ろし、ゴクリと生《なま》つばを飲《の》んだ。

「それじゃ、ロンドン、魔法省《まほうしょう》、来訪者入口《らいほうしゃいりぐち》」ハリーは半信半疑《はんしんはんぎ》で言《い》った。「えーと……どこに行《い》くか……わかったらだけど……」

ハリーのセストラルは何《なに》も反応《はんのう》しなかった。そして次《つぎ》の瞬間《しゅんかん》、ハリーが危《あや》うく落馬《らくば》しそうになるほどすばやい動《うご》きで、両翼《りょうよく》がサッと伸《の》びた。馬《うま》はゆっくりとかがみ込《こ》み、それからロケット弾《だん》のように急上昇《きゅうじょうしょう》した。あまりの速《はや》さで急角度《きゅうかくど》に昇《のぼ》ったので、骨《ほね》ばった馬《うま》の尻《しり》からすべり落《お》ちないよう、ハリーは両腕両脚《りょううでりょうあし》でがっちり胴体《どうたい》にしがみつかなければならなかった。ハリーは目《め》を閉《と》じ、絹《きぬ》のような馬《うま》のたてがみに顔《かお》を押《お》しつけた。セストラルは、高《たか》い木々《きぎ》の梢《こずえ》を突《つ》き抜《ぬ》け、血《ち》のように赤《あか》い夕焼《ゆうや》けに向《む》かって飛翔《ひしょう》した。

ハリーは、これまでこんなに高速《こうそく》で移動《いどう》したことはないと思《おも》った。セストラルは広《ひろ》い翼《つばさ》をほとんどはばたかせず、城《しろ》の上《うえ》を一気《いっき》に飛《と》んだ。涼《すず》しい空気《くうき》が顔《かお》を打《う》ち、吹《ふ》きつける風《かぜ》にハリーは目《め》を細《ほそ》めた。振《ふ》り返《かえ》ると、五人《にん》の仲間《なかま》があとから昇《のぼ》ってくるのが見《み》えた。ハリーのセストラルが巻《ま》き起《お》こす後流《こうりゅう》から身《み》を護《まも》るのに、五人《にん》ともそれぞれの馬《うま》の首《くび》にしがみついて、できるだけ低《ひく》く伏《ふ》せている。

ホグワーツの校庭《こうてい》を飛《と》び越《こ》え、ホグズミードを過《す》ぎた。眼下《がんか》に広《ひろ》がる山々《やまやま》や峡谷《きょうこく》が見《み》えた。陽《ひ》がかげりはじめると、通《とお》り過《す》ぎる村々《むらむら》の小《ちい》さな光《ひかり》の集落《しゅうらく》が見《み》えてきた。そして、丘陵《きゅうりょう》地《ち》の曲《ま》がりくねった一本道《いっぽんみち》を、せかせかと家路《いえじ》に急《いそ》ぐ一台《だい》の車《くるま》も……。

「気味《きみ》が悪《わる》いよー！」

ハリーの背後《はいご》でロンが叫《さけ》ぶのがかすかに聞《き》こえた。こんな高《たか》い所《ところ》を、これといって目《め》に見《み》える支《さ》えがないまま猛《もう》スピードで飛《と》ぶのは、変《へん》な気持《きも》ちだろうと、ハリーは思《おも》いやった。

陽《ひ》が落《お》ちた。空《そら》はやわらかな深紫《ふかむらさきいろ》色に変《か》わり、小《ちい》さな銀色《ぎんいろ》の星《ほし》がまき散《ち》らされた。やがて、地上《ちじょう》からどんなに離《はな》れ、どんなに速《はや》く飛《と》んでいるかは、マグルの街灯《まちあか》りでしかわからなくなった。ハリーは自分《じぶん》の馬《うま》の首《くび》に両腕《りょううで》をしっかり巻《ま》きつけ、もっと速《はや》く飛《と》んでほしいと願《ねが》っていた。シリウスが神秘部《しんぴぶ》の床《ゆか》に倒《たお》れているのを目撃《もくげき》してから、どれくらいの時《とき》がたったのだろう？　シリウスは、あとどれほどヴォルデモートに抵抗《ていこう》し続《つづ》けられるだろう？　確実《かくじつ》なのは、ハリーの名付《なづ》け親《おや》が、まだヴォルデモートの望《のぞ》むことをやっていないし、死《し》んでもいないということだけだった。もしそのどちらかが起《お》こっていれば、ヴォルデモートの歓喜《かんき》か激怒《げきど》の感情《かんじょう》がハリー自身《じしん》の体《からだ》をかけめぐり、ウィーズリー氏《し》が襲《おそ》われた夜《よる》と同《おな》じように、傷痕《きずあと》に焼《や》きごてを当《あ》てられたような痛《いた》みが走《はし》るはずだ。

一行《いっこう》は、深《ふか》まる闇《やみ》の中《なか》を飛《と》びに飛《と》んだ。ハリーの顔《かお》は冷《ひ》えてこわばり、脚《あし》はセストラルの胴《どう》をきつく挟《はさ》んでしびれていた。しかし、体位《たいい》を変《か》えることなどとうていできない。すべり落《お》ちてしまう……。耳元《みみもと》でうなるごうごうたる風《かぜ》の音《おと》で、何《なに》も聞《き》こえない。冷《つめ》たい夜風《よかぜ》で口《くち》は渇《かわ》き、凍《こお》りついている。どれほど遠《とお》くまで来《き》たのか、ハリーにはまったく感覚《かんかく》がなかった。ただ、足元《あしもと》の生《い》き物《もの》を信《しん》じるだけだった。セストラルは、目的地《もくてきち》を定《さだ》めたかのように猛《もう》スピードで夜《よる》を貫《つらぬ》き、ほとんどはばたきもせずに先《さき》へ先《さき》へと進《すす》んだ。

もしも、遅過《おそす》ぎたら……。

シリウスはまだ生《い》きている。戦《たたか》っている。僕《ぼく》はそれを感《かん》じている……。

もしも、ヴォルデモートがシリウスは屈服《くっぷく》しないと見切《みき》りをつけたら……。

僕《ぼく》にもわかるはずだ……。

ハリーの胃袋《いぶくろ》がぐらっとした。セストラルの頭《あたま》が、急《きゅう》に地上《ちじょう》を向《む》き、ハリーは馬《うま》の首《くび》に沿《そ》って少《すこ》し前《まえ》にすべった。ついに降《お》りはじめたのだ……背後《はいご》で悲鳴《ひめい》が聞《き》こえたような気《き》がした。ハリーは危《あぶ》なっかしげに身《み》をよじって振《ふ》り返《かえ》ったが、誰《だれ》かが落《お》ちていく様子《ようす》はなかった……たぶん、ハリーが今感《いまかん》じたのと同《おな》じように、方向転換《ほうこうてんかん》で全員《ぜんいん》が衝撃《しょうげき》を受《う》けたのだろう。

前後左右《ぜんごさゆう》の明《あか》るいオレンジ色《いろ》の灯《あか》りがだんだん大《おお》きく丸《まる》くなってきた。全員《ぜんいん》の目《め》に建物《たてもの》の屋根《やね》が見《み》え、光《ひか》る昆虫《こんちゅう》の目《め》のようなヘッドライトの流《なが》れや、四角《しかく》い淡黄色《たんこうしょく》の窓明《まどあ》かりが見《み》えた。出《だ》し抜《ぬ》けに、という感《かん》じで、全員《ぜんいん》が矢《や》のように歩道《ほどう》に突《つ》っ込《こ》んでいった。ハリーは最後《さいご》の力《ちから》を振《ふ》りしぼってセストラルにしがみつき、急《きゅう》な衝撃《しょうげき》に備《そな》えた。しかし、馬《うま》はまるで影法師《かげぼうし》のように、ふわりと暗《くら》い地面《じめん》に着地《ちゃくち》した。ハリーはその背中《せなか》からすべり降《お》り、通《とお》りを見回《みまわ》した。打《う》ち壊《こわ》された電《でん》話《わ》ボックスも、少《すこ》し離《はな》れた所《ところ》にあるごみのあふれた大型《おおがた》ごみ運搬容器《うんぱんようき》も、以前《いぜん》のままだった。どちらも、街灯《がいとう》のギラギラしたオレンジ一色《いっしょく》を浴《あ》び、色彩《しきさい》を失《うしな》っている。

ロンが少《すこ》し離《はな》れた所《ところ》に着地《ちゃくち》し、たちまちセストラルから歩道《ほどう》に転《ころ》げ落《お》ちた。

「懲《こ》りごりだ」

ロンがもそもそ立《た》ち上《あ》がりながら言《い》った。セストラルから大股《おおまた》で離《はな》れるつもりだったらしいが、何《なに》しろ見《み》えないので、その尻《しり》に衝突《しょうとつ》してまた転《ころ》びかけた。

「二度《にど》と、絶対《ぜったい》いやだ……最悪《さいあく》だった――」

ハーマイオニーとジニーがそれぞれロンの両脇《りょうわき》に着地《ちゃくち》して、二人《ふたり》ともロンよりは少《すこ》し優雅《ゆうが》にすべり降《お》りたが、ロンと同《おな》じように、しっかりした地上《ちじょう》に戻《もど》れてホッとした顔《かお》だった。ネビルは震《ふる》えながら飛《と》び降《お》り、ルーナはすっと下馬《げば》した。

「それで、ここからどこ行《い》くの?」

ルーナはまるで楽《たの》しい遠足《えんそく》でもしているように、いちおう行《ゆ》き先《さき》に興味《きょうみ》を持《も》っているような聞《き》き方《かた》をした。

「こっち」

ハリーは感謝《かんしゃ》を込《こ》めてちょっとセストラルをなで、先頭《せんとう》を切《き》って壊《こわ》れた電話《でんわ》ボックスへと急《いそ》ぎ、ドアを開《あ》けた。

「入《はい》れよ。早《はや》く！」

ためらっているみんなを、ハリーはうながした。

ロンとジニーが従順《じゅうじゅん》に入《はい》っていった。ハーマイオニー、ネビル、ルーナはそのあとからぎゅうぎゅう押《お》して入《はい》った。ハリーが入《はい》る前《まえ》に、もう一度《いちど》セストラルをちらりと振《ふ》り返《かえ》ると、ごみ容器《ようき》の中《なか》からくさった食《た》べ物《もの》のくずをあさっていた。ハリーはルーナのあとからボックスに体《からだ》を押《お》し込《こ》んだ。

「受話器《じゅわき》に一番近《いちばんちか》い人《ひと》、ダイヤルして！　六二四四二！」ハリーが言《い》った。

ロンがダイヤルに触《ふ》れようと腕《うで》を奇妙《きみょう》にねじ曲《ま》げながら、数字《すうじ》を回《まわ》した。ダイヤルが元《もと》の位置《いち》に戻《もど》ると、電話《でんわ》ボックスに落《お》ち着《つ》きはらった女性《じょせい》の声《こえ》が響《ひび》いた。

「魔法省《まほうしょう》へようこそ。お名前《なまえ》とご用件《ようけん》をおっしゃってください」

「ハリー・ポッター、ロン・ウィーズリー、ハーマイオニー・グレンジャー」ハリーは早口《はやくち》で言《い》った。「ジニー・ウィーズリー、ネビル・ロングボトム、ルーナ・ラブグッド……ある人《ひと》を助《たす》けにきました。魔法省《まほうしょう》が先《さき》に助《たす》けてくれるなら別《べつ》ですが！」

「ありがとうございます」落《お》ち着《つ》いた女性《じょせい》の声《こえ》が言《い》った。「外来《がいらい》の方《かた》はバッジをお取《と》りになり、ローブの胸《むね》におつけください」

六個《こ》のバッジが、通常《つうじょう》なら釣《つ》り銭《せん》が出《で》てくるコイン返却口《へんきゃくぐち》の受《う》け皿《さら》にすべり出《で》てきた。ハーマイオニーが全部《ぜんぶ》すくい取《と》って、ジニーの頭越《あたまご》しに無言《むごん》でハリーに渡《わた》した。ハリーが一番上《いちばんうえ》のバッジを見《み》た。「ハリー・ポッター　救出任務《きゅうしゅつにんむ》」

「魔法省《まほうしょう》への外来《がいらい》の方《かた》は、杖《つえ》を登録《とうろく》いたしますので、守衛室《しゅえいしつ》にてセキュリティ・チェックを受《う》けてください。守衛室《しゅえいしつ》はアトリウムの一番奥《いちばんおく》にございます」

「わかった！」ハリーが大声《おおごえ》を出《だ》した。傷痕《きずあと》がまたうずいたのだ。「さあ、早《はや》く出発《しゅっぱつ》できませんか？」

電話《でんわ》ボックスの床《ゆか》がガタガタ揺《ゆ》れたと思《おも》うと、ボックスのガラス窓越《まどご》しに歩道《ほどう》がせり上《あ》がりはじめた。ごみあさりをしているセストラルもせり上《あ》がって、姿《すがた》が見《み》えなくなった。頭上《ずじょう》は闇《やみ》にのまれ、一行《いっこう》はガリガリという鈍《にぶ》いきしみ音《おん》とともに魔法省《まほうしょう》のある深《ふか》みへと沈《しず》んでいった。

一筋《ひとすじ》のやわらかい金色《きんいろ》の光《ひかり》が射《さ》し込《こ》み、一行《いっこう》の足元《あしもと》を照《て》らした。光《ひかり》はだんだん広《ひろ》がり、体《からだ》の下《した》から上《うえ》へと登《のぼ》っていった。ハリーはひざを曲《ま》げ、すし詰《づ》め状態《じょうたい》の中《なか》で可能《かのう》なかぎり杖《つえ》をかまえ、アトリウムで誰《だれ》か待《ま》ち伏《ぶ》せしていないかと、ガラス窓越《まどご》しにうかがった。しかし、そこは完全《かんぜん》にからっぽのようだった。照明《しょうめい》は日中《にっちゅう》に来《き》た前回《ぜんかい》のときより薄暗《うすぐら》く、壁沿《かべぞ》いに作《つく》りつけられたいくつものマントルピースの下《した》には火《ひ》の気《け》がなかった。しかし、エレベーターがなめらかに停止《ていし》すると、ハリーは例《れい》の金色《きんいろ》の記号《きごう》が、暗《くら》いブルーの天井《てんじょう》にしなやかにくねり続《つづ》けているのを見《み》た。

「魔法省《まほうしょう》です。本夕《ほんせき》はご来省《らいしょう》ありがとうございます」女性《じょせい》の声《こえ》が言《い》った。

電話《でんわ》ボックスのドアがパッと開《ひら》いた。ハリーがボックスから転《ころ》がり出《で》た。ネビルとルーナがそれに続《つづ》いた。アトリウムには、黄金《おうごん》の噴水《ふんすい》が絶《た》え間《ま》なく噴《ふ》き上《あ》げる水音《みずおと》しかない。魔法使《まほうつか》いと魔《ま》女《じょ》の杖《つえ》、ケンタウルスの矢尻《やじり》、小鬼《ゴブリン》の帽子《ぼうし》の先《さき》、しもべ妖精《ようせい》の両耳《りょうみみ》から、間断《かんだん》なく水《みず》が噴《ふ》き上《あ》げ、周《まわ》りの水盆《すいぼん》に落《お》ちていた。

「こっちだ」ハリーが小声《こごえ》で言《い》った。六人《にん》はホールをかけ抜《ぬ》けた。ハリーは先頭《せんとう》に立《た》って噴水《ふんすい》を通《とお》り過《す》ぎ、守衛室《しゅえいしつ》に向《む》かった。ハリーの杖《つえ》を計量《けいりょう》したガード魔《マ》ンが座《すわ》っていたデスクだが、今《いま》は誰《だれ》もいない。

ハリーは必《かなら》ず守衛《しゅえい》がいるはずだと思《おも》っていた。いないということは不吉《ふきつ》なしるしにちがいないと思《おも》った。エレベーターに向《む》かう金色《きんいろ》の門《もん》をくぐりながら、ハリーはますますいやな予感《よかん》をつのらせた。ハリーは一番近《いちばんちか》くの「▼」のボタンを押《お》した。エレベーターがほとんどすぐにガタゴトと現《あらわ》れ、金《きん》の格子扉《こうしとびら》がガチャガチャ大《おお》きな音《おと》を響《ひび》かせて横《よこ》に開《ひら》いた。みんなが飛《と》び乗《の》った。ハリーが「9」を押《お》すと、扉《とびら》がガチャンと閉《し》まり、エレベーターがジャラジャラ、ガラガラ降《お》りだした。ウィーズリーおじさんと来《き》た日《ひ》には、エレベーターがこんなにうるさいことにハリーは気《き》づかなかった。こんな騒音《そうおん》なら、建物《たてもの》の中《なか》にいるガード魔《マ》ンが一人残《ひとりのこ》らず気《き》づくだろうと思《おも》った。しかし、エレベーターが止《と》まると、落《お》ち着《つ》きはらった女性《じょせい》の声《こえ》が告《つ》げた。

「神秘部《しんぴぶ》です」

格子扉《こうしとびら》が横《よこ》に開《ひら》いた。廊下《ろうか》に出《で》ると、何《なん》の気配《けはい》もなかった。動《うご》くものは、エレベーターからの一陣《いちじん》の風《かぜ》でゆらめく手近《てぢか》の松明《たいまつ》しかない。

ハリーは取《と》っ手《て》のない黒《くろ》い扉《とびら》に向《む》かった。何《なん》か月《げつ》も夢《ゆめ》に見《み》たその場所《ばしょ》に、ハリーはついにやってきた。

「行《い》こう」そうささやくと、ハリーは先頭《せんとう》に立《た》って廊下《ろうか》を歩《ある》いた。ルーナがすぐ後《うし》ろで、口《くち》を少《すこ》し開《あ》け、周《まわ》りを見回《みまわ》しながらついてきた。

「オーケー、いいか」ハリーは扉《とびら》の二メートルほど手前《てまえ》で立《た》ち止《ど》まった。「どうだろう……何人《なんにん》かはここに残《のこ》って——見張《みは》りとして、それで——」

「それで、何《なに》かが来《き》たら、どうやって知《し》らせるの？」ジニーが眉《まゆ》を吊《つ》り上《あ》げた。「あなたはずーっと遠《とお》くかもしれないのに」

「みんな君《きみ》と一緒《いっしょ》に行《い》くよ、ハリー」ネビルが言《い》った。

「よし、そうしよう」ロンがきっぱりと言《い》った。

ハリーは、やはりみんなを連《つ》れていきたくはなかった。しかし、それしか方法《ほうほう》はなさそうだった。ハリーは扉《とびら》のほうを向《む》き、歩《ある》きだした……夢《ゆめ》と同《おな》じように、扉《とびら》がパッと開《ひら》き、ハリーは前進《ぜんしん》した。みんながあとに続《つづ》いて扉《とびら》を抜《ぬ》けた。

そこは大《おお》きな円形《えんけい》の部屋《へや》だった。床《ゆか》も天井《てんじょう》も、何《なに》もかもが黒《くろ》かった。何《なん》の印《しるし》もない、まったく同一《どういつ》の取《と》っ手《て》のない黒《くろ》い扉《とびら》が、黒《くろ》い壁一面《かべいちめん》に間隔《かんかく》を置《お》いて並《なら》んでいる。壁《かべ》のところどころにろうそく立《た》てがあり、青《あお》い炎《ほのお》が燃《も》えていた。光《ひか》る大理石《だいりせき》の床《ゆか》に、冷《つめ》たい炎《ほのお》がチラチラと映《うつ》るさまは、まるで足元《あしもと》に暗《くら》い水《みず》があるようだった。

「誰《だれ》か扉《とびら》を閉《し》めてくれ」ハリーが低《ひく》い声《こえ》で言《い》った。

ネビルが命令《めいれい》に従《したが》ったとたん、ハリーは後悔《こうかい》した。背後《はいご》の廊下《ろうか》から細長《ほそなが》く射《さ》し込《こ》んでいた松明《たいまつ》の灯《あか》りがなくなると、この部屋《へや》はほんとうに暗《くら》く、しばらくの間《あいだ》、壁《かべ》にゆらめく青《あお》い炎《ほのお》と、それが床《ゆか》に映《うつ》る幽霊《ゆうれい》のような姿《すがた》しか見《み》えなかった。

夢《ゆめ》の中《なか》では、ハリーはいつも、入口《いりぐち》の扉《とびら》と正反対《せいはんたい》にある扉《とびら》を目指《めざ》して部屋《へや》を横切《よこぎ》り、そのまま前進《ぜんしん》した。しかし、ここには一ダースほどの扉《とびら》がある。自分《じぶん》の正面《しょうめん》にあるいくつかの扉《とびら》を見《み》つめ、どの扉《とびら》がそれなのかを見定《みさだ》めようとしていたその時《とき》、ゴロゴロと大《おお》きな音《おと》がして、ろうそくが横《よこ》に動《うご》きはじめた。円形《えんけい》の部屋《へや》が回《まわ》りだしたのだ。

ハーマイオニーは、床《ゆか》も動《うご》くのではと恐《おそ》れたかのように、ハリーの腕《うで》をしっかりつかんだ。しかし、そうはならなかった。数秒間《すうびょうかん》、壁《かべ》が急速《きゅうそく》に回転《かいてん》する間《あいだ》、青《あお》い炎《ほのお》がネオン灯《とう》のように筋状《すじじょう》にぼやけた。それから、回転《かいてん》を始《はじ》めたときと同《おな》じように突然音《とつぜんおと》が止《と》まり、すべてが再《ふたた》び動《うご》かなくなった。

ハリーの目《め》には青《あお》い筋《すじ》が焼《や》きつき、ほかには何《なに》も見《み》えなかった。

「あれは何《なん》だったんだ？」ロンがこわごわささやいた。

「どの扉《とびら》から入《はい》ってきたのかわからなくするためだと思《おも》うわ」ジニーが声《こえ》をひそめて言《い》った。

そのとおりだと、ハリーにもすぐにわかった。出口《でぐち》の扉《とびら》を見分《みわ》けるのは、真《ま》っ黒《くろ》な床《ゆか》の上《うえ》でアリを見《み》つけるようなものだ。その上《うえ》、周囲《しゅうい》の十二の扉《とびら》のどれもが、これから前進《ぜんしん》する扉《とびら》である可《か》能性《のうせい》がある。

「どうやって戻《もど》るの？」ネビルが不安《ふあん》そうに聞《き》いた。

「いや、今《いま》はそんなこと問題《もんだい》じゃない」青《あお》い筋《すじ》の残像《ざんぞう》を消《け》そうと目《め》を瞬《しばたた》き、杖《つえ》をいっそう強《つよ》く握《にぎ》りしめながら、ハリーが力《りき》んだ。

「シリウスを見《み》つけるまでは出《で》ていく必要《ひつよう》がないんだから――」

「でも、シリウスの名前《なまえ》を呼《よ》んだりしないで！」

ハーマイオニーが緊迫《きんぱく》した声《こえ》で言《い》った。しかし、そんな忠告《ちゅうこく》は、今《いま》のハリーにはまったく必要《ひつよう》がなかった。できるだけ静《しず》かにすべきだと本能的《ほんのうてき》にわかっていた。

「それじゃ、ハリー、どっちに行《い》くんだ？」ロンが聞《き》いた。

「わからな――」ハリーは言《い》いかけた言葉《ことば》をのみ込《こ》んだ。「夢《ゆめ》では、エレベーターを降《お》りた所《ところ》の廊下《ろうか》の奥《おく》にある扉《とびら》を通《とお》って、暗《くら》い部屋《へや》に入《はい》った――この部屋《へや》だ――それからもう一つの扉《とびら》を通《とお》って入《はい》った部屋《へや》は、何《なん》だか……キラキラ光《ひか》って……。どれか試《ため》してみよう」ハリーは急《いそ》いで言《い》った。「正《ただ》しい方向《ほうこう》かどうか、見《み》ればわかる。さあ」

ハリーは今自分《いまじぶん》の正面《しょうめん》にある扉《とびら》へとまっすぐ進《すす》んだ。みんながそのすぐあとに続《つづ》いた。ハリーは左手《ひだりて》で冷《つめ》たく光《ひか》る扉《とびら》の表面《ひょうめん》に触《ふ》れ、開《ひら》いたらすぐに攻撃《こうげき》できるように杖《つえ》をかまえて扉《とびら》を押《お》した。簡単《かんたん》にパッと開《ひら》いた。

最初《さいしょ》の部屋《へや》が暗《くら》かったせいで、天井《てんじょう》から金《きん》の鎖《くさり》でぶら下《さ》がっているいくつかのランプが、この細長《ほそなが》い長方形《ちょうほうけい》の部屋《へや》をずっと明《あか》るい印象《いんしょう》にしている。しかし、ハリーが夢《ゆめ》で見《み》た、キラキラとゆらめく灯《あか》りはなかった。この場所《ばしょ》はがらんとしている。机《つくえ》が数卓《すうたく》と、部屋《へや》の中央《ちゅうおう》に巨大《きょだい》なガラスの水槽《すいそう》があるだけだ。全員《ぜんいん》が泳《およ》げそうな大《おお》きな水槽《すいそう》は、濃《こ》い緑色《みどりいろ》の液体《えきたい》で満《み》たされ、その中《なか》に、半透明《はんとうめい》の白《しろ》いものがいくつも物《もの》うげに漂《ただよ》っていた。

「これ、何《なん》だい？」ロンがささやいた。

「さあ」ハリーが言《い》った。

「魚《さかな》？」ジニーが声《こえ》をひそめた。

「アクアビリウス・マゴット、水蛆虫《みずうじむし》だ！」ルーナが興奮《こうふん》した。「パパが言《い》ってた。魔法省《まほうしょう》で繁《はん》殖《しょく》してるって――」

「ちがうわ」ハーマイオニーが気味悪《きみわる》そうに言《い》いながら、水槽《すいそう》に近《ちか》づいて横《よこ》からのぞき込《こ》んだ。

「脳《のう》みそよ」

「脳《のう》みそ？」

「そう……いったい魔法省《まほうしょう》は何《なん》のために？」

ハリーも水槽《すいそう》に近《ちか》づいた。ほんとうだ。近《ちか》くで見《み》るとまちがいない。不気味《ぶきみ》に光《ひか》りながら、脳《のう》みそは緑《みどり》の液体《えきたい》の深《ふか》みで、まるでぬめぬめしたカリフラワーのように、ゆらゆらと見《み》え隠《かく》れしていた。

「出《で》よう」ハリーが言《い》った。「ここじゃない。別《べつ》のを試《ため》さなきゃ」

「この部屋《へや》にも扉《とびら》があるよ」ロンが周《まわ》りの壁《かべ》を指《さ》した。ハリーはがっくりした。いったいこの場《ば》所《しょ》はどこまで広《ひろ》いんだ？

「夢《ゆめ》では、暗《くら》い部屋《へや》を通《とお》って次《つぎ》の部屋《へや》に行《い》った」ハリーが言《い》った。「あそこに戻《もど》って試《ため》すべきだと思《おも》う」

そこで全員《ぜんいん》が急《いそ》いで暗《くら》い円形《えんけい》の部屋《へや》に戻《もど》った。ハリーの目《め》に、今度《こんど》は青《あお》いろうそくの炎《ほのお》ではなく、脳《のう》みそが幽霊《ゆうれい》のように泳《およ》いでいた。

「待《ま》って！」

ルーナが脳《のう》みその部屋《へや》を出《で》て扉《とびら》を閉《し》めようとしたとき、ハーマイオニーが鋭《するど》く言《い》った。

「フラグレート！　焼《や》き印《いん》！」

ハーマイオニーが空中《くうちゅう》に×印《じるし》を描《えが》くと、扉《とびら》に燃《も》えるように赤《あか》い「×」がしるされた。扉《とびら》がカチリと閉《し》まるや否《いな》や、ゴロゴロと大《おお》きな音《おと》がして、またしても壁《かべ》が急回転《きゅうかいてん》しはじめた。しかし今度《こんど》は、薄青《うすあお》い中《なか》に大《おお》きく赤《あか》と金色《きんいろ》がぼやけて見《み》えた。再《ふたた》び動《うご》かなくなったとき、燃《も》えるような「×」は焼《や》き印《いん》されたままで、もう試《ため》し済《ず》みの扉《とびら》であることを示《しめ》していた。

「いい考《かんが》えだよ」ハリーが言《い》った。「オーケー、今度《こんど》はこれだ――」

ハリーは今度《こんど》も真正面《ましょうめん》の扉《とびら》に向《む》かい、杖《つえ》をかまえたままで扉《とびら》を押《お》し開《あ》けた。みんながすぐあとに続《つづ》いた。

今度《こんど》の部屋《へや》は前《まえ》のより広《ひろ》く、薄暗《うすぐら》い照明《しょうめい》の長方形《ちょうほうけい》の部屋《へや》だった。中央《ちゅうおう》がくぼんで、六、七メートルの深《ふか》さの大《おお》きな石坑《せっこう》になっている。穴《あな》の中心《ちゅうしん》に向《む》かって急《きゅう》な石段《いしだん》が刻《きざ》まれ、ハリーたちが立《た》っているのはその一番上《いちばんうえ》の段《だん》だった。部屋《へや》をぐるりと囲《かこ》む階段《かいだん》が、石《いし》のベンチのように見《み》える。円形劇場《えんけいげきじょう》か、ハリーが裁判《さいばん》を受《う》けた最高裁《さいこうさい》のウィゼンガモット法廷《ほうてい》のようなつくりだ。ただし、中央《ちゅうおう》には、鎖《くさり》のついた椅子《いす》ではなく石《いし》の台座《だいざ》が置《お》かれ、その上《うえ》に石《いし》のアーチが立《た》っていた。アーチは相当古《そうとうふる》く、ひびが入《はい》りぼろぼろで、まだ立《た》っていることだけでもハリーにとっては驚《おどろ》きだった。周《まわ》りに支《ささ》える壁《かべ》もなく、アーチには、すり切《き》れたカーテンかベールのような黒《くろ》い物《もの》がかかっていた。周囲《しゅうい》の冷《つめ》たい空気《くうき》は完全《かんぜん》に静止《せいし》しているのに、その黒《くろ》い物《もの》は、たった今誰《いまだれ》かが触《ふ》れたようにかすかに波打《なみう》っている。

「誰《だれ》かいるのか？」

ハリーは一段下《だんした》のベンチに飛《と》び降《お》りながら声《こえ》をかけた。答《こた》える声《こえ》はなかったが、ベールは相変《あいか》わらずはためき、揺《ゆ》れていた。

「用心《ようじん》して！」ハーマイオニーがささやいた。

ハリーは一段《いちだん》また一段《いちだん》と急《いそ》いで石《いし》のベンチを下《お》り、くぼんだ石坑《せっこう》の底《そこ》に着《つ》いた。台座《だいざ》にゆっくりと近《ちか》づいていくハリーの足音《あしおと》が大《おお》きく響《ひび》いた。とがったアーチは、今立《いまた》っている所《ところ》から見《み》るほうが、上《うえ》から見下《みお》ろしていたときよりずっと高《たか》く見《み》えた。ベールは、今《いま》しがた誰《だれ》かがそこを通《とお》ったかのように、まだゆっくりと揺《ゆ》れていた。

「シリウス？」ハリーはまた声《こえ》をかけたが、さっきより近《ちか》くからなので、低《ひく》い声《こえ》で呼《よ》んだ。アーチの裏側《うらがわ》のベールの陰《かげ》に誰《だれ》かが立《た》っているような、奇妙《きみょう》な感《かん》じがする。杖《つえ》をしっかりつかみ、ハリーは台座《だいざ》をじりじりと回《まわ》り込《こ》んだ。しかし、裏側《うらがわ》には誰《だれ》もいない。すり切《き》れた黒《くろ》いベールの裏側《うらがわ》が見《み》えるだけだった。

「行《い》きましょう」石段《いしだん》の中腹《ちゅうふく》からハーマイオニーが呼《よ》んだ。「何《なん》だか変《へん》だわ。ハリー、さあ、行《い》きましょう」

ハーマイオニーの声《こえ》は、脳《のう》みそが泳《およ》いでいた部屋《へや》のときよりずっとおびえていた。しかし、ハリーは、どんなに古《ふる》ぼけていても、アーチがどこか美《うつく》しいと思《おも》った。ゆっくり波打《なみう》つベールがハリーをひきつけた。台座《だいざ》に上《あ》がってアーチをくぐりたいという強《つよ》い衝動《しょうどう》にかられた。

「ハリー、行《い》きましょうよ。ね？」ハーマイオニーがより強《つよ》くうながした。

「うん」

しかしハリーは動《うご》かなかった。たった今《いま》、何《なに》か聞《き》こえた。ベールの裏側《うらがわ》から、かすかにささやく声《こえ》、ブツブツ言《い》う声《こえ》が聞《き》こえる。

「何《なに》を話《はな》してるんだ？」ハリーは大声《おおごえ》で言《い》った。声《こえ》が石《いし》のベンチの隅々《すみずみ》に響《ひび》いた。

「誰《だれ》も話《はなし》なんかしてないわ、ハリー！」ハーマイオニーが今度《こんど》はハリーに近《ちか》づきながら言《い》った。「この陰《かげ》で誰《だれ》かがヒソヒソ話《はな》してる」ハリーはハーマイオニーの手《て》が届《とど》かない所《ところ》に移動《いどう》し、ベールをにらみ続《つづ》けた。「ロン、君《きみ》か？」

「僕《ぼく》はここだぜ、おい」ロンがアーチの脇《わき》から現《あらわ》れた。

「誰《だれ》かほかに、これが聞《き》こえないの？」ハリーが問《と》い詰《つ》めた。ヒソヒソ、ブツブツが、だんだん大《おお》きくなってきたからだ。ハリーは思《おも》わず台座《だいざ》に足《あし》をかけていた。

「あたしにも聞《き》こえるよ」

アーチの脇《わき》から現《あらわ》れ、揺《ゆ》れるベールを見《み》つめながら、ルーナが息《いき》をひそめた。

「『あそこ』に人《ひと》がいるんだ」

「『あそこ』ってどういう意味《いみ》？」ハーマイオニーが、一番下《いちばんした》の石段《いしだん》から飛《と》び降《お》り、こんな場面《ばめん》に不釣《ふつ》り合《あ》いなほど怒《おこ》った声《こえ》で詰問《きつもん》した。「『あそこ』なんて場所《ばしょ》はないわ。ただのアーチよ。誰《だれ》かがいるような場所《ばしょ》なんてないわ。ハリー、やめて。戻《もど》ってきて――」

ハーマイオニーはハリーの腕《うで》をつかんで引《ひ》っ張《ぱ》った。ハリーは抵抗《ていこう》した。

「ハリー、私《わたし》たち、何《なん》のためにここに来《き》たの？　シリウスよ！」ハーマイオニーがかん高《だか》い、緊張《きんちょう》した声《こえ》で言《い》った。

「シリウス」ハリーは揺《ゆ》れ続《つづ》けるベールを、催眠術《さいみんじゅつ》にかかったように、まだじっと見《み》つめながらくり返《かえ》した。「うん……」

頭《あたま》の中《なか》で、やっと何《なに》かが元《もと》に戻《もど》った。シリウス、捕《と》らわれ、縛《しば》られて拷問《ごうもん》されている。それなのにハリーはアーチを見《み》つめている。

ハリーは台座《だいざ》から数歩《すうほ》下《さ》がり、ベールから無理《むり》やり目《め》を背《そむ》けた。

「行《い》こう」ハリーが言《い》った。

「私《わたし》、さっきからそうしようって――さあ、それじゃ行《い》きましょう！」

ハーマイオニーが台座《だいざ》を回《まわ》り込《こ》んで、戻《もど》り道《みち》の先頭《せんとう》に立《た》った。台座《だいざ》の裏側《うらがわ》で、ジニーとネビルが、どうやら恍惚状態《こうこつじょうたい》でベールを見《み》つめていた。ハーマイオニーは無言《むごん》でジニーの腕《うで》をつかみ、ロンはネビルの腕《うで》をつかんで、二人《ふたり》をしっかりと一番下《いちばんした》の石段《いしだん》まで歩《ある》かせた。全員《ぜんいん》が石段《いしだん》をはい登《のぼ》り、扉《とびら》まで戻《もど》った。

「あのアーチは何《なん》だったと思《おも》う？」暗《くら》い円形《えんけい》の部屋《へや》まで戻《もど》ったとき、ハリーがハーマイオニーに聞《き》いた。

「わからないけど、いずれにせよ、危険《きけん》だったわ」ハーマイオニーがまた燃《も》える「×」をしっかり扉《とびら》にしるしながら言《い》った。

またしても壁《かべ》が回転《かいてん》し、そしてまた静《しず》かになった。ハリーは適当《てきとう》な扉《とびら》に近《ちか》づき、押《お》した。動《うご》かなかった。

「どうしたの？」ハーマイオニーが聞《き》いた。

「これ……鍵《かぎ》がかかってる……」ハリーが体《からだ》ごとぶつかりながら言《い》った。扉《とびら》はびくともしない。

「それじゃ、これがそうなんじゃないか？」ロンが興奮《こうふん》し、ハリーと一緒《いっしょ》に扉《とびら》を押《お》し開《あ》けようとした。「きっとそうだ！」

「どいて！」

ハーマイオニーが鋭《するど》くそう言《い》うと、通常《つうじょう》の扉《とびら》の鍵《かぎ》の位置《いち》に杖《つえ》を向《む》けて唱《とな》えた。

「アロホモラ！」

何事《なにごと》も起《お》こらない。

「シリウスのナイフだ！」

ハリーはローブの内側《うちがわ》からナイフを引《ひ》っ張《ぱ》り出《だ》し、扉《とびら》と壁《かべ》の間《あいだ》に差《さ》し込《こ》んだ。ハリーがナイフをてっぺんから一番下《いちばんした》まで走《はし》らせ、取《と》り出《だ》し、もう一度《いちど》肩《かた》で扉《とびら》にぶつかるのを、みんなが息《いき》を殺《ころ》して見守《みまも》った。扉《とびら》は相変《あいか》わらず固《かた》く閉《し》まったままだった。その上《うえ》、ハリーがナイフを見《み》ると、刃《は》が溶《と》けていた。

「いいわ。この部屋《へや》は放《ほう》っておきましょう」ハーマイオニーが決然《けつぜん》と言《い》った。

「でも、もしここだったら？」ロンが不安《ふあん》と望《のぞ》みが入《い》りまじった目《め》で扉《とびら》を見《み》つめながら言《い》った。

「そんなはずないわ。ハリーは夢《ゆめ》で全部《ぜんぶ》の扉《とびら》を通《とお》り抜《ぬ》けられたんですもの」

ハーマイオニーはまた燃《も》える「×」をつけ、ハリーは役《やく》に立《た》たなくなったシリウスのナイフの柄《え》をポケットに戻《もど》した。

「あの部屋《へや》に入《はい》ってたかもしれないもの、何《なん》だかわかる？」壁《かべ》がまた回転《かいてん》しはじめたとき、ルーナが熱《ねっ》つぽく言《い》った。

「どうせまた、ブリバリング何《なん》とかでしょうよ」ハーマイオニーがこっそり言《い》った。ネビルが怖《こわ》さを隠《かく》すように小《ちい》さく笑《わら》った。

壁《かべ》がスーッと止《と》まり、ハリーはだんだん絶望的《ぜつぼうてき》になりながら、次《つぎ》の扉《とびら》を押《お》した。

「ここだ！」

美《うつく》しい、ダイヤのきらめくような照明《しょうめい》が踊《おど》っていることで、ハリーにはすぐここだとわかった。まぶしい光《ひかり》に目《め》がなれてくると、ハリーはありとあらゆる所《ところ》で時計《とけい》がきらめいているのを見《み》た。大小《だいしょう》さまざまな時計《とけい》、床置《ゆかお》き時計《どけい》、かけ時計《どけい》などが、部屋全体《へやぜんたい》に並《なら》んだ本棚《ほんだな》の間《あいだ》にかけてあったり、机《つくえ》に置《お》いてあったり、絶《た》え間《ま》なく忙《せわ》しくチクタクと、まるで何千人《なんにん》の小《ちい》さな足《あし》が行進《こうしん》しているような音《おと》を立《た》てていた。踊《おど》るようなダイヤのきらめきは、部屋《へや》の奥《おく》にそびえ立《た》つ釣《つ》り鐘形《かねがた》のクリスタルから出《で》る光《ひかり》だった。

「こっちだ！」

正《ただ》しい方向《ほうこう》が見《み》つかったという思《おも》いで、ハリーの心臓《しんぞう》は激《はげ》しく脈打《みゃくう》っていた。ハリーは先頭《せんとう》に立《た》ち、何列《なんれつ》も並《なら》んだ机《つくえ》の間《あいだ》の狭《せま》い空間《くうかん》を、夢《ゆめ》で見《み》たと同《おな》じように光《ひかり》の源《みなもと》に向《む》かって進《すす》んだ。ハリーの背丈《せたけ》ほどもあるクリスタルの釣《つ》り鐘《がね》は、机《つくえ》の上《うえ》に置《お》かれ、中《なか》にはキラキラした風《かぜ》が渦巻《うずま》いているようだった。

「まあ、見《み》て！」全員《ぜんいん》がそのそばまで来《き》たとき、ジニーが釣《つ》り鐘《がね》の中心《ちゅうしん》を指差《ゆびさ》した。

宝石《ほうせき》のようにまばゆい卵《たまご》が、キラキラする渦《うず》に漂《ただよ》っていた。釣《つ》り鐘《がね》の中《なか》で卵《たまご》が上昇《じょうしょう》すると、割《わ》れて一羽《わ》のハチドリが現《あらわ》れ、釣《つ》り鐘《がね》の一番上《いちばんうえ》まで運《はこ》ばれていった。しかし、風《かぜ》にあおられて落《お》ちていくと、ハチドリの羽《はね》はぬれてくしゃくしゃになり、釣《つ》り鐘《がね》の底《そこ》まで運《はこ》ばれて再《ふたた》び卵《たまご》に閉《と》じ込《こ》められた。

「立《た》ち止《ど》まらないで！」ハリーが鋭《するど》く言《い》った。ジニーが立《た》ち止《ど》まって、卵《たまご》がまた鳥《とり》になる様子《ようす》を見《み》たいというそぶりを見《み》せたからだ。

「あなただって、あの古《ふる》ぼけたアーチでずいぶん時間《じかん》をむだにしたわ！」ジニーは不機嫌《ふきげん》な声《こえ》を出《だ》したが、ハリーについて釣《つ》り鐘《がね》を通《とお》り過《す》ぎ、その裏《うら》にある唯一《ゆいいつ》の扉《とびら》へと進《すす》んだ。

「これだ」

心臓《しんぞう》の鼓動《こどう》があまりにも激《はげ》しく早《はや》くなり、ハリーは言葉《ことば》がさえぎられてしまうのではないかと思《おも》った。

「ここを通《とお》るんだ――」

ハリーは振《ふ》り向《む》いて全員《ぜんいん》を見回《みまわ》した。みんな杖《つえ》をかまえ、急《きゅう》に真剣《しんけん》で不安《ふあん》な表情《ひょうじょう》になった。ハリーは扉《とびら》に向《む》きなおり、押《お》した。扉《とびら》がパッと開《ひら》いた。

「そこ」に着《つ》いた。その場所《ばしょ》を見《み》つけた。教会《きょうかい》のように高《たか》く、ぎっしりとそびえ立《た》つ棚《たな》以外《いがい》には何《なに》もない。棚《たな》には小《ちい》さなほこりっぽいガラスの球《たま》がびっしりと置《お》かれている。棚《たな》に沿《そ》って間隔《かんかく》を置《お》いて取《と》りつけられた燭台《しょくだい》の灯《あか》りで、ガラス球《たま》は鈍《にぶ》い光《ひかり》を放《はな》っていた。さっき通《とお》ってきた円形《えんけい》の部屋《へや》と同《おな》じように、ろうそくは青《あお》く燃《も》えている。部屋《へや》はとても寒《さむ》かった。

ハリーはじわじわと前《まえ》に進《すす》み、棚《たな》の間《あいだ》の薄暗《うすぐら》い通路《つうろ》の一つをのぞいた。何《なに》も聞《き》こえず、何《なに》一つ動《うご》く気配《けはい》もない。

「九十七列目《れつめ》の棚《たな》だって言《い》ってたわ」ハーマイオニーがささやいた。

「ああ」ハリーが一番近《いちばんちか》くの棚《たな》の端《はし》を見上《みあ》げながら、息《いき》を殺《ころ》して言《い》った。青《あお》く燃《も》えるろうそくをのせた腕木《うでぎ》がそこから突《つ》き出《だ》し、その下《した》に、ぼんやりと銀色《ぎんいろ》の数字《すうじ》が見《み》えた。「53」

「右《みぎ》に行《い》くんだと思《おも》うわ」ハーマイオニーが目《め》を細《ほそ》めて次《つぎ》の列《れつ》を見《み》ながらささやいた。「そう……こっちが五十四よ……」

「杖《つえ》をかまえたままにして」ハリーが低《ひく》い声《こえ》で言《い》った。

えんえんと延《の》びる棚《たな》の通路《つうろ》を、ときどき振《ふ》り返《かえ》りながら、全員《ぜんいん》が忍《しの》び足《あし》で前進《ぜんしん》した。通路《つうろ》の先《さき》の先《さき》は、ほとんど真《ま》っ暗《くら》だ。ガラス球《だま》の下《した》の棚《たな》に一つ一つ、黄色《きいろ》く退色《たいしょく》した小《ちい》さなラベルが貼《は》りつけられている。気味《きみ》の悪《わる》い液体《えきたい》が光《ひか》っている球《たま》もあれば、切《き》れた電球《でんきゅう》のように暗《くら》く鈍《にぶ》い色《いろ》をしている球《たま》もある。

八十四番目《ばんめ》の列《れつ》を過《す》ぎた……八十五……わずかの物音《ものおと》でも聞《き》き逃《のが》すまいと、ハリーは耳《みみ》をそばだてた。シリウスは今《いま》、さるぐつわをかまされているのか、気《き》を失《うしな》っているのか……それとも──頭《あたま》の中《なか》で勝手《かって》に声《こえ》がした──もう死《し》んでしまったのかも……。

それなら感《かん》じたはずだ、とハリーは自分《じぶん》に言《い》い聞《き》かせた。心臓《しんぞう》がのどぼとけを打《う》っている。その場合《ばあい》は、僕《ぼく》にはわかるはずだ……。

「九十七よ！」ハーマイオニーがささやいた。

全員《ぜんいん》がその列《れつ》の端《はし》に固《かた》まって立《た》ち、棚《たな》の脇《わき》の通路《つうろ》を見《み》つめた。そこには誰《だれ》もいなかった。

「シリウスは一番奥《いちばんおく》にいるんだ」ハリーは口《くち》の中《なか》が少《すこ》し乾《かわ》いていた。「ここからじゃ、ちゃんと見《み》えない」

そしてハリーは、両側《りょうがわ》にそそり立《た》つようなガラス球《だま》の列《れつ》の間《あいだ》を、みんなを連《つ》れて進《すす》んだ。通《とお》り過《す》ぎるとき、ガラス球《だま》のいくつかがやわらかい光《ひかり》を放《はな》った……。

「このすぐ近《ちか》くにちがいない」一歩《いっぽ》進《すす》むごとに、ずたずたになったシリウスの姿《すがた》が、今《いま》にも暗《くら》い床《ゆか》の上《うえ》に見《み》えてくるにちがいないと信《しん》じきって、ハリーがささやいた。「もうこのへんだ……とっても近《ちか》い……」

「ハリー?」ハーマイオニーがおずおずと声《こえ》をかけたが、ハリーは答《こた》えたくなかった。口《くち》がカラカラだった。

「どこか……このあたり……」ハリーが言《い》った。

全員《ぜんいん》がその列《れつ》の反対側《はんたいがわ》の端《はし》に着《つ》き、そこを出《で》るとまたしても薄暗《うすぐら》いろうそくの灯《あか》りだった。誰《だれ》もいない。ほこりっぽい静寂《せいじゃく》がこだまするばかりだった。

「シリウスはもしかしたら……」ハリーはかすれ声《ごえ》でそう言《い》うと、隣《となり》の列《れつ》の通路《つうろ》をのぞいた。

「いや、もしかしたら……」ハリーは急《いそ》いで、そのまた一つ先《さき》の列《れつ》を見《み》た。

「ハリー?」ハーマイオニーがまた声《こえ》をかけた。

「何《なん》だ？」ハリーがうなるように言《い》った。

「ここには……シリウスはいないと思《おも》うけど」

誰《だれ》も何《なに》も言《い》わなかった。ハリーは誰《だれ》の顔《かお》も見《み》たくなかった。吐《は》き気《け》がした。なぜここにシリウスがいないのか、ハリーには理解《りかい》できなかった。ここにいるはずだ。ここで、僕《ぼく》はシリウスを見《み》たんだ……。

ハリーは棚《たな》の端《はし》をのぞきながら列《れつ》から列《れつ》へと走《はし》った。からっぽの通路《つうろ》が次々《つぎつぎ》と目《め》に入《はい》った。今《こん》度《ど》は逆方向《ぎゃくほうこう》に、じっと見《み》つめる仲間《なかま》の前《まえ》を通《とお》り過《す》ぎて走《はし》った。どこにもシリウスの姿《すがた》はない。争《あらそ》った跡《あと》さえない。

「ハリー？」ロンが呼《よ》びかけた。

「何《なん》だ？」

ハリーはロンの言《い》おうとしていることを聞《き》きたくなかった。自分《じぶん》がバカだったと、ロンに聞《き》かされたくなかったし、ホグワーツに帰《かえ》るべきだとも言《い》われたくなかった。しかし、顔《かお》がほてってきた。しばらくの間《あいだ》、ここの暗《くら》がりにじっと身《み》をひそめていたいと思《おも》った。上《うえ》の階《かい》のアトリウムの明《あか》るみに出《で》る前《まえ》に、そして仲間《なかま》のとがめるような視線《しせん》にさらされる前《まえ》に……。

「これを見《み》た？」ロンが言《い》った。

「何《なん》だ？」ハリーは今度《こんど》は飛《と》びつくように答《こた》えた――シリウスがここにいたという印《しるし》、手《て》がかりにちがいない。ハリーはみんなが立《た》っている所《ところ》へ大股《おおまた》で戻《もど》った。九十七列目《れつめ》を少《すこ》し入《はい》った場所《ばしょ》だった。しかし、ロンは棚《たな》のほこりっぽいガラス球《だま》を見《み》つめているだけだった。

「何《なん》だ？」ハリーはぶすっとしてくり返《かえ》した。

「これ――これ、君《きみ》の名前《なまえ》が書《か》いてある」ロンが言《い》った。

ハリーはもう少《すこ》し近《ちか》づいた。ロンが指差《ゆびさ》す先《さき》に、長年誰《ながねんだれ》も触《ふ》れなかったらしく、ずいぶんほこりをかぶっていたが、内側《うちがわ》からの鈍《にぶ》い灯《あか》りで光《ひか》る小《ちい》さなガラス球《だま》があった。

「僕《ぼく》の名前《なまえ》？」ハリーはキョトンとして言《い》った。

ハリーは前《まえ》に進《すす》み出《で》た。ロンほど背《せ》が高《たか》くないので、ほこりっぽいガラス球《だま》のすぐ下《した》の棚《たな》に貼《は》りつけられている黄色味《きいろみ》を帯《お》びたラベルを読《よ》むのに、首《くび》を伸《の》ばさなければならなかった。およそ十六年前《ねんまえ》の日付《ひづけ》が、細長《ほそなが》いクモの足《あし》のような字《じ》で書《か》いてあり、その下《した》にはこう書《か》いてある。

S.P.T.《エスピーティー》からA.P.W.B.D.《エーピーダブリュービーディー》へ
闇《やみ》の帝王《ていおう》
そして(?)ハリー・ポッター

ハリーは目《め》を見張《みは》った。

「これ、何《なん》だろう？」ロンは不安《ふあん》げだった。「こんな所《ところ》に、いったいなんで君《きみ》の名前《なまえ》が？」

ロンは同《おな》じ棚《たな》のほかのラベルをざっと横《よこ》に見《み》た。

「僕《ぼく》のはここにないよ」ロンは当惑《とうわく》したように言《い》った。「僕《ぼく》たちの誰《だれ》もここにはない」

「ハリー、さわらないほうがいいと思《おも》うわ」ハリーが手《て》を伸《の》ばすと、ハーマイオニーが鋭《するど》く言《い》った。

「どうして？」ハリーが聞《き》いた。「これ、僕《ぼく》に関係《かんけい》のあるものだろう？」

「さわらないで、ハリー」突然《とつぜん》ネビルが言《い》った。ハリーはネビルを見《み》た。丸《まる》い顔《かお》が汗《あせ》で少《すこ》し光《ひか》っている。もうこれ以上《いじょう》のハラハラにはたえられないという表情《ひょうじょう》だ。

「僕《ぼく》の名前《なまえ》が書《か》いてあるんだ」ハリーが言《い》った。

少《すこ》し無謀《むぼう》な気持《きも》ちになり、ハリーはほこりっぽい球《たま》の表面《ひょうめん》を指《ゆび》で包《つつ》み込《こ》んだ。冷《つめ》たいだろうと思《おも》っていたのに、そうではなかった。反対《はんたい》に、何時間《なんじかん》も太陽《たいよう》の下《した》に置《お》かれていたような感《かん》じだった。まるで中《なか》の光《ひかり》が球《たま》を温《あたた》めていたかのようだった。劇的《げきてき》なことが起《お》こってほしい。この長《なが》く危《き》険《けん》な旅《たび》がやはり価値《かち》あるものだったと思《おも》えるような、わくわくする何《なに》かが起《お》こってほしい。そう期待《きたい》し、願《ねが》いながら、ハリーはガラス球《だま》を棚《たな》から下《お》ろし、じっと見《み》つめた。

まったく何事《なにごと》も起《お》こらなかった。みんながハリーの周《まわ》りに集《あつ》まり、ハリーが球《たま》にこびりついたほこりを払《はら》い落《お》とすのをじっと見《み》つめた。

その時《とき》、すぐ背後《はいご》で、気取《きど》った声《こえ》がした。

「よくやった、ポッター。さあ、こっちを向《む》きたまえ。そうら、ゆっくりとね。そしてそれを私《わたし》に渡《わた》すのだ」

第《だい》35章《しょう》　ベールの彼方《かなた》に

どこからともなく周《まわ》り中《じゅう》に黒《くろ》い人影《ひとかげ》が現《あらわ》れ、右手《みぎて》も左手《ひだりて》もハリーたちの進路《しんろ》を断《た》った。フードの裂《さ》け目《め》から目《め》をギラつかせ、十数本《すうほん》の光《ひか》る杖先《つえさき》が、まっすぐにハリーたちの心臓《しんぞう》をねらっている。ジニーが恐怖《きょうふ》に息《いき》をのんだ。

「私《わたし》に渡《わた》すのだ、ポッター」

片手《かたて》を突《つ》き出《だ》し、手《て》の平《ひら》を見《み》せて、ルシウス・マルフォイの気取《きど》った声《こえ》がくり返《かえ》して言《い》った。

腸《はらわた》がガクンと落《お》ち込《こ》み、ハリーは吐《は》き気《け》を感《かん》じた。二倍《ばい》もの敵《てき》に囲《かこ》まれている。

「私《わたし》に」マルフォイがもう一度《いちど》言《い》った。

「シリウスはどこにいるんだ？」ハリーが聞《き》いた。

死喰《しく》い人《びと》が数人《すうにん》、声《こえ》を上《あ》げて笑《わら》った。ハリーの左側《ひだりがわ》の黒《くろ》い人影《ひとかげ》の中《なか》から、残酷《ざんこく》な女《おんな》の声《こえ》が勝《か》ち誇《ほこ》ったように言《い》った。

「闇《やみ》の帝王《ていおう》は常《つね》にご存《ぞん》じだ！」

「常《つね》に」マルフォイが低《ひく》い声《こえ》で唱和《しょうわ》した。「さあ、予言《よげん》を私《わたし》に渡《わた》すのだ。ポッター」

「シリウスがどこにいるか知《し》りたいんだ！」

「シリウスがどこにいるか知《し》りたいんだ！」左側《ひだりがわ》の女《おんな》が声色《こわいろ》をまねた。

その女《おんな》と仲間《なかま》の死喰《しく》い人《びと》とが包囲網《ほういもう》を狭《せば》め、ハリーたちからほんの数十《すう》センチの所《ところ》に迫《せま》った。

その杖先《つえさき》の光《ひかり》でハリーは目《め》がくらんだ。

「おまえたちが捕《つか》まえているんだろう」胸《むね》に突《つ》き上《あ》げてくる恐怖《きょうふ》を無視《むし》して、ハリーが言《い》った。

九十七列目《れつめ》に入《はい》ったときから、ハリーはこの恐怖《きょうふ》と闘《たたか》ってきた。

「シリウスはここにいる。僕《ぼく》にはわかっている」

「ちっちゃな赤《あか》ん坊《ぼう》が怖《こわ》いよーって起《お》っきして、夢《ゆめ》が本物《ほんもの》だって思《おも》いまちた」女《おんな》がぞっとするような赤《あか》ちゃん声《ごえ》で言《い》った。脇《わき》でロンがかすかに身動《みうご》きするのを、ハリーは感《かん》じた。

「何《なん》にもするな」ハリーが低《ひく》い声《こえ》で言《い》った。「まだだ――」

ハリーの声《こえ》をまねた女《おんな》が、しわがれた悲鳴《ひめい》のような笑《わら》い声《ごえ》を上《あ》げた。

「聞《き》いたか？　**聞《き》いたかい？**　私《わたし》らと戦《たたか》うつもりなのかね。ほかの子《こ》に指令《しれい》を出《だ》してるよ！」

「ああ、ベラトリックス、君《きみ》は私《わたし》ほどにはポッターを知《し》らないのだ」マルフォイが静《しず》かに言《い》った。

「英雄気取《えいゆうきど》りが大《おお》きな弱《よわ》みでね。闇《やみ》の帝王《ていおう》はそのことをよくご存《ぞん》じだ。さあ、ポッター、予言《よげん》を私《わたし》に渡《わた》すのだ」

「シリウスがここにいることはわかっている」ハリーは恐怖《きょうふ》で胸《むね》をしめつけられ、まともに息《いき》もつけないような気《き》がした。「おまえたちが捕《と》らえたことを知《し》っているんだ！」

さらに何人《なんにん》かの死喰《しく》い人《びと》が笑《わら》った。一番大声《いちばんおおごえ》で笑《わら》ったのはあの女《おんな》だった。

「現実《げんじつ》と夢《ゆめ》とのちがいがわかってもよいころだな、ポッター」マルフォイが言《い》った。「さあ、予《よ》言《げん》を渡《わた》せ。さもないと我々《われわれ》は杖《つえ》を使《つか》うことになるぞ」

「使《つか》うなら使《つか》え」

ハリーは自分《じぶん》の杖《つえ》を胸《むね》の高《たか》さにかまえた。同時《どうじ》に、ロン、ハーマイオニー、ネビル、ジニー、ルーナの五本《ほん》の杖《つえ》が、ハリーの両脇《りょうわき》で上《あ》がった。ハリーは胃《い》がぐっとしめつけられる思《おも》いだった。もしほんとうに、シリウスがここにいないなら、僕《ぼく》は友達《ともだち》を犬死《いぬじ》にさせることになる……。

しかし、死喰《しく》い人《びと》は攻撃《こうげき》してこなかった。

「予言《よげん》を渡《わた》せ。そうすれば誰《だれ》も傷《きず》つかぬ」マルフォイが落《お》ち着《つ》きはらって言《い》った。

今度《こんど》はハリーが笑《わら》う番《ばん》だった。

「ああ、そうだとも！」ハリーが言《い》った。「これを渡《わた》せば——予言《よげん》、とか言《い》ったな？　そうすればおまえは、僕《ぼく》たちをだまって無事《ぶじ》に家《いえ》に帰《かえ》してくれるって？」

ハリーが言《い》い終《お》わるか終《お》わらないうちに、女《おんな》の死喰《しく》い人《びと》がかん高《だか》く唱《とな》えた。

「アクシオ　予《よ》――」

ハリーはかろうじて応戦《おうせん》できた。女《おんな》の呪文《じゅもん》が終《お》わらないうちに「プロテゴ！　護《まも》れ！」と叫《さけ》んだ。ガラス球《だま》は指《ゆび》の先《さき》まですべったが、ハリーは何《なん》とか球《たま》をつなぎ止《と》めた。

「おー、やるじゃないの、ちっちゃなベビー・ポッターちゃん」フードの裂《さ》け目《め》から、女《おんな》の血《ち》走《ばし》った目《め》がにらんだ。「いいでしょう。それなら――」

「**言《い》ったはずだ。やめろ！**」

ルシウス・マルフォイが女《おんな》に向《む》かってほえた。

「もしもあれを壊《こわ》したら――！」

ハリーは目《め》まぐるしく考《かん》えをめぐらせていた。死喰《しく》い人《びと》はこのほこりっぽいスパンガラスの球《たま》を欲《ほ》しがっている。ハリーにはまったく関心《かんしん》のないものだ。ただ、みんなを生《い》きてここから帰《かえ》したい。自分《じぶん》の愚《おろ》かさのせいで、友達《ともだち》にとんでもない代償《だいしょう》を払《はら》わせてはならない……。

女《おんな》が仲間《なかま》から離《はな》れ、前《まえ》に進《すす》み出《で》てフードを脱《ぬ》いだ。アズカバンがベラトリックス・レストレンジの顔《かお》をうつろにし、落《お》ちくぼんだがいこつのような顔《かお》にしてはいたが、それが狂信的《きょうしんてき》な熱《ねつ》っぽさに輝《かがや》いていた。

「もう少《すこ》し説得《せっとく》が必要《ひつよう》なんだね？」ベラトリックスの胸《むね》が激《はげ》しく上下《じょうげ》していた。

「いいでしょう――一番小《いちばんちい》さいのを捕《つか》まえろ」ベラトリックスが脇《わき》にいた死喰《しく》い人《びと》に命令《めいれい》した。「小娘《こむすめ》を拷問《ごうもん》するのを、こやつに見物《けんぶつ》させるのだ。私《わたし》がやる」

ハリーはみんながジニーの周《まわ》りを固《かた》めるのを感《かん》じた。ハリーは横《よこ》に踏《ふ》み出《だ》し、予言《よげん》を胸《むね》に掲《かか》げて、ジニーの真《ま》ん前《まえ》に立《た》ちはだかった。

「僕《ぼく》たちの誰《だれ》かを襲《おそ》えば、これを壊《こわ》すことになるぞ」ハリーがベラトリックスに言《い》った。「手《て》ぶらで帰《かえ》れば、おまえたちのご主人様《しゅじんさま》はあまり喜《よろこ》ばないだろう？」

ベラトリックスは動《うご》かなかった。舌《した》の先《さき》で薄《うす》い唇《くちびる》をなめながら、ただハリーをにらみつけている。

「それで？」ハリーが言《い》った。「いったいこれは、何《なん》の予言《よげん》なんだ？」

ハリーは話《はな》し続《つづ》ける以外《いがい》、ほかに方法《ほうほう》を思《おも》いつかなかった。ネビルの腕《うで》がハリーの腕《うで》に押《お》しつけられ、それが震《ふる》えているのを感《かん》じた。ほかの誰《だれ》かが、ハリーの背後《はいご》で荒《あら》い息《いき》をしていた。どうやってこの場《ば》を逃《のが》れるか、みんなが必死《ひっし》で考《かんが》えてくれていることを、ハリーは願《ねが》った。ハリー自身《じしん》の頭《あたま》は真《ま》っ白《しろ》だった。

「何《なん》の予言《よげん》、だって？」

ベラトリックスの薄笑《うすわら》いが消《き》え、オウム返《がえ》しに聞《き》いた。

「冗談《じょうだん》だろう、ハリー・ポッター」

「いいや、冗談《じょうだん》じゃない」

ハリーは、死喰《しく》い人《びと》から死喰《しく》い人《びと》へとすばやく目《め》を走《はし》らせた。どこか手薄《てうす》な所《ところ》はないか？　みんなが逃《のが》れられるすきまはないか？

「なんでヴォルデモートが欲《ほ》しがるんだ？」

何人《なんにん》かの死喰《しく》い人《びと》が、シューッと低《ひく》く息《いき》をもらした。

「不敵《ふてき》にもあの方《かた》のお名前《なまえ》を口《くち》にするか？」ベラトリックスがささやくように言《い》った。

「ああ」ハリーは、また呪文《じゅもん》で奪《うば》おうとするにちがいないと、ガラス球《だま》をしっかり握《にぎ》りしめていた。「ああ、僕《ぼく》は平気《へいき》で言《い》える。ヴォル――」

「だまれ！」ベラトリックスがかん高《だか》く叫《さけ》んだ。「おまえの汚《けが》らわしい唇《くちびる》で、あの方《かた》のお名前《なまえ》を口《くち》にするでない。混血《こんけつ》の舌《した》で、その名《な》を穢《けが》すでない。おまえはよくも――」

「あいつも混血《こんけつ》だ。知《し》っているのか？」ハリーは無謀《むぼう》にも言《い》った。ハーマイオニーが小《ちい》さくうめくのが耳《みみ》に入《はい》った。「そうだとも、ヴォルデモートがだ。あいつの母親《ははおや》は魔女《まじょ》だったけど、父親《ちちおや》はマグルだった――それとも、おまえたちには、自分《じぶん》が純血《じゅんけつ》だと言《い》い続《つづ》けていたのか？」

「ステューピー――」

「**やめろ！**」

赤《あか》い閃光《せんこう》が、ベラトリックス・レストレンジの杖先《つえさき》から飛《と》び出《だ》したが、マルフォイがそれを屈《くっ》折《せっ》させた。マルフォイの呪文《じゅもん》で、閃光《せんこう》はハリーの左《ひだり》に三十センチほどそれ、棚《たな》に当《あ》たって、ガラス球《だま》が数個《すうこ》、粉々《こなごな》になった。

床《ゆか》に落《お》ちたガラスの破片《はへん》から、真珠色《しんじゅいろ》のゴーストのような半透明《はんとうめい》な姿《すがた》が二つ、煙《けむり》のようにゆらゆらと立《た》ち昇《のぼ》り、それぞれに語《かた》りだした。しかし互《たが》いの声《こえ》にかき消《け》され、マルフォイとベラトリックスのどなり合《あ》う声《こえ》の合間《あいま》に、言葉《ことば》は切《き》れ切《ぎ》れにしか聞《き》き取《と》れなかった。

「……太陽《たいよう》の至《し》の時《とき》、一つの新《あら》たな……」ひげの老人《ろうじん》の姿《すがた》が言《い》った。

「**攻撃《こうげき》するな！　予言《よげん》が必要《ひつよう》なのだ！**」

「こいつは不敵《ふてき》にも――よくも――」ベラトリックスは支離滅裂《しりめつれつ》に叫《さけ》んだ。「平気《へいき》でそこに――穢《けが》れた混血《こんけつ》め――」

「**予言《よげん》を手《て》に入《い》れるまで待《ま》て！**」マルフォイがどなった。

「……そしてそのあとには何者《なにもの》も来《こ》ない……」若《わか》い女性《じょせい》の姿《すがた》が言《い》った。

砕《くだ》けた球《たま》から飛《と》び出《だ》した二つの姿《すがた》は、溶《と》けるように空《くう》に消《き》えた。その姿《すがた》も、かつての住処《すみか》も跡《あと》形《かた》もなく、ただガラスの破片《はへん》が床《ゆか》に散《ち》らばっているだけだった。しかし、その姿《すがた》が、ハリーにあることを思《おも》いつかせた。どうやって仲間《なかま》にそれを伝《つた》えるかが問題《もんだい》だ。

「まだ話《はな》してもらっていないな。僕《ぼく》に渡《わた》せというこの予言《よげん》の、どこがそんなに特別《とくべつ》なのか」ハリーは時間《じかん》をかせいでいた。足《あし》をゆっくり横《よこ》に動《うご》かし、誰《だれ》かの足《あし》を探《さぐ》った。

「私《わたし》たちに小細工《こざいく》は通《つう》じないぞ、ポッター」マルフォイが言《い》った。

「小細工《こざいく》なんかしてないさ」

ハリーは半分《はんぶん》しゃべるほうに気《き》を使《つか》い、あとの半分《はんぶん》は足《あし》で探《さぐ》ることに集中《しゅうちゅう》していた。すると誰《だれ》かの足指《あしゆび》に触《ふ》れた。ハリーはそれを踏《ふ》んだ。背後《はいご》で鋭《するど》く息《いき》をのむ気配《けはい》がし、ハーマイオニーだな、とハリーは思《おも》った。

「何《なん》なの？」ハーマイオニーが小声《こごえ》で聞《き》いた。

「ダンブルドアは、おまえが額《ひたい》にその傷痕《きずあと》を持《も》つ理由《りゆう》が、神秘部《しんぴぶ》の内奥《ないおう》に隠《かく》されていると、おまえに話《はな》していなかったのか？」マルフォイがせせら笑《わら》った。

「僕《ぼく》が——えっ？」一瞬《いっしゅん》、ハリーは何《なに》をしようとしていたのかを忘《わす》れてしまった。「僕《ぼく》の傷痕《きずあと》がどうしたって？」

「何《なん》なの？」ハリーの背後《はいご》で、ハーマイオニーがさっきよりせっぱ詰《つ》まったようにささやいた。

「あろうことか？」マルフォイが意地《いじ》の悪《わる》い喜《よろこ》びを声《こえ》に出《だ》した。死喰《しく》い人《びと》の何人《なんにん》かがまた笑《わら》った。

その笑《わら》いに紛《まぎ》れて、ハリーはできるだけ唇《くちびる》を動《うご》かさずに、ハーマイオニーにひっそりと言《い》った。

「棚《たな》を壊《こわ》せ——」

「ダンブルドアはおまえに一度《いちど》も話《はな》さなかったと？」マルフォイがくり返《かえ》した。「なるほど、ポッター、おまえがもっと早《はや》く来《こ》なかった理由《りゆう》が、それでわかった。闇《やみ》の帝王《ていおう》はなぜなのかいぶかっておられた——」

「——僕《ぼく》が『今《いま》だ』って言《い》ったらだよ——」

「——その隠《かく》し場所《ばしょ》を、闇《やみ》の帝王《ていおう》が夢《ゆめ》でおまえに教《おし》えたとき、なぜおまえがかけつけてこなかったのかと。闇《やみ》の帝王《ていおう》は、当然《とうぜん》おまえが好奇心《こうきしん》で、予言《よげん》の言葉《ことば》を正確《せいかく》に聞《き》きたがるだろうとお考《かんが》えだったが……」

「そう考《かんが》えたのかい？」ハリーが言《い》った。

背後《はいご》でハーマイオニーが、ハリーの言葉《ことば》をほかの仲間《なかま》に伝《つた》えているのが、耳《みみ》でというより気配《けはい》で感《かん》じ取《と》れた。死喰《しく》い人《びと》の注意《ちゅうい》をそらすのに、ハリーは話《はな》し続《つづ》けようとした。

「それじゃ、あいつは、僕《ぼく》がそれを取《と》りにやってくるよう望《のぞ》んでいたんだな？　どうして？」

「どうしてだと？」

マルフォイは信《しん》じがたいとばかり、喜《よろこ》びの声《こえ》を上《あ》げた。

「なぜなら、神秘部《しんぴぶ》から予言《よげん》を取《と》り出《だ》すことを許《ゆる》されるのは、ポッター、その予言《よげん》にかかわる者《もの》だけだからだ。闇《やみ》の帝王《ていおう》は、ほかの者《もの》を使《つか》って盗《ぬす》ませようとしたときに、それに気《き》づかれた」

「それなら、どうして僕《ぼく》に関《かん》する予言《よげん》を盗《ぬす》もうとしたんだ？」

「二人《ふたり》に関《かん》するものだ、ポッター。二人《ふたり》に関《かん》する……おまえが赤《あか》ん坊《ぼう》のとき、闇《やみ》の帝王《ていおう》が何故《なにゆえ》おまえを殺《ころ》そうとしたのか、不思議《ふしぎ》に思《おも》ったことはないのか？」

ハリーは、マルフォイのフードの細《ほそ》い切《き》れ目《め》をじっとのぞき込《こ》んだ。奥《おく》で灰色《はいいろ》の目《め》がギラギラ光《ひか》っている。この予言《よげん》のせいで僕《ぼく》の両親《りょうしん》は死《し》んだのか？　僕《ぼく》が額《ひたい》に稲妻形《いなずまがた》の傷《きず》を持《も》つことになったのか？　すべての答《こた》えが、今《いま》、自分《じぶん》のこの手《て》に握《にぎ》られているというのか？

「誰《だれ》かがヴォルデモートと僕《ぼく》に関《かん》する予言《よげん》をしたというのか？」

ハリーはルシウス・マルフォイを見《み》つめ、温《あたた》かいガラス球《だま》を握《にぎ》る指《ゆび》にいっそう力《ちから》を込《こ》めながら、静《しず》かに言《い》った。球《たま》はスニッチとほとんど変《か》わらない大《おお》きさで、ほこりでまだザラザラしていた。

「そしてあいつが僕《ぼく》に来《こ》させて、これを取《と》らせたのか？　どうして自分自身《じぶんじしん》で来《き》て取《と》らなかった？」

「自分《じぶん》で取《と》る？」ベラトリックスが狂《くる》ったように高笑《たかわら》いしながら、かん高《だか》い声《こえ》で言《い》った。「闇《やみ》の帝王《ていおう》が魔法省《まほうしょう》に入《はい》り込《こ》む？　省《しょう》がおめでたくもあの方《かた》のご帰還《きかん》を無視《むし》しているというのに？　私《わたし》の親愛《しんあい》なるいとこのために時間《じかん》をむだにしているこの時《とき》に、闇祓《やみばら》いたちの前《まえ》に闇《やみ》の帝王《ていおう》が姿《すがた》を見《み》せる？」

「それじゃ、あいつはおまえたちに汚《きたな》い仕事《しごと》をやらせてるわけか？」ハリーが言《い》った。「スタージスに盗《ぬす》ませようとしたように――それにボードも？」

「なかなかだな、ポッター、なかなかだ……」マルフォイがゆっくりと言《い》った。「しかし闇《やみ》の帝《てい》王《おう》はご存《ぞん》じだ。おまえが愚《おろ》か者《もの》ではな――」

「今《いま》だ！」ハリーが叫《さけ》んだ。

五つの声《こえ》がハリーの背後《はいご》で叫《さけ》んだ。

「レダクト！　粉々《こなごな》！」

五つの呪文《じゅもん》が五つの方向《ほうこう》に放《はな》たれ、ねらわれた棚《たな》が爆発《ばくはつ》した。そびえ立《た》つような棚《たな》がぐらりと揺《ゆ》れ、何《なん》百というガラス球《だま》が割《わ》れ、真珠色《しんじゅいろ》の姿《すがた》が空中《くうちゅう》に立《た》ち昇《のぼ》り、宙《ちゅう》に浮《う》かんだ。砕《くだ》けたガラスと木《こ》っ端《ぱ》が雨《あめ》あられと降《ふ》ってくる中《なか》、久遠《くおん》の昔《むかし》からの予言《よげん》の声《こえ》が鳴《な》り響《ひび》いた――。

「逃《に》げろ！」ハリーが叫《さけ》んだ。

棚《たな》が危《あぶ》なっかしく揺《ゆ》れ、ガラス球《だま》がさらに頭上《ずじょう》に落《お》ちかけていた。ハリーはハーマイオニーのローブを片手《かたて》で握《にぎ》れるだけ握《にぎ》り、ぐいと手前《てまえ》に引《ひ》っ張《ぱ》りながら、片方《かたほう》の腕《うで》で頭《あたま》を覆《おお》った。壊《こわ》れた棚《たな》の塊《かたまり》やガラスの破片《はへん》が、大音響《だいおんきょう》とともに頭上《ずじょう》に崩《くず》れ落《お》ちてきた。死喰《しく》い人《びと》が一人《ひとり》、もうもうたるほこりの中《なか》を突《つ》っ込《こ》んできた。ハリーはその覆面《ふくめん》した顔《かお》に強烈《きょうれつ》なひじ打《う》ちを食《く》らわせた。つぶれた棚《たな》がごう音《おん》を上《あ》げ、折《お》り重《かさ》なって崩《くず》れ落《お》ちた。わめき声《ごえ》、うめき声《ごえ》、阿鼻叫喚《あびきょうかん》の中《なか》を、球《たま》から放《はな》たれた「予見者《よけんしゃ》」の切《き》れ切《ぎ》れの声《こえ》が不気味《ぶきみ》に響《ひび》く——。

ハリーは行《ゆ》く手《て》に誰《だれ》もいないことに気《き》づいた。ロン、ジニー、ルーナが両腕《りょううで》で頭《あたま》をかばいながら、ハリーの脇《わき》を疾走《しっそう》していくのが見《み》える。何《なに》か重《おも》たいものがハリーの横面《よこつら》にぶつかったが、ハリーは頭《あたま》を少《すこ》しかわしただけで全速力《ぜんそくりょく》で走《はし》りだした。誰《だれ》かの手《て》がハリーの肩《かた》をつかんだ。

「ステューピファイ！　まひせよ！」

ハーマイオニーの声《こえ》が聞《き》こえた。手《て》はすぐに離《はな》れた——。

みんなが九十七列目《れつめ》の端《はし》に出《で》た。ハリーは右《みぎ》に曲《ま》がり、全力疾走《ぜんりょくしっそう》した。すぐ後《うし》ろで足音《あしおと》が聞《き》こえ、ハーマイオニーがネビルを励《はげ》ます声《こえ》がした。まっすぐだ。来《く》るとき通《とお》った扉《とびら》は半開《はんびら》きになっている。ガラスの釣《つ》り鐘《がね》がキラキラ輝《かがや》くのが見《み》える。ハリーは弾丸《だんがん》のように扉《とびら》を通《とお》った。予《よ》言《げん》はまだしっかりと安全《あんぜん》に握《にぎ》りしめている。ほかのみんなが飛《と》ぶように扉《とびら》を抜《ぬ》けるのを待《ま》って、ハリーは扉《とびら》を閉《し》めた――。

「コロポータス！　扉《とびら》よくっつけ！」ハーマイオニーが息《いき》も絶《た》え絶《だ》えに唱《とな》えると、扉《とびら》は奇妙《きみょう》なグチャッという音《おと》とともに密閉《みっぺい》された。

「みんな――みんなはどこだ？」ハリーがあえぎながら言《い》った。

ロン、ルーナ、ジニーが先《さき》にいると思《おも》っていた。この部屋《へや》で待《ま》っていると思《おも》っていた。しかし、ここには誰《だれ》もいない。

「きっと道《みち》をまちがえたんだわ！」ハーマイオニーが恐怖《きょうふ》を浮《う》かべて小声《こごえ》で言《い》った。

「聞《き》いて！」ネビルがささやいた。

今封印《いまふういん》したばかりの扉《とびら》のむこうから、足音《あしおと》やどなり声《ごえ》が響《ひび》いてきた。ハリーは扉《とびら》に耳《みみ》を近《ちか》づけた。ルシウス・マルフォイのほえる声《こえ》が聞《き》こえた。

「ノットは放《ほう》っておけ。放《ほう》っておけと言《い》っているのだ！――闇《やみ》の帝王《ていおう》にとっては、そんなけがなど、予言《よげん》を失《うしな》うことに比《くら》べればどうでもいいことだ。ジャグソン、こっちに戻《もど》れ、組織《そしき》を立《た》てなおす！　二人《ふたり》ずつ組《くみ》になって探《さが》すのだ。いいか、忘《わす》れるな。予言《よげん》を手《て》に入《い》れるまではポッターに手荒《てあら》なまねはするな。ほかのやつらは、必要《ひつよう》なら殺《ころ》せ――ベラトリックス、ロドルファス、左《ひだり》へ行《い》け。クラッブ、ラバスタン、右《みぎ》だ――ジャグソン、ドロホフ、正面《しょうめん》の扉《とびら》だ――マクネアとエイブリーはこっちから――ルックウッド、あっちだ――マルシベール、私《わたし》と一緒《いっしょ》に来《こ》い！」

「どうしましょう？」ハーマイオニーが頭《あたま》のてっぺんからつま先《さき》まで震《ふる》えながらハリーに聞《き》いた。

「そうだな、とにかく、このまま突《つ》っ立《た》って、連中《れんちゅう》に見《み》つかるのを待《ま》つという手《て》はない」ハリーが答《こた》えた。「扉《とびら》から離《はな》れよう」

三人《にん》はできるだけ音《おと》を立《た》てないように走《はし》った。小《ち》さな卵《たまご》が孵化《ふか》をくり返《かえ》している輝《かがや》くガラスの釣《つ》り鐘《がね》を通《とお》り過《す》ぎ、部屋《へや》の一番《いちばん》むこうにある、円形《えんけい》のホールに出《で》る扉《とびら》を目指《めざ》して走《はし》った。あと少《すこ》しというときに、ハーマイオニーが呪文《じゅもん》で封《ふう》じた扉《とびら》に、何《なに》か大《おお》きな重《おも》いものが衝突《しょうとつ》する音《おと》をハリーは聞《き》いた。

「どいてろ！」荒々《あらあら》しい声《こえ》がした。

「アロホモラ！」

扉《とびら》がパッと開《ひら》いた。ハリー、ハーマイオニー、ネビルは机《つくえ》の下《した》に飛《と》び込《こ》んだ。二人《ふたり》の死喰《しく》い人《びと》のローブのすそが、忙《せわ》しく足《あし》を動《うご》かして近《ちか》づいてくるのが見《み》えた。

「やつらはまっすぐホールに走《はし》り抜《ぬ》けたかもしれん」荒々《あらあら》しい声《こえ》が言《い》った。

「机《つくえ》の下《した》を調《しら》べろ」もう一つの声《こえ》が言《い》った。

死喰《しく》い人《びと》たちがひざを折《お》るのが見《み》えた。机《つくえ》の下《した》から杖《つえ》を突《つ》き出《だ》し、ハリーが叫《さけ》んだ。

「ステューピファイ！　まひせよ！」

赤《あか》い閃光《せんこう》が近《ちか》くにいた死喰《しく》い人《びと》に命中《めいちゅう》した。男《おとこ》はのけぞって倒《たお》れ、床置《ゆかお》き時計《どけい》にぶつかり、時《と》計《けい》が倒《たお》れた。しかし二人目《ふたりめ》の死喰《しく》い人《びと》は飛《と》びのいてハリーの呪文《じゅもん》をかわし、よくねらいを定《さだ》めようと机《つくえ》の下《した》からはい出《だ》そうとしていたハーマイオニーに、杖《つえ》を突《つ》きつけた。

「アバダ――」

ハリーは床《ゆか》を飛《と》んで男《おとこ》のひざのあたりに食《く》らいついた。男《おとこ》は転倒《てんとう》し、的《まと》がはずれた。ネビルは助《たす》けようとして夢中《むちゅう》で机《つくえ》をひっくり返《かえ》し、もつれ合《あ》っている二人《ふたり》に、闇雲《やみくも》に杖《つえ》を向《む》けて叫《さけ》んだ。

「エクスペリアームス！」

ハリーの杖《つえ》も死喰《しく》い人《びと》のも、持《も》ち主《ぬし》の手《て》を離《はな》れて飛《と》び、「予言《よげん》の間《ま》」の入口《いりぐち》に戻《もど》る方角《ほうがく》に吹《ふ》っ飛《と》んだ。二人《ふたり》とも急《いそ》いで立《た》ち上《あ》がり、杖《つえ》を追《お》った。死喰《しく》い人《びと》が先頭《せんとう》で、ハリーがすぐあとに続《つづ》き、ネビルは自分《じぶん》のやってしまったことにあぜんとしながらしんがりを走《はし》った。

「ハリー、どいて！」ネビルが叫《さけ》んだ。絶対《ぜったい》にへまを取《と》り返《かえ》そうとしているらしい。

ハリーは飛《と》びのいた。ネビルが再《ふたた》びねらい定《さだ》めて叫《さけ》んだ。

「ステューピファイ！　まひせよ！」

赤《あか》い閃光《せんこう》が飛《と》び、死喰《しく》い人《びと》の右肩《みぎかた》を通《とお》り過《す》ぎて、さまざまな形《かたち》の砂時計《すなどけい》がぎっしり詰《つ》まった壁《かべ》際《ぎわ》のガラス戸棚《とだな》に当《あ》たった。戸棚《とだな》が床《ゆか》に倒《たお》れ、バラバラに砕《くだ》けてガラスが四方八方《しほうはっぽう》に飛《と》び散《ち》った。しかし、またヒョイと壁際《かべぎわ》に戻《もど》った。完全《かんぜん》に元《もと》どおりになっている。そしてまた倒《たお》れ、またバラバラになった――。

死喰《しく》い人《びと》が、輝《かがや》く釣《つ》り鐘《がね》の脇《わき》に落《お》ちていた自分《じぶん》の杖《つえ》をサッと拾《ひろ》った。男《おとこ》が振《ふ》り向《む》き、ハリーは机《つくえ》の陰《かげ》に身《み》をかがめた。死喰《しく》い人《びと》のフードがずれて、目《め》をふさいでいる。男《おとこ》は空《あ》いている手《て》でフードをかなぐり捨《す》て、叫《さけ》んだ。

「ス――」

「ステューピファイ！　まひせよ！」ちょうど追《お》いついたハーマイオニーが叫《さけ》んだ。赤《あか》い閃光《せんこう》が死喰《しく》い人《びと》の胸《むね》の真《ま》ん中《なか》に当《あ》たった。男《おとこ》は杖《つえ》をかまえたまま硬直《こうちょく》した。杖《つえ》がカラカラと床《ゆか》に落《お》ち、男《おとこ》は仰向《あおむ》けに釣《つ》り鐘《がね》のほうに倒《たお》れた。釣《つ》り鐘《がね》の硬《かた》いガラスにぶつかるゴツンという音《おと》がして、男《おとこ》がずるずると床《ゆか》まですべり落《お》ちるだろうとハリーは思《おも》った。ところが男《おとこ》の頭《あたま》は、まるでシャボン玉《だま》でできた釣《つ》り鐘《がね》を突《つ》き抜《ぬ》けるように中《なか》にもぐり込《こ》んだ。男《おとこ》は釣《つ》り鐘《がね》ののったテーブルに大《だい》の字《じ》に倒《たお》れ、頭《あたま》だけをキラキラした風《かぜ》が詰《つ》まった釣《つ》り鐘《がね》の中《なか》に横《よこ》たえて、動《うご》かなくなった。

「アクシオ！　杖《つえ》よ来《こ》い！」ハーマイオニーが叫《さけ》んだ。

ハリーの杖《つえ》が片隅《かたすみ》の暗《くら》がりからハーマイオニーの手《て》の中《なか》に飛《と》び込《こ》み、ハーマイオニーがそれをハリーに投《な》げた。

「ありがとう」ハリーが言《い》った。「よし、ここを出《で》――」

「見《み》て！」ネビルがぞっとしたような声《こえ》を上《あ》げた。その目《め》は釣《つ》り鐘《がね》の中《なか》の死喰《しく》い人《びと》の頭《あたま》を見《み》つめていた。

三人《にん》ともまた杖《つえ》をかまえた。しかし、誰《だれ》も攻撃《こうげき》しなかった。男《おとこ》の頭《あたま》の様子《ようす》を、三人《にん》とも口《くち》を開《あ》け、あっけに取《と》られて見《み》つめた。

頭《あたま》は見《み》る見《み》る縮《ちぢ》んでいった。だんだんつるつるになり、黒《くろ》い髪《かみ》も無精《ぶしょう》ひげも頭《ず》がい骨《こつ》の中《なか》に引《ひ》っ込《こ》み、ほおはなめらかに、頭《ず》がい骨《こつ》は丸《まる》くなり、桃《もも》のような産毛《うぶげ》で覆《おお》われた……。

赤《あか》ん坊《ぼう》の頭《あたま》だ。再《ふたた》び立《た》ち上《あ》がろうともがく死喰《しく》い人《びと》の太《ふと》い筋肉質《きんにくしつ》の首《くび》に、赤子《あかご》の頭《あたま》がのっているさまは奇怪《きかい》だった。しかし、三人《にん》が口《くち》をあんぐり開《あ》けて見《み》ている間《あいだ》にも、頭《あたま》はふくれはじめ、元《もと》の大《おお》きさに戻《もど》り、太《ふと》い黒《くろ》い毛《け》が頭皮《とうひ》から、あごからと生《は》えてきた……。

「『時《とき》』だわ」ハーマイオニーが恐《おそ》れおののいた声《こえ》で言《い》った。「『時《とき》』なんだわ……」

死喰《しく》い人《びと》が頭《あたま》をすっきりさせようと、元《もと》のむさくるしい頭《あたま》を振《ふ》った。しかし意識《いしき》がしっかりしないうちに頭《あたま》がまた縮《ちぢ》みだし、赤《あか》ん坊《ぼう》に戻《もど》りはじめた。

近《ちか》くの部屋《へや》で叫《さけ》ぶ声《こえ》がし、衝撃音《しょうげきおん》と悲鳴《ひめい》が聞《き》こえた。

「ロン？」目《め》の前《まえ》で展開《てんかい》しているぞっとするような変身《へんしん》から急《いそ》いで目《め》を背《そむ》け、ハリーは大声《おおごえ》で呼《よ》びかけた。「ジニー？　ルーナ？」

「ハリー！」ハーマイオニーが悲鳴《ひめい》を上《あ》げた。

死喰《しく》い人《びと》が釣《つ》り鐘《がね》から頭《あたま》を引《ひ》き抜《ぬ》いてしまっていた。奇々怪々《ききかいかい》なありさまだった。小《ちい》さな赤《あか》ん坊《ぼう》の頭《あたま》が大声《おおごえ》でわめき、一方《いっぽう》、太《ふと》い腕《うで》を所《ところ》かまわず振《ふ》り回《まわ》すのは危険《きけん》だった。ハリーに当《あ》たりそうになったが、ハリーは危《あや》うくそれをかわした。ハリーが杖《つえ》をかまえると、驚《おどろ》いたことにハーマイオニーがその腕《うで》を押《お》さえた。

「赤《あか》ちゃんを傷《きず》つけちゃダメ！」

そんなことを議論《ぎろん》する間《ま》はなかった。「予言《よげん》の間《ま》」からの足音《あしおと》がますます増《ふ》え、大《おお》きくなってきたのが聞《き》こえた。大声《おおごえ》で呼《よ》びかけて、自分《じぶん》たちの居所《いどころ》を知《し》らせてしまったと、ハリーが気《き》づいたときにはすでに遅《おそ》かった。

「来《く》るんだ！」

醜悪《しゅうあく》な赤《あか》ん坊頭《ぼうあたま》の死喰《しく》い人《びと》がよたよたと動《うご》くのをそのままに、三人《にん》は部屋《へや》の反対側《はんたいがわ》にある扉《とびら》に向《む》かってかけだした。黒《くろ》いホールに戻《もど》るその扉《とびら》は開《ひら》いたままになっていた。

扉《とびら》までの半分《はんぶん》ほどの距離《きょり》を走《はし》ったとき、ハリーは、二人《ふたり》の死喰《しく》い人《びと》が黒《くろ》いホールのむこうからこちらに向《む》かって走《はし》ってくるのを、開《あ》いた扉《とびら》から見《み》た。進路《しんろ》を左《ひだり》に変《か》え、三人《にん》は暗《くら》いごたごたした小部屋《こべや》に飛《と》び込《こ》んで扉《とびら》をバタンと閉《し》めた。

「コロ――」ハーマイオニーが唱《とな》えはじめたが、呪文《じゅもん》が終《お》わる前《まえ》に扉《とびら》がバッと開《ひら》き、二人《ふたり》の死喰《しく》い人《びと》が突入《とつにゅう》してきた。

勝《か》ち誇《ほこ》ったように、二人《ふたり》が叫《さけ》んだ。

「インペディメンタ！　妨害《ぼうがい》せよ！」

ハリー、ハーマイオニー、ネビルが三人《にん》とも仰向《あおむ》けに吹《ふ》っ飛《と》んだ。ネビルは机《つくえ》を飛《と》び越《こ》し、姿《すがた》が見《み》えなくなった。ハーマイオニーは本棚《ほんだな》に激突《げきとつ》し、その上《うえ》から分厚《ぶあつ》い本《ほん》が滝《たき》のようにどっと降《ふ》り注《そそ》いだ。ハリーは背後《はいご》の石壁《いしかべ》に後頭部《こうとうぶ》を打《う》ちつけ、目《め》の前《まえ》に星《ほし》が飛《と》び、しばらくはめまいと混《こん》乱《らん》で反撃《はんげき》どころではなかった。

「**捕《つか》まえたぞ！**」ハリーの近《ちか》くにいた死喰《しく》い人《びと》が叫《さけ》んだ。「**この場所《ばしょ》は――**」

「シレンシオ！　だまれ！」

ハーマイオニーの呪文《じゅもん》で男《おとこ》の声《こえ》が消《き》えた。フードの穴《あな》から口《くち》だけは動《うご》かし続《つづ》けていたが、何《なん》の音《おと》も出《で》てこなかった。もう一人《ひとり》の死喰《しく》い人《びと》が男《おとこ》を押《お》しのけた。

「ペトリフィカス　トタルス！　石《いし》になれ！」

二人目《ふたりめ》の死喰《しく》い人《びと》が杖《つえ》をかまえると同時《どうじ》に、ハリーが叫《さけ》んだ。両手《りょうて》も両足《りょうあし》もぴたりと張《は》りついた死喰《しく》い人《びと》は、ハリーの足元《あしもと》の敷物《しきもの》の上《うえ》に前《まえ》のめりに倒《たお》れ、棒《ぼう》のように動《うご》かなくなった。

「うまいわ、ハ――」

しかし、ハーマイオニーがだまらせた死喰《しく》い人《びと》が、急《きゅう》に杖《つえ》を一振《ひとふ》りした。紫《むらさき》の炎《ほのお》のようなものがひらめき、ハーマイオニーの胸《むね》の表面《ひょうめん》をまっすぐに横切《よこぎ》った。ハーマイオニーは驚《おどろ》いたように「アッ」と小《ちい》さく声《こえ》を上《あ》げ、床《ゆか》にくずおれて動《うご》かなくなった。

「**ハーマイオニー！**」

ハリーはハーマイオニーのそばにひざをつき、ネビルは杖《つえ》を前《まえ》にかまえながら急《いそ》いで机《つくえ》の下《した》からはい出《だ》してきた。出《で》てくるネビルの頭《あたま》を死喰《しく》い人《びと》が強《つよ》くけった――足《あし》がネビルの杖《つえ》を真《ま》っ二《ぷた》つにし、ネビルの顔《かお》に当《あ》たった。ネビルは口《くち》と鼻《はな》を押《お》さえ、痛《いた》みにうめき、体《からだ》を丸《まる》めた。ハリーは杖《つえ》を高《たか》く掲《かか》げ、振《ふ》り返《かえ》った。死喰《しく》い人《びと》は覆面《ふくめん》をかなぐり捨《す》て、杖《つえ》をまっすぐにハリーに向《む》けていた。細長《ほそなが》く青白《あおじろ》い、ゆがんだ顔《かお》。「日刊予言者新聞《にっかんよげんしゃしんぶん》」で見覚《みおぼ》えがある。アントニン・ドロホフ――プルウェット一家《いっか》を殺害《さつがい》した魔法使《まほうつか》いだ。

ドロホフがニヤリと笑《わら》った。空《あ》いているほうの手《て》で、ハリーがまだしっかり握《にぎ》っている予言《よげん》を指《さ》し、自分《じぶん》を指《さ》し、それからハーマイオニーを指《さ》した。もうしゃべることはできないが、言《い》いたいことははっきり伝《つた》わった。予言《よげん》をよこせ、さもないと、こいつと同《おな》じ目《め》にあうぞ……。

「僕《ぼく》が渡《わた》したとたん、どうせみな殺《ごろ》しのつもりだろう!」ハリーが言《い》った。

パニックで頭《あたま》がキンキン鳴《な》り、まともに考《かんが》えられなかった。片手《かたて》をハーマイオニーの肩《かた》に置《お》くと、まだ温《あたた》かい。しかしハリーはハーマイオニーの顔《かお》をちゃんと見《み》る勇気《ゆうき》がなかった。**死《し》なないで、どうか死《し》なせないで。もし死《し》んだら、僕《ぼく》のせいだ……**。

「ハリー、何《なに》ごあっでも」ネビルが机《つくえ》の下《した》から激《はげ》しい声《こえ》で言《い》った。押《お》さえていた両手《りょうて》を放《はな》すと、はっきりと鼻《はな》が折《お》れ、鼻血《はなぢ》が口《くち》にあごにと流《なが》れているのがあらわになった。「ぞれをわだじゃダメ!」

その時《とき》、扉《とびら》の外《そと》で大《おお》きな音《おと》がして、ドロホフが振《ふ》り返《かえ》った——赤《あか》ん坊頭《ぼうあたま》の死喰《しく》い人《びと》が戸口《とぐち》に現《あらわ》れた。赤《あか》ん坊頭《ぼうあたま》が泣《な》きわめき、相変《あいか》わらず大《おお》きな握《にぎ》り拳《こぶし》をむちゃくちゃに振《ふ》り回《まわ》している。ハリーはチャンスを逃《のが》さなかった。

「ペトリフィカス トタルス! 石《いし》になれ!」

防《ふせ》ぐ間《ま》も与《あた》えず、呪文《じゅもん》がドロホフに当《あ》たった。ドロホフは先《さき》に倒《たお》れていた仲間《なかま》に折《お》り重《かさ》なって前《まえ》のめりに倒《たお》れた。二人《ふたり》とも棒《ぼう》のように硬直《こうちょく》し、ぴくりとも動《うご》かない。

「ハーマイオニー」赤《あか》ん坊頭《ぼうあたま》の死喰《しく》い人《びと》が再《ふたた》びまごまごといなくなったので、ハリーはすぐさま、ハーマイオニーを揺《ゆ》り動《うご》かしながら呼《よ》びかけた。「ハーマイオニー、目《め》を覚《さ》まして……」

「あいづ、ハーミーニーに何《なに》じだんだろう？」机《つくえ》の下《した》からはい出《だ》し、そばにひざをついて、ネビルが言《い》った。鼻《はな》がどんどんふくれ上《あ》がり、鼻血《はなぢ》がだらだら流《なが》れている。

「わからない……」

ネビルはハーマイオニーの手首《てくび》を探《さぐ》った。

「みやぐだ、ハリー。みやぐがあるど」

安堵感《あんどかん》が力強《ちからづよ》く体《からだ》をかけめぐり、一瞬《いっしゅん》ハリーは頭《あたま》がぼうっとした。

「生《い》きてるんだね？」

「ん、ぞう思《おも》う」

一瞬《いっしゅん》、間《ま》が空《あ》き、ハリーはその間《あいだ》に足音《あしおと》が聞《き》こえはしないかと耳《みみ》を澄《す》ました。しかし、聞《き》こえるのは、隣《となり》の部屋《へや》で赤《あか》ん坊頭《ぼうあたま》の死喰《しく》い人《びと》がヒンヒン泣《な》きながらまごついている音《おと》だけだった。

「ネビル、僕《ぼく》たち、出口《でぐち》からそう遠《とお》くはない」ハリーがささやいた。「あの円形《えんけい》の部屋《へや》のすぐ隣《となり》にいるんだ……僕《ぼく》たちがあの部屋《へや》を通《とお》り、ほかの死喰《しく》い人《びと》が来《く》る前《まえ》に出口《でぐち》の扉《とびら》を見《み》つけたら、君《きみ》はハーマイオニーを連《つ》れて廊下《ろうか》を戻《もど》り、エレベーターに乗《の》って……それで、誰《だれ》か見《み》つけてくれ……危険《きけん》を知《し》らせて……」

「ぞれで、ぎみはどうずるの？」ネビルは鼻血《はなぢ》をそででぬぐい、顔《かお》をしかめてハリーを見《み》た。

「ほかのみんなを探《さが》さなきゃ」ハリーが言《い》った。

「じゃ、ぼぐもいっじょにざがず」ネビルがきっぱりと言《い》った。

「でも、ハーマイオニーが――」

「いっじょにづれでいげばいい」ネビルがしっかりと言《い》った。「ぼぐが担《かつ》ぐ。ぎみのほうがぼぐより戦《たたか》いがじょーずだがら――」

ネビルは立《た》ち上《あ》がってハーマイオニーの片腕《かたうで》をつかみ、ハリーをにらんだ。ハリーはためらったが、もう一方《いっぽう》の腕《うで》をつかみ、ぐったりしたハーマイオニーの体《からだ》をネビルの肩《かた》に担《かつ》がせるのを手伝《てつだ》った。

「ちょっと待《ま》って」ハリーは床《ゆか》からハーマイオニーの杖《つえ》を拾《ひろ》い上《あ》げ、ネビルの手《て》に押《お》しつけた。「これを持《も》っていたほうがいい」

ネビルはゆっくりと扉《とびら》のほうに進《すす》みながら、折《お》れてしまった自分《じぶん》の杖《つえ》の切《き》れ端《はし》をけって脇《わき》に押《お》しやった。

「ばあぢゃんに殺《ごろ》ざれぢゃう」ネビルはフガフガ言《い》った。しゃべっている間《あいだ》にも鼻血《はなぢ》がボタボタ落《お》ちた。「あれ、ぼぐのババの杖《つえ》なんだ」

ハリーは扉《とびら》から首《くび》を突《つ》き出《だ》して用心深《ようじんぶか》くあたりを見回《みまわ》した。赤《あか》ん坊頭《ぼうあたま》の死喰《しく》い人《びと》が泣《な》き叫《さけ》び、あちこちぶつかり、床置《ゆかお》き時計《どけい》を倒《たお》し、机《つくえ》をひっくり返《かえ》し、わめき、混乱《こんらん》している。ガラス張《ば》りの戸棚《とだな》は、たぶん「逆転時計《ぎゃくてんどけい》」が入《はい》っていたのではないかと、今《いま》ハリーはそう思《おも》ったが、倒《たお》れては壊《こわ》れ、壊《こわ》れては元《もと》どおりになって壁《かべ》に立《た》っていた。

「あいつは絶対僕《ぜったいぼく》たちに気《き》づかないよ」ハリーがささやいた。「さあ……僕《ぼく》から離《はな》れないで……」

ハリーたちはそっと小部屋《こべや》を抜《ぬ》け出《だ》し、黒《くろ》いホールに続《つづ》く扉《とびら》へと戻《もど》っていった。ホールは今《いま》、まったく人影《ひとかげ》がない。二人《ふたり》はまた二、三歩前進《ぼぜんしん》した。ネビルはハーマイオニーの重《おも》みで少《すこ》しよろめきながら歩《ある》いた。

「時《とき》の間《ま》」の扉《とびら》はハリーたちがホールに入《はい》るとバタンと閉《し》まり、ホールの壁《かべ》がまた回転《かいてん》しはじめた。さっき後頭部《こうとうぶ》を打《う》ったことで、ハリーは安定感《あんていかん》を失《うしな》っているようだった。目《め》を細《ほそ》め、少《すこ》しふらふらしながら、ハリーは壁《かべ》の動《うご》きが止《と》まるのを待《ま》った。ハーマイオニーの燃《も》えるような×印《じるし》が消《き》えてしまっているのを見《み》て、ハリーはがっくりした。

「さあ、どっちの方向《ほうこう》だと――？」

しかし、どっちに行《い》くかを決《き》めないうちに、右側《みぎがわ》の扉《とびら》がパッと開《ひら》き、人《ひと》が三人倒《にんたお》れ込《こ》んできた。

「ロン！」ハリーは声《こえ》をからし、三人《にん》にかけ寄《よ》った。「ジニー――みんな大丈《だいじょう》――？」

「ハリー」ロンは力《ちから》なくエヘヘと笑《わら》い、よろめきながら近《ちか》づいて、ハリーのローブの前《まえ》をつかみ、焦点《しょうてん》の定《さだ》まらない目《め》でじっと見《み》た。「ここにいたのか……ハハハ……ハリー、変《へん》な格好《かっこう》だな……めちゃくちゃじゃないか……」

ロンの顔《かお》は蒼白《そうはく》で、口《くち》の端《はし》から何《なに》かどす黒《ぐろ》いものがたらたら流《なが》れていた。次《つぎ》の瞬間《しゅんかん》、ロンはがっくりとひざをついた。しかし、ハリーのローブをしっかりつかんだままだ。ハリーは引《ひ》っ張《ぱ》られておじぎをする形《かたち》になった。

「ジニー？」ハリーが恐《おそ》る恐《おそ》る聞《き》いた。「何《なに》があったんだ？」

しかし、ジニーは頭《かぶり》を振《ふ》り、壁《かべ》にもたれたままずるずると座《すわ》り込《こ》み、ハァハァあえぎながらかかとをつかんだ。

「かかとが折《お》れたんだと思《おも》うよ。ポキッと言《い》う音《おと》が聞《き》こえたもン」ジニーの上《うえ》にかがみ込《こ》みながら、ルーナが小声《こごえ》で言《い》った。ルーナだけが無傷《むきず》らしい。「やつらが四人《にん》で追《お》いかけてきて、あたしたち、惑星《わくせい》がいっぱいの暗《くら》い部屋《へや》に追《お》い込《こ》まれたんだ。とっても変《へん》なとこだったよ。あたしたち、しばらく暗闇《くらやみ》にぽっかり浮《う》かんでたんだ――」

「ハリー、『臭《くさ》い星《ほし》』を見《み》たぜ」

ロンはまだ弱々《よわよわ》しくエヘヘと笑《わら》いながら言《い》った。

「ハリー、わかるか？　僕《ぼく》たち、『モー・クセー』を見《み》たんだ——ハハハ——」

ロンの口《くち》の端《はし》に血《ち》の泡《あわ》がふくれ、はじけた。

「——とにかく、やつらの一人《ひとり》がジニーの足《あし》をつかまえたから、あたし、『粉々呪文《こなごなじゅもん》』を使《つか》って、そいつの目《め》の前《まえ》で冥王星《めいおうせい》をぶっとばしたんだ。だけど……」ルーナはしかたがなかったという顔《かお》をジニーに向《む》けた。ジニーは目《め》を閉《と》じたまま、浅《あさ》い息《いき》をしていた。

「それで、ロンのほうは？」ハリーがこわごわ聞《き》いた。ロンはエヘヘと笑《わら》い続《つづ》け、まだハリーのローブの前《まえ》にぶら下《さ》がったままだった。

「ロンがどんな呪文《じゅもん》でやられたのかわかんない」ルーナが悲《かな》しそうに言《い》った。「だけど、ロンがちょっとおかしくなったんだ。連《つ》れてくるのが大変《たいへん》だったよ」

「ハリー」ロンがハリーの耳《みみ》を引《ひ》っ張《ぱ》って自分《じぶん》の口元《くちもと》に近《ちか》づけ、相変《あいか》わらずエヘヘと力《ちから》なく笑《わら》いながら言《い》った。「この子《こ》、誰《だれ》だか知《し》ってるか？　ハリー？　ルーニーだぜ……いかれたルーニー・ラブグッドさ……ハハハ……」

「ここを出《で》なくちゃならない」ハリーがきっぱりと言《い》った。「ルーナ、ジニーを支《ささ》えられるかい？」

「うん」ルーナは安全《あんぜん》のために杖《つえ》を耳《みみ》の後《うし》ろに挟《はさ》み、片腕《かたうで》をジニーの腰《こし》に回《まわ》して助《たす》け起《お》こした。

「たかがかかとじゃない。自分《じぶん》で立《た》てるわ！」

ジニーがいらいらしたが、次《つぎ》の瞬間《しゅんかん》ぐらりと横《よこ》に倒《たお》れそうになり、ルーナにつかまった。ハリーは、何《なん》か月《げつ》か前《まえ》にダドリーにそうしたように、ロンの腕《うで》を自分《じぶん》の肩《かた》に回《まわ》した。ハリーは周《まわ》りを見回《みまわ》した。一回《かい》で正《ただ》しい出口《でぐち》に出《で》る確率《かくりつ》は十二分《ぶん》の一だ――。

ロンを担《かつ》ぎ、ハリーは扉《とびら》の一つに向《む》かった。あと一、二メートルというところで、ホールの反《はん》対側《たいがわ》の別《べつ》な扉《とびら》が勢《いきお》いよく開《ひら》き、三人《にん》の死喰《しく》い人《びと》が飛《と》び込《こ》んできた。先頭《せんとう》はベラトリックス・レストレンジだ。

「いたぞ！」ベラトリックスがかん高《だか》く叫《さけ》んだ。

失神光線《しっしんこうせん》が室内《しつない》を飛《と》んだ。ハリーは目《め》の前《まえ》の扉《とびら》から突入《とつにゅう》し、ロンをそこに無造作《むぞうさ》に放《ほう》り投《な》げ、ネビルとハーマイオニーを助《たす》けにすばやく引《ひ》き返《かえ》した。全員《ぜんいん》が扉《とびら》を通《とお》り、あわやというところで扉《とびら》をピシャリと閉《し》め、ベラトリックスを防《ふせ》いだ。

「コロポータス！　扉《とびら》よくっつけ！」ハリーが叫《さけ》んだ。扉《とびら》のむこうで三人《にん》が体当《たいあ》たりする音《おと》が聞《き》こえた。

「かまわん！」男《おとこ》の声《こえ》がした。「ほかにも通路《つうろ》はある――**捕《つか》まえたぞ。やつらはここだ！**」

ハリーはハッとして後《うし》ろを向《む》いた。「脳《のう》の間《ま》」に戻《もど》っていた。たしかに壁一面《かべいちめん》に扉《とびら》がある。背《はい》後《ご》のホールから足音《あしおと》が聞《き》こえた。最初《さいしょ》の三人《にん》に加勢《かせい》するために、ほかの死喰《しく》い人《びと》たちがかけつけてきたのだ。

「ルーナ――ネビル――手伝《てつだ》ってくれ！」

三人《にん》は猛烈《もうれつ》な勢《いきお》いで動《うご》き、扉《とびら》という扉《とびら》を封《ふう》じて回《まわ》った。ハリーは次《つぎ》の扉《とびら》に移動《いどう》しようと急《いそ》ぐあまり、テーブルに衝突《しょうとつ》してその上《うえ》を転《ころ》がった。

「コロポータス！」

それぞれの扉《とびら》のむこうに走《はし》ってくる足音《あしおと》が聞《き》こえ、ときどき重《おも》い体《からだ》が体当《たいあ》たりして扉《とびら》がきしみ、震《ふる》えた。ルーナとネビルが反対側《はんたいがわ》の壁《かべ》の扉《とびら》を呪文《じゅもん》で封《ふう》じていた――そして、ハリーが部屋《へや》の一番《いちばん》奥《おく》に来《き》たとき、ルーナの叫《さけ》び声《ごえ》が聞《き》こえた。

「コロ――あぁぁぁぁぁぁぁぁう……」

振《ふ》り返《かえ》ったとたん、ルーナが宙《ちゅう》を飛《と》ぶのが見《み》えた。呪文《じゅもん》が間《ま》に合《あ》わなかった扉《とびら》を破《やぶ》り、五人《にん》の死喰《しく》い人《びと》がなだれ込《こ》んできた。ルーナは机《つくえ》にぶつかり、その上《うえ》をすべってむこう側《がわ》の床《ゆか》に落下《らっか》し、そのまま伸《の》びて、ハーマイオニーと同《おな》じように動《うご》かなくなった。

「ポッターを捕《つか》まえろ！」ベラトリックスが叫《さけ》び、飛《と》びかかってきた。ハリーはそれをかわし、部屋《へや》の反対側《はんたいがわ》に疾走《しっそう》した。予言《よげん》に当《あ》たるかもしれないと、連中《れんちゅう》が躊躇《ちゅうちょ》しているうちは、僕《ぼく》は安全《あんぜん》だ――。

「おい！」ロンがよろよろと立《た》ち上《あ》がり、ヘラヘラ笑《わら》いながら、ハリーのほうに酔《よ》ったような千鳥足《ちどりあし》でやってくるところだった。「おい、ハリー、ここには脳《のう》みそがあるぜ。ハハハ。気味《きみ》が悪《わる》いな、ハリー？」

「ロン、どくんだ。伏《ふ》せろ――」

しかし、ロンはもう、水槽《すいそう》に杖《つえ》を向《む》けていた。

「ほんとだぜ、ハリー、こいつら脳《のう》みそだ――ほら――アクシオ！　脳《のう》みそよ、来《こ》い！」

一瞬《いっしゅん》、すべての動《うご》きが止《と》まったかのようだった。ハリー、ジニー、ネビル、そして死喰《しく》い人《びと》も一人残《ひとりのこ》らず、我《われ》を忘《わす》れて水槽《すいそう》の上《うえ》を見《み》つめた。緑色《みどりいろ》の液体《えきたい》の中《なか》から、まるで魚《さかな》が飛《と》び上《あ》がるように、脳《のう》みそが一つ飛《と》び出《だ》した。一瞬《いっしゅん》、それは宙《ちゅう》に浮《う》き、くるくる回転《かいてん》しながら、ロンに向《む》かって高々《たかだか》と飛《と》んできた。動《うご》く画像《がぞう》を連《つら》ねたリボンのようなものが何本《なんぼん》も、まるで映画《えいが》のフィルムが解《と》けるように脳《のう》から尾《お》を引《ひ》いている――。

「ハハハ、ハリー、見《み》ろよ――」ロンは、脳《のう》みそがけばけばしい中身《なかみ》を吐《は》き出《だ》すのを見《み》つめていた。「ハリー、来《き》てさわってみろよ。きっと気味《きみ》が――」

「**ロン、やめろ！**」

脳《のう》みそのしっぽのように飛《と》んでくる何本《なんぼん》もの「思考《しこう》の触手《しょくしゅ》」にロンが触《ふ》れたらどうなるか、ハリーにはわからなかったが、よいことであるはずがない。電光石火《でんこうせっか》、ハリーはロンのほうに走《はし》ったが、ロンはもう両手《りょうて》を伸《の》ばして脳《のう》みそを捕《つか》まえていた。

ロンの肌《はだ》に触《ふ》れたとたん、何本《なんぼん》もの触手《しょくしゅ》が縄《なわ》のようにロンの腕《うで》にからみつきはじめた。

「ハリー、どうなるか見《み》て——あっ——あっ——いやだよ——ダメ、やめろ——やめろったら——」

しかし細《ほそ》いリボンは、今《いま》やロンの胸《むね》にまで巻《ま》きついていた。ロンは引《ひ》っ張《ぱ》り、引《ひ》きちぎろうとしたが、脳《のう》みそはタコが吸《す》いつくように、しっかりとロンの体《からだ》をからめとっていた。

「ディフィンド！　裂《さ》けよ！」

ハリーは目《め》の前《まえ》でロンに固《かた》く巻《ま》きついてゆく触手《しょくしゅ》を断《た》ち切《き》ろうとしたが、切《き》れない。ロンが縄《なわ》目《め》に抵抗《ていこう》してもがきながら倒《たお》れた。

「ハリー、ロンが窒息《ちっそく》しちゃうわ！」

かかとを折《お》って動《うご》けないジニーが、床《ゆか》に座《すわ》ったまま叫《さけ》んだ——とたんに、死喰《しく》い人《びと》の一人《ひとり》が放《はな》った赤《あか》い閃光《せんこう》が、その顔《かお》を直撃《ちょくげき》した。ジニーは横様《よこざま》に倒《たお》れ、その場《ば》で気《き》を失《うしな》った。

「**ステューピファイ！**」ネビルが後《うし》ろを向《む》き、襲《おそ》ってくる死喰《しく》い人《びと》に向《む》かってハーマイオニーの杖《つえ》を振《ふ》った。「ステューピファイ！　ステューピファイ！」

何事《なにごと》も起《お》こらない。

死喰《しく》い人《びと》の一人《ひとり》が、逆《ぎゃく》にネビルに向《む》かって「失神呪文《しっしんじゅもん》」を放《はな》った。わずかにネビルをそれた。今《いま》や五人《にん》の死喰《しく》い人《びと》と戦《たたか》っているのは、ハリーとネビルだけだった。二人《ふたり》の死喰《しく》い人《びと》が銀色《ぎんいろ》の光《こう》線《せん》を矢《や》のように放《はな》ち、はずれはしたが、二人《ふたり》の背後《はいご》の壁《かべ》がえぐれて穴《あな》が開《あ》いた。

ベラトリックス・レストレンジがハリーめがけて突進《とっしん》してきた。ハリーは一目散《いちもくさん》に走《はし》った。予《よ》言《げん》の球《たま》を頭《あたま》の上《うえ》に高《たか》く掲《かか》げ、部屋《へや》の反対側《はんたいがわ》へと全速力《ぜんそくりょく》でかけ戻《もど》った。ハリーは、死喰《しく》い人《びと》たちをみんなから引《ひ》き離《はな》すことしか考《かんが》えなかった。

うまくいったようだ。死喰《しく》い人《びと》はハリーを追《お》って疾走《しっそう》してくる。椅子《いす》をなぎ倒《たお》し、テーブルをはね飛《と》ばしながら、それでも予言《よげん》を傷《きず》つけることを恐《おそ》れて、ハリーに向《む》かって呪文《じゅもん》をかけようとはしなかった。ハリーはただ一つだけ開《あ》いたままになっていた扉《とびら》から飛《と》び出《だ》した。死喰《しく》い人《びと》たちが入《はい》ってきた扉《とびら》だ。ハリーは祈《いの》った。ネビルがロンのそばにいて、何《なん》とか解《と》き放《はな》つ方法《ほうほう》を見《み》つけてくれますよう。扉《とびら》のむこう側《がわ》の部屋《へや》に二、三歩走《ぼはし》り込《こ》んだとたん、ハリーは床《ゆか》が消《き》えるのを感《かん》じた——。

急《きゅう》な石段《いしだん》を、ハリーは一段《いちだん》、また一段《いちだん》とぶつかりながら転《ころ》げ落《お》ち、ついに一番底《いちばんそこ》のくぼみに仰《あお》向《む》けに打《う》ちつけられた。息《いき》が止《と》まるほどの衝撃《しょうげき》だった。くぼみには台座《だいざ》が置《お》かれ、石《いし》のアーチが建《た》っていた。部屋中《へやじゅう》に死喰《しく》い人《びと》の笑《わら》い声《ごえ》が響《ひび》き渡《わた》った。見上《みあ》げると、「脳《のう》の間《ま》」にいた五人《にん》が階《かい》段《だん》を下《お》りてくるところだった。さらにほかの死喰《しく》い人《びと》たちが、別《べつ》の扉《とびら》から現《あらわ》れ、石段《いしだん》から石段《いしだん》へと飛《と》び移《うつ》りながらハリーに迫《せま》っていた。ハリーは立《た》ち上《あ》がった。しかし足《あし》がわなわな震《ふる》え、ほとんど立《た》っていられないくらいだった。予言《よげん》は奇跡的《きせきてき》に壊《こわ》れず、ハリーの左手《ひだりて》にあった。右手《みぎて》はしっかりと杖《つえ》を握《にぎ》っている。ハリーは周囲《しゅうい》に目《め》を配《くば》り、死喰《しく》い人《びと》を全員《ぜんいん》視野《しや》に入《い》れるようにしながら、あとずさりした。脚《あし》の裏側《うらがわ》に固《かた》いものが当《あ》たった。アーチが建《た》っている台座《だいざ》だ。ハリーは後《うし》ろ向《む》きのまま台座《だいざ》に上《あ》がった。

死喰《しく》い人《びと》全員《ぜんいん》が、ハリーを見《み》すえて立《た》ち止《ど》まった。何人《なんにん》かはハリーと同《おな》じように息《いき》を切《き》らしている。一人《ひとり》はひどく出血《しゅっけつ》していた。「全身金縛《ぜんしんかなしば》り術《じゅつ》」が解《と》けたドロホフが、杖《つえ》をまっすぐハリーの顔《かお》に向《む》け、ニヤニヤ笑《わら》っている。

「ポッター、もはやこれまでだな」

ルシウス・マルフォイが気取《きど》った声《こえ》でそう言《い》うと、覆面《ふくめん》を脱《ぬ》いだ。

「さあ、いい子《こ》だ。予言《よげん》を渡《わた》せ」

「ほ――ほかのみんなは逃《に》がしてくれ。そうすればこれを渡《わた》す！」ハリーは必死《ひっし》だった。

死喰《しく》い人《びと》の何人《なんにん》かが笑《わら》った。

「おまえは取引《とりひき》できる立場《たちば》にはないぞ、ポッター」

ルシウス・マルフォイの青白《あおじろ》い顔《かお》が喜《よろこ》びで輝《かがや》いていた。

「見《み》てのとおり、我《われ》らは十人《にん》、おまえは一人《ひとり》だ……。それとも、ダンブルドアは数《かず》の数《かぞ》え方《かた》を教《おし》えなかったのか？」

「一人《ひとり》じゃのいぞ！」上《うえ》のほうで叫《さけ》ぶ声《こえ》がした。「まだ、ぼぐがいる！」

ハリーはがっくりした。ネビルが不器用《ぶきよう》に石段《いしだん》を下《お》りてくる。震《ふる》える手《て》に、ハーマイオニーの杖《つえ》をしっかり握《にぎ》っていた。

「ネビル――ダメだ――ロンの所《ところ》へ戻《もど》れ」

「ステューピフィ！」杖《つえ》を死喰《しく》い人《びと》の一人一人《ひとりひとり》に向《む》けながら、ネビルがまた叫《さけ》んだ。「ステューピフィ！　ステュービ――」

中《なか》でも大柄《おおがら》な死喰《しく》い人《びと》が、ネビルを後《うし》ろからはがいじめにした。ネビルは足《あし》をバタバタさせてもがいた。数人《すうにん》の死喰《しく》い人《びと》が笑《わら》った。

「そいつはロングボトムだな？」ルシウス・マルフォイがせせら笑《わら》った。「まあ、おまえのばあさんは、我々《われわれ》の目的《もくてき》のために家族《かぞく》を失《うしな》うことには慣《な》れている……おまえが死《し》んだところでたいしたショックにはなるまい」

「ロングボトム？」ベラトリックスが聞《き》き返《かえ》した。邪悪《じゃあく》そのものの笑《え》みが、落《お》ちくぼんだ顔《かお》を輝《かがや》かせた。「おや、おや、坊《ぼっ》ちゃん、私《わたし》はおまえの両親《りょうしん》とお目《め》にかかる喜《よろこ》ばしい機会《きかい》があってね」

「**知《し》ってるぞ！**」ネビルがほえ、はがいじめにしている死喰《しく》い人《びと》に激《はげ》しく抵抗《ていこう》した。男《おとこ》が叫《さけ》んだ。「誰《だれ》か、こいつを失神《しっしん》させろ！」

「いや、いや、いや」ベラトリックスが言《い》った。有頂天《うちょうてん》になっている。興奮《こうふん》で生《い》き生《い》きした顔《かお》でハリーを一瞥《いちべつ》し、またネビルに視線《しせん》を戻《もど》した。「いーや。両親《りょうしん》と同《おな》じように気《き》が触《ふ》れるまで、どのくらいもちこたえられるか、やってみようじゃないか……それともポッターが予言《よげん》をこっちへ渡《わた》すというなら別《べつ》だが」

「**わだじじゃだみだ！**」

ネビルは我《われ》を忘《わす》れてわめいた。ベラトリックスが杖《つえ》をかまえ、自分《じぶん》と自分《じぶん》を捕《つか》まえている死喰《しく》い人《びと》に近《ちか》づく間《あいだ》も、足《あし》をバタつかせ、全身《ぜんしん》をよじって抵抗《ていこう》した。

「**あいづらに、ぞれをわだじじゃだみだ、ハリー！**」

ベラトリックスが杖《つえ》を上《あ》げた。

「クルーシオ！　苦《くる》しめ！」

ネビルは悲鳴《ひめい》を上《あ》げ、両足《りょうあし》を縮《ちぢ》めて胸《むね》に引《ひ》きつけたので、一瞬《いっしゅん》、死喰《しく》い人《びと》に持《も》ち上《あ》げられる格好《かっこう》になった。死喰《しく》い人《びと》が手《て》を放《はな》し、床《ゆか》に落《お》ちたネビルは苦痛《くつう》にひくひく体《からだ》を引《ひ》きつらせ、悲鳴《ひめい》を上《あ》げた。

「今《いま》のはまだご愛嬌《あいきょう》だよ！」ベラトリックスは杖《つえ》を下《お》ろし、ネビルの悲鳴《ひめい》がやみ、足元《あしもと》に倒《たお》れて泣《な》きじゃくるまま放置《ほうち》した。そしてハリーをにらんだ。「さあ、ポッター、予言《よげん》を渡《わた》すか、それともかわいい友《とも》が苦《くる》しんで死《し》ぬのを見殺《みごろ》しにするか！」

考《かんが》える必要《ひつよう》もなかった。道《みち》は一つだ。握《にぎ》りしめた手《て》の温《ぬく》もりで熱《あつ》くなっていた予言《よげん》の球《たま》を、ハリーは差《さ》し出《だ》した。マルフォイがそれを取《と》ろうと飛《と》び出《だ》した。

その時《とき》、ずっと上《うえ》のほうで、また二つ、扉《とびら》がバタンと開《ひら》き、五人《にん》の姿《すがた》がかけ込《こ》んできた。シリウス、ルーピン、ムーディ、トンクス、キングズリーだ。

マルフォイが向《む》きを変《か》え、杖《つえ》を上《あ》げたが、トンクスがもう、マルフォイめがけて「失神呪文《しっしんじゅもん》」を放《はな》っていた。命中《めいちゅう》したかどうかを見《み》る間《ま》もなく、ハリーは台座《だいざ》を飛《と》び降《お》りて光線《こうせん》をよけた。死喰《しく》い人《びと》たちは、出現《しゅつげん》した騎士団《きしだん》のメンバーのほうに完全《かんぜん》に気《き》を取《と》られていた。五人《にん》はくぼみに向《む》かって石段《いしだん》を飛《と》び降《お》りながら、死喰《しく》い人《びと》に呪文《じゅもん》を雨《あめ》あられと浴《あ》びせた。矢《や》のように動《うご》く人影《ひとかげ》と閃光《せんこう》が飛《と》び交《か》う中《なか》で、ハリーはネビルがはいずって動《うご》いているのを見《み》た。赤《あか》い閃光《せんこう》をもう一本《ぽん》かわし、ハリーは床《ゆか》をスライディングしてネビルのそばに行《い》った。

「大丈夫《だいじょうぶ》か？」ハリーが大声《おおごえ》で聞《き》いたとたん、二人《ふたり》の頭《あたま》のすぐ上《うえ》を、また一つ、呪文《じゅもん》が飛《と》び過《す》ぎていった。

「うん」ネビルが自分《じぶん》で起《お》き上《あ》がろうとした。

「それで、ロンは？」

「大丈夫《だいじょうぶ》だどおぼうよ――ぼぐが部屋《へや》を出《で》だどぎ、まだ脳《のう》びぞど戦《たたか》っでだ」

二人《ふたり》の間《あいだ》に呪文《じゅもん》が当《あ》たり、石《いし》の床《ゆか》が爆発《ばくはつ》した。今《いま》の今《いま》までネビルの手《て》があった所《ところ》がえぐれて、穴《あな》が開《あ》いていた。二人《ふたり》とも急《いそ》いでその場《ば》を離《はな》れた。その時《とき》、太《ふと》い腕《うで》がどこからともなく伸《の》びてきて、ハリーの首根《くびね》っこをつかみ、つま先《さき》が床《ゆか》にすれすれに着《つ》くぐらいの高《たか》さまで引《ひ》っ張《ぱ》り上《あ》げた。

「それをこっちによこせ」ハリーの耳元《みみもと》で声《こえ》がうなった。「予言《よげん》をこっちに渡《わた》せ――」

男《おとこ》にのどをきつくしめつけられ、ハリーは息《いき》ができなかった。涙《なみだ》でかすんだ目《め》で、ハリーは二、三メートル先《さき》でシリウスが死喰《しく》い人《びと》と決闘《けっとう》しているのを見《み》た。キングズリーは二人《ふたり》を相手《あいて》に戦《たたか》っている。トンクスはまだ階段《かいだん》の半分《はんぶん》ほどの所《ところ》だったが、下《した》のベラトリックスに向《む》かって呪文《じゅもん》を発《はっ》射《しゃ》していた――誰《だれ》もハリーが死《し》にかけていることに気《き》づかないようだ。ハリーは杖《つえ》を後《うし》ろ向《む》きにし、男《おとこ》の脇腹《わきばら》をねらったが、呪文《じゅもん》を唱《とな》えようにも声《こえ》が出《で》ない。男《おとこ》の空《あ》いているほうの手《て》が、予言《よげん》を握《にぎ》っているハリーの手《て》を探《さぐ》って伸《の》びてきた――。

「グアアアッ！」

ネビルがどこからともなく飛《と》び出《だ》し、呪文《じゅもん》が正確《せいかく》に唱《とな》えられないので、ハーマイオニーの杖《つえ》を、死喰《しく》い人《びと》の覆面《ふくめん》の目出《めだ》し穴《あな》に思《おも》いっきり突《つ》っ込《こ》んでいた。男《おとこ》は痛《いた》さにほえ、たちまちハリーを放《はな》した。ハリーはすばやく後《うし》ろを向《む》き、あえぎながら唱《とな》えた。

「ステューピファイ！　まひせよ！」

死喰《しく》い人《びと》はのけぞって倒《たお》れ、覆面《ふくめん》がすべり落《お》ちた。マクネアだ。バックビークの死刑執行人《しけいしっこうにん》になるはずだった男《おとこ》は、今《いま》や片目《かため》が腫《は》れ上《あ》がり血《ち》だらけだ。

「ありがとう！」礼《れい》を言《い》いながら、ハリーはネビルをそばに引《ひ》っ張《ぱ》り寄《よ》せた。シリウスと相手《あいて》の死喰《しく》い人《びと》が突然二人《とつぜんふたり》のそばを通《とお》り抜《ぬ》けていったからだ。激《はげ》しい決闘《けっとう》で、二人《ふたり》の杖《つえ》がかすんで見《み》えた。その時《とき》ハリーの足《あし》が、何《なに》か丸《まる》くて固《かた》い物《もの》に触《ふ》れ、ハリーはすべった。一瞬《いっしゅん》、ハリーは予言《よげん》を落《お》としたかと思《おも》ったが、それは床《ゆか》をコロコロ転《ころ》がっていくムーディの魔法《まほう》の目《め》だとわかった。

目《め》の持《も》ち主《ぬし》は、頭《あたま》から血《ち》を流《なが》して倒《たお》れていた。ムーディを倒《たお》した死喰《しく》い人《びと》が、今度《こんど》はハリーとネビルに襲《おそ》いかかってきた。ドロホフだ。青白《あおじろ》い長《なが》い顔《かお》が歓喜《かんき》にゆがんでいる。

「タラントアレグラ！　踊《おど》れ！」ドロホフは杖《つえ》をネビルに向《む》けて叫《さけ》んだ。ネビルの足《あし》がたちまち熱狂的《ねっきょうてき》なタップダンスを始《はじ》め、ネビルは体《からだ》の平衡《へいこう》を崩《くず》してまた床《ゆか》に倒《たお》れた。

「さあ、ポッター——」

ドロホフはハーマイオニーに使《つか》ったと同《おな》じ、鞭打《むちう》つような杖《つえ》の振《ふ》り方《かた》をしたが、ハリーは同時《どうじ》に「プロテゴ！　護《まも》れ！」と叫《さけ》んだ。

顔《かお》の脇《わき》を、何《なに》か鈍《にぶ》いナイフのようなものが猛《もう》スピードで通《とお》り過《す》ぎたような感《かん》じがした。その勢《いきお》いでハリーは横《よこ》に吹《ふ》っ飛《と》ばされ、ネビルのピクピク踊《おど》る足《あし》につまずいた。しかし「盾《たて》の呪文《じゅもん》」のおかげで、最悪《さいあく》には至《いた》らなかった。

ドロホフはもう一度杖《いちどつえ》を上《あ》げた。「アクシオ！　予言《よげん》よ——」

シリウスがどこからともなく飛《と》んできて、肩《かた》からドロホフに体当《たいあ》たりし、はね飛《と》ばした。予言《よげん》がまたしても指先《ゆびさき》まで飛《と》び出《だ》したが、ハリーはかろうじてつかみなおした。今度《こんど》はシリウスとドロホフの決闘《けっとう》だ。二人《ふたり》の杖《つえ》が剣《つるぎ》のように光《ひか》り、杖先《つえさき》から火花《ひばな》が散《ち》った——。

ドロホフが杖《つえ》を引《ひ》き、ハリーやハーマイオニーに使《つか》ったと同《おな》じ鞭《むち》の動《うご》きを始《はじ》めた。ハリーははじかれたように立《た》ち上《あ》がり、叫《さけ》んだ。

「ペトリフィカス　トタルス！　石《いし》になれ！」

またしても、ドロホフの両腕両脚《りょううでりょうあし》がパチンとくっつき、ドサッという音《おと》とともに、ドロホフは仰向《あおむ》けに倒《たお》れた。

「いいぞ！」シリウスは叫《さけ》びながらハリーの頭《あたま》を引《ひ》っ込《こ》めさせた。二人《ふたり》に向《む》かって二本《ほん》の失神光線《しっしんこうせん》が飛《と》んできたのだ。「さあ、君《きみ》はここから出《で》て――」

もう一度《いちど》、二人《ふたり》は身《み》をかわした。緑《みどり》の閃光《せんこう》が危《あや》うくシリウスに当《あ》たるところだった。部屋《へや》のむこう側《がわ》で、トンクスが石段《いしだん》の途中《とちゅう》から落《お》ちていくのが見《み》えた。ぐったりした体《からだ》が、一段《いちだん》、一段《いちだん》と転《ころ》げ落《お》ちていく。ベラトリックスが勝《か》ち誇《ほこ》ったように、乱闘《らんとう》の中《なか》にかけ戻《もど》っていった。

「ハリー、予言《よげん》を持《も》って、ネビルをつかんで走《はし》れ！」シリウスが叫《さけ》び、ベラトリックスを迎《むか》え撃《う》つのに突進《とっしん》した。ハリーはそのあとのことは見《み》ていなかった。ハリーの視界《しかい》を横切《よこぎ》って、キングズリーが揺《ゆ》れ動《うご》いた。覆面《ふくめん》を脱《ぬ》ぎ捨《す》てたあばた面《づら》のルックウッドと戦《たたか》っている。ハリーが飛《と》びつくようにネビルに近《ちか》づいたとき、緑《みどり》の光線《こうせん》がまた一本《ぽん》、ハリーの頭上《ずじょう》をかすめた――。

「立《た》てるかい？」抑制《よくせい》の効《き》かない足《あし》をピクピクさせているネビルの耳元《みみもと》で、ハリーが大声《おおごえ》で言《い》った。「腕《うで》を僕《ぼく》の首《くび》に回《まわ》して――」

ネビルは言《い》われたとおりにした――ハリーが持《も》ち上《あ》げた――ネビルの足《あし》は相変《あいか》わらずあっちこっちと勝手《かって》に跳《は》ね上《あ》がり、体《からだ》を支《ささ》えようとはしなかった。その時《とき》、どこからともなく男《おとこ》が襲《おそ》いかかってきた。二人《ふたり》とも仰向《あおむ》けにひっくり返《かえ》り、ネビルの足《あし》は裏返《うらがえ》しのカブトムシのようにバタバタ動《うご》いた。ハリーは小《ちい》さなガラス球《だま》が壊《こわ》れるのを防《ふせ》ごうと、左手《ひだりて》を高《たか》く差《さ》し上《あ》げていた。

「予言《よげん》だ。こっちに渡《わた》せ、ポッター！」ルシウス・マルフォイがハリーの耳元《みみもと》でうなった。マルフォイの杖《つえ》の先《さき》が、ろっ骨《こつ》にぐいと突《つ》きつけられているのを感《かん》じた。

「いやだ──杖《つえ》を──放《はな》せ……ネビル──受《う》け取《と》れ！」

ハリーは予言《よげん》を放《ほう》り投《な》げた。ネビルは仰向《あおむ》けのまま回転《かいてん》して、球《たま》を胸《むね》に受《う》け止《と》めた。マルフォイが、今度《こんど》は杖《つえ》をネビルに向《む》けた。しかし、ハリーは自分《じぶん》の杖《つえ》を肩越《かたご》しにマルフォイに突《つ》きつけて叫《さけ》んだ。

「インペディメンタ！　妨害《ぼうがい》せよ！」

マルフォイが後《うし》ろに吹《ふ》っ飛《と》んだ。ハリーがやっと立《た》ち上《あ》がって振《ふ》り返《かえ》ると、マルフォイが台座《だいざ》に激突《げきとつ》するのが見《み》えた。台座《だいざ》の上《うえ》で、シリウスとベラトリックスが今決闘《いまけっとう》している。マルフォイの杖《つえ》が再《ふたた》びハリーとネビルをねらった。しかし、攻撃《こうげき》の呪文《じゅもん》を唱《とな》えようと息《いき》を吸《す》い込《こ》む前《まえ》に、ルーピンがその間《あいだ》に飛《と》び込《こ》んできた。

「ハリー、みんなを連《つ》れて、**行《い》くんだ！**」

ハリーはネビルのローブの肩《かた》をつかみ、体《からだ》ごと最初《さいしょ》の石段《いしだん》に引《ひ》っ張《ぱ》り上《あ》げた。ネビルの足《あし》はピクピクけいれんして、とても体《からだ》を支《ささ》えるどころではない。ハリーは渾身《こんしん》の力《ちから》で引《ひ》っ張《ぱ》り、また一段上《だんあ》がった――。

呪文《じゅもん》がハリーの足元《あしもと》の石段《いしだん》に当《あ》たった。石段《いしだん》が砕《くだ》けてハリーは一段下《だんした》に落《お》ちた。ネビルはその場《ば》に座《すわ》り込《こ》み、相変《あいか》わらず足《あし》をバタつかせていた。ネビルが予言《よげん》を自分《じぶん》のポケットに押《お》し込《こ》んだ。

「がんばるんだ！」ハリーは必死《ひっし》で叫《さけ》び、ネビルのローブを引《ひ》っ張《ぱ》った。「足《あし》を踏《ふ》ん張《ば》ってみるんだ――」

ハリーはもう一度《いちど》満身《まんしん》の力《ちから》を込《こ》めて引《ひ》っ張《ぱ》った。ネビルのローブが左側《ひだりがわ》の縫《ぬ》い目《め》に沿《そ》って裂《さ》けた――小《ちい》さなスパンガラスの球《たま》がポケットから落《お》ちた。二人《ふたり》の手《て》がそれを捕《つか》まえる間《ま》もなく、ネビルのバタつく足《あし》がそれをけった。球《たま》は二、三メートル右《みぎ》に飛《と》び、落《お》ちて砕《くだ》けた。事態《じたい》に愕然《がくぜん》として、二人《ふたり》は球《たま》の割《わ》れた場所《ばしょ》を見《み》つめた。目《め》だけが極端《きょくたん》に拡大《かくだい》された、真珠《しんじゅ》のように半透明《はんとうめい》な姿《すがた》が立《た》ち昇《のぼ》った。気《き》づいているのは二人《ふたり》だけだった。ハリーにはそれが口《くち》を動《うご》かしているのが見《み》えた。しかし、周《まわ》りの悲鳴《ひめい》や叫《さけ》び、物《もの》のぶつかり合《あ》う音《おと》で、予言《よげん》は一言《ひとこと》も聞《き》き取《と》れなかった。語《かた》り終《お》えると、その姿《すがた》は跡形《あとかた》もなく消《き》えてしまった。

「ハリー、ごべんね！」ネビルが叫《さけ》んだ。両足《りょうあし》を相変《あいか》わらずバタつかせながら、顔《かお》はすまなそうに苦悶《くもん》していた。「ごべんね、ハリー、ぞんなづもりじゃ――」

「そんなこと、どうでもいい！」ハリーが叫《さけ》んだ。「何《なん》とかして立《た》ってみて。ここから出《で》――」

「ダブルドー！」ネビルが言《い》った。汗《あせ》ばんだ顔《かお》がハリーの肩越《かたご》しに空《くう》を見《み》つめ、突然恍惚《とつぜんこうこつ》の表《ひょう》情《じょう》になった。

「えっ？」

「**ダブルドー！**」

ハリーは振《ふ》り返《かえ》って、ネビルの視線《しせん》を追《お》った。二人《ふたり》のまっすぐ上《うえ》に、「脳《のう》の間《ま》」の入口《いりぐち》を背《せ》に、額縁《がくぶち》の中《なか》に立《た》つように、アルバス・ダンブルドアが立《た》っていた。杖《つえ》を高《たか》く掲《かか》げ、その顔《かお》は怒《いか》りに白熱《はくねつ》していた。ハリーは、体《からだ》の隅々《すみずみ》までビリビリと電気《でんき》が流《なが》れるような気《き》がした――助《たす》かった。

ダンブルドアがたちまち石段《いしだん》をかけ下《お》り、ネビルとハリーのそばを通《とお》り過《す》ぎていった。二人《ふたり》とも、もうここを出《で》ることなど考《かんが》えていなかった。ダンブルドアはもう石段《いしだん》の下《した》にいた。一番近《いちばんちか》くにいた死喰《しく》い人《びと》がその姿《すがた》に気《き》づき、叫《さけ》んで仲間《なかま》に知《し》らせた。一人《ひとり》の死喰《しく》い人《びと》が、あわてて逃《に》げだした。反対側《はんたいがわ》の石段《いしだん》を、猿《さる》がもがくような格好《かっこう》で登《のぼ》っていく。ダンブルドアの呪文《じゅもん》が、いともやすやすと、まるで見《み》えない糸《いと》で引《ひ》っかけたかのように男《おとこ》を引《ひ》き戻《もど》した――。

ただ一組《ひとくみ》だけは、この新《あたら》しい登場者《とうじょうしゃ》に気《き》づかないらしく、戦《たたか》い続《つづ》けていた。ハリーはシリウスがベラトリックスの赤《あか》い閃光《せんこう》をかわすのを見《み》た。ベラトリックスに向《む》かって笑《わら》っている。

「さあ、来《こ》い。今度《こんど》はもう少《すこ》しうまくやってくれ！」シリウスが叫《さけ》んだ。その声《こえ》が、広々《ひろびろ》とした空間《くうかん》に響《ひび》き渡《わた》った。

二番目《ばんめ》の閃光《せんこう》がまっすぐシリウスの胸《むね》に当《あ》たった。

シリウスの顔《かお》からは、まだ笑《わら》いが消《き》えてはいなかったが、衝撃《しょうげき》でその目《め》は大《おお》きく見開《みひら》かれた。

ハリーは無意識《むいしき》にネビルを放《はな》した。杖《つえ》を引《ひ》き抜《ぬ》き、階段《かいだん》を飛《と》び下《お》りた。ダンブルドアも台座《だいざ》に向《む》かっていた。

シリウスが倒《たお》れるまでに、永遠《えいえん》の時《とき》が流《なが》れたかのようだった。シリウスの体《からだ》は優雅《ゆうが》な弧《こ》を描《えが》き、アーチにかかっている古《ふる》ぼけたベールを突《つ》き抜《ぬ》け、仰向《あおむ》けに沈《しず》んでいった。

かつてあんなにハンサムだった名付《なづ》け親《おや》のやつれはてた顔《かお》が、恐《おそ》れと驚《おどろ》きの入《い》りまじった表情《ひょうじょう》を浮《う》かべて、古《ふる》びたアーチをくぐり、ベールの彼方《かなた》へと消《き》えていくのを、ハリーは見《み》た。ベールは一瞬《いっしゅん》、強《つよ》い風《かぜ》に吹《ふ》かれたかのようにはためき、そしてまた元《もと》どおりになった。

ハリーはベラトリックス・レストレンジの勝《か》ち誇《ほこ》った叫《さけ》びを聞《き》いた。しかし、それは何《なん》の意味《いみ》もない。僕《ぼく》にはわかっている――シリウスはただ、このアーチのむこうに倒《たお》れただけだ。今《いま》すぐむこう側《がわ》から出《で》てくる……。

しかし、シリウスは出《で》てこなかった。

「**シリウス！**」ハリーが叫《さけ》んだ。「**シリウス！**」

激《はげ》しくあえぎながら、ハリーは階段下《かいだんした》に立《た》っていた。シリウスはあのベールのすぐ裏《うら》にいるにちがいない。僕《ぼく》が引《ひ》き戻《もど》す……。

しかし、ハリーが台座《だいざ》に向《む》かってかけだすと、ルーピンがハリーの胸《むね》に腕《うで》を回《まわ》して引《ひ》き戻《もど》した。

「ハリー、もう君《きみ》にはどうすることもできない――」

「連《つ》れ戻《もど》して。助《たす》けて。むこう側《がわ》に行《い》っただけじゃないか！」

「――もう遅《おそ》いんだ、ハリー」

「今《いま》ならまだ届《とど》くよ――」ハリーは激《はげ》しくもがいた。

しかし、ルーピンは腕《うで》を離《はな》さなかった……。

「もう、どうすることもできないんだ。ハリー……どうすることも……あいつは行《い》ってしまった」

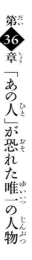

第《だい》36章《しょう》「あの人《ひと》」が恐《おそ》れた唯一《ゆいいつ》の人物《じんぶつ》

「シリウスはどこにも行《い》ってない！」ハリーが叫《さけ》んだ。

信《しん》じられなかった。信《しん》じてなるものか。ありったけの力《ちから》で、ハリーはルーピンに抵抗《ていこう》し続《つづ》けた。

ルーピンはわかっていない。あのベールの陰《かげ》に人《ひと》が隠《かく》れているんだ。最初《さいしょ》にこの部屋《へや》に入《はい》ったとき、人《ひと》のささやき声《ごえ》を聞《き》いたもの。シリウスは隠《かく》れているだけだ。ただ見《み》えない所《ところ》にひそんでいるだけだ。

「シリウス！」ハリーは絶叫《ぜっきょう》した。「シリウス！」

「あいつは戻《もど》ってこられないんだ、ハリー」何《なん》とかしてハリーを抑《おさ》えようとしながら、ルーピンが涙声《なみだごえ》になった。「あいつは戻《もど》れない。だって、あいつは――死《し》」

「シリウスは――死《し》んでなんか――いない！」ハリーがわめいた。「シリウス！」

二人《ふたり》の周囲《しゅうい》で動《うご》きが続《つづ》いていた。無意味《むいみ》な騒《さわ》ぎ。呪文《じゅもん》の閃光《せんこう》。ハリーにとっては何《なん》の意味《いみ》もない騒音《そうおん》。それた呪文《じゅもん》が二人《ふたり》のそばを飛《と》んでいったが、どうでもよかった。すべてがどうでもよかった。ただ、ルーピンはうそをつくのをやめてほしい。シリウスはすぐそこに、あの古《ふる》ぼけたベールの裏《うら》に立《た》っているのに――今《いま》にもそこから現《あらわ》れるのに――黒髪《くろかみ》を後《うし》ろに振《ふ》り払《はら》い、意気《いき》揚々《ようよう》と戦《たたか》いに戻《もど》ろうとするのに――そうじゃないふりをするのはやめてほしい。

ルーピンはハリーを台座《だいざ》から引《ひ》き離《はな》した。ハリーはアーチを見《み》つめたまま、今度《こんど》はシリウスに腹《はら》を立《た》てていた。こんなに待《ま》たせるなんて――。

しかし、ルーピンを振《ふ》りほどこうともがきながらも、心《こころ》のどこかでハリーにはわかっていた。シリウスは今《いま》まで僕《ぼく》を待《ま》たせたことなんてなかった……どんな危険《きけん》をおかしてでも、必《かなら》ず僕《ぼく》に会《あ》いにきた。助《たす》けにきた……ハリーが命《いのち》を懸《か》けて、こんなにシリウスを呼《よ》んでいるのに、あのアーチから姿《すがた》を現《あらわ》さないなら、理由《りゆう》は一つしかない。シリウスは帰《かえ》ってくることができないのだ……シリウスはほんとうに――。

ダンブルドアはほとんどの死喰《しく》い人《びと》を部屋《へや》の中央《ちゅうおう》に一束《ひとたば》にして、見《み》えない縄《なわ》で拘束《こうそく》したようだった。マッド-アイ・ムーディが、部屋《へや》のむこうからトンクスの倒《たお》れている場所《ばしょ》まではっていき、トンクスを蘇生《そせい》させようとしていた。台座《だいざ》の裏側《うらがわ》ではまだ閃光《せんこう》が飛《と》び、うめき声《ごえ》、叫《さけ》び声《ごえ》が聞《き》こえてくる――キングズリーが、シリウスのあとを受《う》け、ベラトリックスと対決《たいけつ》するため躍《おど》り出《で》ていた。

「ハリー？」

ネビルが一段《いちだん》ずつ石段《いしだん》をすべり下《お》り、ハリーのそばに来《き》ていた。ハリーはもう抵抗《ていこう》していなかったが、ルーピンはそれでも念《ねん》のためハリーの腕《うで》をしっかり押《お》さえていた。

「ハリー……ほんどにごべんね……」ネビルが言《い》った。両足《りょうあし》がまだどうしようもなく踊《おど》っている。

「あのひど――ジリウズ・ブラッグ――ぎみのどもだぢだっだの？」

ハリーはうなずいた。

「さあ」ルーピンが静《しず》かにそう言《い》うと、杖《つえ》をネビルの足《あし》に向《む》けて唱《とな》えた。

「フィニート、終《お》われ」

呪文《じゅもん》が解《と》け、ネビルの両足《りょうあし》は床《ゆか》に下《お》りて静《しず》かになった。ルーピンは青《あお》ざめた顔《かお》をしていた。

「さあ――みんなを探《さが》そう。ネビル、みんなはどこだ？」

ルーピンはそう言《い》いながら、アーチに背《せ》を向《む》けた。一言一言《ひとことひとこと》に痛《いた》みを感《かん》じているような言《い》い方《かた》だった。

「みんなあぞごにいるよ」ネビルが言《い》った。「ロンが脳《のう》びぞにおぞわれだげど、だいじょうびだど思《おも》う――ハービーニーは気《き》をうじなってるげど、脈《みゃく》があっだ――」

台座《だいざ》の裏側《うらがわ》からバーンと大《おお》きな音《おと》と叫《さけ》び声《ごえ》が聞《き》こえた。ハリーはキングズリーが苦痛《くつう》に叫《さけ》びながら床《ゆか》に倒《たお》れるのを見《み》た。ダンブルドアがくるりと振《ふ》り向《む》くと、ベラトリックス・レストレンジはしっぽを巻《ま》いて逃《に》げだした。ダンブルドアが呪文《じゅもん》を向《む》けたが、ベラトリックスはそれをそらした。もう、石段《いしだん》の中《なか》ほどまで登《のぼ》っている――。

「ハリー――やめろ!」ルーピンが叫《さけ》んだ。しかしすでにハリーは、ゆるんでいたルーピンの腕《うで》を振《ふ》りほどいていた。

「あいつがシリウスを殺《ころ》した!」ハリーがどなった。**「あいつが殺《ころ》した――僕《ぼく》があいつを殺《ころ》してやる!」**

そして、ハリーは飛《と》び出《だ》し、石段《いしだん》をすばやくよじ登《のぼ》った。背後《はいご》でハリーを呼《よ》ぶ声《こえ》がしたが、気《き》にしなかった。ベラトリックスのローブのすそがひらりと視界《しかい》から消《き》え、二人《ふたり》は脳《のう》みそが泳《およ》いでいる部屋《へや》に戻《もど》っていた……。

ベラトリックスは肩越《かたご》しに呪《のろ》いのねらいを定《さだ》めた。水槽《すいそう》が宙《ちゅう》に浮《う》き、傾《かたむ》いた。ハリーは中《なか》を満《み》たしていたいやな臭《にお》いのする薬液《やくえき》でずぶぬれになった。脳《のう》みそがすべり出《だ》し、ハリーに取《と》りつき、色鮮《いろあざ》やかな長《なが》い触手《しょくしゅ》を何本《なんぼん》も吐《は》き出《だ》しはじめた。

「ウィンガーディアム　レヴィオーサ!　浮遊《ふゆう》せよ!」

ハリーが呪文《じゅもん》を唱《とな》えると、脳《のう》みそはハリーを離《はな》れ、空中《くうちゅう》へと飛《と》んでいった。ぬるぬるすべりながら、ハリーは扉《とびら》へと走《はし》った。床《ゆか》でうめいているルーナを飛《と》び越《こ》し、ジニーを通《とお》り越《こ》し――ジニーが「ハリー――何事《なにごと》――？」と問《と》いかけた――へらへら力《ちから》なく笑《わら》っているロンを、そして、まだ気《き》を失《うしな》っているハーマイオニーを通《とお》り越《こ》した。扉《とびら》をぐいと開《あ》けると、黒《くろ》い円形《えんけい》のホールだ。ベラトリックスがホールの反対側《はんたいがわ》の扉《とびら》から出《で》ていくのが見《み》えた。そのむこうにエレベーターに通《つう》じる廊下《ろうか》がある。

ハリーは走《はし》った。しかしベラトリックスは、その扉《とびら》を出《で》るとピシャリと閉《し》めた。壁《かべ》がすでに回《まわ》りはじめていた。またしてもハリーは、ぐるぐる回《まわ》る壁《かべ》の燭台《しょくだい》から出《で》る、青《あお》い光《ひかり》の筋《すじ》に取《と》り囲《かこ》まれていた。

「出口《でぐち》はどこだ？」壁《かべ》が再《ふたた》びゴトゴトと止《と》まったとき、ハリーは捨《す》て鉢《ばち》になって叫《さけ》んだ。「出口《でぐち》はどこなんだ？」

部屋《へや》はハリーが尋《たず》ねるのを待《ま》っていたかのようだった。真後《まうし》ろの扉《とびら》がパッと開《ひら》き、エレベーターへの通路《つうろ》が見《み》えた。松明《たいまつ》の灯《あか》りに照《て》らされ、人影《ひとかげ》はない。ハリーは走《はし》った……。

前方《ぜんぽう》でエレベーターのガタゴトいう音《おと》が聞《き》こえた。ハリーは廊下《ろうか》を疾走《しっそう》し、勢《いきお》いよく角《かど》を曲《ま》がり、別《べつ》のエレベーターを呼《よ》ぶボタンを拳《こぶし》でたたいた。ジャラジャラと音《おと》を立《た》てながら、エレベーターが下《お》りてきた。格子戸《こうしど》が開《ひら》くなりハリーは飛《と》び乗《の》って、「アトリウム」のボタンをたたいた。

ドアがするすると閉《し》まり、ハリーは昇《のぼ》っていった……。

格子戸《こうしど》が完全《かんぜん》に開《ひら》かないうちにすきまから無理《むり》やり体《からだ》を押《お》し出《だ》し、ハリーはあたりを見回《みまわ》した。ベラトリックスは、もうほとんどホールのむこうの電話《でんわ》ボックス・エレベーターにたどり着《つ》いていた。しかし、ハリーが全速力《ぜんそくりょく》で追《お》うと、振《ふ》り返《かえ》ってハリーをねらい、呪文《じゅもん》を放《はな》った。ハリーは「魔法界《まほうかい》の同胞《どうほう》の泉《いずみ》」の陰《かげ》に隠《かく》れてそれをかわした。呪文《じゅもん》はハリーを飛《と》び越《こ》し、アトリウムの奥《おく》にある金《きん》のゲートに当《あ》たった。ゲートは鐘《かね》が鳴《な》るような音《おと》を出《だ》した。もう足音《あしおと》がしない。ベラトリックスは走《はし》るのをやめていた。ハリーは泉《いずみ》の立像《りつぞう》の陰《かげ》にうずくまって、耳《みみ》を澄《す》ました。

「出《で》てこい、出《で》てこい、ハリーちゃん！」ベラトリックスが赤《あか》ちゃん声《ごえ》を作《つく》って呼《よ》びかけた。磨《みが》き上《あ》げられた木《き》の床《ゆか》に、その声《こえ》が響《ひび》いた。「どうして私《わたし》を追《お》ってきたんだい？ 私《わたし》のかわいいとこの敵《かたき》を討《う》ちにきたんじゃないのかい？」

「そうだ！」ハリーの声《こえ》が、何十人《なんにん》ものハリーの幽霊《ゆうれい》と合唱《がっしょう》するように、部屋中《へやじゅう》にこだました。

「そうだ！ そうだ！ そうだ！」

「あぁぁぁぁ……あいつを愛《あい》してたのかい？ ポッター赤《あか》ちゃん？」

これまでにない激《はげ》しい憎《にく》しみが、ハリーの胸《むね》に湧《わ》き上《あ》がった。噴水《ふんすい》の陰《かげ》から飛《と》び出《だ》し、ハリーが大声《おおごえ》で叫《さけ》んだ。

「クルーシオ！　苦《くる》しめ！」

ベラトリックスが悲鳴《ひめい》を上《あ》げた。呪文《じゅもん》はベラトリックスをひっくり返《かえ》らせた。しかし、ネビルのように苦痛《くつう》に泣《な》き叫《さけ》んだり、もだえたりはしなかった――息《いき》を切《き》らしながら、すでに立《た》ち上《あ》がっていた。もう笑《わら》ってはいない。ハリーは黄金《おうごん》の噴水《ふんすい》の陰《かげ》にまた隠《かく》れた。ベラトリックスの逆《ぎゃく》呪《のろ》いが、ハンサムな魔法使《まほうつか》いの頭《あたま》に当《あ》たり、頭部《とうぶ》が吹っ飛《と》んで数《すう》メートル先《さき》に転《ころ》がり、木《き》の床《ゆか》に長々《ながなが》とすり傷《きず》をつけた。

「『許《ゆる》されざる呪文《じゅもん》』を使《つか》ったことがないようだね、小僧《こぞう》？」ベラトリックスが叫《さけ》んだ。もう赤《あか》ちゃん声《ごえ》を捨《す》てていた。「本気《ほんき》になる必要《ひつよう》があるんだ、ポッター！　苦《くる》しめようと本気《ほんき》でそう思《おも》わなきゃ――それを楽《たの》しまなくちゃ――まっとうな怒《いか》りじゃ、そう長《なが》くは私《わたし》を苦《くる》しめられないよ――どうやるのか、教《おし》えてやろうじゃないか、え？　もんでやるよ――」

ハリーはじりじりと噴水《ふんすい》の反対側《はんたいがわ》まで回《まわ》り込《こ》んでいた。その時《とき》ベラトリックスが叫《さけ》んだ。

「クルーシオ！」

弓《ゆみ》を持《も》ったケンタウルスの腕《うで》がくるくる回《まわ》りながら飛《と》び、ハリーはまた身《み》をかがめざるをえなかった。腕《うで》は金色《きんいろ》の魔法使《まほうつか》いの頭部《とうぶ》の近《ちか》くの床《ゆか》にドスンと落《お》ちた。

「ポッター、おまえが私《わたし》に勝《か》てるわけがない！」ベラトリックスが叫《さけ》んだ。

ハリーをぴたりとねらおうと、ベラトリックスが右《みぎ》に移動《いどう》する音《おと》が聞《き》こえた。ハリーはベラトリックスから遠《とお》ざかるように、立像《りつぞう》を反対側《はんたいがわ》に回《まわ》り込《こ》み、頭《あたま》をしもべ妖精像《ようせいぞう》の高《たか》さと同《おな》じぐらいにして、ケンタウルスの脚《あし》の陰《かげ》にかがみ込《こ》んだ。

「私《わたし》は、昔《むかし》も今《いま》も、闇《やみ》の帝王《ていおう》のもっとも忠実《ちゅうじつ》な従者《じゅうしゃ》だ。あの方《かた》から直接《ちょくせつ》に闇《やみ》の魔術《まじゅつ》を教《おそ》わった。私《わたし》の呪文《じゅもん》の威力《いりょく》は、おまえのような青二才《あおにさい》がどうあがいても太刀打《たちう》ちできるものではない――」

ハリーは、首無《くびな》しになってしまった魔法使《まほうつか》いにニッコリ笑《わら》いかけている小鬼像《ゴブリンぞう》のそばまで回《まわ》り込《こ》み、噴水《ふんすい》の周《まわ》りをうかがっているベラトリックスの背中《せなか》にねらいを定《さだ》めた。

「ステューピファイ！　まひせよ！」ハリーが叫《さけ》んだ。

ベラトリックスの応戦《おうせん》はすばやかった。あまりの速《はや》さに、ハリーは身《み》をかわす間《ま》もないほどだった。

「プロテゴ！」ハリーの「失神呪文《しっしんじゅもん》」の赤《あか》い光線《こうせん》が、跳《は》ね返《かえ》ってきた。ハリーは急《いそ》いで噴水《ふんすい》の陰《かげ》に戻《もど》ったが、小鬼《こおに》の片耳《かたみみ》が部屋《へや》のむこうまで吹《ふ》っ飛《と》んだ。

「ポッター、一度《いちど》だけチャンスをやろう！」ベラトリックスが叫《さけ》んだ。「予言《よげん》を私《わたし》に渡《わた》せ――今《いま》、こっちに転《ころ》がしてよこすんだ――そうすれば命《いのち》だけは助《たす》けてやろう！」

「それじゃ、僕《ぼく》を殺《ころ》すしかない。予言《よげん》はなくなったんだから！」ハリーはほえるように言《い》った。

そのとたん、額《ひたい》に激痛《げきつう》が走《はし》った。傷痕《きずあと》がまたしても焼《や》けるように痛《いた》んだ。そして、自分自身《じぶんじしん》の怒《いか》りとはまったく関連《かんれん》のない激《はげ》しい怒《いか》りが込《こ》み上《あ》げてくるのを感《かん》じた。

「それに、あいつは知《し》っているぞ！」ハリーはベラトリックスの狂《くる》ったような笑《わら》いに匹敵《ひってき》するほどの笑《わら》い声《ごえ》を上《あ》げた。「おまえの大切《たいせつ》なヴォルデモート様《さま》は、予言《よげん》がなくなってしまったことをご存《ぞん》じだ。おまえのこともご満足《まんぞく》はなさらないだろうな？」

「何《なん》だって？　どういうことだ？」ベラトリックスの声《こえ》が初《はじ》めておびえた。

「ネビルを助《たす》けて石段《いしだん》を登《のぼ》ろうとしたとき、予言《よげん》の球《たま》が砕《くだ》けたんだ！　ヴォルデモートはははたして何《なん》と言《い》うだろうな？」

ハリーの傷痕《きずあと》がまたしても焼《や》けるように痛《いた》んだ……痛《いた》みにハリーは目《め》がうるんだ……。

「**うそつきめ！**」ベラトリックスがかん高《だか》く叫《さけ》んだ。しかし、今《いま》やその怒《いか》りの裏《うら》に、ハリーは恐怖《きょうふ》を聞《き》き取《と》っていた。「おまえは予言《よげん》を持《も》っているんだ、ポッター、それを私《わたし》によこすのだ。アクシオ！　予言《よげん》よ、来《こ》い！　アクシオ！　予言《よげん》よ、来《こ》い！」

ハリーはまた高笑《たかわら》いした。そうすればベラトリックスが激昂《げきこう》することがわかっていたからだ。頭痛《ずつう》がだんだんひどくなり、頭《ず》がい骨《こつ》が破裂《はれつ》するかとさえ思《おも》った。ハリーは片耳《かたみみ》になった小鬼像《ゴブリンぞう》の後《うし》ろから、からっぽの手《て》を振《ふ》って見《み》せ、ベラトリックスがまたもや緑《みどり》の閃光《せんこう》を飛《と》ばしてよこしたときすばやく手《て》を引《ひ》っ込《こ》めた。

「何《なん》にもないぞ！」ハリーが叫《さけ》んだ。「呼《よ》び寄《よ》せる物《もの》なんか何《なん》にもない！　予言《よげん》は砕《くだ》けた。誰《だれ》も予言《よげん》を聞《き》かなかった。おまえのご主人様《しゅじんさま》にそう言《い》え！」

「ちがう！」ベラトリックスが悲鳴《ひめい》を上《あ》げた。

「うそだ。おまえはうそをついている！　**ご主人様《しゅじんさま》！　私《わたし》は努力《どりょく》しました。努力《どりょく》いたしました——どうぞ私《わたし》を罰《ばっ》しないでください——**」

「言《い》うだけむださ！」ハリーが叫《さけ》んだ。これまでにないほど激《はげ》しくなった傷痕《きずあと》の痛《いた》みに、ハリーは目《め》を閉《と》じ、顔中《かおじゅう》をしかめた。「ここからじゃ、あいつには聞《き》こえないぞ！」

「そうかな？　ポッター」

かん高《だか》い冷《つめ》たい声《こえ》が言《い》った。

ハリーは目《め》を開《あ》けた。

背《せ》の高《たか》い、やせた姿《すがた》が黒《くろ》いフードをかぶっていた。恐《おそ》ろしい蛇《へび》のような顔《かお》は蒼白《そうはく》で落《お》ちくぼみ、縦《たて》に裂《さ》けたような瞳孔《どうこう》の真《ま》っ赤《か》な両眼《りょうがん》がにらんでいる……ヴォルデモート卿《きょう》が、ホールの真《ま》ん中《なか》に姿《すがた》を現《あらわ》していた。杖《つえ》をハリーに向《む》けている。ハリーは凍《こお》りついたように動《うご》けなかった。

「そうか、おまえが俺様《おれさま》の予言《よげん》を壊《こわ》したのだな？」

ヴォルデモートは非情《ひじょう》な赤《あか》い目《め》でハリーをにらみつけながら、静《しず》かに言《い》った。

「いや、ベラ、こいつはうそをついてはいない……こいつの愚《ぐ》にもつかぬ心《こころ》の中《なか》から、真実《しんじつ》が俺《おれ》様《さま》を見《み》つめているのが見《み》えるのだ……何《なん》か月《げつ》もの準備《じゅんび》、何《なん》か月《げつ》もの苦労《くろう》……その挙句《あげく》、わが死喰《しく》い人《びと》たちは、またしても、ハリー・ポッターが俺様《おれさま》をくじくのを許《ゆる》した……」

「ご主人様《しゅじんさま》、申《もう》し訳《わけ》ありません。私《わたし》は知《し》りませんでした。『動物《アニ》もどき《メーガス》』のブラックと戦《たたか》っていたのです！」

ゆっくりと近《ちか》づくヴォルデモートの足元《あしもと》に身《み》を投《な》げ出《だ》し、ベラトリックスがすすり泣《な》いた。

「ご主人様《しゅじんさま》、おわかりくださいませ――」

「だまれ、ベラ」ヴォルデモートの声《こえ》が危険《きけん》をはらんだ。「おまえの始末《しまつ》はすぐつけてやる。俺《おれ》様《さま》が魔法省《まほうしょう》に来《き》たのは、おまえの女々《めめ》しい弁解《べんかい》を聞《き》くためだとでも思《おも》うのか？」

「でも、ご主人様《しゅじんさま》――あの人《ひと》がここに――あの人《ひと》が下《した》に――」

ヴォルデモートは一顧《いっこ》だにしなかった。

「ポッター、俺様《おれさま》はこれ以上何《いじょうなに》もおまえに言《い》うことはない」ヴォルデモートが静《しず》かに言《い》った。

「おまえはあまりにもしばしば、あまりにも長《なが》きにわたって、俺様《おれさま》をいらだたせてきた。アバダ ケダブラ！」

ハリーは抵抗《ていこう》のために口《くち》を開《ひら》くことさえしていなかった。頭《あたま》が真《ま》っ白《しろ》で、杖《つえ》はだらりと下《した》を向《む》いたままだった。

ところが、首無《くびな》しになった黄金《おうごん》の魔法使《まほうつか》い像《ぞう》が突如《とつじょ》立《た》ち上《あ》がり、台座《だいざ》から飛《と》び上《あ》がると、ドスンと音《おと》を立《た》ててハリーとヴォルデモートの間《あいだ》に着地《ちゃくち》した。立像《りつぞう》が両腕《りょううで》を広《ひろ》げてハリーを護《まも》り、呪文《じゅもん》は立像《りつぞう》の胸《むね》に当《あ》たって跳《は》ね返《かえ》っただけだった。

「なんと——？」ヴォルデモートが周囲《しゅうい》に目《め》を凝《こ》らした。そして、息《いき》を殺《ころ》して言《い》った。「ダンブルドアか！」

ハリーは胸《むね》を高鳴《たかな》らせて振《ふ》り返《かえ》った。ダンブルドアが金色《きんいろ》のゲートの前《まえ》に立《た》っていた。

ヴォルデモートが杖《つえ》を上《あ》げ、緑色《みどりいろ》の閃光《せんこう》がまた一本《ぽん》、ダンブルドアめがけて飛《と》んだ。ダンブルドアはくるりと一回転《いっかいてん》し、マントの渦《うず》の中《なか》に消《き》えた。次《つぎ》の瞬間《しゅんかん》、ヴォルデモートの背後《はいご》に現《あらわ》れたダンブルドアは、噴水《ふんすい》に残《のこ》った立像《りつぞう》に向《む》けて杖《つえ》を振《ふ》った。立像《りつぞう》はいっせいに動《うご》きだした。魔女《まじょ》の像《ぞう》がベラトリックスに向《む》かって走《はし》り、ベラトリックスは悲鳴《ひめい》を上《あ》げて何度《なんど》も呪文《じゅもん》を飛《と》ばしたが、魔女《まじょ》の胸《むね》に当《あ》たってむなしく跳《は》ね返《かえ》っただけだった。魔女《まじょ》はベラトリックスに飛《と》びかかり、床《ゆか》に押《お》さえつけた。一方《いっぽう》、小鬼《ゴブリン》としもべ妖精《ようせい》は、小走《こばし》りで壁《かべ》に並《なら》んだ暖炉《だんろ》に向《む》かい、腕《うで》一本《ぽん》のケンタウルスはヴォルデモートに向《む》かって疾駆《しっく》した。ヴォルデモートの姿《すがた》は一瞬《いっしゅん》消《き》え去《さ》り、噴水《ふんすい》の脇《わき》に再《ふたた》び姿《すがた》を現《あらわ》した。首無《くびな》しの像《ぞう》は、ハリーを戦闘《せんとう》の場《ば》から遠《とお》ざけるように後《うし》ろに押《お》しやり、ダンブルドアがヴォルデモートの前《まえ》に進《すす》み出《で》た。

黄金《おうごん》のケンタウルス像《ぞう》がゆっくりと二人《ふたり》の周《まわ》りをかけた。

「今夜《こんや》ここに現《あらわ》れたのは愚《おろ》かじゃったな、トム」ダンブルドアが静《しず》かに言《い》った。「闇祓《やみばら》いたちがまもなくやってこよう――」

「その前《まえ》に、俺様《おれさま》はもういなくなる。そして貴様《きさま》は死《し》んでおるわ！」

ヴォルデモートが吐《は》き捨《す》てるように言《い》った。またしても死《し》の呪文《じゅもん》がダンブルドアめがけて飛《と》んだが、はずれて守衛《しゅえい》のデスクに当《あ》たり、たちまち机《つくえ》が炎上《えんじょう》した。

ダンブルドアが杖《つえ》をすばやく動《うご》かした。その杖《つえ》から発《はっ》せられる呪文《じゅもん》の強《つよ》さたるや、黄金《おうごん》のガードに護《まも》られているハリーでさえ、呪文《じゅもん》が通《とお》り過《す》ぎるとき髪《かみ》の毛《け》が逆立《さかだ》つのを感《かん》じた。ヴォルデモートも、その呪文《じゅもん》をそらすためには、空中《くうちゅう》から輝《かがや》く銀色《ぎんいろ》の盾《たて》を取《と》り出《だ》さざるをえないほどだった。その呪文《じゅもん》が何《なん》であれ、盾《たて》には目《め》に見《み》える損傷《そんしょう》は与《あた》えなかった。しかし、ゴングのような低《ひく》い音《おと》が反響《はんきょう》した――不思議《ふしぎ》に背筋《せすじ》が寒《さむ》くなる音《おと》だった。

「俺様《おれさま》を殺《ころ》そうとしないのか？　ダンブルドア？」ヴォルデモートが盾《たて》の上《うえ》から真《ま》っ赤《か》な目《め》を細《ほそ》めてのぞいた。「そんな野蛮《やばん》な行為《こうい》は似合《にあ》わぬとでも？」

「おまえも知《し》ってのとおり、トム、人《ひと》を滅亡《めつぼう》させる方法《ほうほう》はほかにもある」

ダンブルドアは落《お》ち着《つ》きはらってそう言《い》いながら、まっすぐにヴォルデモートに向《む》かって歩《ある》き続《つづ》けた。この世《よ》に何《なに》も恐《おそ》れるものはないかのように、ホールのそぞろ歩《ある》きをじゃまする出来事《できごと》など何《なに》も起《お》こらなかったかのように。

「たしかに、おまえの命《いのち》を奪《うば》うことだけでは、わしは満足《まんぞく》はせんじゃろう――」

「死《し》よりも酷《こく》なことは何《なに》もないぞ、ダンブルドア！」ヴォルデモートがうなるように言《い》った。

「おまえは大《おお》いにまちがっておる」

ダンブルドアはさらにヴォルデモートに迫《せま》りながら、まるで酒《さけ》を飲《の》み交《か》わしながら会話《かいわ》をしているような気軽《きがる》な口調《くちょう》だった。ダンブルドアが無防備《むぼうび》に、盾《たて》もなしで歩《ある》いていくのを見《み》て、ハリーはそら恐《おそ》ろしかった。警戒《けいかい》するようにと叫《さけ》びたかった。しかし、首無《くびな》しのボディガードがハリーを壁際《かべぎわ》へと押《お》し戻《もど》し、ハリーが前《まえ》に出《で》ようとするたびにことごとく阻止《そし》した。

「死《し》よりもむごいことがあるというのを理解《りかい》できんのが、まさに、昔《むかし》からのおまえの最大《さいだい》の弱点《じゃくてん》よのう――」

銀色《ぎんいろ》の盾《たて》の陰《かげ》から、またしても緑《みどり》の閃光《せんこう》が走《はし》った。今度《こんど》は、ダンブルドアの前《まえ》に疾駆《しっく》してきた片腕《かたうで》のケンタウルスがそれを受《う》け、粉々《こなごな》に砕《くだ》けた。そのかけらがまだ床《ゆか》に落《お》ちないうちに、ダンブルドアが杖《つえ》をぐっと引き、鞭《むち》のように振《ふ》り動《うご》かした。細長《ほそなが》い炎《ほのお》が杖先《つえさき》から飛《と》び出《だ》し、ヴォルデモートを盾《たて》ごとからめ取《と》った。一瞬《いっしゅん》、ダンブルドアの勝《か》ちだと思《おも》われた。しかし、その時《とき》、炎《ほのお》のロープが蛇《へび》に変《か》わり、たちまちヴォルデモートの縄目《なわめ》を解《と》き、激《はげ》しくシューッシューッと鎌首《かまくび》をもたげてダンブルドアに立《た》ち向《む》かった。

ヴォルデモートの姿《すがた》が消《き》えた。蛇《へび》が床《ゆか》から伸《の》び上《あ》がり、攻撃《こうげき》の姿勢《しせい》を取《と》った――。

ダンブルドアの頭上《ずじょう》で炎《ほのお》が燃《も》え上《あ》がった。同時《どうじ》にヴォルデモートがまた姿《すがた》を現《あらわ》し、さっきまで五体《たい》の像《ぞう》が立《た》っていた噴水《ふんすい》の真《ま》ん中《なか》の台座《だいざ》に立《た》っていた。

「あぶない！」ハリーが叫《さけ》んだ。

しかし、すでにヴォルデモートの杖《つえ》から、またしても緑《みどり》の閃光《せんこう》がダンブルドアめがけて飛《と》び、蛇《へび》が襲《おそ》いかかっていた。

フォークスがダンブルドアの前《まえ》に急降下《きゅうこうか》し、くちばしを大《おお》きく開《あ》けて緑《みどり》の閃光《せんこう》を丸飲《まるの》みした。そして炎《ほのお》となって燃《も》え上《あ》がり、床《ゆか》に落《お》ち、小《ちい》さくしなびて飛《と》ばなくなった。その時《とき》ダンブルドアが杖《つえ》を一振《ひとふ》りした。長《なが》い、流《なが》れるような動《うご》きだった。――まさに、ダンブルドアにガブリと牙《きば》を突《つ》き立《た》てようとしていた蛇《へび》が、空中高《くうちゅうたか》く吹《ふ》き飛《と》び、一筋《ひとすじ》の黒《くろ》い煙《けむり》となって消《き》えた。そして、泉《いずみ》の水《みず》が立《た》ち上《あ》がり、溶《と》けたガラスの繭《まゆ》のようにヴォルデモートを包《つつ》み込《こ》んだ。

わずかの間《あいだ》、ヴォルデモートは、さざ波《なみ》のように揺《ゆ》れるぼんやりした顔《かお》のない影《かげ》となり、台座《だいざ》の上《うえ》でチラチラ揺《ゆ》らめいていた。息《いき》を詰《つ》まらせる水《みず》を払《はら》いのけようと、明《あき》らかにもがいている――。

やがて、その姿《すがた》が消《き》えた。水《みず》がすさまじい音《おと》を立《た》てて再《ふたた》び泉《いずみ》に落《お》ち、水盆《すいばん》の縁《ふち》から激《はげ》しくこぼれて磨《みが》かれた床《ゆか》をびしょぬれにした。

「**ご主人様《しゅじんさま》！**」ベラトリックスが絶叫《ぜっきょう》した。

まちがいなく、終《お》わった。ヴォルデモートは逃《に》げを決《き》めたのにちがいない。ハリーはガードしている立像《りつぞう》の陰《かげ》から走《はし》り出《で》ようとした。しかし、ダンブルドアの声《こえ》が響《ひび》いた。

「ハリー、動《うご》くでない！」

ダンブルドアの声《こえ》が、初《はじ》めて恐怖《きょうふ》を帯《お》びていた。ハリーにはなぜかわからなかった。ホールはがらんとしていた。ハリーとダンブルドア、魔女《まじょ》の像《ぞう》に押《お》さえつけられたままですすり泣《な》くベラトリックス、そして床《ゆか》の上《うえ》でかすかに鳴《な》き声《ごえ》を上《あ》げる生《う》まれたばかりの不死鳥《ふしちょう》、フォークスしかいない――。

すると突然《とつぜん》、傷痕《きずあと》がパックリ割《わ》れた。ハリーは自分《じぶん》が死《し》んだと思《おも》った。想像《そうぞう》を絶《ぜっ》する痛《いた》み、たえがたい激痛《げきつう》――。

ハリーはホールにいなかった。真《ま》っ赤《か》な目《め》をした生《い》き物《もの》のとぐろに巻《ま》き込《こ》まれていた。あまりにきつくしめつけられ、どこまでが自分《じぶん》の体《からだ》で、どこからが生《い》き物《もの》の体《からだ》かわからない。二つの体《からだ》はくっつき、痛《いた》みによって縛《しば》りつけられていた。逃《のが》れようがない――。

そして、その生《い》き物《もの》が口《くち》をきいた。ハリーの口《くち》を通《とお》してしゃべった。苦痛《くつう》の中《なか》で、ハリーは自《じ》分《ぶん》のあごが動《うご》くのを感《かん》じた……。

「俺様《おれさま》を殺《ころ》せ、今《いま》すぐ、ダンブルドア……」

目《め》も見《み》えず、瀕死《ひんし》の状態《じょうたい》で、体《からだ》のあらゆる部分《ぶぶん》が解放《かいほう》を求《もと》めて叫《さけ》びながら、ハリーは、またしてもその生《い》き物《もの》がハリーを使《つか》っているのを感《かん》じた……。

「死《し》が何物《なにもの》でもないなら、ダンブルドア、この子《こ》を殺《ころ》せ……」

痛《いた》みを止《と》めてくれ、ハリーは思《おも》った……僕《ぼく》たちを殺《ころ》してくれ……終《お》わらせてくれ、ダンブルドア……この苦痛《くつう》に比《くら》べれば、死《し》など何《なん》でもない……。

そうすれば、僕《ぼく》はまたシリウスに会《あ》える……。

ハリーの心《こころ》に熱《あつ》い感情《かんじょう》があふれた。するとその時《とき》、生《い》き物《もの》のとぐろがゆるみ、痛《いた》みが去《さ》った。ハリーはうつ伏《ぶ》せに床《ゆか》に倒《たお》れていた。めがねがどこかにいってしまい、ハリーは木《き》の床《ゆか》ではなく氷《こおり》の上《うえ》に横《よこ》たわっているかのように震《ふる》えていた……。

ホール中《じゅう》に人声《ひとごえ》が響《ひび》いている。そんなにたくさんいるはずはないのに……。ハリーは目《め》を開《あ》けた。自分《じぶん》をガードしていた首無《くびな》しの立像《りつぞう》のかかとのそばに、めがねが落《お》ちているのが見《み》えた。立《りつ》像《ぞう》は、しかし今仰向《いまあおむ》けに倒《たお》れ、割《わ》れて動《うご》かなかった。ハリーはめがねをかけ、少《すこ》し頭《あたま》を上《あ》げた。ダンブルドアの折《お》れ曲《ま》がった鼻《はな》がすぐそばにあるのが見《み》えた。

「ハリー、大丈夫《だいじょうぶ》か？」

「はい」震《ふる》えが激《はげ》しく、ハリーはまともに頭《あたま》を上《あ》げていられなかった。「ええ、大丈《だいじょう》──どこに、ヴォルデモートは、どこに──誰《だれ》？　こんなに人《ひと》が──いったい──」

アトリウムは人《ひと》であふれていた。片側《かたがわ》の壁《かべ》に並《なら》んだ暖炉《だんろ》のすべてに火《ひ》が燃《も》え、そのエメラルド色《いろ》の炎《ほのお》が床《ゆか》を照《て》らしている。暖炉《だんろ》から、次々《つぎつぎ》と魔法使《まほうつか》い、魔女《まじょ》たちが現《あらわ》れ出《で》ていた。ダンブルドアに助《たす》け起《お》こされたハリーは、しもべ妖精《ようせい》と小鬼《ゴブリン》の小《ち》さい黄金《おうごん》の立像《りつぞう》が、あぜんとした顔《かお》のコーネリウス・ファッジを連《つ》れてやってくるのを見《み》た。

「『あの人《ひと》』はあそこにいた！」紅《くれない》のローブにポニーテールの男《おとこ》が、ホールの反対側《はんたいがわ》の金色《きんいろ》の瓦《が》礫《れき》の山《やま》を指差《ゆびさ》して叫《さけ》んだ。そこは、さっきまでベラトリックスが押《お》さえつけられていた場所《ばしょ》だ。

「ファッジ大臣《だいじん》、私《わたし》は『あの人《ひと》』を見《み》ました。まちがいなく、『例《れい》のあの人《ひと》』でした。女《おんな》を引《ひ》っつかんで、『姿《すがた》くらまし』しました！」

「わかっておる、ウィリアムソン、わかっておる。私《わたし》も『あの人《ひと》』を見《み》た！」ファッジはしどろもどろだった。細《ほそ》じまのマントの下《した》はパジャマで、何《なん》キロもかけてきたかのように息《いき》を切《き》らしている。「なんとまあ――ここで――ここで！――魔法省《まほうしょう》で！――あろうことか！――ありえない――まったく――どうしてこんな――？」

「コーネリウス、下《した》の神秘部《しんぴぶ》に行《い》けば――」ダンブルドアが言《い》った。ハリーが無事《ぶじ》なのに安堵《あんど》したらしく、ダンブルドアは前《まえ》に進《すす》み出《で》た。新《あたら》しく到着《とうちゃく》した魔法使《まほうつか》いたちは、ダンブルドアがいることに初《はじ》めて気《き》づいた（何人《なんにん》かは杖《つえ》をかまえた。あとはただぼうぜんと見《み》つめるばかりだった。しもべ妖精《ようせい》と小鬼《ゴブリン》の像《ぞう》は拍手《はくしゅ》した。ファッジは飛《と》び上《あ》がり、スリッパばきの両足《りょうあし》が床《ゆか》から離《はな》れた）。「――脱獄《だつごく》した死喰《しく》い人《びと》が何人《なんにん》か、『死《し》の間《ま》』に拘束《こうそく》されているのがわかるじゃろう。『姿《すがた》くらまし防止呪文《ぼうしじゅもん》』で縛《しば》ってある。大臣《だいじん》がどうなさるのか、処分《しょぶん》を待《ま》っておる」

「ダンブルドア！」ファッジが興奮《こうふん》で我《われ》を忘《わす》れ、息《いき》をのんだ。「おまえ――ここに――私《わたし》は――私《わたし》は――」

ファッジは一緒《いっしょ》に連《つ》れてきた闇祓《やみばら》いたちをきょろきょろと見回《みまわ》した。誰《だれ》が見《み》ても、ファッジが「捕《つか》まえろ！」と叫《さけ》ぶかどうか迷《まよ》っていることは明《あき》らかだった。

「コーネリウス、わしはおまえの部下《ぶか》と戦《たたか》う準備《じゅんび》はできておる。――そして、また勝《か》つ！」ダンブルドアの声《こえ》がとどろいた。「しかし、つい今《いま》しがた、君《きみ》はその目《め》で、わしが一年間君《ねんかんきみ》に言《い》い続《つづ》けてきたことが真実《しんじつ》じゃったという証拠《しょうこ》を見《み》たであろう。ヴォルデモート卿《きょう》は戻《もど》ってきた。この十二か月《げつ》、君《きみ》は見当《けんとう》ちがいの男《おとこ》を追《お》っていた。そろそろ目覚《めざ》める時《とき》じゃ！」

「私《わたし》は――別《べつ》に――まあ――」ファッジは虚勢《きょせい》を張《は》り、どうするべきか誰《だれ》か教《おし》えてくれというように周《まわ》りを見回《みまわ》した。誰《だれ》も何《なに》も言《い》わないので、ファッジが言《い》った。「よろしい――ドーリッシュ！　ウィリアムソン！　神秘部《しんぴぶ》に行《い》って、見《み》てこい……ダンブルドア、おまえ――君《きみ》は、正確《せいかく》に私《わたし》に話《はな》して聞《き》かせる必要《ひつよう》が――『魔法界《まほうかい》の同胞《どうほう》の泉《いずみ》』――いったいどうしたんだ？」最後《さいご》は半《はん》べそになり、ファッジは魔法使《まほうつか》い、魔女《まじょ》、ケンタウルスの像《ぞう》の残《ざん》がいが散《ち》らばっている床《ゆか》を見《み》つめた。

「その話《はなし》は、わしがハリーをホグワーツに戻《もど》してからにすればよい」ダンブルドアが言《い》った。

「ハリー――ハリー・ポッターか？」

ファッジがくるりと振《ふ》り返《かえ》り、ハリーを見《み》つめた。ハリーは壁際《かべぎわ》に立《た》ったままで、ダンブルドアとヴォルデモートの決闘《けっとう》の間《あいだ》自分《じぶん》を護《まも》ってくれ、今《いま》は倒《たお》れている立像《りつぞう》のそばにいた。

「ハリーが――ここに？」ファッジが言《い》った。「どうして――いったいどういうことだ？」

「わしがすべてを説明《せつめい》しようぞ」ダンブルドアがくり返《かえ》した。「ハリーが学校《がっこう》に戻《もど》ってからじゃ」

ダンブルドアは噴水《ふんすい》のそばを離《はな》れ、黄金《おうごん》の魔法使《まほうつか》いの像《ぞう》の頭部《とうぶ》が転《ころ》がっている所《ところ》に行《い》った。杖《つえ》を頭部《とうぶ》に向《む》け「ポータス」と唱《とな》えると、頭部《とうぶ》は青《あお》く光《ひか》り、一瞬《いっしゅん》、床《ゆか》の上《うえ》でやかましい音《おと》を立《た》てて震《ふる》えたが、また動《うご》かなくなった。

「ちょっと待《ま》ってくれ、ダンブルドア！」ダンブルドアが頭部《とうぶ》を拾《ひろ》い上《あ》げ、それを抱《かか》えてハリーの所《ところ》に戻《もど》ると、ファッジが言《い》った。「君《きみ》にはその『移動《ポート》キー』を作《つく》る権限《けんげん》はない！　魔法大臣《まほうだいじん》の真《ま》ん前《まえ》で、まさかそんなことはできないのに、君《きみ》は――君《きみ》は――」

ダンブルドアが半月《はんげつ》めがねの上《うえ》から毅然《きぜん》とした目《め》でファッジをじっと見《み》ると、ファッジの声《こえ》がだんだん尻《しり》すぼまりになった。

「君《きみ》は、ドローレス・アンブリッジをホグワーツから除籍《じょせき》する命令《めいれい》を出《だ》すがよい」ダンブルドアが言《い》った。「部下《ぶか》の闇祓《やみばら》いたちに、わしの『魔法生物飼育学《まほうせいぶつしいくがく》』の教師《きょうし》を追跡《ついせき》するのをやめさせ、職《しょく》に復帰《ふっき》できるようにするのじゃ。君《きみ》には……」ダンブルドアはポケットから十二本《ほん》の針《はり》がある時計《とけい》を引《ひ》っ張《ぱ》り出《だ》して、ちらりと眺《なが》めた。「……今夜《こんや》、わしの時間《じかん》を三十分《ぷん》やろう。それだけあれば、ここで何《なに》が起《お》こったのか、重要《じゅうよう》な点《てん》を話《はな》すのに充分《じゅうぶん》じゃろう。そのあと、わしは学校《がっこう》に戻《もど》らねばならぬ。もし、さらにわしの助《たす》けが必要《ひつよう》なら、もちろん、ホグワーツにおるわしに連絡《れんらく》をくだされば、喜《よろこ》んで応《おう》じよう。校長宛《こうちょうあて》の手紙《てがみ》を出《だ》せばわしに届《とど》く」

ファッジはますます目《め》を白黒《しろくろ》させた。口《くち》をポカンと開《あ》け、くしゃくしゃの白髪頭《しらがあたま》の下《した》で、丸顔《まるがお》がだんだんピンクになった。

「私《わたし》は――君《きみ》は――」

ダンブルドアはファッジに背《せ》を向《む》けた。

「この『移動《ポート》キー』に乗《の》るがよい、ハリー」

ダンブルドアが黄金《おうごん》の頭部《とうぶ》を差《さ》し出《だ》した。ハリーはその上《うえ》に手《て》をのせた。次《つぎ》に何《なに》をしようが、どこに行《い》こうが、どうでもよかった。

「三十分後《ぷんご》に会《あ》おうぞ」ダンブルドアが静《しず》かに言《い》った。「一……二……三……」

ハリーは、へその裏側《うらがわ》がぐいと引《ひ》っ張《ぱ》られる、あのいつもの感覚《かんかく》を感《かん》じた。足元《あしもと》の磨《みが》かれた木《き》の床《ゆか》が消《き》えた。アトリウムもファッジも、ダンブルドアもみんな消《き》えた。そしてハリーは、色彩《しきさい》と音《おと》の渦《うず》の中《なか》を、前《まえ》へ、前《まえ》へと飛《と》んでいった……。

第《だい》37章《しょう》　失《うしな》われた予言《よげん》

ハリーの足《あし》が固《かた》い地面《じめん》を感《かん》じた。ひざががくりと砕《くだ》け、黄金《おうごん》の魔法使《まほうつか》いの頭部《とうぶ》がゴーンと音《おと》を響《ひび》かせて床《ゆか》に落《お》ちた。見回《みまわ》すと、そこはダンブルドアの校長室《こうちょうしつ》だった。

校長《こうちょう》が留守《るす》の間《あいだ》に、すべてがひとりでに元《もと》どおり修復《しゅうふく》されたようだった。繊細《せんさい》な銀《ぎん》の道具類《どうぐるい》は、華奢《きゃしゃ》な脚《あし》のテーブルの上《うえ》で、のどかに回《まわ》りながらポッポッと煙《けむり》を吐《は》いている。歴代校長《れきだいこうちょう》の肖像画《しょうぞうが》は、ひじかけ椅子《いす》の背《せ》や額縁《がくぶち》に頭《あたま》をもたせかけて、こっくりこっくりしながら寝息《ねいき》を立《た》てている。ハリーは窓《まど》から外《そと》を見《み》た。地平線《ちへいせん》がさわやかな薄緑色《うすみどりいろ》に縁取《ふちど》られている。夜明《よあ》けが近《ちか》い。

動《うご》くものとてない静寂《せいじゃく》。肖像画《しょうぞうが》が時折《ときおり》立《た》てる鼻息《はないき》や寝言《ねごと》しか破《やぶ》るもののない静寂《せいじゃく》は、ハリーにとってたえがたかった。ハリーの心《こころ》の中《なか》が周《まわ》りのものに投影《とうえい》されるのなら、肖像画《しょうぞうが》は苦痛《くつう》に泣《な》き叫《さけ》んでいることだろう。ハリーは、静《しず》かな美《うつく》しい部屋《へや》を、荒《あら》い息《いき》をしながら歩《ある》き回《まわ》った。考《かんが》えまいとした。しかし、考《かんが》えてしまう……逃《のが》れようがない……。

シリウスが死《し》んだのは僕《ぼく》のせいだ。全部《ぜんぶ》僕《ぼく》のせいだ。僕《ぼく》がヴォルデモートの策略《さくりゃく》にはまるようなバカなまねをしなかったなら、もし夢《ゆめ》で見《み》たことをあれほど強《つよ》く現実《げんじつ》だと思《おも》い込《こ》まなかったなら、もし、僕《ぼく》の「英雄気取《えいゆうきど》り」をヴォルデモートが利用《りよう》している可能性《かのうせい》があるとハーマイオニーが言《い》ったことを、素直《すなお》に受《う》け入《い》れていたなら……。

たえられない。考《かんが》えたくない。がまんできない……心《こころ》の中《なか》に、ぽっかり恐《おそ》ろしい穴《あな》が開《あ》いている。感《かん》じたくない、たしかめたくない、暗《くら》い穴《あな》だ。そこにシリウスがいた。そこからシリウスが消《き》えた。この静《しず》まり返《かえ》ったがらんとした穴《あな》に、たった一人《ひとり》で向《む》き合《あ》っていたくない。がまんできない——。

背後《はいご》の肖像画《しょうぞうが》が一段《いちだん》と大《おお》きいいびきをかき、冷《つめ》たい声《こえ》が聞《き》こえた。

「ああ……ハリー・ポッター……」

フィニアス・ナイジェラスが長《なが》いあくびをし、両腕《りょううで》を伸《の》ばしながら、抜《ぬ》け目《め》のない細《ほそ》い目《め》でハリーを見《み》た。

「こんなに朝早《あさはや》く、なぜここに来《き》たのかね？」やがてフィニアスが言《い》った。「この部屋《へや》は正当《せいとう》なる校長《こうちょう》以外《いがい》は入《はい》れないことになっているのだが。それとも、ダンブルドアが君《きみ》をここによこしたのかね？　ああ、もしかして、また……」フィニアスがまた体中《からだじゅう》震《ふる》わせて大《おお》あくびをした。

「私《わたし》のろくでなしの曾々孫《ひひまご》に伝言《でんごん》じゃないだろうね？」

ハリーは言葉《ことば》が出《で》なかった。フィニアス・ナイジェラスはシリウスの死《し》を知《し》らない。しかしハリーには言《い》えなかった。口《くち》に出《だ》せば、それが決定的《けっていてき》なものになり、絶対《ぜったい》に取《と》り返《かえ》しがつかないものになる。

ほかの肖像画《しょうぞうが》もいくつか身動《みうご》きしはじめた。質問攻《しつもんぜ》めにあうことが恐《おそ》ろしく、ハリーは急《いそ》いで部屋《へや》を横切《よこぎ》って扉《とびら》の取《と》っ手《て》をつかんだ。

回《まわ》らない。ハリーは閉《と》じ込《こ》められていた。

「もしかして、これは」校長《こうちょう》の机《つくえ》の背後《はいご》の壁《かべ》にかかった、でっぷりした赤鼻《あかはな》の魔法使《まほうつか》いが、期待《きたい》を込《こ》めて言《い》った。「ダンブルドアがまもなくここに戻《もど》るということかな?」

ハリーが後《うし》ろを向《む》いた。その魔法使《まほうつか》いが、興味深《きょうみぶか》げにじっとハリーを見《み》ている。ハリーはうなずいた。もう一度後《いちどうし》ろ向《む》きのまま取《と》っ手《て》を引《ひ》いたが、びくともしない。

「それはありがたい」その魔法使《まほうつか》いが言《い》った。「あれがおらんと、まったくたいくつじゃったよ。いやまったく」

肖像画《しょうぞうが》に描《えが》かれた王座《おうざ》のような椅子《いす》に座《すわ》りなおし、その魔法使《まほうつか》いはハリーにニッコリと人《ひと》のよさそうな笑顔《えがお》を向《む》けた。

「ダンブルドアは君《きみ》のことをとても高《たか》く評価《ひょうか》しておるぞ。わかっておるじゃろうが」魔法使《まほうつか》いが心地《ここち》よげに話《はな》した。「ああ、そうじゃとも。君《きみ》を誇《ほこ》りに思《おも》っておる」

ハリーの胸《むね》に重苦《おもくる》しくのしかかっていた、恐《おそ》ろしい寄生虫《きせいちゅう》のような罪悪感《ざいあくかん》が、身《み》をくねらせてのた打《う》ち回《まわ》った。たえられなかった。自分《じぶん》が自分《じぶん》であることに、もはやたえられなかった……自分《じぶん》の心《こころ》と体《からだ》に、これほど縛《しば》りつけられていると感《かん》じたことはなかった。誰《だれ》でもいいから誰《だれ》か別人《べつじん》になりたいと、こんなに激《はげ》しく願《ねが》ったことはなかった……。

火《ひ》の気《け》のない暖炉《だんろ》にエメラルド色《いろ》の炎《ほのお》が上《あ》がった。ハリーは思《おも》わず扉《とびら》から飛《と》びのき、火格子《ひごうし》の中《なか》でくるくる回転《かいてん》している姿《すがた》を見《み》つめた。ダンブルドアの長身《ちょうしん》が暖炉《だんろ》からするりと姿《すがた》を現《あらわ》すと、周《まわ》りの壁《かべ》の魔法使《まほうつか》いや魔女《まじょ》が急《きゅう》に目《め》を覚《さ》まし、口々《くちぐち》にお帰《かえ》りなさいと歓声《かんせい》を上《あ》げた。

「ありがとう」ダンブルドアがおだやかに言《い》った。

最初《さいしょ》はハリーのほうを見《み》ず、ダンブルドアは扉《とびら》の脇《わき》にある止《と》まり木《ぎ》のところに歩《ある》いていき、ローブの内《うち》ポケットから小《ちい》さな、醜《みにく》い、羽毛《うもう》のないフォークスを取《と》り出《だ》し、成鳥《せいちょう》のフォークスがいつも止《と》まっている金色《きんいろ》の止《と》まり木《ぎ》の下《した》の、柔《やわ》らかな灰《はい》の入《はい》った盆《ぼん》にそっとのせた。

「さて、ハリー」やがてひな鳥《どり》から目《め》を離《はな》し、ダンブルドアが声《こえ》をかけた。「君《きみ》の学友《がくゆう》じゃが、昨夜《さくや》の事件《じけん》でいつまでも残《のこ》るような傷害《しょうがい》を受《う》けた者《もの》は誰《だれ》もおらん。安心《あんしん》したじゃろう」

ハリーは「よかった」と言《い》おうとしたが、声《こえ》が出《で》なかった。ハリーのもたらした被害《ひがい》がどれほど大《おお》きかったかを、ダンブルドアが改《あらた》めて思《おも》い出《だ》させようとしているような気《き》がした。ダンブルドアが初《はじ》めてハリーをまっすぐ見《み》ているのに、そして、非難《ひなん》しているというよりねぎらっているような表情《ひょうじょう》だったのに、ハリーはダンブルドアと目《め》を合《あ》わせることができなかった。

「マダム・ポンフリーが、みんなの応急手当《おうきゅうてあて》をしておる」ダンブルドアが言《い》った。「ニンファドーラ・トンクスは少《すこ》しばかり聖《せい》マンゴで過《す》ごさねばならぬかもしれんが、完全《かんぜん》に回復《かいふく》する見込《みこ》みじゃ」

ハリーは、空《そら》が白《しら》みはじめ、明《あか》るさを増《ま》してきたじゅうたんに向《む》かってうなずくしかなかった。ダンブルドアとハリーがいったいどこにいたのか、どうしてけが人《にん》が出《で》たのかと、部屋中《へやじゅう》の肖像画《しょうぞうが》が、ダンブルドアの一言一言《ひとことひとこと》に聞《き》き入《い》っているにちがいない。

「ハリー、気持《きも》ちはよくわかる」ダンブルドアがひっそりと言《い》った。

「わかってなんかいない」ハリーの声《こえ》が突然大《とつぜんおお》きく、強《つよ》くなった。焼《や》けるような怒《いか》りが突《つ》き上《あ》げてきた。ダンブルドアは僕《ぼく》の気持《きも》ちなんかちっともわかっちゃいない。

「どうだい？　ダンブルドア？」フィニアス・ナイジェラスが陰険《いんけん》に言《い》った。「生徒《せいと》を理解《りかい》しようとするなかれ。生徒《せいと》がいやがる。連中《れんちゅう》は誤解《ごかい》される悲劇《ひげき》のほうがお好《この》みでね。自己憐憫《じこれんびん》におぼれ、悶々《もんもん》と自《みずか》らの――」

「もうよい、フィニアス」ダンブルドアが言《い》った。

ハリーはダンブルドアに背《せ》を向《む》け、かたくなに窓《まど》の外《そと》を眺《なが》めた。遠《とお》くにクィディッチ競技場《きょうぎじょう》が見《み》えた。シリウスがあそこに現《あらわ》れたことがあったっけ。ハリーのプレーぶりを見《み》ようと、毛《け》むくじゃらの真《ま》っ黒《くろ》な犬《いぬ》になりすまし……きっと、父《とう》さんと同《おな》じぐらいうまいかどうか見《み》にきたんだろうな……一度《いちど》もたしかめられなかった……。

「ハリー、君《きみ》の今《いま》の気持《きも》ちを恥《は》じることはない」ダンブルドアの声《こえ》がした。「それどころか……そのように痛《いた》みを感《かん》じることができるのが、君《きみ》の最大《さいだい》の強《つよ》みじゃ」

ハリーは白熱《はくねつ》した怒《いか》りが体《からだ》の内側《うちがわ》をメラメラとなめるのを感《かん》じた。恐《おそ》ろしい空虚《くうきょ》さの中《なか》に炎《ほのお》が燃《も》え、落《お》ち着《つ》きはらってむなしい言葉《ことば》を吐《は》くダンブルドアを傷《きず》つけてやりたいという思《おも》いがふくれ上《あ》がってきた。

「僕《ぼく》の最大《さいだい》の強《つよ》み。そうですか？」クィディッチ競技場《きょうぎじょう》を見《み》つめながら、もう見《み》てはいなかった。声《こえ》が震《ふる》えていた。「何《なん》にもわからないくせに……知《し》らないくせに……」

「わしが何《なに》を知《し》らないと言《い》うのじゃ？」ダンブルドアが静《しず》かに聞《き》いた。

もうたくさんだ。ハリーは怒《いか》りに震《ふる》えながら振《ふ》り向《む》いた。

「僕《ぼく》の気持《きも》ちなんて話《はな》したくない！　ほっといて！」

「ハリー、そのように苦《くる》しむのは、君《きみ》がまだ人間《にんげん》だという証《あか》しじゃ！　この苦痛《くつう》こそ、人間《にんげん》であることの一部《いちぶ》なのじゃ――」

「なら――僕《ぼく》は――人間《にんげん》で――いるのは――いやだ！」

ハリーはほえたけり、脇《わき》の華奢《きゃしゃ》な脚《あし》のテーブルから繊細《せんさい》な銀《ぎん》の道具《どうぐ》を引《ひ》っつかみ、部屋《へや》のむこうに投《な》げつけた。道具《どうぐ》は壁《かべ》に当《あ》たり、粉々《こなごな》に砕《くだ》けた。肖像画《しょうぞうが》の何人《なんにん》かが、怒《いか》りや恐怖《きょうふ》に叫《さけ》び、アーマンド・ディペットの肖像画《しょうぞうが》が声《こえ》を上《あ》げた。

「やれまあ！」

「かまうもんか！」

ハリーは肖像画《しょうぞうが》たちに向《む》かってどなり、望月鏡《ぼうげつきょう》を引《ひ》ったくって暖炉《だんろ》に投《な》げ入《い》れた。

「たくさんだ！　もう見《み》たくもない！　やめたい！　終《お》わりにしてくれ！　何《なに》もかももうどうでもいい――」

ハリーは銀《ぎん》の道具類《どうぐるい》がのったテーブルをつかみ、それも投《な》げつけた。テーブルは床《ゆか》に当《あ》たってバラバラになり、脚《あし》があちこちに転《ころ》がった。

「どうでもよいはずはない」

ダンブルドアが言《い》った。ハリーが自分《じぶん》の部屋《へや》を破壊《はかい》しても、たじろぎもせず、まったく止《と》めようともしない。静《しず》かな、ほとんど超然《ちょうぜん》とした表情《ひょうじょう》だ。

「気《き》にするからこそ、その痛《いた》みで、君《きみ》の心《こころ》は死《し》ぬほど血《ち》を流《なが》しているのじゃ」

「僕《ぼく》は——気《き》にしてない！」

ハリーが絶叫《ぜっきょう》した。のどが張《は》り裂《さ》けたかと思《おも》うほどの大声《おおごえ》だった。一瞬《いっしゅん》、ハリーは、ダンブルドアにつっかかり、たたき壊《こわ》してやりたいと思《おも》った。あの落《お》ち着《つ》きはらった年寄《としょ》り面《づら》を打《う》ち砕《くだ》き、動揺《どうよう》させ、傷《きず》つけ、自分《じぶん》の中《なか》の恐怖《きょうふ》のほんの一部《いちぶ》でもいいから味《あじ》わわせてやりたい。

「いいや、気《き》にしておる」ダンブルドアはいっそう静《しず》かに言《い》った。「君《きみ》は今《いま》や、母親《ははおや》を、父親《ちちおや》を、そして君《きみ》にとっては初《はじ》めての、両親《りょうしん》に一番近《いちばんちか》い者《もの》として慕《した》っていた人《ひと》までも失《うしな》ったのじゃ。気《き》にせぬはずがあろうか」

「僕《ぼく》の気持《きも》ちがわかってたまるか！」ハリーがほえ叫《さけ》んだ。**「先生《せんせい》は——ただ平気《へいき》でそこに——先生《せんせい》なんかに——」**

しかし、言葉《ことば》ではもう足《た》りなかった。物《もの》を投《な》げつけても何《なん》の役《やく》にも立《た》たなかった。走《はし》りたい。走《はし》って、走《はし》って、二度《にど》と振《ふ》り向《む》かないで、自分《じぶん》を見《み》つめるあの澄《す》んだ青《あお》い目《め》が、あの憎《にく》らしい落《お》ち着《つ》きはらった年寄《としょ》りの顔《かお》が見《み》えないどこかに行《い》きたかった。ハリーは扉《とびら》にかけ寄《よ》り、再《ふたた》び取《と》っ手《て》をつかんでぐいとひねった。

しかし扉《とびら》は開《ひら》かなかった。

ハリーはダンブルドアを振《ふ》り返《かえ》った。

「出《だ》してください」ハリーは頭《あたま》のてっぺんからつま先《さき》まで震《ふる》えていた。

「だめじゃ」ダンブルドアはそれだけしか言《い》わなかった。

数秒間《すうびょうかん》、二人《ふたり》は見《み》つめ合《あ》っていた。

「出《だ》してください」もう一度《いちど》ハリーが言《い》った。

「だめじゃ」ダンブルドアがくり返《かえ》した。

「そうしないと――僕《ぼく》をここに引《ひ》き止《と》めておくなら――もし、僕《ぼく》を出《だ》して――」

「かまわぬ。わしの持《も》ち物《もの》を破壊《はかい》し続《つづ》けるがよい」ダンブルドアがおだやかに言《い》った。「持《も》ち物《もの》がむしろ多過《おおす》ぎるのでな」

ダンブルドアは自分《じぶん》の机《つくえ》に歩《ある》いていき、そのむこう側《がわ》に腰《こし》かけてハリーを眺《なが》めた。

「出《だ》してください」ハリーはもう一度《いちど》、冷《つめ》たく、ダンブルドアとほとんど同《おな》じくらい落《お》ち着《つ》いた声《こえ》で言《い》った。

「わしの話《はなし》がすむまではだめじゃ」ダンブルドアが言《い》った。

「先生《せんせい》は――僕《ぼく》が聞《き》きたいとでも――僕《ぼく》がそんなことに――僕《ぼく》は**先生《せんせい》が言《い》うことなんかどう**

でもいい！」ハリーがほえたけった。「先生《せんせい》の言《い》うことなんか、何《なん》にも聞《き》きたくない！」

「聞《き》きたくなるはずじゃ」ダンブルドアは変《か》わらぬ静《しず》かさで言《い》った。

「なぜなら、君《きみ》はわしに対《たい》してもっと怒《おこ》って当然《とうぜん》なのじゃ。もしわしを攻撃《こうげき》するつもりなら、君《きみ》が攻撃寸前《こうげきすんぜん》の状態《じょうたい》であることはわかっておるが、わしは攻撃《こうげき》されるに値《あたい》する者《もの》として充分《じゅうぶん》にそれを受《う》けたい」

「いったい何《なに》が言《い》いたいんです――？」

「シリウスが死《し》んだのは、わしのせいじゃ」ダンブルドアはきっぱりと言《い》い切《き》った。「それとも、ほとんど全部《ぜんぶ》わしのせいじゃというべきかもしれぬ――いや、全責任《ぜんせきにん》があるなどというのは傲慢《ごうまん》というものじゃ。シリウスは勇敢《ゆうかん》で、賢《かしこ》く、エネルギーあふれる男《おとこ》じゃった。そういう人間《にんげん》は、ほかの者《もの》が危険《きけん》に身《み》をさらしていると思《おも》うと、自分《じぶん》がじっと家《いえ》に隠《かく》れていることなど、通常《つうじょう》は満《まん》足《ぞく》できぬものじゃ。しかしながら、今夜君《こんやきみ》が神秘部《しんぴぶ》に行《い》く必要《ひつよう》があるなどと、君《きみ》は露《つゆ》ほども考《かんが》える必要《ひつよう》はなかったのじゃ。もしわしが君《きみ》に対《たい》してすでに打《う》ち明《あ》けていたなら、そして打《う》ち明《あ》けるべきじゃったのだが、ハリーよ、君《きみ》はヴォルデモートがいつかは君《きみ》を神秘部《しんぴぶ》におびき出《だ》すかもしれぬということを知《し》っていたはずなのじゃ。さすれば、君《きみ》はけっして、罠《わな》にはまって今夜《こんや》あそこへ行《い》ったりはしなかったじゃろう。そしてシリウスが君《きみ》を追《お》っていくこともなかったのじゃ。責《せ》めはわしのものであり、わしだけのものじゃ」

ハリーは、無意識《むいしき》に扉《とびら》の取《と》っ手《て》に手《て》をかけたまま、突《つ》っ立《た》っていた。ダンブルドアの顔《かお》を凝視《ぎょうし》し、ほとんど息《いき》もせず、耳《みみ》を傾《かたむ》けていたが、聞《き》こえていてもほとんど理解《りかい》できなかった。

「腰《こし》かけてくれんかの」ダンブルドアが言《い》った。命令《めいれい》しているのではなく、頼《たの》んでいた。

ハリーは躊躇《ちゅうちょ》したが、ゆっくりと、今《いま》や銀《ぎん》の歯車《はぐるま》や木《こ》っ端《ぱ》が散《ち》らばる部屋《へや》を横切《よこぎ》り、ダンブルドアの机《つくえ》の前《まえ》の椅子《いす》に腰《こし》かけた。

「こういうことかね？」フィニアス・ナイジェラスがハリーの左側《ひだりがわ》でゆっくりと言《い》った。「私《わたし》の曾々孫《ひひまご》が――ブラック家《け》の最後《さいご》の一人《ひとり》が――死《し》んだと？」

「そうじゃ、フィニアス」ダンブルドアが言《い》った。

「信《しん》じられん」フィニアスがぶっきらぼうに言《い》った。

ハリーが振《ふ》り向《む》くと、ちょうどフィニアスが肖像画《しょうぞうが》を抜《ぬ》け出《で》ていくのが見《み》えた。グリモールド・プレイスにある自分《じぶん》の肖像画《しょうぞうが》を訪《たず》ねていったのだ。たぶん、シリウスの名《な》を呼《よ》びながら、肖《しょう》像画《ぞうが》から肖像画《しょうぞうが》へと移《うつ》り、屋敷中《やしきじゅう》を歩《ある》くのだろう……。

「ハリー、説明《せつめい》させておくれ」ダンブルドアが言《い》った。「老《お》いぼれの犯《おか》したまちがいの説明《せつめい》を。今《いま》にして思《おも》えば、わしが君《きみ》に関《かん》してやってきたこと、そしてやらなかったことが、老齢《ろうれい》の成《な》せるわざじゃということは歴然《れきぜん》としておる。若《わか》い者《もの》には、老《お》いた者《もの》がどのように考《かんが》え、感《かん》じるかはわからぬものじゃ。しかし、年老《としお》いた者《もの》が、若《わか》いということが何《なん》であるかを忘《わす》れてしまうのは罪《つみ》じゃ……そしてわしは、最近《さいきん》、忘《わす》れてしまったようじゃ……」

太陽《たいよう》はもう確実《かくじつ》に昇《のぼ》っていた。山々《やまやま》はまばゆいオレンジに縁取《ふちど》られ、空《そら》は明《あか》るく無色《むしょく》に澄《す》み渡《わた》っていた。光《ひかり》がダンブルドアに降《ふ》り注《そそ》いだ。その銀色《ぎんいろ》の眉《まゆ》に、あごひげに、深《ふか》く刻《きざ》まれた顔《かお》のしわに降《ふ》り注《そそ》いだ。

「十五年前《ねんまえ》」ダンブルドアが言《い》った。「君《きみ》の額《ひたい》の傷痕《きずあと》を見《み》たとき、わしはそれが何《なに》を意味《いみ》するのかを推測《すいそく》した。それが、君《きみ》とヴォルデモートとの間《あいだ》に結《むす》ばれた絆《きずな》の印《しるし》ではないかと推量《すいりょう》したのじゃ」

「それは前《まえ》にも聞《き》きました。先生《せんせい》」ハリーはぶっきらぼうに言《い》った。無礼《ぶれい》だってかまわない。何《なに》もかも今《いま》さらどうでもよかった。

「そうじゃな」ダンブルドアはすまなそうに言《い》った。「そうじゃった。しかし、よいか──君《きみ》の傷痕《きずあと》のことから始《はじ》める必要《ひつよう》があるのじゃ。というのは、君《きみ》が魔法界《まほうかい》に戻《もど》ってからまもなく、わしの考《かんが》えが正《ただ》しかったことがはっきりしたからじゃ。ヴォルデモートが君《きみ》の近《ちか》くにいるとき、または強《つよ》い感情《かんじょう》にかられているときに、傷痕《きずあと》が君《きみ》に警告《けいこく》を発《はっ》することが明《あき》らかになった」

「知《し》っています」ハリーはうんざりしたように言《い》った。

「そして、その君《きみ》の能力《のうりょく》が――ヴォルデモートの存在《そんざい》を、たとえどんな姿《すがた》に身《み》をやつしていても検知《けんち》でき、そしてその感情《かんじょう》が高《たか》まると、それがどんな感情《かんじょう》なのかを知《し》る能力《のうりょく》が――ヴォルデモートが肉体《にくたい》と全能力《ぜんのうりょく》を取《と》り戻《もど》したときから、ますます顕著《けんちょ》になってきたのじゃ」

ハリーはうなずくことさえ面倒《めんどう》だった。全部《ぜんぶ》知《し》っていることだった。

「ごく最近《さいきん》」ダンブルドアが言《い》った。「ヴォルデモートが君《きみ》との間《あいだ》に存在《そんざい》する絆《きずな》に気《き》づいたのではないかと、わしは心配《しんぱい》になった。懸念《けねん》したとおり、君《きみ》があやつの心《こころ》と頭《あたま》にあまりにも深《ふか》く入《はい》り込《こ》んでしまい、あやつが君《きみ》の存在《そんざい》に気《き》づくときが来《き》た。わしが言《い》っているのは、もちろん、ウィーズリー氏《し》が襲《おそ》われたのを君《きみ》が目撃《もくげき》した晩《ばん》のことじゃ」

「ああ、スネイプが話《はな》してくれた」ハリーがつぶやいた。

「スネイプ先生《せんせい》じゃよ、ハリー」ダンブルドアが静《しず》かに訂正《ていせい》した。「しかし君《きみ》は、なぜこのわしが君《きみ》にそのことを説明《せつめい》しないのかと、いぶかしく思《おも》わなかったのかね？　なぜわしが君《きみ》に『閉心術《へいしんじゅつ》』を教《おし》えないのかと？　なぜわしが何《なん》か月《げつ》も君《きみ》を見《み》ようとさえしなかったかと？」

ハリーは目《め》を上《あ》げた。ダンブルドアが悲《かな》しげな、つかれた顔《かお》をしているのが今《いま》わかった。

「ええ」ハリーが口《くち》ごもった。「ええ、なぜだろうと思《おも》いました」

「それはじゃ」ダンブルドアが話《はなし》を続《つづ》けた。「わしは、時《とき》ならずして、ヴォルデモートが君《きみ》の心《こころ》に入《はい》り込《こ》み、考《かんが》えを操作《そうさ》したり、ねじ曲《ま》げたりするであろうと思《おも》った。それをさらにあおり立《た》てるようなことはしたくなかったのじゃ。あやつが、わしと君《きみ》との関係《かんけい》が校長《こうちょう》と生徒《せいと》という以上《いじょう》に親《した》しいと——またはかつて一度《いちど》でも親《した》しかったことがあると——そう気《き》づけば、それに乗《じょう》じて、わしをスパイする手段《しゅだん》として君《きみ》を使《つか》ったじゃろう。わしは、あやつが君《きみ》をそんなふうに利用《りよう》することを恐《おそ》れ、あやつが君《きみ》に取《と》り憑《つ》く可能性《かのうせい》を恐《おそ》れたのじゃ。ハリー、ヴォルデモートが君《きみ》をそんなふうに利用《りよう》するだろうと、わしがそう考《かんが》えたのは、まちがってはいなかったと思《おも》う。稀《まれ》にではあったが、君《きみ》がわしのごく近《ちか》くにおったとき、君《きみ》の目《め》の奥《おく》であやつの影《かげ》がうごめくのを、わしは見《み》たように思《おも》った……」

ダンブルドアと目《め》を合《あ》わせたとき、眠《ねむ》っていた蛇《へび》が自分《じぶん》の中《なか》で立《た》ち上《あ》がり、攻撃《こうげき》せんばかりになったように感《かん》じたことを、ハリーは思《おも》い出《だ》した。

「ヴォルデモートが君《きみ》に取《と》り憑《つ》こうとしたねらいは、今夜《こんや》あやつが示《しめ》したように、わしを破滅《はめつ》させることではなく、君《きみ》を滅《ほろ》ぼすことじゃったろう。先《さき》ほどあやつが君《きみ》に一時的《いちじてき》に取《と》り憑《つ》いたとき、わしがあやつを殺《ころ》そうとして、君《きみ》を犠牲《ぎせい》にしてしまうことを、あやつは望《のぞ》んだのじゃ。そういうことじゃから、ハリー、わしは君《きみ》からわし自身《じしん》を遠《とお》ざけ、君《きみ》を護《まも》ろうとしてきたのじゃ。老人《ろうじん》の過《あやま》ちじゃ……」

ダンブルドアは深《ふか》いため息《いき》をついた。ハリーは聞《き》き流《なが》していた。数《すう》か月前《げつまえ》なら、こういうことがすべて知《し》りたくてたまらなかったろう。しかし今《いま》は、シリウスを失《うしな》ったことでぽっかり空《あ》いた心《こころ》のすきまに比《くら》べれば、何《なに》もかもが無意味《むいみ》だった。何一《なにひと》つ重要《じゅうよう》なことではなかった……。

「アーサー・ウィーズリーが襲《おそ》われた光景《こうけい》を君《きみ》が見《み》たその夜《よる》、ヴォルデモートが君《きみ》の中《なか》で目覚《めざ》めるのを君自身《きみじしん》が感《かん》じたと、シリウスがわしに教《おし》えてくれた。最《もっと》も恐《おそ》れていたことがまちがいではなかったと、わしにはすぐわかった。ヴォルデモートは君《きみ》を利用《りよう》できることを知《し》ってしまった。君《きみ》の心《こころ》をヴォルデモートの襲撃《しゅうげき》に対《たい》して武装《ぶそう》させようと、わしはスネイプ先生《せんせい》との『閉心術《へいしんじゅつ》』の訓練《くんれん》を手配《てはい》したのじゃ」

ダンブルドアが言葉《ことば》を切《き》った。陽《ひ》の光《ひかり》が、磨《みが》き上《あ》げられたダンブルドアの机《つくえ》の上《うえ》をゆっくりと移動《いどう》し、銀《ぎん》のインクつぼやしゃれた真紅《しんく》の羽根《はね》ペンを照《て》らすのを、ハリーは見《み》つめていた。周《まわ》りの肖像画《しょうぞうが》が目《め》を開《あ》け、ダンブルドアの説明《せつめい》に夢中《むちゅう》で聞《き》き入《い》っているのがわかった。ときどきローブの衣《きぬ》ずれの音《おと》や、軽《かる》い咳払《せきばら》いが聞《き》こえた。フィニアス・ナイジェラスはまだ戻《もど》っていない……。

「スネイプ先生《せんせい》は」ダンブルドアがまた話《はな》しはじめた。「君《きみ》がすでに何《なん》か月《げつ》も神秘部《しんぴぶ》の扉《とびら》の夢《ゆめ》を見《み》ていることを知《し》った。もちろん、ヴォルデモートは、肉体《にくたい》を取《と》り戻《もど》したときからずっと、どうしたら予言《よげん》を聞《き》けるかという思《おも》いに取《と》り憑《つ》かれておった。あやつが扉《とびら》のことを考《かん》えると、君《きみ》も考《かん》えた。ただし君《きみ》は、それが持《も》つ意味《いみ》を知《し》らなかったのじゃが」

「それから君《きみ》は、ルックウッドの姿《すがた》を見《み》た。逮捕《たいほ》される前《まえ》は神秘部《しんぴぶ》に勤《つと》めていたあの男《おとこ》が、我々《われわれ》にとっては前《まえ》からわかっていたあることを、ヴォルデモートに教《おし》えた――神秘部《しんぴぶ》にある予言《よげん》は、厳重《げんじゅう》に護《まも》られており、予言《よげん》にかかわる者《もの》だけが、棚《たな》から予言《よげん》を取《と》り上《あ》げても正気《しょうき》を失《うしな》うことはない――とな。この場合《ばあい》は、ヴォルデモート自身《じしん》が魔法省《まほうしょう》に侵入《しんにゅう》し、ついに姿《すがた》を現《あらわ》すという危険《きけん》をおかすか、または、君《きみ》があやつのかわりに予言《よげん》を取《と》らなければならないじゃろう。君《きみ》が『閉心術《へいしんじゅつ》』を習得《しゅうとく》することがますます焦眉《しょうび》の急《きゅう》となったのじゃ」

「でも、僕《ぼく》、習得《しゅうとく》しませんでした」

ハリーがつぶやいた。罪悪感《ざいあくかん》の重荷《おもに》を軽《かる》くしようと、口《くち》に出《だ》して言《い》ってみた。告白《こくはく》することで、心《こころ》をしめつけるこのつらい圧迫感《あっぱくかん》がきっと軽《かる》くなるはずだ。「僕《ぼく》、練習《れんしゅう》しませんでした。どうでもよかったんです。あんな夢《ゆめ》を見《み》ることをやめられたかもしれないのに。ハーマイオニーが練《れん》習《しゅう》しろって僕《ぼく》に言《い》い続《つづ》けたのに。練習《れんしゅう》していれば、あいつは僕《ぼく》にどこへ行《い》けなんて指図《さしず》できなかったのに。そしたら――シリウスは――シリウスは――」

ハリーの頭《あたま》の中《なか》で何《なに》かがはじけた。自分《じぶん》を正当化《せいとうか》し、説明《せつめい》したいという何《なに》かが――。

「僕《ぼく》、あいつがほんとうにシリウスを捕《つか》まえたのかどうか調《しら》べようとしたんだ。アンブリッジの部屋《へや》に行《い》って、暖炉《だんろ》からクリーチャーに話《はな》した。そしたら、クリーチャーが、シリウスはいない、出《で》かけたって言《い》った！」

「クリーチャーがうそをついたのじゃ」ダンブルドアが落《お》ち着《つ》いて言《い》った。「君《きみ》は主人《しゅじん》ではないから、クリーチャーはうそをついても自分《じぶん》を罰《ばっ》する必要《ひつよう》さえない。クリーチャーは君《きみ》を魔法省《まほうしょう》に行《い》かせるつもりだった」

「あいつが――わざわざ僕《ぼく》を行《い》かせた？」

「そうじゃとも。クリーチャーは、残念《ざんねん》ながら、もう何《なん》か月《げつ》も二君《にくん》に仕《つか》えておったのじゃ」

「そんなことが？」ハリーはぼうぜんとした。「グリモールド・プレイスから何年《なんねん》も出《で》ていなかったのに」

「クリスマスの少《すこ》し前《まえ》に、クリーチャーはチャンスをつかんだのじゃ」ダンブルドアが言《い》った。「シリウスが、クリーチャーに『出《で》ていけ』と叫《さけ》んだらしいが、その時《とき》じゃ。クリーチャーはそれを言葉《ことば》どおり受《う》け取《と》り、屋敷《やしき》を出《で》ていけという命令《めいれい》だと解釈《かいしゃく》した。クリーチャーは、ブラック家《け》の中《なか》で、まだ自分《じぶん》が少《すこ》しでも尊敬《そんけい》できる人物《じんぶつ》の所《ところ》に行《い》った……ブラックのいとこのナルシッサ、ベラトリックスの妹《いもうと》、ルシウス・マルフォイの妻《つま》じゃ」

「どうしてそんなことを知《し》っているんですか？」ハリーが聞《き》いた。心臓《しんぞう》の鼓動《こどう》が速《はや》くなった。吐《は》き気《き》がした。クリスマスにクリーチャーがいなくなって不審《ふしん》に思《おも》ったこと、屋根裏《やねうら》にひょっこり現《あらわ》れたことも思《おも》い出《だ》した……。

「クリーチャーが昨夜《さくや》わしに話《はな》したのじゃ」ダンブルドアが言《い》った。「よいか、君《きみ》がスネイプ先《せん》生《せい》にあの暗号《あんごう》めいた警告《けいこく》を発《はっ》したとき、スネイプ先生《せんせい》は、君《きみ》が、シリウスが神秘部《しんぴぶ》の内奥《ないおう》にとらわれている光景《こうけい》を見《み》たのだと理解《りかい》した。君《きみ》と同様《どうよう》、スネイプ先生《せんせい》もすぐにシリウスと連絡《れんらく》を取《と》ろうとした。説明《せつめい》しておくが、不死鳥《ふしちょう》の騎士団《きしだん》のメンバーは、ドローレス・アンブリッジの暖炉《だんろ》よりもっと信頼《しんらい》できる連絡方法《れんらくほうほう》を持《も》っておるのでな。スネイプ先生《せんせい》は、シリウスが生《い》きていて、無《ぶ》事《じ》にグリモールド・プレイスにいることを知《し》ったのじゃ」

「ところが、君《きみ》がドローレス・アンブリッジと森《もり》に出《で》かけたまま帰《かえ》ってこなかったので、スネイプ先生《せんせい》は、君《きみ》がまだシリウスはヴォルデモート卿《きょう》にとらわれていると信《しん》じているのではないかと心配《しんぱい》になり、すぐさま、何人《なんにん》かの騎士団《きしだん》のメンバーに警報《けいほう》を発《はっ》したのじゃ」

ダンブルドアは大《おお》きなため息《いき》をついて言葉《ことば》を続《つづ》けた。

「その時《とき》、本部《ほんぶ》には、アラスター・ムーディ、ニンファドーラ・トンクス、キングズリー・シャックルボルト、リーマス・ルーピンがいた。全員《ぜんいん》が、すぐに君《きみ》を助《たす》けにいこうと決《き》めた。スネイプ先生《せんせい》はシリウスに本部《ほんぶ》に残《のこ》るようにと頼《たの》んだ。わしがまもなく本部《ほんぶ》に行《い》くはずじゃったから、わしにそのことを知《し》らせるために、誰《だれ》かが本部《ほんぶ》に残《のこ》る必要《ひつよう》があった。その間《かん》、スネイプ先生《せんせい》自身《じしん》は、君《きみ》たちを探《さが》しに森《もり》に行《い》くつもりだったのじゃ」

「しかし、シリウスは、ほかの者《もの》が君《きみ》を探《さが》しにいくというのに、自分《じぶん》があとに残《のこ》りたくはなかった。わしに知《し》らせる役目《やくめ》をクリーチャーに任《まか》せたのじゃ。そういうしだいで、全員《ぜんいん》が魔法省《まほうしょう》へと出《で》ていってまもなく、グリモールド・プレイスに到着《とうちゃく》したわしに話《はなし》をしたのは、あの妖精《ようせい》じゃった——引《ひ》きつけを起《お》こさんばかりに笑《わら》って——シリウスがどこに行《い》ったかを話《はな》してくれた」

「クリーチャーが笑《わら》っていた？」ハリーはうつろな声《こえ》で聞《き》いた。

「そうじゃとも」ダンブルドアが言《い》った。「よいか、クリーチャーは我々《われわれ》を完全《かんぜん》に裏切《うらぎ》ることはできなかった。騎士団《きしだん》の『秘密《ひみつ》の守人《もりびと》』ではないのじゃが、マルフォイたちに、我々《われわれ》の所在《しょざい》を教《おし》えることもできなければ、明《あ》かすことを禁《きん》じられていた騎士団《きしだん》の機密情報《きみつじょうほう》も何一《なに》つ教《おし》えることはできなかった。クリーチャーは、しもべ妖精《ようせい》として呪縛《じゅばく》されておる。つまり、自分《じぶん》の主人《しゅじん》であるシリウスの直接《ちょくせつ》の命令《めいれい》に逆《さか》らうことはできぬ。しかし、シリウスにとってはクリーチャーに他《た》言《ごん》を禁《きん》ずるほどのことはないと思《おも》われた些事《さじ》だったが、ヴォルデモートにとっては非常《ひじょう》に価値《かち》のある情報《じょうほう》を、クリーチャーはナルシッサに与《あた》えたのじゃ」

「どんな？」

「たとえば、シリウスがこの世《よ》で最《もっと》も大切《たいせつ》に思《おも》っているのは君《きみ》だという事実《じじつ》じゃ」ダンブルドアが静《しず》かに言《い》った。「たとえば、君《きみ》が、シリウスを父親《ちちおや》とも兄《あに》とも慕《した》っているという事実《じじつ》じゃ。ヴォルデモートはもちろん、シリウスが騎士団《きしだん》に属《ぞく》していることも、君《きみ》がシリウスの居場所《いばしょ》を知《し》っていることも承知《しょうち》していた——しかし、クリーチャーの情報《じょうほう》で、ヴォルデモートはあることに気《き》づいた。君《きみ》がどんなことがあっても助《たす》けにいく人物《じんぶつ》は、シリウス・ブラックだということにじゃ」

ハリーは唇《くちびる》が冷《つめ》たくなり、感覚《かんかく》を失《うしな》っていた。

「それじゃ……僕《ぼく》がきのうの夜《よる》、クリーチャーにシリウスがいるかって聞《き》いたとき……」

「マルフォイ夫妻《ふさい》が——まちがいなくヴォルデモートの差《さ》し金《がね》じゃが——クリーチャーに言《い》いつけたのじゃ。シリウスが拷問《ごうもん》されている光景《こうけい》を君《きみ》が見《み》たあとは、シリウスを遠《とお》ざけておく方法《ほうほう》を考《かんが》えるようにと。そうすれば、シリウスが屋敷《やしき》にいるかどうかを君《きみ》がたしかめようとしたら、クリーチャーはいないふりができる。そこで、クリーチャーはきのう、ヒッポグリフのバックビークにけがをさせた。君《きみ》が火《ひ》の中《なか》に現《あらわ》れたとき、シリウスは上《うえ》の階《かい》でバックビークの手当《てあ》てをしていたのじゃ」

ハリーは、肺《はい》にほとんど空気《くうき》が入《はい》っていないかのように、呼吸《こきゅう》が浅《あさ》く、速《はや》くなっていた。

「それで、クリーチャーは先生《せんせい》にそれを全部話《ぜんぶはな》して……そして笑《わら》った？」ハリーの声《こえ》がかすれた。

「あれは、わしに話《はな》したがらなかった」ダンブルドアが言《い》った。「しかし、わしにも、あれのうそを見抜《みぬ》くぐらいの『開心術士《かいしんじゅつし》』としての心得《こころえ》はある。そこでわしはあれを──説得《せっとく》して──全貌《ぜんぼう》を聞《き》き出《だ》してから、神秘部《しんぴぶ》に向《む》かったのじゃ」

「それなのに」ハリーがつぶやいた。ひざの上《うえ》で握《にぎ》った拳《こぶし》が冷《つめ》たかった。「それなのに、ハーマイオニーはいつも僕《ぼく》たちに、クリーチャーにやさしくしろなんて言《い》ってた──」

「それは、そのとおりじゃよ、ハリー」ダンブルドアが言《い》った。「グリモールド・プレイス十二番地《ばんち》を本部《ほんぶ》に定《さだ》めたとき、わしはシリウスに警告《けいこく》した。クリーチャーに親切《しんせつ》にし、尊重《そんちょう》してやらねばならぬと。さらに、クリーチャーが我々《われわれ》にとって危険《きけん》なものになるやも知《し》れぬとも言《い》うた。シリウスはわしの言《い》うことを真《ま》に受《う》けなかったようじゃ。あるいは、クリーチャーが人間《にんげん》と同《おな》じように鋭《するど》い感情《かんじょう》を持《も》つ生《い》き物《もの》だとみなしたことがなかったのじゃろう──」

「シリウスを責《せ》めるなんて──そんな──言《い》い方《かた》をするなんて──シリウスがまるで──」

ハリーは息《いき》が詰《つ》まった。言葉《ことば》がまともに出《で》てこなかった。いったん収《おさ》まっていた怒《いか》りが、またしても燃《も》え上《あ》がった。ダンブルドアにシリウスの批判《ひはん》なんかさせるものか。

「クリーチャーはうそをついた。——あの汚《けが》らわしい——あんなやつは当然《とうぜん》——」

「我々《われわれ》魔法使《まほうつか》いが、クリーチャーをあのようにしたと言《い》ってもよいのじゃよ、ハリー」ダンブルドアが言《い》った。「げに哀《あわ》れむべきやつじゃ。君《きみ》の友人《ゆうじん》のドビーと同《おな》じようにみじめな生涯《しょうがい》を送《おく》ってきた。あれはいやでもシリウスの命令《めいれい》に従《したが》わざるをえなかった。シリウスは、自分《じぶん》が奴隷《どれい》として仕《つか》える家族《かぞく》の最後《さいご》の生《い》き残《のこ》りじゃったからのう。しかし、心《こころ》から忠誠《ちゅうせい》を誓《ちか》うことができなかった。クリーチャーの咎《とが》は咎《とが》として、シリウスがクリーチャーの運命《うんめい》を楽《らく》にするために何《なに》もしなかったことは、認《みと》めねばなるまい——」

「**シリウスのことをそんなふうに言《い》わないで！**」ハリーが叫《さけ》んだ。

ハリーはまた立《た》ち上《あ》がっていた。激《はげ》しい怒《いか》りで、ダンブルドアに飛《と》びかかりかねなかった。ダンブルドアはシリウスをまったく理解《りかい》していないんだ。どんなに勇敢《ゆうかん》だったか、どんなに苦《くる》しんでいたか……。

「スネイプはどうなったんです？」ハリーが吐《は》き捨《す》てるように言《い》った。「あの人《ひと》のことは何《なに》にも話《はな》さないんですね？　ヴォルデモートがシリウスを捕《と》らえたと僕《ぼく》が言《い》ったとき、あの人《ひと》はいつものように僕《ぼく》をせせら笑《わら》っただけだった——」

「ハリー、スネイプ先生《せんせい》は、ドローレス・アンブリッジの前《まえ》で、君《きみ》の言《い》うことを真《ま》に受《う》けていないふりをするしかなかったのじゃ」ダンブルドアの話《はな》しぶりは変《か》わらなかった。「しかし、もう話《はな》したとおり、スネイプ先生《せんせい》は、君《きみ》が言《い》ったことをできるだけ早《はや》く騎士団《きしだん》に通報《つうほう》した。森《もり》から君《きみ》が戻《もど》らなかったとき、君《きみ》がどこに行《い》ったかを推測《すいそく》したのはスネイプ先生《せんせい》じゃ。アンブリッジ先生《せんせい》が君《きみ》に無理《むり》やりシリウスの居場所《いばしょ》を吐《は》かせようとしたとき、偽《にせ》の『真実薬《しんじつやく》』を渡《わた》したのもスネイプ先生《せんせい》じゃ」

ハリーは耳《みみ》を貸《か》さなかった。スネイプを責《せ》めるのは残忍《ざんにん》な喜《よろこ》びだった。自分自身《じぶんじしん》の恐《おそ》ろしい罪悪感《ざいあくかん》をやわらげてくれるような気《き》がした。ダンブルドアにハリーの言《い》うとおりだと言《い》わせたかった。

「シリウスが屋敷《やしき》の中《なか》にいることを、スネイプは――スネイプはチクチクついて――苦《くる》しめた。――シリウスが臆病者《おくびょうもの》だって決《き》めつけた――」

「シリウスは、充分大人《じゅうぶんおとな》で、賢《かしこ》い。そんな軽《かる》いからかいで傷《きず》つきはしない」ダンブルドアが言《い》った。

「スネイプは『閉心術《へいしんじゅつ》』の訓練《くんれん》をやめた！」ハリーがうなった。「スネイプが僕《ぼく》を研究室《けんきゅうしつ》から放《ほう》り出《だ》した！」

「知《し》っておる」ダンブルドアが重苦《おもくる》しく言《い》った。「わし自身《じしん》が教《おし》えなかったのは過《あやま》ちじゃったと、すでに言《い》うた。ただ、あの時点《じてん》では、わしの面前《めんぜん》で君《きみ》の心《こころ》をヴォルデモートに対《たい》してさらに開《ひら》くのは、この上《うえ》なく危険《きけん》だと確信《かくしん》しておった――」

「スネイプはかえって状況《じょうきょう》を悪《わる》くしたんだ。僕《ぼく》は訓練《くんれん》のあといつも、傷痕《きずあと》の痛《いた》みがひどくなった――」ハリーはロンがどう考《かんが》えたかを思《おも》い出《だ》し、それに飛《と》びついた。「――スネイプが僕《ぼく》を弱《よわ》めて、ヴォルデモートが入《はい》りやすくしたかもしれないのに、先生《せんせい》にはどうしてそうじゃないってわかるんですか？――」

「わしはセブルス・スネイプを信《しん》じておる」ダンブルドアはごく自然《しぜん》に言《い》った。「しかし、失念《しつねん》しておった――これも老人《ろうじん》の過《あやま》ちじゃが――傷《きず》が深《ふか》すぎて治《なお》らないこともある。スネイプ先生《せんせい》は、君《きみ》の父上《ちちうえ》に対《たい》する感情《かんじょう》を克服《こくふく》できるじゃろうと思《おも》うたのじゃが――わしがまちがっておった」

「だけど、そっちは問題《もんだい》じゃないってわけ？」

壁《かべ》の肖像画《しょうぞうが》が憤慨《ふんがい》して顔《かお》をしかめたり、非難《ひなん》がましくつぶやくのを無視《むし》して、ハリーが叫《さけ》んだ。

「スネイプが僕《ぼく》の父《とう》さんを憎《にく》むのはよくて、シリウスがクリーチャーを憎《にく》むのはよくないって言《い》うわけ？」

「シリウスはクリーチャーを憎《にく》んだわけではない」ダンブルドアが言《い》った。「関心《かんしん》を寄《よ》せたり気《き》にかけたりする価値《かち》のない召使《めしつか》いとみなしていた。あからさまな憎《にく》しみより、無関心《むかんしん》や無頓着《むとんちゃく》のほうが、往々《おうおう》にしてより大《おお》きな打撃《だげき》を与《あた》えるものじゃ……今夜《こんや》わしらが壊《こわ》してしもうた『同胞《どうほう》の泉《いずみ》』は、虚偽《きょぎ》の泉《いずみ》であった。我々魔法使《われわれまほうつか》いは、あまりにも長《なが》きに渡《わた》って、同胞《どうほう》の待遇《たいぐう》を誤《あやま》り、虐《ぎゃく》待《たい》してきた。今《いま》、その報《むく》いを受《う》けておるのじゃ」

「それじゃ、シリウスは、自業自得《じごうじとく》だったって？」ハリーが絶叫《ぜっきょう》した。

「そうは言《い》うておらん。これからもけっしてそんなことは言《い》わぬ」ダンブルドアが静《しず》かに答《こた》えた。

「シリウスは残酷《ざんこく》な男《おとこ》ではなかった。屋敷《やしき》しもべ全般《ぜんぱん》に対《たい》してはやさしかった。しかしクリーチャーには愛情《あいじょう》を持《も》っていなかった。クリーチャーは、シリウスが憎《にく》んでいた家《いえ》を生々《なまなま》しく思《おも》い出《だ》させたからじゃ」

「ああ、シリウスはあの家《いえ》をほんとに憎《にく》んでた！」涙声《なみだごえ》になり、ハリーはダンブルドアに背《せ》を向《む》けて歩《ある》きだした。今《いま》や太陽《たいよう》はさんさんと部屋《へや》に降《ふ》り注《そそ》ぎ、肖像画《しょうぞうが》の目《め》がいっせいにハリーのあとを追《お》った。自分《じぶん》が何《なに》をしているかの意識《いしき》もなく、部屋《へや》の中《なか》の何《なに》も目《め》に入《はい》らず、ハリーは歩《ある》いていた。「先生《せんせい》は、あの屋敷《やしき》にシリウスを閉《と》じ込《こ》めた。シリウスはそれがいやだったんだ。だから昨《さく》晩《ばん》、出《で》ていきたかったんだ――」

「わしはシリウスを生《い》き延《の》びさせたかったのじゃ」ダンブルドアが静《しず》かに言《い》った。

「誰《だれ》だって閉《と》じ込《こ》められるのはいやだ！」ハリーは激怒《げきど》してダンブルドアに食《く》ってかかった。

「先生《せんせい》は夏中僕《なつじゅうぼく》をそういう目《め》にあわせた――」

ダンブルドアは目《め》を閉《と》じ、両手《りょうて》の長《なが》い指《ゆび》の中《なか》に顔《かお》をうずめた。ハリーはダンブルドアらしくないこのしぐさを眺《なが》めた。しかし、つかれなのか悲《かな》しみなのか、それとも何《なん》なのか、ダンブルドアのしぐさを見《み》ても、ハリーの心《こころ》はやわらがなかった。それどころか、ダンブルドアが弱《よわ》みを見《み》せたことでますます怒《いか》りを感《かん》じた。ハリーが激怒《げきど》し、ダンブルドアにどなり散《ち》らしたいときに、弱《よわ》みを見《み》せる権利《けんり》なんてない。

ダンブルドアは手《て》を下《お》ろし、半月《はんげつ》めがねの奥《おく》からハリーをじっと見《み》た。

「その時《とき》が来《き》たようじゃ」ダンブルドアが言《い》った。「五年前《ねんまえ》に話《はな》すべきだったことを君《きみ》に話《はな》す時《とき》が。ハリー、おかけ。すべてを話《はな》して聞《き》かせよう。少《すこ》しだけ忍耐《にんたい》しておくれ。わしが話《はな》し終《お》わったときに――わしに対《たい》して怒《いか》りをぶつけようが――どうにでも君《きみ》の好《す》きなようにするがよい。わしは止《と》めはせぬ」

ハリーはしばらくダンブルドアをにらみつけ、それから、ダンブルドアと向《む》かい合《あ》う椅子《いす》に身《み》を投《な》げ出《だ》すように座《すわ》り、待《ま》った。

ダンブルドアは陽《ひ》に照《て》らされた校庭《こうてい》を、窓越《まどご》しにしばらくじっと見《み》ていたが、やがてハリーに視線《しせん》を戻《もど》し、語《かた》りはじめた。「五年前《ねんまえ》、わしが計画《けいかく》し意図《いと》したように、ハリー、君《きみ》は無事《ぶじ》で健《すこ》やかに、ホグワーツにやってきた。まあ――完全《かんぜん》に健《すこ》やかとは言《い》えまい。君《きみ》は苦《くる》しみにたえてきた。おじさん、おばさんの家《いえ》の戸口《とぐち》に君《きみ》を置《お》き去《ざ》りにしたとき、そうなるであろうことは、わかっておった。君《きみ》に、暗《くら》くつらい十年《ねん》の歳月《さいげつ》を負《お》わせていることを、わしは知《し》っておった」

ダンブルドアが言葉《ことば》を切《き》った。ハリーは何《なに》も言《い》わなかった。

「君《きみ》は疑問《ぎもん》に思《おも》うじゃろう――当然《とうぜん》じゃ――なぜそうしなければならなかったのかと。誰《だれ》か魔法《まほう》使《つか》いの家族《かぞく》が君《きみ》を引《ひ》き取《と》ることはできなかったのかと。喜《よろこ》んでそうする家族《かぞく》はたくさんあったろう。君《きみ》を息子《むすこ》として育《そだ》てることを名誉《めいよ》に思《おも》い、大喜《おおよろこ》びしたであろう」

「わしの答《こた》えは、君《きみ》を生《い》き延《の》びさせることが、わしにとって最大《さいだい》の優先課題《ゆうせんかだい》だったということじゃ。君《きみ》がどんなに危険《きけん》な状態《じょうたい》にあるかを認識《にんしき》しておったのは、わしだけだったじゃろう。ヴォルデモートはそれより数時間前《すうじかんまえ》に敗北《はいぼく》していたが、その支持者《しじしゃ》たちは――その多《おお》くが、ヴォルデモートに引《ひ》けを取《と》らぬほど残忍《ざんにん》な連中《れんちゅう》なのじゃが――まだ捕《つか》まっておらず、怒《いか》り、自暴自棄《じぼうじき》で暴《ぼう》力的《りょくてき》じゃった。さらにわしは、何年《なんねん》か先《さき》のことも見越《みこ》して決断《けつだん》を下《くだ》さねばならなかった。ヴォルデモートが永久《えいきゅう》に去《さ》ったと考《かんが》えるべきか？　否《いな》。十年先《ねんさき》、二十年先《ねんさき》、いや五十年先《ねんさき》かどうかはわからぬが、わしは、必《かなら》ずやあやつが戻《もど》ってくるという確信《かくしん》があった。それに、あやつを知《し》るわしとしては、あやつが君《きみ》を殺《ころ》すまで手《て》をゆるめないじゃろうと確信《かくしん》していた」

「わしは、ヴォルデモートが、存命中《ぞんめいちゅう》の魔法使《まほうつか》いの誰《だれ》をもしのぐ広範《こうはん》な魔法《まほう》の知識《ちしき》を持《も》っていると知《し》っておった。わしがどのように複雑《ふくざつ》で強力《きょうりょく》な呪文《じゅもん》で護《まも》ったとしても、あやつが戻《もど》り、完全《かんぜん》にその力《ちから》を取《と》り戻《もど》したときには、破《やぶ》られてしまうじゃろうとわかっておった」

「しかし、わしは、ヴォルデモートの弱《よわ》みも知《し》っておった。そこで、わしは決断《けつだん》したのじゃ。君《きみ》を護《まも》るのは古《ふる》くからの魔法《まほう》であろうと。それは、あやつも知《し》っており、軽蔑《けいべつ》していた魔法《まほう》じゃ。それ故《ゆえ》あやつは、その魔法《まほう》を過小評価《かしょうひょうか》してきた。——身《み》をもってその代償《だいしょう》を払《はら》うことになったが。わしが言《い》っておるのは、もちろん、君《きみ》の母上《ははうえ》が君《きみ》を救《すく》うために死《し》んだという事実《じじつ》のことじゃ。あやつが予想《よそう》もしなかった持続的《じぞくてき》な護《まも》りを、母上《ははうえ》は君《きみ》に残《のこ》していかれた。今日《こんにち》まで、君《きみ》の血《ち》の中《なか》に流《なが》れる護《まも》りじゃ。それ故《ゆえ》わしは、君《きみ》の母上《ははうえ》の血《ち》を信頼《しんらい》した。母上《ははうえ》のただ一人《ひとり》の血縁《けつえん》である姉御《あねご》のところへ、君《きみ》を届《とど》けたのじゃ」

「おばさんは僕《ぼく》を愛《あい》していない」ハリーが切《き》り返《かえ》した。

「僕《ぼく》のことなんか、あの人《ひと》にはどうでも——」

「しかし、おばさんは君《きみ》を引《ひ》き取《と》った」ダンブルドアがハリーをさえぎった。「やむなくそうしたかもしれんし、腹《はら》を立《た》て、苦々《にがにが》しい思《おも》いでいやいや引《ひ》き取《と》ったかもしれん。しかし引《ひ》き取《と》ったのじゃ。そうすることで、おばさんは、わしが君《きみ》にかけた呪文《じゅもん》を確固《かっこ》たるものにした。君《きみ》の母上《ははうえ》の犠牲《ぎせい》のおかげで、わしは血《ち》の絆《きずな》を、最《もっと》も強《つよ》い盾《たて》として君《きみ》に与《あた》えることができたのじゃ」

「僕《ぼく》まだよく――」

「君《きみ》が、母上《ははうえ》の血縁《けつえん》の住《す》む所《ところ》を自分《じぶん》の家《いえ》と呼《よ》べるかぎり、ヴォルデモートはそこで君《きみ》に手《て》を出《だ》すことも、傷《きず》つけることもできぬ。ヴォルデモートは母上《ははうえ》の血《ち》を流《なが》した。しかしその血《ち》は君《きみ》の中《なか》に、そして母上《ははうえ》の姉御《あねご》の中《なか》に生《い》き続《つづ》けている。母上《ははうえ》の血《ち》が、君《きみ》の避難所《ひなんじょ》となった。そこに一年《ねん》に一度《いちど》だけ帰《かえ》る必要《ひつよう》があるが、そこを家《いえ》と呼《よ》べるかぎり、そこにいる間《あいだ》、あやつは君《きみ》を傷《きず》つけることができぬ。君《きみ》のおばさんはそれをご存《ぞん》じじゃ。家《いえ》の戸口《とぐち》に君《きみ》と一緒《いっしょ》に残《のこ》した手紙《てがみ》で、わしが説明《せつめい》しておいた。おばさんは、君《きみ》を住《す》まわせたことで、君《きみ》がこれまで十五年間《ねんかんい》生き延《の》びてきたのであろうと知《し》っておられる」

「待《ま》って」ハリーが言《い》った。「ちょっと待《ま》ってください」

ハリーはきちんと椅子《いす》に座《すわ》りなおし、ダンブルドアを見《み》つめた。

「『吠《ほ》えメール』を送《おく》ったのは先生《せんせい》だった。先生《せんせい》がおばさんに『思《おも》い出《だ》せ』って――あれは先生《せんせい》の声《こえ》だった――」

「わしは」ダンブルドアが軽《かる》くうなずきながら言《い》った。「君《きみ》を引《ひ》き取《と》ることで契《ちぎ》った約束《やくそく》を、おばさんに思《おも》い出《だ》させる必要《ひつよう》があると思《おも》ったのじゃ。吸魂鬼《ディメンター》の襲撃《しゅうげき》で、おばさんが、親《おや》がわりとして君《きみ》を置《お》いておくことの危険性《きけんせい》に目覚《めざ》めたかもしれぬと思《おも》ったのじゃ」

「ええ、そうです」ハリーが低《ひく》い声《こえ》で言《い》った。「でも——おばさんより、おじさんのほうがそうでした。おじさんは僕《ぼく》を追《お》い出《だ》したがった。でもおばさんに『吠《ほ》えメール』が届《とど》いて——おばさんは僕《ぼく》に、家《いえ》にいろって」

ハリーはしばらく床《ゆか》を見《み》つめていたが、やがて言《い》った。

「でも、それと……どういう関係《かんけい》が——」

ハリーはシリウスの名《な》を口《くち》にすることができなかった。

「そして五年前《ねんまえ》」ダンブルドアは話《はなし》が中断《ちゅうだん》されなかったかのように語《かた》り続《つづ》けた。「君《きみ》がホグワーツにやってきた。幸福《こうふく》で、まるまるとした子《こ》であってほしいというわしの願《ねが》いどおりの姿《すがた》ではなかったかもしれぬが、それでも健康《けんこう》で、生《い》きていた。ちやほやされた王子様《おうじさま》ではなく、あのような状況《じょうきょう》の中《なか》でわしが望《のぞ》みうるかぎりの、まともな男《おとこ》の子《こ》だった。そこまでは、わしの計画《けいかく》はうまくいっていたのじゃ」

「ところが……まあ、ホグワーツでの最初《さいしょ》の年《とし》の事件《じけん》のことは、君《きみ》もわしと同様《どうよう》、よく覚《おぼ》えておろう。君《きみ》は向《む》かってきた挑戦《ちょうせん》を、見事《みごと》に受《う》けて立《た》った。しかも、あんなに早《はや》く——わしが予想《よそう》していたよりずっと早《はや》い時期《じき》に、君《きみ》はヴォルデモートと真正面《ましょうめん》から対決《たいけつ》した。君《きみ》は再《ふたた》び生《い》き残《のこ》った。そればかりではない。君《きみ》は、あやつが復活《ふっかつ》して全能力《ぜんのうりょく》を持《も》つのを遅《おく》らせたのじゃ。君《きみ》は立派《りっぱ》な男《おとこ》として戦《たたか》った。わしは……誇《ほこ》らしかった。口《くち》では言《い》えないほど、君《きみ》が誇《ほこ》らしかった」

「しかし、わしのこの見事《みごと》な計画《けいかく》には欠陥《けっかん》があった」ダンブルドアが続《つづ》けた。「明《あき》らかな弱点《じゃくてん》じゃ。それが計画全体《けいかくぜんたい》をだいなしにしてしまうかもしれないと、その時《とき》すでにわしにはわかっていた。それでも、この計画《けいかく》を成功《せいこう》させることがいかに重要《じゅうよう》かを思《おも》うにつけ、わしは、この欠陥《けっかん》が計画《けいかく》をだいなしにすることなど許《ゆる》しはせぬと、自《みずか》らに言《い》い聞《き》かせたのじゃ。わしだけが問題《もんだい》を防《ふせ》ぐことができるのじゃから、わしだけが強《つよ》くあらねばならぬと。そして、わしにとって最初《さいしょ》の試練《しれん》がやって来《き》た。君《きみ》がヴォルデモートとの戦《たたか》いに弱《よわ》りはて、医務室《いむしつ》で横《よこ》になっていたときのことじゃ」

「先生《せんせい》のおっしゃっていることがわかりません」ハリーが言《い》った。

「覚《おぼ》えておらぬか？　医務室《いむしつ》で横《よこ》たわり、君《きみ》はこう聞《き》いた。赤子《あかご》だった君《きみ》を『そもそもヴォルデモートはなんで殺《ころ》したかったのでしょう？』とな」

ハリーがうなずいた。

「わしはその時《とき》に話《はな》して聞《き》かせるべきじゃったか？」

ハリーはブルーの瞳《ひとみ》をじっとのぞき込《こ》んだが、何《なに》も言《い》わなかった。心臓《しんぞう》が早鐘《はやがね》を打《う》ちはじめた。

「計画《けいかく》の欠陥《けっかん》とは何《なに》か、まだわからぬか？　いや……わからんじゃろう。さて、君《きみ》も知《し》っておるように、わしは答《こた》えぬことに決《き》めた。十一歳《さい》では――とわしは自分《じぶん》に言《い》い聞《き》かせた――まだ知《し》るには早過《はやす》ぎる。十一歳《さい》で話《はな》して聞《き》かせようとは、わしはまったく意図《いと》しておらなんだ。そんな幼《おさな》いときに知《し》ってしまうのは荷《に》が重過《おもす》ぎる、とな」

「その時《とき》に、わしは危険《きけん》な兆候《ちょうこう》に気《き》づくべきじゃった。いずれは恐《おそ》ろしい答《こた》えを君《きみ》に与《あた》えねばならぬとわかってはいたものの、その時《とき》すでに君《きみ》がその質問《しつもん》をしたということに、わしはなぜもっと狼狽《ろうばい》しなかったのか。わしは自《みずか》らにそう問《と》うてみるべきじゃった。わしは、気《き》づくべきであった。あの日《ひ》に君《きみ》に答《こた》えずにすんだことで、有頂天《うちょうてん》になり過《す》ぎていたと……君《きみ》はまだ若過《わかす》ぎる、幼過《おさなす》ぎるからと」

「そして、君《きみ》はホグワーツでの二年目《ねんめ》を迎《むか》えた。再《ふたた》び君《きみ》は、大人《おとな》の魔法使《まほうつか》いでさえ立《た》ち向《む》かえぬような挑戦《ちょうせん》を受《う》けた。そして、またしても君《きみ》は、わしの想像《そうぞう》をはるかに超《こ》えるほどに本分《ほんぶん》をはたした。しかし、君《きみ》は、ヴォルデモートがなぜその印《しるし》を君《きみ》に残《のこ》したのかという問《と》いを再《ふたた》びわしに聞《き》きはせなんだ。君《きみ》の傷痕《きずあと》の話《はなし》はした。おう、そうじゃ……話《はなし》の核心《かくしん》にかぎりなく近《ちか》いところまで行《い》ったのじゃ。なぜわしは、君《きみ》にすべてを話《はな》さなかったのじゃろう？」

「いや、そのような知《し》らせを受《う》け取《と》るには、十二歳《さい》の年齢《ねんれい》は、結局《けっきょく》十一歳《さい》とあまり変《か》わらぬとわしはそう思《おも》うた。返《かえ》り血《ち》を浴《あ》びた君《きみ》が、つかれはて、しかし意気揚々《いきようよう》とわしの面前《めんぜん》から去《さ》るのを、わしはそのままにした。その時話《ときはな》すべきではないかと、チクリと心《こころ》が痛《いた》んだが、それもたちまち沈黙《ちんもく》させられた。君《きみ》はまだ若過《わかす》ぎた。わしにはのう、その勝利《しょうり》の夜《よる》をだいなしにすることなど、とてもできなかった……」

「わかったか？　ハリー？　わしのすばらしい計画《けいかく》の弱点《じゃくてん》が、もうわかったかな？　予測《よそく》していた罠《わな》に、よけられる、よけねばならぬと自分《じぶん》に言《い》い聞《き》かせていた罠《わな》に、わしははまってしもうた」

「僕《ぼく》、わかり――」

「君《きみ》をあまりにも愛《いと》おしく思《おも》い過《す》ぎたのじゃ」ダンブルドアはさらりと言《い》った。「わしにとっては、君《きみ》が幸《しあわ》せであることのほうが、君《きみ》が真実《しんじつ》を知《し》ることより大事《だいじ》だったのじゃ。わしの計画《けいかく》より君《きみ》の心《こころ》の平安《へいあん》のほうが、計画《けいかく》が失敗《しっぱい》したときに失《うしな》われるかもしれない多《おお》くの命《いのち》より、君《きみ》の命《いのち》のほうが大事《だいじ》だったのじゃ。つまり、わしはまさに、ヴォルデモートの思《おも》うつぼ、人《ひと》を愛《あい》する者《もの》が取《と》る愚《おろ》かな行動《こうどう》を取《と》っていたのじゃ」

「釈明《しゃくめい》はできるじゃろうか？　君《きみ》を見守《みまも》ってきた者《もの》であれば誰《だれ》しも――わしは君《きみ》が思《おも》っている以《い》上《じょう》に注意深《ちゅういぶか》く君《きみ》を見守《みまも》ってきたのじゃが――これ以上《いじょう》の苦《くる》しみを君《きみ》に味《あじ》わわせとうはないと思《おも》わぬ者《もの》がおろうか？　名《な》も顔《かお》も知《し》らぬ人々《ひとびと》や生《い》き物《もの》が、未来《みらい》というあいまいな時《とき》にどんなに大勢抹《おおぜいまっ》殺《さつ》されようと、君《きみ》が今《いま》、ここに生《い》きておれば、そして健《すこ》やかで幸《しあわ》せでさえあれば、わしはそんなことを気《き》にしようか？　わしは、自分《じぶん》がそんなふうに思《おも》える人間《にんげん》を背負《せお》い込《こ》むことになろうとは、夢《ゆめ》にも思《し》わなんだ」

「三年目《ねんめ》に入《はい》った。わしは遠《とお》くから見《み》ておった。君《きみ》が吸魂鬼《きゅうこんき》と戦《たたか》って追《お》い払《はら》うのを。シリウスを見出《みいだ》し、彼《かれ》が何者《なにもの》であるかを知《し》り、そして救《すく》い出《だ》すのを。君《きみ》が魔法省《まほうしょう》の手《て》から、あわやの時《とき》に名《な》付《づ》け親《おや》を意気揚々奪還《いきようようだっかん》したその時《とき》に、わしは君《きみ》に話《はな》すべきじゃったろうか？　十三歳《さい》のあの時《とき》、わしはもうだんだん口実《こうじつ》が尽《つ》きてきておった。まだ若《わか》いにもかかわらず、君《きみ》は特別《とくべつ》であることを証明《しょうめい》していた。わしの良心《りょうしん》はおだやかではなかった。ハリーよ、まもなくこの時《とき》が来《く》るじゃろうと、わしにはわかっておった……」

「しかし、昨年《さくねん》、君《きみ》が迷路《めいろ》から出《で》てきたとき、セドリック・ディゴリーの死《し》を目撃《もくげき》し、君自身《きみじしん》がからくも死《し》を逃《のが》れてきた……そして、わしは、ヴォルデモートが戻《もど》ってきた以上《いじょう》、すぐにも話《はな》さなければならないと知《し》りながら、君《きみ》に話《はな》さなかった。そして、今夜《こんや》、わしは、これほど長《なが》く君《きみ》に隠《かく》していたあることを、君《きみ》はとうに知《し》る準備《じゅんび》ができていたのだと思《おも》い知《し》った。わしがもっと前《まえ》にこの重荷《おもに》を君《きみ》に負《お》わせるべきであったことを、君《きみ》が証明《しょうめい》してくれたからじゃ。わしの唯一《ゆいいつ》の自己《じこ》弁明《べんめい》を言《い》おう。君《きみ》が、この学校《がっこう》に学《まな》んだどの学生《がくせい》よりも、多《おお》くの重荷《おもに》を負《お》ってもがいてきたのを、わしはずっと見守《みまも》ってきたのじゃ。わしは、その上《うえ》にもう一つの重荷《おもに》を負《お》わせることができなかった──最《もっと》も大《おお》きな重荷《おもに》を」

ハリーは待《ま》った。しかし、ダンブルドアはだまっていた。

「まだわかりません」

「ヴォルデモートは、君《きみ》が生《う》まれる少《すこ》し前《まえ》に告《つ》げられた予言《よげん》のせいで、幼《おさな》い君《きみ》を殺《ころ》そうとしたのじゃ。あやつは予言《よげん》の全貌《ぜんぼう》を知《し》らなかったが、予言《よげん》がなされたことは知《し》っていた。ヴォルデモートは、君《きみ》がまだ赤子《あかご》のうちに殺《ころ》そうと謀《はか》った。そうすることで予言《よげん》がまっとうされると信《しん》じたのじゃ。それが誤算《ごさん》であったことを、あやつは身《み》をもって知《し》ることとなった。君《きみ》を殺《ころ》そうとした呪《のろ》いが跳《は》ね返《かえ》ったからじゃ。そこで、自《みずか》らの肉体《にくたい》に復活《ふっかつ》したとき、そして、特《とく》に昨年《さくねん》、君《きみ》があやつから驚《おどろ》くべき生還《せいかん》をはたして以来《いらい》、あやつはその予言《よげん》の全部《ぜんぶ》を聞《き》こうと決意《けつい》したのじゃ。復活以《ふっかつい》来《らい》、あやつが執拗《しつよう》に求《もと》めてきた武器《ぶき》というのがこれじゃ。どのように君《きみ》を滅《ほろ》ぼすかという知識《ちしき》なのじゃ」

今《いま》や太陽《たいよう》はすっかり昇《のぼ》りきっていた。ダンブルドアの部屋《へや》は、たっぷりと陽《ひ》を浴《あ》びている。ゴドリック・グリフィンドールの剣《つるぎ》が収《おさ》められているガラス棚《だな》が、不透明《ふとうめい》な白《しろ》さに輝《かがや》いた。ハリーが床《ゆか》に投《な》げ捨《す》てた道具《どうぐ》の破片《はへん》が、雨《あめ》のしずくのようにきらめいた。ハリーの背後《はいご》で、ひな鳥《どり》のフォークスが、灰《はい》の巣《す》の中《なか》で、チュッチュッと小《ちい》さな鳴《な》き声《ごえ》を上《あ》げていた。

「予言《よげん》は砕《くだ》けました」ハリーがうつろに答《こた》えた。「石段《いしだん》にネビルを引っ張《ぱ》り上《あ》げていて。あの――あのアーチのある部屋《へや》で。僕《ぼく》がネビルのローブを破《やぶ》ってしまい、予言《よげん》が落《お》ちて……」

「砕《くだ》けた予言《よげん》は、神秘部《しんぴぶ》に保管《ほかん》してある予言《よげん》の記録《きろく》にすぎない。しかし、予言《よげん》はある人物《じんぶつ》に向《む》かってなされたのじゃ。そして、その人物《じんぶつ》は、予言《よげん》を完全《かんぜん》に思《おも》い出《だ》す術《すべ》を持《も》っておる」

「誰《だれ》が聞《き》いたのですか？」答《こた》えはすでにわかっていると思《おも》いながら、ハリーは聞《き》いた。

「わしじゃ」ダンブルドアが答《こた》えた。「十六年前《ねんまえ》の冷《つめ》たい雨《あめ》の夜《よる》、ホッグズ・ヘッドのバーの上《うえ》にある旅籠《はたご》の一部屋《ひとへや》じゃ。わしは『占《うらな》い学《がく》』を教《おし》えたいという志願者《しがんしゃ》の面接《めんせつ》に、そこへ出向《でむ》いた。『占《うらな》い学《がく》』の科目《かもく》を続《つづ》けること自体《じたい》、わしの意《い》に反《はん》しておったのじゃが。しかし、その人物《じんぶつ》が、卓越《たくえつ》した能力《のうりょく》のある非常《ひじょう》に有名《ゆうめい》な『予見者《よけんしゃ》』の曾々孫《ひひまご》じゃったから、わしは、会《あ》うのが一般的《いっぱんてき》な礼儀《れいぎ》じゃろうと思《おも》うたのじゃ。わしは失望《しつぼう》した。その女性本人《じょせいほんにん》には才能《さいのう》のかけらもないように思《おも》われた。わしは、礼《れい》を欠《か》かぬように言《い》ったつもりじゃが、あなたはこの職《しょく》には向《む》いていないと思《おも》うと告《つ》げた。そして帰《かえ》りかけた」

ダンブルドアは立《た》ち上《あ》がり、ハリーのそばを通《とお》り過《す》ぎて、フォークスの止《と》まり木《ぎ》の脇《わき》にある黒《くろ》い戸棚《とだな》へと歩《ある》いていった。かがんでとめ金《がね》をずらし、中《なか》から浅《あさ》い石《いし》の水盆《すいぼん》を取《と》り出《だ》した。縁《ふち》にぐるりとルーン文字《もじ》が刻《きざ》んである。ハリーの父親《ちちおや》がスネイプをいじめている姿《すがた》を見《み》た水盆《すいぼん》だ。ダンブルドアは机《つくえ》に戻《もど》り、「憂《うれ》いの篩《ふるい》」をその上《うえ》に置《お》き、杖《つえ》をこめかみに当《あ》てた。ふわふわした銀色《ぎんいろ》の細《ほそ》い糸《いと》が数筋《すうすじ》、杖先《つえさき》にくっついて取《と》り出《だ》された。ダンブルドアはそれを水盆《すいぼん》に落《お》とした。机《つくえ》のむこうで椅子《いす》に寄《よ》りかかり、ダンブルドアは、自分《じぶん》の「想《おも》い」が「憂《うれ》いの篩《ふるい》」の中《なか》で渦巻《うずま》き漂《ただよ》うのを、しばらく見《み》つめていた。それからため息《いき》をついて杖《つえ》を上《あ》げ、杖先《つえさき》で銀色《ぎんいろ》の物質《ぶっしつ》をつついた。

中《なか》から一つの姿《すがた》が立《た》ち上《あ》がった。ショールを何枚《なんまい》も巻《ま》きつけ、めがねの奥《おく》で拡大《かくだい》された巨大《きょだい》な目《め》のその女性《じょせい》は、盆《ぼん》の中《なか》に両足《りょうあし》を入《い》れたまま、ゆっくりと回転《かいてん》した。しかし、シビル・トレローニーが話《はな》しはじめると、いつもの謎《なぞ》めいた心霊界《しんれいかい》の声《こえ》ではなく、しわがれた荒々《あらあら》しい声《こえ》だった。

ハリーはその声《こえ》を一度《いちど》聞《き》いたことがあった。

闇《やみ》の帝王《ていおう》を打《う》ち破《やぶ》る力《ちから》を持《も》った者《もの》が近《ちか》づいている……七つ目《め》の月《つき》が死《し》ぬとき、帝王《ていおう》に三度《ど》抗《あらが》った者《もの》たちに生《う》まれる……そして闇《やみ》の帝王《ていおう》は、その者《もの》を自分《じぶん》に比肩《ひけん》する者《もの》として印《しる》すであろう。しかし彼《かれ》は、闇《やみ》の帝王《ていおう》の知《し》らぬ力《ちから》を持《も》つであろう……一方《いっぽう》が他方《たほう》の手《て》にかかって死《し》なねばならぬ。なんとなれば、一方《いっぽう》が生《い》きるかぎり、他方《たほう》は生《い》きられぬ……闇《やみ》の帝王《ていおう》を打《う》ち破《やぶ》る力《ちから》を持《も》った者《もの》が、七つ目《め》の月《つき》が死《し》ぬときに生《う》まれるであろう……。

ゆっくりと回転《かいてん》するトレローニー先生《せんせい》は、再《ふたた》び足元《あしもと》の銀色《ぎんいろ》の物質《ぶっしつ》に沈《しず》み、消《き》えた。絶対的《ぜったいてき》な静寂《せいじゃく》が流《なが》れた。ダンブルドアもハリーも、肖像画《しょうぞうが》の誰《だれ》も、物音《ものおと》一つ立《た》てなかった。フォークスさえ沈黙《ちんもく》した。

「ダンブルドア先生《せんせい》？」ハリーがそっと呼《よ》びかけた。ダンブルドアが「憂《うれ》いの篩《ふるい》」を見《み》つめたまま、思《おも》いにふけっているように見《み》えたからだ。「これは、……その意味《いみ》は、……どういう意味《いみ》ですか？」

「この意味《いみ》は」ダンブルドアが言《い》った。「ヴォルデモート卿《きょう》を永遠《えいえん》に克服《こくふく》する唯一《ゆいいつ》の可能性《かのうせい》を持《も》った人物《じんぶつ》が、ほぼ十六年前《ねんまえ》の七月《がつ》の末《すえ》に生《う》まれたということじゃ。この男《おとこ》の子《こ》は、ヴォルデモートにすでに三度抗《どあらが》った両親《りょうしん》の許《もと》に生《う》まれるはずじゃ」

ハリーは何《なに》かが迫《せま》ってくるような気《き》がした。また息《いき》が苦《くる》しくなった。

「それは——僕《ぼく》ですか？」

ダンブルドアが深《ふか》く息《いき》を吸《す》った。

「奇妙《きみょう》なことじゃが、ハリー」ダンブルドアが静《しず》かに言《い》った。「君《きみ》のことではなかったかもしれんのじゃ。シビルの予言《よげん》は、魔法界《まほうかい》の二人《ふたり》の男《おとこ》の子《こ》に当《あ》てはまりうるものじゃった。二人《ふたり》ともその年《とし》の七月末《がつすえ》に生《う》まれた。二人《ふたり》とも、両親《りょうしん》が『不死鳥《ふしちょう》の騎士団《きしだん》』に属《ぞく》していた。どちらの両親《りょうしん》も、からくも三度《ど》、ヴォルデモートから逃《のが》れた。一人《ひとり》はもちろん君《きみ》じゃ。もう一人《ひとり》は、ネビル・ロングボトム」

「でも、それじゃ……予言《よげん》に書《か》かれていたのはどうして僕《ぼく》の名前《なまえ》だったんですか？　ネビルのじゃなくて？」

「公式《こうしき》の記録《きろく》は、ヴォルデモートが赤子《あかご》の君《きみ》を襲《おそ》ったあとに書《か》きなおされたのじゃ」

ダンブルドアが言《い》った。

「『予言《よげん》の間《ま》』の管理者《かんりしゃ》にとっては、シビルの言及《げんきゅう》した者《もの》が君《きみ》だとヴォルデモートが知《し》っていたからこそ君《きみ》を殺《ころ》そうとした、というのが単純明快《たんじゅんめいかい》だったのじゃろう」

「それじゃ――僕《ぼく》じゃないかもしれない？」

「残念《ざんねん》ながら」一言一言《ひとことひとこと》をくり出《だ》すのがつらいかのように、ダンブルドアがゆっくりと言《い》った。

「それが君《きみ》であることは疑《うたが》いがないのじゃ」

「でも、先生《せんせい》は――ネビルも七月末《がつすえ》に生《う》まれたと――それにネビルのパパとママは――」

「君《きみ》は予言《よげん》の次《つぎ》の部分《ぶぶん》を忘《わす》れておる。ヴォルデモートを打《う》ち破《やぶ》るであろうその男《おとこ》の子《こ》を見分《みわ》ける最後《さいご》の特徴《とくちょう》を……。ヴォルデモート自身《じしん》が、**その者《もの》を自分《じぶん》に比肩《ひけん》する者《もの》として印《しる》すであろう。**そして、ハリー、ヴォルデモートはそのとおりにした。あやつは君《きみ》を選《えら》んだ。ネビルではない。あやつは君《きみ》に傷《きず》を与《あた》えた。その傷《きず》は祝福《しゅくふく》でもあり呪《のろ》いでもあった」

「でも、まちがって選《えら》んだかもしれない！」ハリーが言《い》った。「まちがった人《ひと》に印《しるし》をつけたかもしれない！」

「ヴォルデモートは、自分《じぶん》にとって最《もっと》も危険《きけん》な存在《そんざい》になりうると思《おも》った男《おとこ》の子《こ》を選《えら》んだのじゃ」ダンブルドアが言《い》った。「それに、ハリー、気《き》づいておるか？　あやつが選《えら》んだのは、純血《じゅんけつ》ではなかった。あやつの信条《しんじょう》からすれば、純血《じゅんけつ》のみが、魔法使《まほうつか》いとして存在価値《そんざいかち》があり、認知《にんち》する価《か》値《ち》があるのじゃが。そうではなく、自分《じぶん》と同《おな》じ混血《こんけつ》を選《えら》んだ。あやつは、君《きみ》を見《み》る前《まえ》から、君《きみ》の中《なか》に自分自身《じぶんじしん》を見《み》ておったのじゃ。そして君《きみ》にその印《しるし》の傷《きず》をつけることで、君《きみ》を殺《ころ》そうとしたあやつの意図《いと》にたがい、君《きみ》に力《ちから》と、そして未来《みらい》を与《あた》えたのじゃ。そのおかげで君《きみ》は、一度《いちど》ならず、これまで四度《よど》もあやつの手《て》を逃《のが》れた――君《きみ》の両親《りょうしん》もネビルの両親《りょうしん》も、そこまで成《な》しとげはしなかった」

「でも、あいつはなぜそんなことをしたのでしょう？」ハリーは体《からだ》が冷《つめ》たくなり、感覚《かんかく》がなくなっていた。

「どうして赤《あか》ん坊《ぼう》の僕《ぼく》を殺《ころ》そうとしたんでしょう？　大《おお》きくなるまで待《ま》って、ネビルと僕《ぼく》のどちらがより危険《きけん》なのかを見極《みきわ》めてから、どちらかを殺《ころ》すべきだった――」

「たしかに、それがより現実的《げんじつてき》なやり方《かた》だったかもしれぬ」ダンブルドアが言《い》った。「しかし、ヴォルデモートの予言《よげん》に関《かん》する情報《じょうほう》は、不完全《ふかんぜん》なものじゃった。『ホッグズ・ヘッド』という所《ところ》は、シビルは安《やす》さで選《えら》んだのじゃが、昔《むかし》から、『三本の箒《さんぼんのほうき》』よりも、何《なん》と言《い》うか、よりおもしろい客《きゃく》を引《ひ》き寄《よ》せてきた所《ところ》じゃ。君《きみ》も、君《きみ》の友人《ゆうじん》たちも、身《み》をもってそれを学《まな》んだはずじゃし、わしも、あの夜《よる》そうだったのじゃが、あそこは、誰《だれ》も盗聴《とうちょう》していないと安心《あんしん》できる場所《ばしょ》ではない。もちろん、わしがシビル・トレローニーに会《あ》いに出《で》かけたときは、誰《だれ》かに盗《ぬす》み聞《ぎ》きされるほど価値《かち》のあることを聞《き》こうとは、夢《ゆめ》にも思《おも》わなんだのじゃが。わしにとって――そして我々《われわれ》にとっても――一つ幸運《こううん》だったのは、盗《ぬす》み聞《ぎ》きしていた者《もの》が、まだ予言《よげん》が始《はじ》まったばかりのときに見《み》つかり、あの居酒屋《いざかや》から放《ほう》り出《だ》されたことじゃ」

「それじゃ、あいつが聞《き》いたのは――？」

「最初《さいしょ》の部分《ぶぶん》のみじゃ。ヴォルデモートに三度抗《どあらが》った両親《りょうしん》の許《もと》に、七月《がつ》に男《おとこ》の子《こ》が生《う》まれるという件《くだり》の予言《よげん》だけじゃ。盗聴《とうちょう》した男《おとこ》は、君《きみ》を襲《おそ》うことが君《きみ》に力《ちから》を移《うつ》し、ヴォルデモートに比肩《ひけん》する者《もの》としての印《しるし》をつけてしまうのだという危険《きけん》を、ご主人様《しゅじんさま》に警告《けいこく》することができなかった。それじゃから、ヴォルデモートは、君《きみ》を襲《おそ》うことの危険性《きけんせい》を知《し》る由《よし》もなく、もっとはっきりわかるまで待《ま》つほうが賢《かしこ》いということを知《し》らなかったのじゃ。あやつは、君《きみ》が、闇《やみ》の帝王《ていおう》の知《し》らぬ力《ちから》を持《も》つであろうことも知《し》らなかった――」

「だけど、僕《ぼく》、持《も》っていない！」ハリーは押《お》し殺《ころ》したような声《こえ》を出《だ》した。「僕《ぼく》はあいつの持《も》っていない力《ちから》なんか、何《なに》一つ持《も》ってない。あいつが今夜戦《こんやたたか》ったようには、僕《ぼく》は戦《たたか》えない。人《ひと》に取《と》り憑《つ》くこともできない――殺《ころ》すことも――」

「神秘部《しんぴぶ》に一つの部屋《へや》がある」ダンブルドアがさえぎった。「常《つね》に鍵《かぎ》がかかっている。その中《なか》には、死《し》よりも不可思議《ふかしぎ》で同時《どうじ》に死《し》よりも恐《おそ》ろしい力《ちから》が、人《ひと》の叡智《えいち》よりも、自然《しぜん》の力《ちから》よりもすばらしく、恐《おそ》ろしい力《ちから》が入《はい》っている。その力《ちから》は、恐《おそ》らく、神秘部《しんぴぶ》に内蔵《ないぞう》されている数多《かずおお》くの研究課題《けんきゅうかだい》の中《なか》で、最《もっと》も神秘的《しんぴてき》なものであろう。その部屋《へや》の中《なか》に収《おさ》められている力《ちから》こそ、君《きみ》が大量《たいりょう》に所持《しょじ》しており、ヴォルデモートにはまったくないものなのじゃ。その力《ちから》が、今夜君《こんやきみ》を、シリウス救出《きゅうしゅつ》に向《む》かわせた。その力《ちから》が、ヴォルデモートが取《と》り憑《つ》くことから君自身《きみじしん》を護《まも》った。なぜなら、あやつが嫌《きら》っておる力《ちから》が満《み》ちている体《からだ》には、あやつはとてもとどまることができぬからじゃ。結局《けっきょく》、君《きみ》が心《こころ》を閉《と》じることができなかったのは、問題《もんだい》ではなかった。君《きみ》を救《すく》ったのは、君《きみ》の心《こころ》だったのじゃから」

ハリーは目《め》を閉《と》じた。シリウスを助《たす》けにいかなかったら、シリウスは死《し》ななかったろう……答《こた》えを求《もと》めるというより、むしろ、シリウスのことをまた考《かんが》えてしまう瞬間《しゅんかん》をさけたいという思《おも》いから、ハリーは質問《しつもん》した。

「予言《よげん》の最後《さいご》は……たしか……一方《いっぽう》が生《い》きるかぎり……」

「……他方《たほう》は生《い》きられぬ」ダンブルドアが言《い》った。

「それじゃ」心《こころ》の中《なか》の深《ふか》い絶望《ぜつぼう》の井戸《いど》の底《そこ》から言葉《ことば》をさらうように、ハリーは言《い》った。「それじゃ、その意味《いみ》は……最後《さいご》には……二人《ふたり》のうちどちらかが、もう一人《ひとり》を殺《ころ》さなければならない……？」

「そうじゃ」ダンブルドアが言《い》った。

二人《ふたり》とも、長《なが》い間《あいだ》無言《むごん》だった。校長室《こうちょうしつ》の壁《かべ》のむこう、どこかはるかかなたから、大広間《おおひろま》に早《はや》めに朝食《ちょうしょく》に向《む》かうのだろうか、生徒《せいと》たちの声《こえ》がハリーの耳《みみ》に聞《き》こえてきた。この世《よ》の中《なか》に、食事《しょくじ》がしたいと思《おも》う人間《にんげん》がまだいるなんて。笑《わら》う人間《にんげん》がいるなんて。シリウス・ブラックが永遠《えいえん》にいなくなったことを知《し》らず、気《き》にもかけない人間《にんげん》がいるなんて、ありえないことのように思《おも》われた。シリウスはもう、何百万《なんびゃくまん》キロもかなたに行《い》ってしまったような気《き》がする。今《いま》でも、心《こころ》のどこかで、ハリーは信《しん》じていた。あのベールを僕《ぼく》が開《あ》けてさえいたら、シリウスがそこにいて、僕《ぼく》を見返《みかえ》して挨拶《あいさつ》したかもしれない……たぶん、あのほえるような笑《わら》い声《ごえ》で……。

「もう一つ、ハリー、わしは君《きみ》に釈明《しゃくめい》せねばならぬ」ダンブルドアが迷《まよ》いながら言《い》った。

「君《きみ》は、たぶん、なぜわしが君《きみ》を監督生《かんとくせい》に選《えら》ばなかったかといぶかったのではないかな？　白状《はくじょう》せねばなるまい……わしは、こう思《おも》ったのじゃ……君《きみ》はもう、充分過《じゅうぶんす》ぎるほどの責任《せきにん》を背負《せお》っていると」

ハリーはダンブルドアを見上《みあ》げた。その顔《かお》に一筋《ひとすじ》の涙《なみだ》が流《なが》れ、長《なが》い銀色《ぎんいろ》のひげに滴《したた》るのが見《み》えた。

第《だい》38章《しょう》　二度目《どめ》の戦《たたか》いへ

「名前《なまえ》を呼《よ》んではいけないあの人《ひと》」復活《ふっかつ》す

コーネリウス・ファッジ魔法大臣《まほうだいじん》は、金曜夜《きんようよる》、短《みじか》い声明《せいめい》を発表《はっぴょう》し、「名前《なまえ》を呼《よ》んではいけないあの人《ひと》」がこの国《くに》に戻《もど》り、再《ふたた》び活動《かつどう》を始《はじ》めたことを確認《かくにん》した。

「まことに遺憾《いかん》ながら、自《みずか》らを『何《なん》とか卿《きょう》』と称《しょう》する者《もの》が——あー、誰《だれ》のことかはおわかりと思《おも》うが——生《い》きて戻《もど》ってきたのであります」と、ファッジ大臣《だいじん》はつかれて狼狽《ろうばい》した表情《ひょうじょう》で記者団《きしゃだん》に語《かた》った。「同様《どうよう》に遺憾《いかん》ながら、アズカバンの吸魂鬼《ディメンター》が、魔法省《まほうしょう》に引《ひ》き続《つづ》き雇用《こよう》されることを忌避《きひ》し、いっせい蜂起《ほうき》しました。我々《われわれ》は、吸魂鬼《ディメンター》が現在直接命《げんざいちょくせつめい》令《れい》を受《う》けているのは、例《れい》の『何《なん》とか卿《きょう》』であると見《み》ているのであります」

「魔法族《まほうぞく》の諸君《しょくん》は、警戒《けいかい》をおさおさ怠《おこた》りないように。魔法省《まほうしょう》は現在《げんざい》、各家庭《かくかてい》および個人《こじん》の防衛《ぼうえい》に関《かん》する初歩的心得《しょほてきこころえ》を作成中《さくせいちゅう》でありまして、一か月《げつ》のうちには、全魔法世帯《ぜんまほうせたい》に無料配布《むりょうはいふ》する予定《よてい》であります」

「『例《れい》のあの人《ひと》』が再《ふたた》び身近《みぢか》で画策《かくさく》しているというしつこいうわさは、事実無根《じじつむこん》」と、ついこの水曜日《すいようび》まで魔法省《まほうしょう》が請《う》け合《あ》っていただけに、この発表《はっぴょう》は、魔法界《まほうかい》を仰天《ぎょうてん》させ、困惑《こんわく》させている。

魔法省《まほうしょう》がこのように言《げん》をひるがえすにいたった経緯《けいい》はいまだに霧《きり》の中《なか》だが、「例《れい》のあの人《ひと》」とその主《おも》だった一味《いちみ》の者《もの》（『死喰い人《デス・イーター》』として知《し》られている）が、木曜《もくよう》の夜《よる》、魔《ま》法省《ほうしょう》そのものに侵入《しんにゅう》したのではないかと見《み》られている。

アルバス・ダンブルドア（ホグワーツ魔法魔術学校校長《まほうまじゅつがっこうこうちょう》として復職《ふくしょく》、国際魔法使《こくさいまほうつか》い連盟会員資格復活《れんめいかいいんしかくふっかつ》、ウィゼンガモット最高裁主席魔法戦士《さいこうさいしゅせきまほうせんし》として復帰《ふっき》）からのコメントは、これまでのところまだ得《え》られていない。この一年間《ねんかん》、同氏《どうし》は「例《れい》のあの人《ひと》」が死《し》んだという大方《おおかた》の希望的観測《きぼうてきかんそく》を否定《ひてい》し、実《じつ》は再《ふたた》び権力《けんりょく》を握《にぎ》るべく仲間《なかま》を集《あつ》めている、と主《しゅ》張《ちょう》し続《つづ》けていた。一方《いっぽう》、「生《い》き残《のこ》った男《おとこ》の子《こ》」は――。

「ほうら来《き》た、ハリー。どこかであなたを引《ひ》っ張《ぱ》り込《こ》むと思《おも》っていたわ」新聞越《しんぶんご》しにハリーを見《み》ながら、ハーマイオニーが言《い》った。

医務室《いむしつ》の中《なか》だった。ハリーはロンのベッドの端《はし》のほうに腰《こし》かけ、二人《ふたり》とも、ハーマイオニーが「予言者新聞日曜版《よげんしゃしんぶんにちようばん》」の一面記事《いちめんきじ》を読《よ》むのを聞《き》いていた。マダム・ポンフリーにあっという間《ま》にかかとを治《なお》してもらったジニーは、ハーマイオニーのベッドの足元《あしもと》にひざ小僧《こぞう》を抱《かか》えて座《すわ》り、同《おな》じように鼻《はな》の大《おお》きさも形《かたち》も元《もと》どおりに治《なお》してもらったネビルは、二つのベッドの間《あいだ》の椅子《いす》に腰《こし》かけていた。『ザ・クィブラー』の最新号《さいしんごう》を小脇《こわき》に抱《かか》えてふらりと立《た》ち寄《よ》ったルーナは、雑誌《ざっし》を逆《さか》さまにして読《よ》んでいた。どうやらハーマイオニーの言葉《ことば》はまったく耳《みみ》に入《はい》らない様子《ようす》だ。

「それじゃ、ハリーはまた『生《い》き残《のこ》った男《おとこ》の子《こ》』になったわけだ」ロンが顔《かお》をしかめた。「もう頭《あたま》の変《へん》な目立《めだ》ちたがり屋《や》じゃないってわけ？　ん？」

ロンはベッド脇《わき》の棚《たな》に山《やま》と積《つ》まれた「蛙《かえる》チョコレート」からひとつかみ取《と》って、ハリー、ジニー、ネビルに少《すこ》し放《ほう》り投《な》げ、自分《じぶん》の分《ぶん》は包《つつ》み紙《がみ》を歯《は》で食《く》いちぎった。脳《のう》みその触手《しょくしゅ》に巻《ま》きつかれたロンの両方《りょうほう》の前腕《ぜんわん》に、まだはっきりとミミズ腫《ば》れが残《のこ》っていた。マダム・ポンフリーによれば、想念《そうねん》というものは、ほかの何《なに》よりも深《ふか》い傷《きず》を残《のこ》す場合《ばあい》があるとのことだ。しかし、「ドクター・ウッカリーの物忘《ものわす》れ軟膏《なんこう》」をたっぷり塗《ぬ》るようになってから、少《すこ》しよくなってきたようだった。

「そうよ、ハリー、今度《こんど》は新聞《しんぶん》があなたのことをずいぶんほめて書《か》いてるわ」ハーマイオニーが記事《きじ》にざっと目《め》を走《はし》らせながら言《い》った。

「**『孤独《こどく》な真実《しんじつ》の声《こえ》……精神異常者扱《せいしんいじょうしゃあつか》いされながらも自分《じぶん》の説《せつ》を曲《ま》げず……嘲《あざけ》りと中傷《ちゅうしょう》の耐《た》え難《がた》きを耐《た》え……』**、ふぅーん」ハーマイオニーが顔《かお》をしかめた。「『予言者新聞《よげんしゃしんぶん》』で嘲《あざけ》ったり中傷《ちゅうしょう》したりしたのは自分《じぶん》たちだっていう事実《じじつ》を、書《か》いていないじゃない……」

ハーマイオニーはちょっと痛《いた》そうに、手《て》をろっ骨《こつ》に当《あ》てた。ドロホフがハーマイオニーにかけた呪《のろ》いは、声《こえ》を出《だ》して呪文《じゅもん》を唱《とな》えられなかったので効果《こうか》が弱《よわ》められはしたが、それでも、マダム・ポンフリーによれば、「当分《とうぶん》おつき合《あ》いいただくには充分《じゅうぶん》の損傷《そんしょう》」だった。ハーマイオニーは毎日《まいにち》十種類《しゅるい》もの薬《くすり》を飲《の》んでいたが、めきめき回復《かいふく》し、もう医務室《いむしつ》にあきていた。

「**『例《れい》のあの人《ひと》』支配《しはい》への前回《ぜんかい》の挑戦《ちょうせん》――二面《めん》から四面《めん》、魔法省《まほうしょう》が口《くち》をつぐんできたこと――五面《めん》、なぜ誰《だれ》もアルバス・ダンブルドアに耳《みみ》を貸《か》さなかったのか――六から八面《めん》、ハリー・ポッターとの独占《どくせん》インタビュー――九面《めん》**……おやおや」ハーマイオニーは新聞《しんぶん》を折《お》りたたみ、脇《わき》に放《ほう》り出《だ》しながら言《い》った。「たしかにいい新聞種《しんぶんだね》になったみたいね。それにハリーのインタビューは独占《どくせん》じゃないわ。『ザ・クィブラー』が何《なん》か月《げつ》も前《まえ》にのせた記事《きじ》だもの……」

「パパがそれを売《う》ったんだもン」ルーナが『ザ・クィブラー』のページをめくりながら、漠然《ばくぜん》と言《い》った。「それに、とってもいい値段《ねだん》で。だから、あたしたち、今年《ことし》の夏休《なつやす》みに、『しわしわ角《づの》スノーカック』を捕《つか》まえるのに、スウェーデンに探検《たんけん》に行《い》くんだ」

ハーマイオニーは、一瞬《いっしゅん》、どうしようかと葛藤《かっとう》しているようだったが、結局《けっきょく》、「すてきね」と言《い》った。

ジニーはハリーと目《め》が合《あ》ったが、ニヤッとしてすぐに目《め》をそらした。

「それはそうと」

ハーマイオニーがちょっと座《すわ》りなおし、また痛《いた》そうに顔《かお》をしかめた。

「学校《がっこう》では何《なに》が起《お》こっているの？」

「そうね、フリットウィックがフレッドとジョージの沼《ぬま》を片《かた》づけたわ」ジニーが言《い》った。「ものの三秒《びょう》でやっつけちゃった。でも、窓《まど》の下《した》に小《ちい》さな水《みず》たまりを残《のこ》して、周《まわ》りをロープで囲《かこ》ったの――」

「どうして？」ハーマイオニーが驚《おどろ》いた顔《かお》をした。

「さあ、これはとってもいい魔法《まほう》だったたって言《い》っただけよ」ジニーが肩《かた》をすくめた。

「フレッドとジョージの記念《きねん》に残《のこ》したんだと思《おも》うよ」チョコレートを口《くち》いっぱいにほおばったまま、ロンが言《い》った。「これ全部《ぜんぶ》、あの二人《ふたり》が送《おく》ってきたんだぜ」ロンはベッド脇《わき》のこんもりした「蛙《かえる》チョコ」の山《やま》を指差《ゆびさ》しながらハリーに言《い》った。「きっと、いたずら専門店《せんもんてん》がうまくいってるんだ。な？」

ハーマイオニーはちょっと気《き》に入《い》らないという顔《かお》をした。

「それじゃ、ダンブルドアが帰《かえ》ってきたから、もう問題《もんだい》はすべて解決《かいけつ》したの？」

「うん」ネビルが言《い》った。「ぜんぶ元《もと》どおり、普通《ふつう》になったよ」

「じゃ、フィルチは喜《よろこ》んでるだろう？」ロンがダンブルドアの「蛙《かえる》チョコ」カードを水差《みずさ》しに立《た》てかけながら聞《き》いた。

「ぜーんぜん」ジニーが答《こた》えた。「むしろ、すっごく落《お》ち込《こ》んでる……」

ジニーは声《こえ》を落《お》とし、ささやくように言《い》った。

「アンブリッジこそホグワーツ最高《さいこう》のお方《かた》だったって、そう言《い》い続《つづ》けてる……」

六人全員《にんぜんいん》が、医務室《いむしつ》の反対側《はんたいがわ》のベッドを振《ふ》り返《かえ》った。アンブリッジ先生《せんせい》が、天井《てんじょう》を見《み》つめたまま横《よこ》になっている。ダンブルドアが単身森《たんしんもり》に乗《の》り込《こ》み、アンブリッジをケンタウルスから救《すく》い出《だ》したのだ。どうやって救出《きゅうしゅつ》したのか——いったいどうやって、かすり傷《きず》一つ負《お》わずに、アンブリッジ先生《せんせい》を支《ささ》えて木立《こだち》の中《なか》から姿《すがた》を現《あらわ》したのか——誰《だれ》にもわからなかった。アンブリッジは、当然何《とうぜんなに》も語《かた》らない。城《しろ》に戻《もど》ったアンブリッジは、みんなが知《し》るかぎり、一言《ひとこと》もしゃべっていない。どこが悪《わる》いのか、誰《だれ》にもはっきりとはわからなかった。いつもきちんとしていた薄茶色《うすちゃいろ》の髪《かみ》はくしゃくしゃで、まだ小枝《こえだ》や木《こ》の葉《は》がくっついていたが、それ以外《いがい》は負傷《ふしょう》している様子《ようす》もない。

「マダム・ポンフリーは、単《たん》にショックを受《う》けただけだって言《い》うの」ハーマイオニーが声《こえ》をひそめて言《い》った。

「むしろ、すねてるのよ」ジニーが言《い》った。

「うん、こうやると、生《い》きてる証拠《しょうこ》を見《み》せるぜ」そう言《い》うと、ロンは軽《かる》くパカッパカッと舌《した》を鳴《な》らした。

アンブリッジがガバッと起《お》き上《あ》がり、きょろきょろあたりを見回《みまわ》した。

「先生《せんせい》、どうかなさいましたか？」マダム・ポンフリーが、事務室《じむしつ》から首《くび》を突《つ》き出《だ》して声《こえ》をかけた。

「いえ……いえ……」アンブリッジはまた枕《まくら》に倒《たお》れ込《こ》んだ。

「いえ、きっと夢《ゆめ》を見《み》ていたのだわ……」

ハーマイオニーとジニーが、ベッドカバーで笑《わら》い声《ごえ》を押《お》し殺《ころ》した。

「ケンタウルスって言《い》えば」笑《わら》いが少《すこ》し収《おさ》まったハーマイオニーが言《い》った。「『占《うらな》い学《がく》』の先生《せんせい》は、今《いま》、誰《だれ》なの？　フィレンツェは残《のこ》るの？」

「残《のこ》らざるをえないよ」ハリーが言《い》った。「戻《もど》っても、ほかのケンタウルスが受《う》け入《い》れないだろう？」

「トレローニーも、二人《ふたり》とも教《おし》えるみたいよ」ジニーが言《い》った。

「ダンブルドアは、トレローニーを永久《えいきゅう》にお払《はら》い箱《ばこ》にしたかったと思《おも》うけどな」ロンが十四個目《こめ》の「蛙《かえる》」をムシャムシャやりながら言《い》った。「いいかい、僕《ぼく》に言《い》わせりゃ、あの科目自体《かもくじたい》がむだだよ。フィレンツェだって、似《に》たり寄《よ》ったりさ……」

「どうしてそんなことが言《い》える？」ハーマイオニーが詰問《きつもん》した。「本物《ほんもの》の予言《よげん》が存在《そんざい》するって、わかったばかりじゃない？」

ハリーは心臓《しんぞう》がドキドキしはじめた。ロンにも、ハーマイオニーにも、誰《だれ》にも予言《よげん》の内容《ないよう》を話《はな》していない。ネビルが、「死《し》の間《ま》」の階段《かいだん》でハリーが自分《じぶん》を引《ひ》っ張《ぱ》り上《あ》げたときに、予言《よげん》が砕《くだ》けたとみんなに話《はな》していたし、ハリーも訂正《ていせい》せずに、そう思《おも》わせておいた。自分《じぶん》が殺《ころ》すか殺《ころ》されるか、それ以外《いがい》に道《みち》はないということをみんなに話《はな》したら、どんな顔《かお》をするか……。ハリーはまだその顔《かお》を見《み》るだけの気持《きも》ちの余裕《よゆう》がなかった。

「壊《こわ》れて残念《ざんねん》だったわ」ハーマイオニーが頭《かぶり》を振《ふ》りながら静《しず》かに言《い》った。

「うん、ほんと」ロンが言《い》った。「だけど、少《すく》なくとも、『例《れい》のあの人《ひと》』もどんな予言《よげん》だったのか知《し》らないままだ。——どこに行《い》くの？」

ハリーが立《た》ち上《あ》がったので、ロンがびっくりしたような、がっかりしたような顔《かお》をした。

「ん――ハグリッドの所《ところ》」ハリーが言《い》った。「あのね、ハグリッドが戻《もど》ってきたばかりなんだけど、僕《ぼく》、会《あ》いにいって、君《きみ》たち二人《ふたり》がどうしているか教《おし》えるって約束《やくそく》したんだ」

「そうか。ならいいよ」ロンは不機嫌《ふきげん》にそう言《い》うと、窓《まど》から四角《しかく》に切《き》り取《と》ったような明《あか》るい青空《あおぞら》を眺《なが》めた。「僕《ぼく》たちも行《い》きたいなあ」

「ハグリッドによろしくね！」ハリーが歩《ある》きだすと、ハーマイオニーが声《こえ》をかけた。「それに、どうしてるかって聞《き》いて……あの小《ちい》さなお友達《ともだち》のこと！」

医務室《いむしつ》を出《で》ながら、了解《りょうかい》という合図《あいず》に、ハリーは手《て》を振《ふ》った。

日曜日《にちようび》にしても、城《しろ》の中《なか》は静《しず》か過《す》ぎるようだった。みんな太陽《たいよう》がいっぱいの校庭《こうてい》に出《で》て、試験《しけん》が終《お》わり、学期《がっき》も残《のこ》すところあと数日《すうじつ》で、復習《ふくしゅう》も宿題《しゅくだい》もないという時《とき》を楽《たの》しんでいるにちがいない。ハリーは、誰《だれ》もいない廊下《ろうか》をゆっくり歩《ある》きながら窓《まど》の外《そと》をのぞいた。クィディッチ競技場《きょうぎじょう》の上空《じょうくう》を飛《と》び回《まわ》って楽《たの》しんでいる生徒《せいと》もいれば、大《おお》イカと並《なら》んで湖《みずうみ》を泳《およ》ぐ生徒《せいと》もちらほら見《み》える。

誰《だれ》かと一緒《いっしょ》にいたいのかどうか、ハリーにはよくわからなかった。誰《だれ》かと一緒《いっしょ》だと、どこかへ行《い》ってしまいたいと思《おも》い、一人《ひとり》だと人恋《ひとこい》しくなった。しかし、ほんとうにハグリッドを訪《たず》ねてみようかと思《おも》った。ハグリッドが帰《かえ》ってきてから、まだ一度《いちど》もちゃんと話《はなし》をしていないし……。

玄関《げんかん》ホールへの大理石《だいりせき》の階段《かいだん》の最後《さいご》の一段《だん》を下《お》りたちょうどその時《とき》、右側《みぎがわ》のドアからマルフォイ、クラッブ、ゴイルが現《あらわ》れた。そこはスリザリンの談話室《だんわしつ》に続《つづ》くドアだ。ハリーの足《あし》がはたと止《と》まった。マルフォイたちも同《おな》じだった。聞《き》こえる音《おと》といえば、開《あ》け放《はな》した正面扉《しょうめんとびら》を通《とお》して流《なが》れ込《こ》む、校庭《こうてい》の叫《さけ》び声《ごえ》、笑《わら》い声《ごえ》、水《みず》のはねる音《おと》だけだった。

マルフォイがあたりに目《め》を走《はし》らせた――誰《だれ》か先生《せんせい》の姿《すがた》がないかどうかたしかめているのだと、ハリーにはわかった――ハリーに視線《しせん》を戻《もど》し、マルフォイが低《ひく》い声《こえ》で言《い》った。

「ポッター、おまえは死《し》んだ」

ハリーは眉《まゆ》をちょっと吊《つ》り上《あ》げた。

「変《へん》だな」ハリーが言《い》った。「それなら歩《ある》き回《まわ》っちゃいないはずだけど……」

マルフォイがこんなに怒《おこ》るのを、ハリーは見《み》たことがなかった。あごのとがった青白《あおじろ》い顔《かお》が怒《いか》りにゆがむのを見《み》て、ハリーは冷《さ》めた満足感《まんぞくかん》を感《かん》じた。

「つけを払《はら》うことになるぞ」マルフォイはほとんどささやくような低《ひく》い声《こえ》で言《い》った。「僕《ぼく》がそうさせてやる。おまえのせいで父上《ちちうえ》は……」

「そうか。今度《こんど》こそ怖《こわ》くなったよ」ハリーが皮肉《ひにく》たっぷりに言《い》った。「おまえたち三人《にん》に比《くら》べれば、ヴォルデモート卿《きょう》なんて、ほんの前座《ぜんざ》だったな。――どうした？」ハリーが聞《き》いた。マルフォイ、クラッブ、ゴイルが、名前《なまえ》を聞《き》いていっせいに衝撃《しょうげき》を受《う》けた顔《かお》をしたからだ。「あいつは、おまえの父親《ちちおや》の友達《ともだち》だろう？　怖《こわ》くなんかないだろう？」

「何様《なにさま》だと思《おも》ってるんだ、ポッター」マルフォイは、クラッブとゴイルに両脇《りょうわき》を護《まも》られて、今度《こんど》はハリーに迫《せま》ってきた。「見《み》てろ。おまえをやってやる。父上《ちちうえ》を牢獄《ろうごく》なんかに入《い》れさせるものか――」

「もう入《い》れたと思《おも》ったけどな」ハリーが言《い》った。

「吸魂鬼《ディメンター》がアズカバンを捨《す》てた」マルフォイが落《お》ち着《つ》いて言《い》った。「父上《ちちうえ》も、ほかのみんなも、すぐ出《で》てくる……」

「ああ、きっとそうだろうな」ハリーが言《い》った。「それでも、少《すく》なくとも今《いま》は、連中《れんちゅう》がどんなワルかってことが知《し》れ渡《わた》った――」

マルフォイの手《て》が杖《つえ》に飛《と》んだ。しかし、ハリーのほうが早《はや》かった。マルフォイの指《ゆび》がローブのポケットに入《はい》る前《まえ》に、ハリーはもう杖《つえ》を抜《ぬ》いていた。

「ポッター！」

玄関《げんかん》ホールに声《こえ》が響《ひび》き渡《わた》った。スネイプが自分《じぶん》の研究室《けんきゅうしつ》に通《つう》じる階段《かいだん》から現《あらわ》れた。その姿《すがた》を見《み》ると、ハリーはマルフォイに対《たい》する気持《きも》ちなどをはるかに超《こ》えた強《つよ》い憎《にく》しみが押《お》し寄《よ》せるのを感《かん》じた……ダンブルドアが何《なん》と言《い》おうと、スネイプを許《ゆる》すものか……絶対《ぜったい》に……。

「何《なに》をしているのだ、ポッター？」

四人《にん》のほうに大股《おおまた》で近《ちか》づいてくるスネイプの声《こえ》は、相変《あいか》わらず冷《つめ》たかった。

「マルフォイにどんな呪《のろ》いをかけようかと考《かんが》えているところです、先生《せんせい》」

ハリーは激《はげ》しい口調《くちょう》で言《い》った。スネイプがまじまじとハリーを見《み》た。

「杖《つえ》をすぐしまいたまえ」スネイプが短《みじか》く言《い》った。「十点減点《てんげんてん》。グリフィ――」

スネイプは壁《かべ》の大《おお》きな砂時計《すなどけい》を見《み》てニヤリと笑《わら》った。

「ああ、点《てん》を引《ひ》こうにも、グリフィンドールの砂時計《すなどけい》には、もはや点《てん》が残《のこ》っていない。それなれば、ポッター、やむをえず――」

「点《てん》を増《ふ》やしましょうか？」

マクゴナガル先生《せんせい》がちょうど正面玄関《しょうめんげんかん》の石段《いしだん》をコツコツと城《しろ》へ上《あ》がってくるところだった。

タータンチェックのボストンバッグを片手《かたて》に、もう一本《ぽん》の手《て》でステッキにすがってはいたが、それ以外《いがい》は至極元気《しごくげんき》そうだった。

「マクゴナガル先生《せんせい》！」スネイプが勢《いきお》いよく進《すす》み出《で》た。「これはこれは、聖《せい》マンゴをご退院《たいいん》で！」

「ええ、スネイプ先生《せんせい》」マクゴナガル先生《せんせい》は、旅行用《りょこうよう》マントを肩《かた》からはずしながら言《い》った。

「すっかり元《もと》どおりです。そこの二人《ふたり》――クラッブ――ゴイル――」

マクゴナガル先生《せんせい》が威厳《いげん》たっぷりに手招《てまね》きすると、二人《ふたり》はデカ足《あし》をせかせかと動《うご》かし、ぎこちなく進《すす》み出《で》た。

「これを」マクゴナガル先生《せんせい》はボストンバッグをクラッブの胸《むね》に、マントをゴイルの胸《むね》に押《お》しつけた。「私《わたし》の部屋《へや》まで持《も》っていってください」

二人《ふたり》は回《まわ》れ右《みぎ》し、大理石《だいりせき》の階段《かいだん》をドスドス上《あ》がっていった。

「さて、それでは」マクゴナガル先生《せんせい》は壁《かべ》の砂時計《すなどけい》を見上《みあ》げた。「そうですね。ポッターと友達《ともだち》が、世間《せけん》に対《たい》し、『例《れい》のあの人《ひと》』の復活《ふっかつ》を警告《けいこく》したことで、それぞれ五十点《てん》！　スネイプ先生《せんせい》、いかがでしょう？」

「何《なに》が？」スネイプがかみつくように聞《き》き返《かえ》したが、完全《かんぜん》に聞《き》こえていたと、ハリーにはわかっていた。「ああ――うむ――そうでしょうな……」

「では、五十点《てん》ずつ。ポッター、ウィーズリー兄妹《きょうだい》、ロングボトム、ミス・グレンジャー」

マクゴナガル先生《せんせい》がそう言《い》い終《お》わらないうちに、グリフィンドールの砂時計《すなどけい》の下半分《したはんぶん》の球《たま》に、ルビーが降《ふ》り注《そそ》いだ。

「ああ――それにミス・ラブグッドにも五十点《てん》でしょうね」

そうつけ加《くわ》えると、レイブンクローの砂時計《すなどけい》にサファイアが降《ふ》った。

「さて、ポッターから十点減点《てんげんてん》なさりたいのでしたね、スネイプ先生《せんせい》――では、このように……」

ルビーが数個《すうこ》、上《うえ》の球《たま》に戻《もど》ったが、それでもかなりの量《りょう》が下《した》に残《のこ》った。

「さあ、ポッター、マルフォイ。こんなすばらしいお天気《てんき》の日《ひ》には外《そと》に出《で》るべきだと思《おも》いますよ」マクゴナガル先生《せんせい》が元気《げんき》よく言葉《ことば》を続《つづ》けた。

言《い》われるまでもなく、ハリーは杖《つえ》をローブの内《うち》ポケットにしまい、スネイプとマルフォイのほうには目《め》もくれず、まっすぐに正面扉《しょうめんとびら》に向《む》かった。

ハグリッドの小屋《こや》に向《む》かって芝生《しばふ》を歩《ある》いていくハリーに、陽射《ひざ》しが痛《いた》いほど照《て》りつけた。生徒《せいと》たちは、芝生《しばふ》に寝《ね》そべってひなたぼっこをしたり、しゃべったり、「予言者新聞日曜版《よげんしゃしんぶんにちようばん》」を読《よ》んだり、甘《あま》い物《もの》を食《た》べたりしながら、通《とお》り過《す》ぎるハリーを見上《みあ》げた。呼《よ》びかけたり、手《て》を振《ふ》ったりする生徒《せいと》もいた。「予言者新聞《よげんしゃしんぶん》」と同《おな》じように、みんながハリーを英雄《えいゆう》のように思《おも》っていることを、熱心《ねっしん》に示《しめ》そうとしているのだ。ハリーは誰《だれ》にも何《なに》も言《い》わなかった。三日前《みっかまえ》何《なに》が起《お》こったのか、みんながどれだけ知《し》っているかはわからなかったが、ハリーはこれまで質問《しつもん》されるのをさけてきたし、そうしておくほうがよかったのだ。

ハグリッドの小屋《こや》の戸《と》をたたいたとき、最初《さいしょ》は留守《るす》かと思《おも》った。しかし、ファングが物陰《ものかげ》から突進《とっしん》してきて大歓迎《だいかんげい》し、ハリーは突《つ》き飛《と》ばされそうになった。ハグリッドは裏庭《うらにわ》でインゲン豆《まめ》をつんでいたらしい。

「よう、ハリー！」ハリーが柵《さく》に近《ちか》づいていくと、ハグリッドがニッコリした。「さあ、入《はい》った、入《はい》った。タンポポジュースでも飲《の》もうや……」

「調子《ちょうし》はどうだ？」木《き》のテーブルに冷《つめ》たいジュースを一杯《ぱい》ずつ置《お》いて腰《こし》かけたとき、ハグリッドが聞《き》いた。「おまえさん──あ──元気《げんき》か？　ん？」

ハグリッドの心配《しんぱい》そうな顔《かお》から、体《からだ》が元気《げんき》かどうかと聞《き》いているのではないことはわかった。

「元気《げんき》だよ」ハリーは急《いそ》いで答《こた》えた。ハグリッドが何《なに》を考《かんが》えているかはわかっていたが、その話《はなし》をするのにはたえられなかった。

「それで、ハグリッドはどこへ行《い》ってたの？」

「山《やま》ん中《なか》に隠《かく》れとった」ハグリッドが答《こた》えた。「洞穴《ほらあな》だ。ほれ、シリウスがあの時《とき》──」

ハグリッドは急《きゅう》に口《くち》を閉《と》じ、荒《あら》っぽい咳払《せきばら》いをしてハリーをちらりと見《み》ながら、ぐーっとジュースを飲《の》んだ。

「とにかく、もう戻《もど》ってきた」ハグリッドが弱々《よわよわ》しい声《こえ》で言《い》った。

「ハグリッドの顔《かお》──前《まえ》よりよくなったね」ハリーは何《なに》がなんでも話題《わだい》をシリウスからそらそう

とした。

「なん……？」ハグリッドは巨大《きょだい》な片手《かたて》を上《あ》げ、顔《かお》をなでた。「ああ――うん、そりゃ。グロウピーはずいぶんと行儀《ぎょうぎ》がようなった。ずいぶんとな。俺《おれ》が帰《かえ》ってきたのを見《み》て、そりゃあうれしかったみてえで……あいつはいい若《わか》モンだ、うん……誰《だれ》か女友達《おんなともだち》を見《み》つけてやらにゃあと考《かんが》えとるんだが、うん……」

いつものハリーなら、そんなことはやめるようにと、すぐにハグリッドを説得《せっとく》しようとしただろう。禁《きん》じられた森《もり》に二人目《ふたりめ》の巨人《きょじん》が棲《す》むかもしれず、しかもグロウプよりもっと乱暴《らんぼう》で残酷《ざんこく》かもしれないというのは、どう考《かんが》えても危険《きけん》だ。しかし、それを議論《ぎろん》するだけの力《ちから》を、なぜか奮《ふる》い起《お》こすことができない。ハリーはまたひとりになりたくなってきた。早《はや》くここから出《で》ていけるようにと、ハリーはタンポポジュースをガブガブ飲《の》み、グラスの半分《はんぶん》ほどを空《から》にした。

「ハリー、おまえさんがほんとうのことを言《い》っとったと、今《いま》ではみんなが知《し》っちょる」ハグリッドが出《だ》し抜《ぬ》けに、静《しず》かな声《こえ》で言《い》った。「少《すこ》しはよくなったろうが？」

ハリーは肩《かた》をすくめた。

「ええか……」ハグリッドがテーブルのむこうから、ハリーのほうに身《み》を乗《の》り出《だ》した。「シリウスのこたぁ、俺《おれ》はおまえさんより昔《むかし》っから知《し》っちょる……あいつは戦《たたか》って死《し》んだ。あいつはそういう死《し》に方《かた》を望《のぞ》むやつだった――」

「シリウスは、死《し》にたくなんかなかった！」ハリーが怒《おこ》ったように言《い》った。

ハグリッドのぼさぼさの大《おお》きな頭《あたま》がうなだれた。

「ああ、死《し》にたくはなかったろう」ハグリッドが低《ひく》い声《こえ》で言《い》った。「それでもな、ハリー……あいつは、自分《じぶん》が家《いえ》ん中《なか》でじーっとしとって、ほかの人間《にんげん》に戦《たたか》わせるなんちゅうことはできねえやつだった。自分《じぶん》が助《たす》けにいかねえでは、自分自身《じぶんじしん》にがまんできんかったろう――」

ハリーははじかれたように立《た》ち上《あ》がった。

「僕《ぼく》、ロンとハーマイオニーのお見舞《みま》いに、医務室《いむしつ》に行《い》かなくちゃ」ハリーは機械的《きかいてき》に言《い》った。

「ああ」ハグリッドはちょっと狼狽《ろうばい》した。「ああ……そうか、そんなら、ハリー……元気《げんき》でな。また寄《よ》ってくれや、ひまなときにな……」

「うん……じゃ……」

ハリーはできるだけ急《いそ》いで出口《でぐち》に行《い》き、戸《と》を開《あ》けた。ハグリッドが別《わか》れの挨拶《あいさつ》を言《い》い終《お》える前《まえ》に、ハリーは再《ふたた》び陽光《ようこう》の中《なか》に出《で》て芝生《しばふ》を歩《ある》いていた。またしても、生徒《せいと》たちが通《とお》り過《す》ぎるハリーに声《こえ》をかけた。ハリーはしばらく目《め》をつぶり、みんな消《き》えていなくなればいいのにと思《おも》った。目《め》を開《あ》けたとき、校庭《こうてい》にいるのが自分《じぶん》ひとりだったらいいのに……。

数日前《すうじつまえ》なら——試験《しけん》が終《お》わる前《まえ》で、ヴォルデモートがハリーの心《こころ》に植《う》えつけた光景《こうけい》を見《み》る前《まえ》だったら——ハリーの言葉《ことば》が真実《しんじつ》だと魔法界《まほうかい》が知《し》ってくれるなら、ヴォルデモートの復活《ふっかつ》をみんなが信《しん》じてくれるなら、ハリーがうそつきでもなければ狂《くる》ってもいないとわかってくれるなら、何《なに》を引《ひ》き換《か》えにしても惜《お》しくなかっただろう。しかし今《いま》は……。

ハリーは湖《みずうみ》の周囲《しゅうい》を少《すこ》しまわり、岸辺《きしべ》に腰《こし》を下《お》ろした。通《とお》りがかりの人《ひと》にじろじろ見《み》られないように灌木《かんぼく》のしげみに隠《かく》れ、キラキラ光《ひか》る水面《みなも》を眺《なが》めて物思《ものおも》いにふけった……。

ひとりになりたかった。たぶん、ダンブルドアと話《はな》して以来《いらい》、自分《じぶん》がほかの人間《にんげん》から隔絶《かくぜつ》されたように感《かん》じはじめたからだろう。目《め》に見《み》えない壁《かべ》が、自分《じぶん》と世界《せかい》とを隔《へだ》ててしまった。ハリーは「印《しる》されし者《もの》」だ。ずっとそうだったのだ。ただ、それが何《なに》を意味《いみ》するのか、これまではっきりわかっていなかっただけだ……。

それなのに、こうして湖《みずうみ》のほとりに座《すわ》っていると、悲《かな》しみのたえがたい重《おも》みに心《こころ》は沈《しず》み、シリウスを失《うしな》った生々《なまなま》しい痛《いた》みが心《こころ》の中《なか》で血《ち》を噴《ふ》いていたが、恐怖《きょうふ》の感覚《かんかく》は湧《わ》いてこなかった。太陽《たいよう》は輝《かがや》き、周《まわ》りの校庭《こうてい》には笑《わら》い声《ごえ》が満《み》ち満《み》ちている。自分《じぶん》がちがう人種《じんしゅ》であるかのように、周囲《しゅうい》のみんなが遠《とお》くに感《かん》じられはしたが、それでもここに座《すわ》っていると、やはり信《しん》じられなかった——自分《じぶん》の人生《じんせい》が、人《ひと》を殺《ころ》すか、さもなくば殺《ころ》されて終《お》わることになるのだとは……。

ハリーは水面《みなも》を見《み》つめたまま、そこに長《なが》い間座《あいだすわ》っていた。名付《なづ》け親《おや》のことは考《かんが》えまい……ちょうどこの湖《みずうみ》のむこう岸《ぎし》で、シリウスが百を超《こ》える吸魂鬼《ディメンター》の攻撃《こうげき》から身《み》を護《まも》ろうとして、倒《たお》れてしまったことなど、思《おも》い出《だ》すまい……。

ふと寒《さむ》さを感《かん》じたとき、太陽《たいよう》はもう沈《しず》んでいた。ハリーは立《た》ち上《あ》がり、そでで顔《かお》をぬぐいながら城《しろ》に向《む》かった。

ロンとハーマイオニーが完治《かんち》して退院《たいいん》したのは、学期《がっき》が終《お》わる三日前《みっかまえ》だった。ハーマイオニーは、しょっちゅうシリウスのことを話《はな》したそうなそぶりを見《み》せたが、シリウスの名前《なまえ》をハーマイオニーが口《くち》にするたびに、ロンは「シーッ」という音《おと》を出《だ》した。名付《なづ》け親《おや》の話《はなし》をしたいのかどうか、ハリーにはまだよくわからなかった。その時《とき》、その時《とき》で気持《きも》ちが揺《ゆ》れた。しかし、一つだけはっきりしているのは、たしかに今《いま》は不幸《ふこう》でも、数日後《すうじつご》にプリベット通《どお》り四番地《ばんち》に帰《かえ》ったときには、ホグワーツがとても恋《こい》しくなるだろうということだ。夏休《なつやす》みのたびにそこに帰《かえ》らなければならない理由《りゆう》がはっきりわかった今《いま》になっても、だからといって帰《かえ》るのが楽《たの》しくなったわけではない。むしろ、帰《かえ》るのがこんなに怖《こわ》かったことはない。

アンブリッジ先生《せんせい》は、学期《がっき》が終《お》わる前《まえ》の日《ひ》にホグワーツを去《さ》った。夕食時《ゆうしょくどき》にこっそり医務室《いむしつ》を抜《ぬ》け出《だ》したらしい。誰《だれ》にも気《き》づかれずに出発《しゅっぱつ》したかったからにちがいないが、アンブリッジにとっては不幸《ふこう》なことに、途中《とちゅう》でピーブズに出会《であ》ってしまった。ピーブズは、フレッドに言《い》われたことを実行《じっこう》する最後《さいご》のチャンスとばかり、歩行用《ほこうよう》のステッキとチョークを詰《つ》め込《こ》んだソックスとで、交互《こうご》にアンブリッジをなぐりつけながら追《お》いかけ、嬉々《きき》として城《しろ》から追《お》い出《だ》した。大勢《おおぜい》の生《せい》徒《と》が玄関《げんかん》ホールに走《はし》り出《で》て、アンブリッジが小道《こみち》を走《はし》り去《さ》るのを見物《けんぶつ》した。各寮《かくりょう》の寮監《りょうかん》が生徒《せいと》たちを制止《せいし》したが、気《き》が入《はい》っていなかった。マクゴナガル先生《せんせい》など、二、三回弱々《かいよわよわ》しくいさめはしたものの、そのあとは教職員《きょうしょくいん》テーブルの椅子《いす》に深々《ふかぶか》と座《すわ》り込《こ》み、ピーブズに自分《じぶん》の歩行杖《ほこうづえ》を貸《か》してやったので、自分自身《じぶんじしん》でアンブリッジを追《お》いかけてはやしたててやれないのは残念無念《ざんねんむねん》、と言《い》っているのがはっきり聞《き》こえた。

今学期最後《こんがっきさいご》の夜《よる》が来《き》た。大多数《だいたすう》の生徒《せいと》はもう荷造《にづく》りを終《お》え、学期末《がっきまつ》の宴会《えんかい》に向《む》かっていたが、ハリーはまだ荷造《にづく》りに取《と》りかかってもいなかった。

「いいからあしたにしろよ！」ロンは寝室《しんしつ》のドアのそばで待《ま》っていた。「行《い》こう。腹《はら》ぺこだ」

「すぐあとから行《い》く……ねえ、先《さき》に行《い》ってくれ……」

しかし、ロンが寝室《しんしつ》のドアを閉《し》めて出《で》ていったあと、ハリーは荷造《にづく》りを急《いそ》ぎもしなかった。ハリーにとって今一番《いまいちばん》いやなのは、「学年度末《がくねんどまつ》さよならパーティ」に出《で》ることだった。ダンブルドアが挨拶《あいさつ》するとき、ハリーのことに触《ふ》れるのが心配《しんぱい》だった。ヴォルデモートが戻《もど》ってきたことにも触《ふ》れるにちがいない。去年《きょねん》すでに、生徒《せいと》たちにその話《はなし》をしているのだから……。

ハリーはトランクの一番底《いちばんそこ》から、くしゃくしゃになったローブを数枚引《すうまいひ》っ張《ぱ》り出《だ》し、たたんだローブと入《い》れ替《か》えようとした。すると、トランクの隅《すみ》に乱雑《らんざつ》に包《つつ》まれた何《なに》かが転《ころ》がっているのに気《き》づいた。こんな所《ところ》に何《なに》があるのか見当《けんとう》もつかない。ハリーはかがんで、スニーカーの下《した》になっている包《つつ》みを引《ひ》っ張《ぱ》り出《だ》し、よく見《み》た。

たちまちそれが何《なん》なのかを思《おも》い出《だ》した。シリウスが、グリモールド・プレイス十二番地《ばんち》での別《わか》れ際《ぎわ》に、ハリーに渡《わた》したものだ。――私《わたし》を必要《ひつよう》とするときには、使《つか》いなさい。いいね？――。

ハリーはベッドに座《すわ》り込《こ》み、包《つつ》みを開《ひら》いた。小《ちい》さな四角《しかく》い鏡《かがみ》がすべり落《お》ちた。古《ふる》そうな鏡《かがみ》だ。かなり汚《よご》れている。鏡《かがみ》を顔《かお》の高《たか》さに持《も》つと、自分《じぶん》の顔《かお》が見《み》つめ返《かえ》していた。鏡《かがみ》を裏返《うらがえ》してみた。そこに、シリウスからの走《はし》り書《が》きがあった。

これは両面鏡《りょうめんかがみ》だ。私《わたし》が対《つい》の鏡《かがみ》の片方《かたほう》を持《も》っている。私《わたし》と話《はな》す必要《ひつよう》があれば、鏡《かがみ》に向《む》かって私《わたし》の名前《なまえ》を呼《よ》べばいい。私《わたし》の鏡《かがみ》には君《きみ》が映《うつ》り、私《わたし》は君《きみ》の鏡《かがみ》の中《なか》から話《はな》すことができる。ジェームズと私《わたし》が別々《べつべつ》に罰則《ばっそく》を受《う》けていたとき、よくこの鏡《かがみ》を使《つか》ったものだ。

ハリーは心臓《しんぞう》がドキドキしてきた。四年前《ねんまえ》、死《し》んだ両親《りょうしん》を「みぞの鏡《かがみ》」で見《み》たことを思《おも》い出《だ》した。シリウスとまた話《はな》せる。今《いま》すぐ。きっとそうだ——。

ハリーはあたりを見回《みまわ》して、誰《だれ》もいないことをたしかめた。寝室《しんしつ》はまったく人気《ひとけ》がない。ハリーは鏡《かがみ》に目《め》を戻《もど》し、震《ふる》える両手《りょうて》で鏡《かがみ》を顔《かお》の前《まえ》にかざし、大《おお》きく、はっきりと呼《よ》んだ。

「シリウス」

息《いき》で鏡《かがみ》が曇《くも》った。ハリーは鏡《かがみ》をより近《ちか》づけた。興奮《こうふん》が体中《からだじゅう》をかけめぐった。しかし、曇《くも》った鏡《かがみ》からハリーに向《む》かって目《め》を瞬《しばた》いているのは、紛《まぎ》れもなくハリー自身《じしん》だった。

ハリーはもう一度《いちど》鏡《かがみ》をきれいにぬぐい、一語《いちご》一語《いちご》、部屋中《へやじゅう》にはっきりと響《ひび》き渡《わた》るように呼《よ》んだ。

「シリウス・ブラック！」

何事《なにごと》も起《お》こらなかった。鏡《かがみ》の中《なか》からじりじりして見《み》つめ返《かえ》している顔《かお》は、まちがいなく、今度《こんど》もまた、ハリー自身《じしん》だった……。

あのアーチを通《とお》っていったとき、シリウスは鏡《かがみ》を持《も》っていなかったんだ。ハリーの頭《あたま》の中《なか》で、小《ちい》さな声《こえ》が言《い》った。**それだから**、うまくいかないんだ……。

ハリーはしばらくじっとしていた。それから、いきなり鏡《かがみ》をトランクに投《な》げ返《かえ》した。鏡《かがみ》はそこで割《わ》れた。ほんの一瞬《いっしゅん》、キラキラと輝《かがや》く一瞬《いっしゅん》、信《しん》じたのに。シリウスにまた会《あ》える、また話《はなし》ができると……。

失望《しつぼう》がのど元《もと》を焦《こ》がした。ハリーは立《た》ち上《あ》がり、トランクめがけて、何《なに》もかもめちゃくちゃに、割《わ》れた鏡《かがみ》の上《うえ》にぶち込《こ》んだ――。

その時《とき》、ある考《かんが》えがひらめいた……鏡《かがみ》よりいい考《かんが》え……もっと大《おお》きくて、もっと重要《じゅうよう》な考《かんが》えだ……どうしてこれまで思《おも》いつかなかったんだろう――どうして今《いま》まで尋《たず》ねなかったんだろう？

ハリーは寝室《しんしつ》から飛《と》び出《だ》し、らせん階段《かいだん》をかけ下《お》り、走《はし》りながら壁《かべ》にぶつかってもほとんど気《き》づかなかった。からっぽの談話室《だんわしつ》を横切《よこぎ》り、肖像画《しょうぞうが》の穴《あな》を抜《ぬ》け、後《うし》ろから声《こえ》をかける「太《ふと》った婦《レ》人《ディ》」には目《め》もくれずに廊下《ろうか》を疾走《しっそう》した。

「宴会《えんかい》がもう始《はじ》まるわよ。ぎりぎりですよ！」

しかし、ハリーは、まったく宴会《えんかい》に行《い》くつもりがなかった……。

用《よう》もないときには、ここはゴーストがあふれているというのに、いったい今《いま》は……。

ハリーは階段《かいだん》を走《はし》り下《お》り、廊下《ろうか》を走《はし》った。しかし、生《い》きたものにも死《し》んだものにも出会《であ》わない。全員《ぜんいん》が大広間《おおひろま》にいるにちがいない。「呪文学《じゅもんがく》」の教室《きょうしつ》の前《まえ》で、ハリーは立《た》ち止《ど》まり、息《いき》を切《き》らし、落胆《らくたん》しながら考《かんが》えた。あとまで待《ま》たなくちゃ。宴会《えんかい》が終《お》わるまで……。

すっかりあきらめたその時《とき》、ハリーは見《み》た——廊下《ろうか》のむこうで、透明《とうめい》な何《なに》かがふわふわ漂《ただよ》っている。

「おーい——おい、ニック！　**ニック！**」

ゴーストが壁《かべ》から首《くび》を抜《ぬ》き出《だ》した。派手《はで》な羽飾《はねかざ》りの帽子《ぼうし》と、ぐらぐら危険《きけん》に揺《ゆ》れる頭《あたま》が現《あらわ》れた。ニコラス・ド・ミムジー－ポーピントン卿《きょう》だ。

「こんばんは」ゴーストは硬《かた》い壁《かべ》から残《のこ》りの体《からだ》を引《ひ》っ張《ぱ》り出《だ》し、ハリーに笑《わら》いかけた。「すると、行《い》きそこねたのは私《わたし》だけではなかったのですな？　しかし……」ニックがため息《いき》をついた。

「もちろん、私《わたし》はいつまでも逝《い》きそこねですが……」

「ニック、聞《き》きたいことがあるんだけど？」

「ほとんど首無《くびな》しニック」の顔《かお》に、えも言《い》われぬ奇妙《きみょう》な表情《ひょうじょう》が浮《う》かんだ。ニックはひだえりに指《ゆび》を差《さ》し入《い》れ、引《ひ》っ張《ぱ》って少《すこ》しまっすぐにした。考《かんが》える時間《じかん》をかせいでいるらしい。一部《いちぶ》だけつながっている首《くび》が完全《かんぜん》に切《き》れそうになったとき、ニックはやっとえりをいじるのをやめた。

「えー——今《いま》ですか、ハリー？」ニックが当惑《とうわく》した顔《かお》をした。「宴会《えんかい》のあとまで待《ま》てないですか？」

「待《ま》てない——ニック——お願《ねが》いだ」ハリーが言《い》った。「どうしても君《きみ》と話《はな》したいんだ。ここに入《はい》れる？」

ハリーは一番近《いちばんちか》くの教室《きょうしつ》のドアを開《あ》けた。ほとんど首無《くびな》しニックがため息《いき》をついた。

「ええ、いいでしょう」ニックはあきらめたような顔《かお》をした。「予想《よそう》していなかったふりはできません」

ハリーはニックのためにドアを押《お》さえて待《ま》ったが、ニックはドアからでなく、壁《かべ》を通《とお》り抜《ぬ》けて入《はい》った。

「予想《よそう》って、何《なに》を？」ドアを閉《し》めながら、ハリーが聞《き》いた。

「君《きみ》が、私《わたし》を探《さが》しにやってくることです」ニックはするすると窓際《まどぎわ》に進《すす》み、だんだん闇《やみ》の濃《こ》くなる校庭《こうてい》を眺《なが》めた。「ときどきあることです……誰《だれ》かが……哀悼《あいとう》しているとき」

「そうなんだ」ハリーは話《はなし》をそらせまいとした。「そのとおりなんだ。僕《ぼく》――僕《ぼく》、君《きみ》を探《さが》していた」

ニックは無言《むごん》だった。

「つまり――」ハリーは、思《おも》ったよりずっと言《い》い出《だ》しにくいことに気《き》づいた。「つまり――君《きみ》は死《し》んでる。でも、君《きみ》はまだここにいる。そうだろう？」

ニックはため息《いき》をつき、校庭《こうてい》を見《み》つめ続《つづ》けた。

「そうなんだろう？」ハリーが答《こた》えを急《せ》き立《た》てた。「君《きみ》は死《し》んだ。でも僕《ぼく》は君《きみ》と話《はな》している……君《きみ》はホグワーツを歩《ある》きまわれるし、いろいろ、そうだろう？」

「ええ」ほとんど首無《くびな》しニックが静《しず》かに言《い》った。「私《わたし》は歩《ある》きもするし、話《はなし》もする。そうです」

「それじゃ、君《きみ》は帰《かえ》ってきたんでしょう？」ハリーは急《せ》き込《こ》んだ。「人《ひと》は、帰《かえ》ってこられるんでしょう？　ゴーストになって。完全《かんぜん》に消《き》えてしまわなくてもいいんでしょう？　どうなの？」

ニックがだまりこくっているので、ハリーは待《ま》ちきれないように答《こた》えをうながした。

ほとんど首無《くびな》しニックは躊躇《ちゅうちょ》していたが、やがて口《くち》を開《ひら》いた。

「誰《だれ》もがゴーストとして帰《かえ》ってこられるわけではありません」

「どういうこと？」ハリーはすぐ聞《き》き返《かえ》した。

「ただ……ただ、魔法使《まほうつか》いだけです」

「ああ」ハリーはホッとして笑《わら》いだしそうだった。「じゃ、それなら大丈夫《だいじょうぶ》。僕《ぼく》が聞《き》きたかった人《ひと》は、魔法使《まほうつか》いだから。だったら、その人《ひと》は帰《かえ》ってこられるんだね？」

ニックは窓《まど》から目《め》をそらし、いたましげにハリーを見《み》た。

「あの人《ひと》は帰《かえ》ってこないでしょう」

「誰《だれ》が？」

「シリウス・ブラックです」ニックが言《い》った。

「でも、君《きみ》は！」ハリーが怒《おこ》ったように言《い》った。「君《きみ》は帰《かえ》ってきた——死《し》んだのに、姿《すがた》を消《け》さなかった——」

「魔法使《まほうつか》いは、地上《ちじょう》に自《みずか》らの痕跡《こんせき》を残《のこ》していくことができます。生《い》きていた自分《じぶん》がかつてたどった所《ところ》を、影《かげ》の薄《うす》い姿《すがた》で歩《ある》くことができます」ニックはみじめそうに言《い》った。「しかし、その道《みち》を選《えら》ぶ魔法使《まほうつか》いはめったにいません」

「どうして？」ハリーが聞《き》いた。「でも——そんなことはどうでもいいんだ——シリウスは、普《ふ》通《つう》とちがうことなんて気《き》にしないもの。帰《かえ》ってくるんだ。僕《ぼく》にはわかる！」

まちがいないという強《つよ》い思《おも》いに、ハリーはほんとうに振《ふ》り向《む》いてドアをたしかめた。シリウスが現《あらわ》れる。ハリーは一瞬《いっしゅん》そう思《おも》った。真珠《しんじゅ》のような半透明《はんとうめい》な白《しろ》さで、ニッコリ笑《わら》いながら、ドアを突《つ》き抜《ぬ》けて、ハリーのほうに歩《ある》いてくるにちがいない。絶対《ぜったい》だ、

「あの人《ひと》は帰《かえ》ってこないでしょう」ニックがくり返《かえ》した。「あの人《ひと》は……逝《い》ってしまうでしょう」

「『逝《い》ってしまう』って、どういうこと？」ハリーはすぐに聞《き》き返《かえ》した。「どこに？　ねえ——人《ひと》が死《し》ぬと、いったい何《なに》が起《お》こるの？　どこに行《い》くの？　どうしてみんながみんな帰《かえ》ってこないの？　なぜここはゴーストだらけにならないの？　どうして——？」

「私《わたし》には答《こた》えられません」ニックが言《い》った。

「君《きみ》は死《し》んでる。そうだろう？」ハリーはいらいらとたかぶった。「君《きみ》が答《こた》えられなきゃ、誰《だれ》が答《こた》えられる？」

「私《わたし》は死《し》ぬことが恐《おそ》ろしかった」ニックが低《ひく》い声《こえ》で言《い》った。「私《わたし》は残《のこ》ることを選《えら》びました。ときどき、そうするべきではなかったのではないかと悩《なや》みます……。いや、今《いま》さらどっちでもいいことです……事実《じじつ》、私《わたし》がいるのは、ここでもむこうでもないのですから……」

ニックは小《ちい》さく悲《かな》しげな笑《わら》い声《ごえ》を上《あ》げた。

「ハリー、私《わたし》は死《し》の秘密《ひみつ》を何《なに》一つ知《し》りません。なぜなら、死《し》のかわりに、はかない生《せい》の擬態《ぎたい》を選《えら》んだからです。こういうことは、『神秘部《しんぴぶ》』の学識《がくしき》ある魔法使《まほうつか》いたちが研究《けんきゅう》なさっていると思《おも》います――」

「僕《ぼく》にあの場所《ばしょ》の話《はなし》はしないで！」ハリーが激《はげ》しい口調《くちょう》で言《い》った。

「もっとお役《やく》に立《た》てなくて残念《ざんねん》です」ニックがやさしく言《い》った。

「さて……さて。それではもう失礼《しつれい》します……何《なに》しろ、宴会《えんかい》のほうが……」

そしてニックは部屋《へや》を出《で》ていった。ひとり残《のこ》されたハリーは、ニックの消《き》えたあたりの壁《かべ》をうつろに見《み》つめていた。

もう一度《いちど》シリウスに会《あ》い、話《はなし》ができるかもしれないという望《のぞ》みを失《うしな》った今《いま》、ハリーは名付《なづ》け親《おや》を再《ふたた》び失《うしな》ったような気持《きも》ちになっていた。みじめな気持《きも》ちで、人気《ひとけ》のない城《しろ》を足取《あしど》りも重《おも》く引《ひ》き返《かえ》しながら、ハリーは、二度《にど》と楽《たの》しい気分《きぶん》になることなどないのではないかと思《おも》った。

「太《ふと》った婦人《レディ》」の廊下《ろうか》に出《で》る角《かど》を曲《ま》がったとき、行《ゆ》く手《て》に誰《だれ》かがいるのが見《み》えた。壁《かべ》の掲示板《けいじばん》にメモを貼《は》りつけている。よく見《み》ると、ルーナだった。近《ちか》くに隠《かく》れる場所《ばしょ》もないし、ルーナはもうハリーの足音《あしおと》を聞《き》いたにちがいない。どっちにしろ、今《いま》のハリーには、誰《だれ》かをさける気力《きりょく》も残《のこ》っていなかった。

「こんばんは」掲示板《けいじばん》から離《はな》れ、ハリーをちらっと振《ふ》り向《む》きながら、ルーナがぼうっと挨拶《あいさつ》した。

「どうして宴会《えんかい》に行《い》かないの？」ハリーが聞《き》いた。

「あのさ、あたし、持《も》ち物《もの》をほとんどなくしちゃったんだ」ルーナがのんびりと言《い》った。「みんなが持《も》っていって隠《かく》しちゃうんだもん。でも、今夜《こんや》で最後《さいご》だから、あたし、返《かえ》してほしいんだ。だから掲示《けいじ》をあちこちに出《だ》したんだ」

ルーナが指差《ゆびさ》した掲示板《けいじばん》には、たしかに、なくなった本《ほん》やら洋服《ようふく》やらのリストと、返《かえ》してくださいというお願《ねが》いが貼《は》ってあった。

ハリーの心《こころ》に不思議《ふしぎ》な感情《かんじょう》が湧《わ》いてきた。シリウスの死以来《しいらい》、心《こころ》を占《し》めていた怒《いか》りや悲《かな》しみとはまったくちがう感情《かんじょう》だった。しばらくしてハリーは、ルーナをかわいそうだと思《おも》っていることに気《き》づいた。

「どうしてみんな、君《きみ》の物《もの》を隠《かく》すの？」ハリーは顔《かお》をしかめて聞《き》いた。

「ああ……うーん……」ルーナは肩《かた》をすくめた。「みんな、あたしがちょっと変《へん》だって思《おも》ってるみたい。実際《じっさい》、あたしのこと『いかれたルーニー』ラブグッドって呼《よ》ぶ人《ひと》もいるもンね」

ハリーはルーナを見《み》つめた。そして、また新《あら》たに、哀《あわ》れに思《おも》う気持《きも》ちが痛《いた》いほど強《つよ》くなった。

「そんなことは、君《きみ》の物《もの》を取《と》る理由《りゆう》にはならないよ」ハリーはきっぱりと言《い》った。「探《さが》すのを手伝《てつだ》おうか？」

「あら、いいよ」ルーナはハリーに向《む》かってニコッとした。「戻《もど》ってくるもン、いつも最後《さいご》には。ただ、今夜《こんや》荷造《にづく》りしたかっただけ。だけど……あんたはどうして宴会《えんかい》に行《い》かないの？」

ハリーは肩《かた》をすくめた。「行《い》きたくなかっただけさ」

「そうだね」不思議《ふしぎ》にぼんやりとした、飛《と》び出《だ》した目《め》で、ルーナはハリーをじっと観察《かんさつ》した。「そりゃあそうだよね。死喰《しく》い人《びと》に殺《ころ》された人《ひと》、あんたの名付《なづ》け親《おや》だったんだってね？　ジニーが教《おし》えてくれた」

ハリーは短《みじか》くうなずいた。なぜか、ルーナがシリウスのことを話《はな》しても気《き》にならなかった。

ルーナにもセストラルが見《み》えるということを、その時《とき》ハリーは思《おも》い出《だ》した。

「君《きみ》は……」ハリーは言《い》いよどんだ。「あの、誰《だれ》か……君《きみ》の知《し》っている人《ひと》が誰《だれ》か死《し》んだの？」

「うん」ルーナは淡々《たんたん》と言《い》った。

「あたしの母《かあ》さん。とってもすごい魔女《まじょ》だったんだよ。だけど、実験《じっけん》が好《す》きで、ある時《とき》、自分《じぶん》の呪文《じゅもん》でかなりひどく失敗《しっぱい》したんだ。あたし、九歳《さい》だった」

「かわいそうに」ハリーが口《くち》ごもった。

「うん。かなり厳《きび》しかったなぁ」ルーナはなにげない口調《くちょう》で言《い》った。「今《いま》でもときどき、とっても悲《かな》しくなるよ。でも、あたしにはパパがいる。それに、二度《にど》とママに会《あ》えないっていうわけじゃないもン。ね？」

「あー――そうかな？」ハリーはあいまいな返事《へんじ》をした。

ルーナは信《しん》じられないというふうに頭《かぶり》を振《ふ》った。

「ほら、しっかりして。聞《き》いたでしょ？　ベールのすぐ裏側《うらがわ》で？」

「君《きみ》が言《い》うのは……」

「アーチのある、あの部屋《へや》だよ。みんな、見《み》えない所《ところ》に隠《かく》れているだけなんだ。それだけだよ。あんたには聞《き》こえたんだ」

二人《ふたり》は顔《かお》を見合《みあ》わせた。ルーナはちょっとほほ笑《え》んでいた。ハリーは何《なん》と言《い》ってよいのか、どう考《かんが》えてよいのかわからなかった。ルーナはとんでもないことをいろいろ信《しん》じている……しかし、あのベールの陰《かげ》で人声《ひとごえ》がするのを、ハリーもたしかに聞《き》いた。

「君《きみ》の持《も》ち物《もの》を探《さが》すのを、ほんとに手伝《てつだ》わなくていいのかい？」ハリーが言《い》った。

「うん、いいんだ」ルーナが言《い》った。「いいよ。あたし、ちょっと下《お》りていって、デザートだけ食《た》べようかな。それで全部《ぜんぶ》戻《もど》ってくるのを待《ま》とうっと……。最後《さいご》にはいつも戻《もど》るんだ……じゃ、ハリー、楽《たの》しい夏休《なつやす》みをね」

「ああ……うん、君《きみ》もね」

ルーナは歩《ある》いていった。その姿《すがた》を見送《みおく》りながら、ハリーは胃袋《いぶくろ》に重《おも》くのしかかっていたものが、少《すこ》し軽《かる》くなったような気《き》がした。

翌日《よくじつ》、ホグワーツ特急《とっきゅう》に乗《の》り、家《いえ》へと向《む》かう旅《たび》には、いくつかの事件《じけん》があった。まず、マルフォイ、クラッブ、ゴイルだが、この一週間《しゅうかん》というもの、先生《せんせい》の目《め》が届《とど》かない所《ところ》で襲撃《しゅうげき》する機《き》会《かい》を待《ま》っていたにちがいない。ハリーがトイレから戻《もど》る途中《とちゅう》、三人《にん》が車両《しゃりょう》の中《なか》ほどで待《ま》ち伏《ぶ》せていた。襲撃《しゅうげき》の舞台《ぶたい》に、うっかり、DA《ディーエー》メンバーでいっぱいのコンパートメントのすぐ外《そと》を選《えら》んでいなかったら、待《ま》ち伏《ぶ》せは成功《せいこう》したかもしれない。ガラス戸越《どご》しに事件《じけん》を知《し》ったメンバーが、一丸《いちがん》となってハリーを助《たす》けに立《た》ち上《あ》がった。アーニー・マクミラン、ハンナ・アボット、スーザン・ボーンズ、ジャスティン・フィンチ－フレッチリー、アンソニー・ゴールドスタイン、テリー・ブートが、ハリーの教《おし》えた呪《のろ》いの数々《かずかず》を使《つか》いきったとき、マルフォイ、クラッブ、ゴイルの姿《すがた》は、ホグワーツの制服《せいふく》に押《お》し込《こ》まれた三匹《びき》の巨大《きょだい》なナメクジと化《か》していた。それを、ハリー、アーニー、ジャスティンが荷物棚《にもつだな》に上《あ》げてしまい、三人《にん》はそこでグジグジしているほかなかった。

「こう言《い》っちゃ何《なん》だけど、マルフォイが列車《れっしゃ》を下《お》りたときの、母親《ははおや》の顔《かお》を見《み》るのが楽《たの》しみだなぁ」

上《うえ》の棚《たな》でくねくねするマルフォイを見《み》ながら、アーニーがちょっと満足《まんぞく》げに言《い》った。アーニーは、マルフォイが短期間《たんきかん》「尋問官親衛隊《じんもんかんしんえいたい》」だったとき、ハッフルパフから減点《げんてん》したのに憤慨《ふんがい》し、けっしてそれを許《ゆる》してはいなかった。

「だけど、ゴイルの母親《ははおや》はきっと喜《よろこ》ぶだろうな」騒《さわ》ぎを聞《き》きつけて様子《ようす》を見《み》にきたロンが言《い》った。「こいつ、今《いま》のほうがずっといい格好《かっこう》だもんなあ……。ところでハリー、何《なに》か買《か》うんなら、ちょうど車内販売《しゃないはんばい》のカートが来《き》てるけど……」

ハリーはみんなに礼《れい》を言《い》い、ロンと一緒《いっしょ》に自分《じぶん》のコンパートメントに戻《もど》った。そこで大鍋《おおなべ》ケーキとかぼちゃパイを山《やま》ほど買《か》った。ハーマイオニーはまた「日刊予言者新聞《にっかんよげんしゃしんぶん》」を読《よ》んでいた。ジニーは『ザ・クィブラー』のクイズに興《きょう》じ、ネビルはミンビュラス・ミンブルトニアをなでさすっていた。この一年《ねん》で相当大《そうとうおお》きく育《そだ》ったこの植物《しょくぶつ》は、触《ふ》れると小声《こごえ》で歌《うた》うような奇妙《きみょう》な音《おと》を出《だ》すようになっていた。

ハリーとロンは、旅《たび》のほとんどをハーマイオニーが読《よ》んでくれる「予言者《よげんしゃ》」の抜粋《ばっすい》を聞《き》きながら、魔法《まほう》チェスをしてのんびり過《す》ごした。新聞《しんぶん》は今《いま》や、吸魂鬼撃退法《きゅうこんきげきたいほう》とか、死喰《しく》い人《びと》を魔法省《まほうしょう》が躍起《やっき》になって追跡《ついせき》する記事《きじ》、家《いえ》の前《まえ》を通《とお》り過《す》ぎるヴォルデモート卿《きょう》を今朝《けさ》見《み》たと主張《しゅちょう》するヒステリックな読者《どくしゃ》の投書《とうしょ》などであふれ返《かえ》っていた。

「まだ本格的《ほんかくてき》じゃないわ」ハーマイオニーが暗《くら》い顔《かお》でため息《いき》をつき、新聞《しんぶん》を折《お》りたたんだ。「でも、遠《とお》からずね……」

「おい、ハリー」ロンがガラス越《ご》しに通路《つうろ》を見《み》てうなずきながら、そっと呼《よ》んだ。

ハリーが振《ふ》り返《かえ》ると、チョウが目出《めだ》し頭巾《ずきん》をかぶったマリエッタ・エッジコムと一緒《いっしょ》に通《とお》り過《す》ぎるところだった。一瞬《いっしゅん》、ハリーとチョウの目《め》が合《あ》った。チョウはほおを赤《あか》らめたが、そのまま歩《ある》き去《さ》った。ハリーがチェス盤《ばん》に目《め》を戻《もど》すと、ちょうど自分《じぶん》のポーンが一駒《ひとこま》、ロンのナイトに升《ます》目《め》から追《お》い出《だ》されるところだった。

「いったい――えー――君《きみ》と彼女《かのじょ》はどうなってるんだ？」ロンがひっそりと聞《き》いた。

「どうもなってないよ」ハリーがほんとうのことを言《い》った。

「私《わたし》――えーと――彼女《かのじょ》が今《いま》、別《べつ》な人《ひと》とつき合《あ》ってるって聞《き》いたけど」ハーマイオニーが遠慮《えんりょ》がちに言《い》った。

そう聞《き》いてもまったく自分《じぶん》が傷《きず》つかないことに、ハリーは驚《おどろ》いた。チョウの気《き》をひきたいと思《おも》っていたのは、もう自分《じぶん》とは必《かなら》ずしも結《むす》びつかない昔《むかし》のことのように思《おも》えた。シリウスが死《し》ぬ前《まえ》にハリーが望《のぞ》んでいた多《おお》くのことが、このごろではすべてそんなふうに感《かん》じられる……。シリウスを最後《さいご》に見《み》てからの時間《じかん》が、一週間《しゅうかん》よりもずっと長《なが》く感《かん》じられた。その時間《じかん》は、シリウスのいる世界《せかい》といない世界《せかい》との二つの宇宙《うちゅう》の間《あいだ》に長々《ながなが》と伸《の》びていた。

「抜《ぬ》け出《だ》してよかったな、おい」ロンが力強《ちからづよ》く言《い》った。「つまりだ、チョウはなかなかかわいいし、まあいろいろ。だけど君《きみ》にはもう少《すこ》しほがらかなのがいい」

「チョウだって、ほかの誰《だれ》かだったらきっと明《あか》るいんだろ」ハリーが肩《かた》をすくめた。

「ところでチョウは、今《いま》、誰《だれ》とつき合《あ》ってるんだい？」ロンがハーマイオニーに聞《き》いた。しかし、答《こた》えたのはジニーだった。

「マイケル・コーナーよ」

「マイケル――だって――」ロンが座席《ざせき》から首《くび》を伸《の》ばして振《ふ》り返《かえ》り、ジニーを見《み》つめた。

「だって、おまえがあいつとつき合《あ》ってたじゃないか!」

「もうやめたわ」ジニーが断固《だんこ》とした口調《くちょう》で言《い》った。「クィディッチでグリフィンドールがレイブンクローを破《やぶ》ったのが気《き》に入《い》らないって、マイケルったら、ものすごくへそを曲《ま》げたの。だから私《わたし》、捨《す》ててやった。そしたら、かわりにチョウをなぐさめにいったわ」

ジニーは羽根《はね》ペンの端《はし》で無造作《むぞうさ》に鼻《はな》の頭《あたま》をかき、『ザ・クィブラー』を逆《さか》さにして、自分《じぶん》が書《か》いた答《こた》えの点数《てんすう》をつけはじめた。ロンは大《おお》いに満足《まんぞく》げな顔《かお》をした。

「まあね、僕《ぼく》は、あいつがちょっとまぬけだってずっとそう思《おも》ってたんだ」そう言《い》うと、ロンは、ハリーの震《ふる》えているルークに向《む》かってクイーンを進《すす》めた。「よかったな。この次《つぎ》は、誰《だれ》かもっと――いいのを――選《えら》べよ」

そう言《い》いながら、ロンはハリーのほうを、妙《みょう》にこっそりと見《み》た。

「そうね、ディーン・トーマスを選《えら》んだけど、ましかしら?」ジニーは上《うわ》の空《そら》で聞《き》いた。

「**何《なん》だって?**」

ロンが大声《おおごえ》を出《だ》し、チェス盤《ばん》をひっくり返《かえ》した。クルックシャンクスは駒《こま》を追《お》って飛《と》び込《こ》み、ヘドウィグとピッグウィジョンは、頭上《ずじょう》で怒《おこ》ったようにホーッ、ピーッと鳴《な》いた。

キングズ・クロスが近《ちか》づき、列車《れっしゃ》が速度《そくど》を落《お》とすと、ハリーは、こんなにも強《つよ》く、降《お》りたくないという気持《きも》ちになったことはないと思《おも》った。降《お》りないと言《い》い張《は》って、列車《れっしゃ》が自分《じぶん》をホグワーツに連《つ》れ戻《もど》る九月一日《がっついたち》まで、ここをてこでも動《うご》かないと言《い》ったらどうなるだろうと、そんな思《おも》いがちらりとよぎるほどだった。しかし、ついに列車《れっしゃ》がシューッと停車《ていしゃ》すると、ハリーはヘドウィグのかごを下《お》ろし、いつもどおり、トランクを列車《れっしゃ》から引《ひ》きずり下《お》ろす準備《じゅんび》に取《と》りかかった。

車掌《しゃしょう》が、ハリー、ロン、ハーマイオニーに、九番線《ばんせん》と十番線《ばんせん》の間《あいだ》にある魔法《まほう》の障壁《しょうへき》を通《とお》り抜《ぬ》けても安全《あんぜん》だと合図《あいず》した。その時《とき》、障壁《しょうへき》のむこう側《がわ》でびっくりするようなことがハリーを待《ま》っていた。まったく期待《きたい》していなかった集団《しゅうだん》がハリーを出迎《でむか》えていたのだ。

まずは、マッド‐アイ・ムーディが魔法《まほう》の目《め》を隠《かく》すのに山高帽《やまたかぼう》を目深《まぶか》にかぶり、帽子《ぼうし》があってもないときと変《か》わりなく不気味《ぶきみ》な雰囲気《ふんいき》で、節《ふし》くれだった両手《りょうて》に長《なが》いステッキを握《にぎ》り、たっぷりした旅行用《りょこうよう》マントを巻《ま》きつけて立《た》っていた。そのすぐ後《うし》ろでトンクスが、明《あか》るい風船《ふうせん》ガムピンク色《いろ》の髪《かみ》を、駅《えき》の天井《てんじょう》の汚《よご》れたガラスを通《とお》して射《さ》し込《こ》む陽《ひ》の光《ひかり》に輝《かがや》かせていた。継《つ》ぎはぎだらけのジーンズに、「妖女《ようじょ》シスターズ」のロゴ入《い》りの派手《はで》な紫《むらさき》のT《ティー》シャツという服装《ふくそう》だ。その隣《となり》がルーピンだった。青白《あおじろ》い顔《かお》に白髪《しらが》が増《ふ》え、みすぼらしいセーターとズボンを覆《おお》うように、すり切《き》れた長《なが》いコートをはおっている。集団《しゅうだん》の先頭《せんとう》には、手持《ても》ちのマグルの服《ふく》から一張羅《いっちょうら》を着込《きこ》んだウィーズリー夫妻《ふさい》と、けばけばしい緑色《みどりいろ》のうろこ状《じょう》の生地《きじ》でできた、新品《しんぴん》のジャケットを着《き》たフレッドとジョージがいた。

「ロン、ジニー！」ウィーズリーおばさんがかけ寄《よ》り、子供《こども》たちをしっかりと抱《だ》きしめた。「まあ、それにハリー——お元気《げんき》？」

「元気《げんき》です」おばさんにしっかり抱《だ》きしめられながら、ハリーはうそをついた。おばさんの肩越《かたご》しに、ロンが双子《ふたご》の新品《しんぴん》の洋服《ようふく》をじろじろ見《み》ているのが見《み》えた。

「それ、いったい何《なん》のつもり？」ロンがジャケットを指差《ゆびさ》して聞《き》いた。

「弟《おとうと》よ、最高級《さいこうきゅう》のドラゴン革《がわ》だ」フレッドがジッパーをちょっと上下《じょうげ》させながら言《い》った。「事業《じぎょう》は大繁盛《だいはんじょう》だ。そこで、自分《じぶん》たちにちょっとごほうびをやろうと思《おも》ってね」

「やあ、ハリー」

ウィーズリーおばさんがハリーを放《はな》し、ハーマイオニーに挨拶《あいさつ》しようと向《む》きを変《か》えたところで、ルーピンが声《こえ》をかけた。

「やあ」ハリーも挨拶《あいさつ》した。「予想《よそう》してなかった……みんな何《なに》しにきたの？」

「そうだな」ルーピンがちょっとほほ笑《え》んだ。「おじさん、おばさんが君《きみ》を家《いえ》に連《つ》れて帰《かえ》る前《まえ》に、少《すこ》し二人《ふたり》と話《はなし》をしてみようかと思《おも》ってね」

「あんまりいい考《かんが》えじゃないと思《おも》うけど」ハリーが即座《そくざ》に言《い》った。

「いや、わしはいい考《かんが》えだと思《おも》う」ムーディが足《あし》を引《ひ》きずりながらハリーに近《ちか》づき、うなるように言《い》った。「ポッター、あの連中《れんちゅう》だな？」

ムーディは自分《じぶん》の肩越《かたご》しに、親指《おやゆび》で後《うし》ろを指《さ》した。魔法《まほう》の目《め》が、自分《じぶん》の頭《あたま》と山高帽《やまたかぼう》とを透視《とうし》して背後《はいご》を見《み》ているにちがいない。ムーディの指《さ》した先《さき》を見《み》るのに、ハリーは数《すう》センチ左《ひだり》に体《からだ》を傾《かたむ》けた。すると、たしかにそこには、ハリー歓迎団《かんげいだん》を見《み》て度肝《どぎも》を抜《ぬ》かれているダーズリー親子《おやこ》三人《にん》の姿《すがた》があった。

「ああ、ハリー！」ウィーズリーおじさんが、ハーマイオニーの両親《りょうしん》に熱烈《ねつれつ》な挨拶《あいさつ》をし終《お》わって、ハリーに声《こえ》をかけた。ハーマイオニーの両親《りょうしん》は、今《いま》やっと、娘《むすめ》を交互《こうご》に抱《だ》きしめていた。「さて――それじゃ、始《はじ》めようか？」

「ああ、そうだな、アーサー」ムーディが言《い》った。

ムーディとウィーズリー氏《し》が先頭《せんとう》に立《た》って、駅《えき》の構内《こうない》を、ダーズリー親子《おやこ》のほうに歩《ある》いていった。親子《おやこ》はどうやら地面《じめん》にくぎづけになっている。ハーマイオニーがそっと母親《ははおや》の腕《うで》を振《ふ》りほどき、集団《しゅうだん》に加《くわ》わった。

「こんにちは」ウィーズリー氏《し》は、バーノンおじさんの前《まえ》で立《た》ち止《ど》まり、機嫌《きげん》よく挨拶《あいさつ》した。

「覚《おぼ》えていらっしゃると思《おも》いますが、私《わたし》はアーサー・ウィーズリーです」

ウィーズリー氏《し》は、二年前《ねんまえ》、たった一人《ひとり》でダーズリー家《け》の居間《いま》をあらかた壊《こわ》してしまったことがあった。バーノンおじさんが覚《おぼ》えていなかったら驚異《きょうい》だとハリーは思《おも》った。はたせるかな、バーノンおじさんの顔《かお》がどす黒《ぐろ》い紫色《むらさきいろ》に変《か》わり、ウィーズリー氏《し》をにらみつけた。しかし、何《なに》も言《い》わないことにしたらしい。一つには、ダーズリー親子《おやこ》は二対《たい》一の多勢《たぜい》に無勢《ぶぜい》だったからだろう。ペチュニアおばさんは恐怖《きょうふ》と狼狽《ろうばい》の入《い》りまじった顔《かお》で、周《まわ》りをちらちら見《み》てばかりいた。こんな連中《れんちゅう》と一緒《いっしょ》にいるところを、誰《だれ》か知人《ちじん》に見《み》られたらどうしようと、恐《おそ》れているようだった。一方《いっぽう》ダドリーは、自分《じぶん》を小《ちい》さく、目立《めだ》たない存在《そんざい》に見《み》せようと努力《どりょく》しているようだったが、そんな芸当《げいとう》は土台無理《どだいむり》だった。

「ハリーのことで、ちょっとお話《はなし》をしておきたいと思《おも》いましてね」ウィーズリー氏《し》は相変《あいか》わらずにこやかに言《い》った。

「そうだ」ムーディがうなった。「あなたの家《いえ》で、ハリーをどのように扱《あつか》うかについてだが」

バーノンおじさんの口《くち》ひげが、憤怒《ふんぬ》に逆立《さかだ》ったかのようだった。山高帽《やまたかぼう》のせいで、ムーディが自分《じぶん》と同類《どうるい》の人間《にんげん》であるかのような、まったく見当《けんとう》ちがいの印象《いんしょう》をバーノンおじさんに与《あた》えたのだろう。バーノンおじさんはムーディに話《はな》しかけた。

「わしの家《いえ》の中《なか》で何《なに》が起《お》ころうと、あなたの出《で》る幕《まく》だとは認識《にんしき》してはおらんが――」

「あなたの認識《にんしき》しておらんことだけで、ダーズリー、本《ほん》が数冊《すうさつ》書《か》けることだろうな」

ムーディがうなった。

「とにかく、それが言《い》いたいんじゃないわ」トンクスが口《くち》を挟《はさ》んだ。ピンクの髪《かみ》がほかのことすべてを束《たば》にしたよりももっと、ペチュニアおばさんの反感《はんかん》を買《か》ったらしい。おばさんはトンクスを見《み》るより、両目《りょうめ》を閉《と》じてしまうほうを選《えら》んだ。「要《よう》するに、もしあなたたちがハリーを虐待《ぎゃくたい》していると、私《わたし》たちが耳《みみ》にしたら――」

「――はっきりさせておきますが、そういうことは我々《われわれ》の耳《みみ》に入《はい》りますよ」ルーピンが愛想《あいそ》よく言《い》った。

「そうですとも」ウィーズリー氏《し》が言《い》った。「たとえあなたたちが、ハリーに『話電《わでん》』を使わせなくとも――」

「電話《でんわ》よ」ハーマイオニーがささやいた。

「――まっこと。ポッターが何《なん》らかのひどい仕打《しう》ちを受《う》けていると、少《すこ》しでもそんな気配《けはい》を感《かん》じたら、我々《われわれ》がだまってはおらん」ムーディが言《い》った。

バーノンおじさんが不気味《ぶきみ》にふくれ上《あ》がった。この妙《みょう》ちきりん集団《しゅうだん》に対《たい》する恐怖《きょうふ》より、激怒《げきど》の気持《きも》ちが勝《まさ》ったらしい。

「あんたは、わしを脅迫《きょうはく》しているのか？」

バーノンおじさんの大声《おおごえ》に、そばを通《とお》り過《す》ぎる人々《ひとびと》が振《ふ》り返《かえ》ってじろじろ見《み》たほどだ。

「そのとおりだ」

マッド－アイが、バーノンおじさんののみ込《こ》みの速《はや》さにかなり喜《よろこ》んだように見《み》えた。

「それで、わしがそんな脅《おど》しに乗《の》る人間《にんげん》に見《み》えるか？」バーノンおじさんがほえた。

「どうかな……」

ムーディが山高帽《やまたかぼう》を後《うし》ろにずらし、不気味《ぶきみ》に回転《かいてん》する魔法《まほう》の目《め》をむき出《だ》しにした。バーノンおじさんがぎょっとして後《うし》ろに飛《と》びのき、荷物用《にもつよう》のカートにいやというほどぶつかった。

「ふむ、ダーズリー、そんな人間《にんげん》に見《み》えると言《い》わざるをえんな」

ムーディはバーノンおじさんからハリーのほうに向《む》きなおった。

「だから、ポッター……我々《われわれ》が必要《ひつよう》なときは、一声叫《ひとこえさけ》べ。おまえから三日続《みっかつづ》けて便《たよ》りがないときは、こちらから誰《だれ》かを派遣《はけん》するぞ……」

ペチュニアおばさんがヒイヒイと悲痛《ひつう》な声《こえ》を出《だ》した。こんな連中《れんちゅう》が、庭《にわ》の小道《こみち》を堂々《どうどう》とやってくる姿《すがた》を、ご近所《きんじょ》さんが見《み》つけたら何《なん》と言《い》うだろうと考《かんが》えているのは明白《めいはく》だ。

「では、さらば、ポッター」ムーディは、節《ふし》くれだった手《て》で一瞬《いっしゅん》ハリーの肩《かた》をつかんだ。

「気《き》をつけるんだよ、ハリー」ルーピンが静《しず》かに言《い》った。「連絡《れんらく》してくれ」

「ハリー、できるだけ早《はや》く、あそこから連《つ》れ出《だ》しますからね」ウィーズリーおばさんが、またハリーを抱《だ》きしめながら、ささやいた。

「またすぐ会《あ》おうぜ、おい」ハリーと握手《あくしゅ》しながら、ロンが気《き》づかわしげに言《い》った。

「ほんとにすぐよ、ハリー」ハーマイオニーが熱《ねつ》を込《こ》めて言《い》った。「約束《やくそく》するわ」

ハリーはうなずいた。ハリーのそばにみんながずらりと勢《せい》ぞろいする姿《すがた》を見《み》て、それがハリーにとってどんなに深《ふか》い意味《いみ》を持《も》つかを伝《つた》えたくとも、なぜかハリーには言葉《ことば》が見《み》つからなかった。

そのかわり、ハリーはニッコリして、別《わか》れに手《て》を振《ふ》り、背《せ》を向《む》けて、太陽《たいよう》の輝《かがや》く道《みち》へと先《さき》に立《た》って駅《えき》から出《で》ていった。バーノンおじさん、ペチュニアおばさん、ダドリーが、あわててそのあとを追《お》いかけた。

J.K. ローリング 作

不朽の人気を誇る「ハリー・ポッター」シリーズの著者。1990年、旅の途中の遅延した列車の中で「ハリー・ポッター」のアイデアを思いつくと、全7冊のシリーズを構想して執筆を開始。1997 年に第1巻『ハリー・ポッターと賢者の石』が出版、その後、完結までにはさらに10年を費やし、2007年に第7巻となる『ハリー・ポッターと死の秘宝』が出版された。シリーズは現在85の言語に翻訳され、発行部数は6億部を突破、オーディオブックの累計再生時間は10億時間以上、制作された8本の映画も大ヒットとなった。また、シリーズに付随して、チャリティのための短編『クィディッチ今昔』と『幻の動物とその生息地』(ともに慈善団体〈コミック・リリーフ〉と〈ルーモス〉を支援)、『吟遊詩人ビードルの物語』(〈ルーモス〉を支援)も執筆。『幻の動物とその生息地』は魔法動物学者ニュート・スキャマンダーを主人公とした映画「ファンタスティック・ビースト」シリーズが生まれるきっかけとなった。大人になったハリーの物語は舞台劇『ハリー・ポッターと呪いの子』へと続き、ジョン・ティファニー、ジャック・ソーンとともに執筆した脚本も書籍化された。その他の児童書に『イッカボッグ』(2020年)『クリスマス・ピッグ』(2021年)があるほか、ロバート・ガルブレイスのペンネームで発表し、ベストセラーとなった大人向け犯罪小説「コーモラン・ストライク」シリーズも含め、その執筆活動に対し多くの賞や勲章を授与されている。J.K. ローリングは、慈善信託〈ボラント〉を通じて多くの人道的活動を支援するほか、性的暴行を受けた女性の支援センター〈ベイラズ・プレイス〉、子供向け慈善団体〈ルーモス〉の創設者でもある。

J.K. ローリングに関するさらに詳しい情報はjkrowlingstories.comで。

松岡佑子《まつおかゆうこ》 訳

翻訳家。国際基督教大学卒、モントレー国際大学院大学国際政治学修士。日本ペンクラブ会員。スイス在住。訳書に「ハリー・ポッター」シリーズ全7巻のほか、「少年冒険家トム」シリーズ、映画オリジナル脚本版「ファンタスティック・ビースト」シリーズ、『ブーツをはいたキティのはなし』、『とても良い人生のために』『イッカボッグ』『クリスマス・ピッグ』(以上静山社)がある。

静山社ペガサス文庫

ハリー・ポッター ⑬

ハリー・ポッターと不死鳥《ふしちょう》の騎士団《きしだん》〈新装版《しんそうばん》〉5-4

2024年9月6日　第 1 刷発行

作者	J.K.ローリング
訳者	松岡佑子
発行者	松岡佑子
発行所	株式会社静山社 〒102-0073 東京都千代田区九段北1-15-15 電話・営業 03-5210-7221 https://www.sayzansha.com
装画	ダン・シュレシンジャー
装丁	城所 潤(ジュン・キドコロ・デザイン)
印刷・製本	中央精版印刷株式会社

ISBN 978-4-86389-872-1　Printed in Japan
Published by Say-zan-sha Publications Ltd.

「静山社《せいざんしゃ》ペガサス文庫《ぶんこ》」創刊《そうかん》のことば

小《ちい》さくてもきらりと光《ひか》る、星《ほし》のような物語《ものがたり》を届《とど》けたい――一九七九年《ねん》の創業以来《そうぎょういらい》、静山社《せいざんしゃ》が抱《いだ》き続《つづ》けてきた願《ねが》いをこめて、少年少女《しょうねんしょうじょ》のための文庫《ぶんこ》「静山社《せいざんしゃ》ペガサス文庫《ぶんこ》」を創刊《そうかん》します。

読書《どくしょ》は、みなさんの心《こころ》に眠《ねむ》っている想像《そうぞう》の羽《はね》を広《ひろ》げ、未知《みち》の世界《せかい》へいざないます。読書体験《どくしょたいけん》をとおしてつちかわれた想像力《そうぞうりょく》は、楽《たの》しいとき、苦《くる》しいとき、悲《かな》しいとき、どんなときにも、みなさんに勇気《ゆうき》を与《あた》えてくれるでしょう。

ギリシャ神話《しんわ》に登場《とうじょう》する天馬《てんま》・ペガサスのように、大《おお》きなつばさとたくましい足《あし》、しなやかな心《こころ》で、みなさんが物語《ものがたり》の世界《せかい》を、自由《じゆう》にかけまわってくださることを願《ねが》っています。

二〇一四年《ねん》

静《せい》山《ざん》社《しゃ》